Julia Whelan ist Bestsellerautorin, Schauspielerin und preisgekrönte Hörbuchsprecherin. Ihr erster Roman *Mein Jahr mit Dir* war ein riesiger Erfolg und stand monatelang auch auf der deutschen Bestsellerliste. Als leidenschaftliche Teetrinkerin braucht Julia beim Schreiben immer eine Tasse Tee neben sich – und hat sogar eine offizielle Ausbildung zur Tee-Spezialistin absolviert. Sie lebt in Kalifornien.

Außerdem von Julia Whelan lieferbar:

Mein Jahr mit Dir

www.penguin-verlag.de

JULIA WHELAN

Nur ein Wort von Dir

ROMAN

Aus dem Englischen
von Veronika Dünninger

PENGUIN VERLAG

Die Originalausgabe erschien 2022
unter dem Titel *Thank You For Listening* bei Avon, New York.

MIX
Papier | Fördert gute Waldnutzung
FSC® C014496

Penguin Random House Verlagsgruppe FSC® N001967

1. Auflage

Neumarkter Straße 28, 81673 München
Redaktion: Susann Rehlein
Umschlaggestaltung: Favoritbuero
Umschlagabbildungen: © Travellaggio/shutterstock,
© Lidi Di/shutterstock, © goldnetz/shutterstock
Druck und Bindung: GGP Media GmbH, Pößneck
Printed in Germany 2023
ISBN 978-3-328-10888-7
www.penguin-verlag.de

Für jene, die wir geliebt haben.
Vor allem Partner.
Vor allem meinen.

ERSTER TEIL

Alle große Literatur ist eine von zwei Erzählungen: Ein Mann geht auf eine Reise, oder ein Fremder kommt in die Stadt.

Leo Tolstoi

Prologe sind wie Flirten, oft angebracht und geeignet. Aber manchmal muss man den Leser einfach gegen die Wand drücken und ihm die Zunge in den Hals stecken.

June French,
USA Today-Bestsellerautorin, in *Cosmopolitan*

Kapitel 1

Eine Frau geht auf eine Reise

Es wurde heißer und würde sich nicht wieder abkühlen. Nicht diesmal. Sie konnte es in seinen Augen sehen. Seine Pupillen pochten. Der Gentleman der letzten drei Wochen war verschwunden. Jetzt war er alles andere als ein Gentleman. Er war nur noch ein Mann.

Ihre Blicke waren miteinander verschränkt. Er hob die Hand und drückte sie flach gegen ihre weiße Seidenbluse. Ihr Herz schnappte danach. Er küsste sie heiß und nass, dann umfasste er ihre Hüften und hob sie vor sich hoch. Sie schrie verblüfft auf, als er sie …

»Möchten Sie etwas trinken?«

… auf seiner Crêpe-de-Chine-Couch auf den Rücken warf.

»Ma'am?«

»Wir sollten das nicht tun«, knurrte er. »Du bist meine Praktikantin. Und Großvater besteht darauf, dass ich Caroline heirate.«

»Möchten Sie etwas trinken?«

Der genervte Ton drang dann doch zu ihr durch, und Sewanee Chester, Fensterplatzpassagierin, riss hektisch ihre Noise-Cancelling-Kopfhörer herunter, als hätten sie Feuer gefangen. »Was? Entschuldigung! Was?«

»Möchten Sie etwas trinken?«

»Äh. Nur ein Wasser, bitte.«

»Eis?«

»Äh, ohne … bitte.«

Sie klappte ihr Tablett herunter, und die Flugbegleiterin reichte ihr das Wasser. Bevor Sewanee sich bedanken konnte, beugte sich die Frau, die am Gang saß, zu ihrer Tochter auf dem Mittelplatz und fragte mit dieser piepsigen, vor Liebe triefenden Stimme, die im Allgemeinen für Haustiere oder Kinder reserviert ist: »Möchtest du etwas triiiiinken?«

»Saft!«

»Was für einen Saaaaaaft?«

Sewanee setzte sich ihre Kopfhörer wieder auf und stellte fest, dass sie das Hörbuch nicht angehalten hatte. Die Bluse war jetzt herunter. Sie seufzte, hielt es an, loggte sich in das In-flight-WLAN ein und schrieb Mark eine SMS.

Guten Morgen. Ich hasse dich.

Sie drückte auf Senden und trank ihr Wasser.

Zwanzig Sekunden später antwortete er:

Ich habe dir eins von denen mit den guten Rezensionen gegeben!

SEWANEE:

Seine Pupillen pochen, Mark. Seine PUPILLEN.

Während Mark tippte (es dauerte ewig, aber er ging auf die siebzig zu, sie ließ es ihm durchgehen), trank Sewanee.

MARK:

Sei kein Snob. Nicht jeder von uns hat einen Englischprof zum Vater, Süße.

SEWANEE:
Das hier hat nichts mit Snobismus zu tun. ODER meinem Vater. Das hier hat mit ANATOMIE zu tun.

Mark ignorierte das.

MARK:
Bin dir wirklich dankbar, dass du einspringst.

SEWANEE:
Für dich doch immer. Wie gehts dem Fuß?

MARK:
Noch immer gebrochen. Wie gehts dir?

SEWANEE:
Ich will den Titel der Podiumsdiskussion ändern.

MARK:
Was ist denn falsch an: *Vorgetäuscht: Liebe und Sex beim Sprechen von Romance-Büchern*?

SEWANEE:
Ich habe mir gedacht … *Das Sprechen von Romance-Büchern: Wir machen es mit dem Mund.*

Sie trank ihr Wasser aus, lehnte dazu den Kopf weit zurück.

Ein Eiswürfel entwischte ihr, Wasser rann an ihrem Hals hinunter und auf ihr Shirt.

»Du hast gekleckert!«

Sewanee lächelte das Kind angespannt an, während sie ihren Becher in die runde Ausbuchtung in der Ecke des Tabletts stellte. Hatte diese winzige Vertiefung je verhindert, dass Becher bei einer Turbulenz umkippten? Sie wollte die Zahlen dazu.

MARK:

Ich weiß, wie du dich mit Romance füllst, aber du schaffst das schon. Bitte nimm es einfach ernst.

SEWANEE:

*fühlst.

Über die Lautsprecher verkündete ein Flugbegleiter: »Ladys und Gentlemen, ich weiß, wir haben eben erst den Service beendet, aber wir werden in wenigen Minuten mit dem Landeanflug auf Las Vegas beginnen. Wir möchten Sie daher bitten, alle elektronischen Geräte jetzt auszuschalten …«

Sewanee sah auf ihr Handy. Mark hatte aufgehört zu tippen.

MARK:

Die Fans flippen aus. Du solltest die Facebook-Gruppen Seen. Du hast keine Ahnung.

SEWANEE:

*sehen. Wir haben doch über diese Sache geredet. Ich habs kapiert.

MARK:

verdammte Autokorrektur! Das hier ist die BiblioCon! 50 000 Teilnehmer, und bei euch im Romance-Pavillon werden mindestens ein Drittel davon sein.

»Ma'am, Sie müssen bitte Ihr Tablett hochklappen.«

Sewanee tat es.

»Und Sie müssen Ihre Rückenlehne senkrecht stellen.«

»Sie geht nicht hoch.« Sewanee tippte weiter in ihr Handy.

Die Flugbegleiterin streckte einen Arm über Mutter und Kind aus, um Sewanees Rückenlehne nach vorn zu ziehen. Das kleine Mädchen wandte sich für einen Moment um, um ihr zu helfen, dann riss sie ihre klebrigen Hände in die Luft, gab sich geschlagen. »Sie geht nicht hoch!«

»Danke«, murmelte Sewanee.

»Gerne«, erwiderte die Kleine.

SEWANEE:

Mark, ich habe doch gesagt, ich habs kapiert. Groß! Riesig! Du kriegst ein Buch, und du kriegst ein Buch, und du kriegst ein Buch!

MARK:

Und vergiss nicht, dich zu amüsieren, Oprah. Vegas, Baby! LOL.

Sewanee rief ihre E-Mails auf und sah noch einmal auf die überwältigende Anzahl von BiblioCon-Events. Sie suchte die Romance-Programme raus und überflog Autorengespräche, Signierstunden, Empfänge und eine stille Charity-Auktion. Sie lachte laut über eine hervorgehobene Veranstaltung: Dinner mit einem männlichen Covermodel. Dann ging sie die Fülle der Podiumsdiskussionen durch: *Gekreuzte Schwerter: Wie man M/M-Romance schreibt, wenn man selbst kein Schwert hat. Historische Kleider und wie man sie ablegt.* Und natürlich ihre eigene Podiumsdiskussion zu Hörbuchproduktion, die Mark – ihr Mentor, Boss und Vermieter – selbst moderieren würde, wenn ihm nicht vor zwei Tagen sein Wagen über den Fuß gerollt wäre. Dieser rote Karmann Ghia, Sal, war die einzige längerfristige Beziehung, die Mark hatte, seit er darin vor fünfzehn Jahren nach dem Tod seines Partners Julio aus Chicago geflohen war.

Sie war gern bereit gewesen, ihn auf der BiblioCon zu vertreten, aber es gab zwei Probleme. Vielleicht drei. Auch wenn sie im Grunde Marks Mädchen für alles war und ihm half, das Aufnahmestudio zu führen, das er in seinem Haus in den Hollywood Hills betrieb, wofür sie im Gegenzug in seinem Gästehaus am Hang wohnen durfte, war sie keine Hörbuchproduzentin wie Mark; sie war Sprecherin. Das zweite Problem war, dass sie eine Sprecherin war, die keine Romance sprach. Am Anfang, als sie ihre ersten Erfahrungen gesammelt hatte, hatte sie es getan, und zwar wie so viele Sprecher unter einem Pseudonym, aber sobald ihre Karriere abhob, hatte sie die Romance aufgegeben. Schließlich war sie nicht einmal Fan des Genres.

Sie gehörte nicht in den Romance-Pavillon.

Sie überflog noch einmal die Infos, die Mark ihr weitergeleitet hatte. Bis zum nächsten Tag hatte sie frei. Dann ging es los mit der Podiumsdiskussion am Vormittag und für den Rest des Tages Standbetreuung im Kongresssaal, wo sie die Fragen von Autoren zur Hörbuchproduktion zu beantworten hatte. Am Sonntagnachmittag dann der Rückflug. Leichte achtundvierzig Stunden. Außerdem würde ihre beste Freundin in Vegas sein, weil sie auch dazu verdonnert worden war, an dem Kongress teilzunehmen. Wenn auch aus völlig anderen Gründen.

»Bist du eine Piratin?«

Sewanee zuckte zusammen, wandte sich zu dem kleinen Mädchen um und stellte fest, dass sie sie anstarrte.

Die Mutter zuckte ebenfalls zusammen. »Hannah!«

»Sie sieht aus wie eine Piratin.«

Die Mutter drückte ihr Kind zu einer Umarmung an sich. »Sie müssen ihr verzeihen. Sie ist vier.«

»Ich bin fast fünf!« Am Busen der Mutter klang Hannah, als würde sie in ein Kissen protestieren.

»Schon gut.« Sewanee schenkte ihr ein nachsichtiges Lächeln. »Nein, ich bin keine Piratin.«

Hannah wand sich aus dem Würgegriff ihrer Mutter und drehte sich ganz zu Sewanee um. »Aber du hast eine Augenklappe.«

»Hannah.« Schärfer diesmal. Nach den Erziehungsmaßstäben von Los Angeles war das streng. Sie wandte sich zu ihrer Tochter um, rutschte zur Sitzkante vor, schnallte sich los und hockte sich *genau vor* ihr Kind und *auf seine Augenhöhe*, wie sie es vermutlich in einem Eltern-Coaching gelernt hatte. Ein lehrreicher Moment stand bevor. »Wir stellen Fremden keine persönlichen Fragen, Schatz. Du bist sehr, sehr schlau, und ich weiß deine Neugier zu schätzen, aber wir respektieren die Privatsphäre der Leute, okay?« Die schrille Piepsstimme war wieder da.

Hannah wandte sich unbeirrt an Sewanee. »Aber warum hast du die denn?«

Ihre Mutter drehte die Kleine zu sich herum. »Weißt du, Schnucki, genau das ist eine persönliche Frage, oder?«

»Nenn mich nicht Schnucki, das habe ich dir doch gesagt. Ich hasse das.«

»Entschuldige.«

Hannah wandte sich zappelnd wieder zu Sewanee um. »Bist du verletzt?«

Noch ein verzweifelter Versuch. »Hannah!« Aber Sewanee war Fragen dieser Art gewohnt und fand es fast schon erfrischend, dass sie diesmal nicht von einem Betrunkenen in einer Bar kamen.

»Nein. Nicht mehr.«

»Aber wenn du nicht verletzt bist, warum hast du denn dann …?«

Irgendwann stieß auch Sewanees Geduld an ihre Grenzen. »Ich würde ja sehr gern noch länger mit dir plaudern«, sagte sie, während sie auf die Bluetooth-Kopfhörer um ihren Hals klopfte, »aber ich muss mit meiner Arbeit fertig werden.« Sie sah die Mutter an, um elterliche Unterstützung flehend.

»Oh, natürlich! Vier ist einfach so ein neugieriges Alter …«

»Fünf!«

Sewanee schüttelte den Kopf. »Schon gut. Es ist nur so, ich habe eine Deadline, und wenn ich mir das hier nicht fertig anhöre, könnte es passieren, dass ich mir einen neuen Job suchen muss.«

Es mochte an ihrem Impro-Hintergrund liegen, der Schauspielausbildung, einer Kindheit, die in Geschichten gelebt wurde, aber wenn Sewanee eins konnte, dann lügen. Vor sich selbst ebenso wie vor allen anderen. Sie steckte sich die Kopfhörer wieder in die Ohren und drückte auf ihrem Handy auf Play. Kein Ton. Sie drehte die Lautstärke höher. Noch immer nichts. Sie drehte sie ganz auf.

Am Rande ihres Blickfelds sah sie, wie die Mutter Hannah die Hände über die Ohren legte, sie an ihre dürre Brust zog und Sewanee aus geweiteten Augen anstarrte.

Nein.

Hilfe, nein.

Sie riss die Kopfhörer eben noch rechtzeitig herunter, um bei voller Lautstärke zu hören:

»Er drückte ihre Beine auseinander, spreizte sie, bot ihre geheimste Stelle seinen pochenden Augen dar. Schon jetzt pulsierte, glitzerte ihr üppiges …«

Sewanee tippte so heftig auf den Pausenbutton ein, dass das Telefon zu Boden fiel. Sie tastete hektisch danach, während das Hörbuch weiterlief:

»›Sag es‹, knurrte er. ›Ich will hören, wie du es sagst.‹ Er leckte sie einmal rasch, neckend. Sie stöhnte auf. ›Sag, du willst meinen …‹«

Das Telefon war unter Hannahs baumelnde Disneyprinzessinnen-Leuchtsneakers gerutscht. Sewanee schnappte es sich, richtete sich auf und hielt das Hörbuch an … gleich nach dem Wort »Schwanz«.

Sie starrte auf das Handy, ignorierte den stechenden Blick, der sich in ihre Schläfe bohrte. Sie tat einen, wie sie hoffte, beiläufig klingenden Atemzug. Dann, als wäre nichts passiert (Leugnen war auch so eine Fähigkeit, die sie perfektioniert hatte), wandte sie sich ganz von Mutter und Kind ab und sah aus dem Fenster.

Sobald sie sich konzentrierte, sobald sie die Aussicht, die der Landeanflug bot, tatsächlich in sich aufnahm, kam sie zu dem Schluss, dass Las Vegas bei Tag eher schlaff aussah. Dieses ganze nächtliche Neon war wie Vegas-Viagra.

Sie setzte sich aufrecht hin. Wer reist denn auch mit einem Kind nach Las Vegas?, dachte sie. Tolle Erziehung. Sie kannte solche Mütter. Verdammt, sie *hatte* eine solche Mutter: sanft, übertrieben liebevoll. Sie war so erzogen worden, wie Hannah erzogen wurde. Westseite von L. A. (zu erkennen an den sehnigen Yoga-Armen der Mutter, ihren erstklassig gefärbten

Haaren, ihrer überpflegten Haut), Schulen, in denen *Gefühle* erwünscht waren, Eltern, die das Beste für ihr Kind wollten, während sie gleichzeitig sicherstellten, dass ihr Kind das Beste war. Die sagen, dass du alles sein kannst, alles tun kannst, Träume wirklich wahr werden, du etwas Besonderes bist, du gesalbt bist. Sei einfach *nett* zu jedem, *respektiere* jeden, sag die Wahrheit, sei schön fleißig, und dann wird sich alles fügen. Du wirst glücklich und zufrieden bis ans Ende deiner Tage leben.

Viel Glück dabei, Hannah.

Denn so läuft es wirklich:

Eine umwerfend durchschnittliche Frau auf der falschen Seite der dreißig auf ihrem Weg nach Vegas, mit einer Augenklappe, auf einem kaputten Sitz, die sich einen Porno anhört.

Kapitel 2

Die beste Freundin

Sewanee betrachtete sich in dem vergoldeten Spiegel im Aufzug des Venetian. Ungewaschene Haare, ausgebeulte Jeans, zerknautschtes T-Shirt, Hoodie mit nicht identifizierbarem Frühstücksfleck nahe dem Reißverschluss. Kein Wunder, dass die Frau, die ihr an der VIP-Lounge den Schlüssel ausgehändigt hatte, sie verwirrt gemustert hatte.

Als die Aufzugtüren in der fünfunddreißigsten Etage aufglitten, folgte sie der Ausschilderung nach rechts. An der Tür nahm sie ihren Rucksack ab (vorsichtig – ihre rechte Schulter war nach all der Zeit noch empfindlich) und stellte ihn auf ihren Rollkoffer. Sie öffnete die Tür mit der Schlüsselkarte.

Ein Marmorflur begrüßte sie. Sie schwebte ihn hinunter, vorbei an einer kleinen Toilette, die größer war als das Badezimmer in ihrem Haus. Auf der anderen Seite eine Miniküche/Bar, die das ganze Hotel hätte versorgen können. Schließlich stand sie mitten in einem tiefer gelegten, ultramodernen Marmorwohnzimmer mit deckenhohen Fenstern mit Blick über den Strip.

»Du hast es geschafft!«

Sie wandte sich nach links, blickte einen anderen langen Flur hinunter, wo die zweimal Golden-Globe-nominierte, einmal oscarnominierte Adaku Obi, L'Oréal-Werbemodel und UNICEF-Botschafterin, in einem Bademantel und barfuß zum Sprint auf sie ansetzte.

Bevor Sewanee reagieren konnte, hatte Adaku sich auf sie

gestürzt und drückte sie in einer heftigen, allumfassenden Umarmung an sich. Adakus Umarmungen begannen immer mit einem kleinen Schwanken, gingen dann in meditative Stille über und endeten schließlich mit tiefen Yoga-Atemzügen. Die Frau wusste, wie man im Moment blieb. Selbst wenn es nur für einen Moment war.

Adaku lehnte sich zurück und lächelte breit. »Ist das nicht ein Wahnsinn?! Das ist gigantisch! Einfach irre!« Adaku hatte schon immer eine Neigung zu lautstarken Begeisterungsausbrüchen gehabt, und die hatten sich, wie Sewanee aufgefallen war, proportional zu ihrem Erfolg gesteigert. »Und rate, was das Beste ist! Du wirst nie drauf kommen, also werde ich's dir sagen. Es gibt zwei Schlafzimmer!« Sie boxte Sewanee scherzhaft gegen die Schultern.

Sewanee boxte zurück. »Nur zwei?«

Adaku lachte schallend auf und schubste sie. »Zwei hab ich bis jetzt gefunden! Du musst bei mir wohnen!«

Sewanee ließ den Blick über die Weite des Raumes schweifen. »Mark hat meine Suite im Rio schon bezahlt.«

Adaku sah sie herausfordernd an. »Jaja, die Suiten im Rio kenne ich.«

Sewanee streckte lächelnd eine Hand nach Adaku aus. »Ich kann Mark nicht die Rechnung für ein Hotelzimmer zahlen lassen, das ich dann nicht nutze.«

»Wie viel ist es?«

Sewanee drückte Adakus Hand, schüttelte sie zur Bekräftigung. »Nein, nein, nein. Du weißt, dass ich das hasse.« Als sie Adakus zusammengekniffene Lippen sah, fügte sie hinzu: »Mach nicht so ein Gesicht.«

»Was für ein Gesicht?«

»Du weißt genau, was für ein Gesicht.«

»Ich weiß nicht, was …«

»Oh!« Sewanee ließ Adakus Hand los und trat ans Fenster. Verdammt. Die Aussicht war atemberaubend.

Adaku spielte die Hauptrolle in einem Film, der auf einem *New York Times*-Platz-eins-Bestseller des vergangenen Jahres basierte. Sie hatte auf der Hauptbühne ein Interview mit dem Autor, ein VIP-Meet-and-Greet, eine Autogrammstunde und irgendein internationales Presse-Event. Kein kleiner Romance-Pavillon für sie. Auf der BiblioCon war sie selbst das Hauptereignis.

In der Spiegelung des Fensters beobachtete Sewanee, wie Adaku von hinten an sie herantrat und die Arme ausbreitete, eine Königin, die sich an ihr Volk weit unten wandte. »Wir leben den Traum, Swan! Ich habe einen Tisch mit Gratisschampus im Club, eine Limousine in Bereitschaft und einen verdammten Butler, der mir rund um die Uhr zur Verfügung steht!«

Sewanee schwieg. Adaku, in einem weißen Vorort von Chicago aufgewachsen, dritte Tochter eines entzückenden, aber anspruchsvollen nigerianischen Ärztehepaars, gestattete sich endlich zu genießen, was sie sich so hart erarbeitet hatte. Es hatte lange genug gedauert. Die Leute hatten sie schon für einen Star gehalten, bevor sie einer war. Als ob eine Nominierung als beste Nebendarstellerin mit Privatjet, Penthouse und Porsche daherkommen würde. Adaku hatte sich *eben erst* ihr erstes Haus gekauft, einen Dreizimmerbungalow in Echo Park, dank des L'Oréal-Geldes. Das hier war das erste Mal, dass der rote Teppich so weit für sie ausgerollt worden war. Adaku Obi spielte die Hauptrolle in einem Film, und das Studio wollte sie glücklich machen.

Es war sehr verdient. Und ja, der Luxus machte Spaß. Aber Sewanee wollte zur Vorsicht mahnen. Sie ein bisschen bremsen. Ihr sagen, dass das Leben sich ohne Vorankündigung ändern konnte. Doch sie riss sich zusammen und verwendete stattdessen einen Schachzug aus Adakus eigenem Repertoire: Wenn sie nicht sagen konnte, was sie wollte, wechselte sie das Thema. »Entschuldigung, warum trinken wir nicht schon längst Champagner?«

Adaku bellte ihr unverwechselbares Lachen und drückte Sewanees Schultern. »Weil er noch in diesem schicken Sub-Zero-Kühlschrank rumsteht!« Während sie davonhuschte, rief sie über die Schulter: »Sie haben mir Cristal gegeben!«

Sewanee wandte sich wieder zum Fenster um und schüttelte sich innerlich einmal kräftig. Sie freute sich aufrichtig für ihre Freundin. Dass es ihr nicht gut ging, hatte nichts mit Adaku zu tun. Adaku war nicht das Problem.

Sie hörte das *Plopp* des Korkens, das gluckernde Geräusch des Einschenkens und das vornehme, leise Trippeln von Adakus nackten Ballerinafüßen auf dem Marmor hinter sich.

Sie wandte sich vom Fenster ab, und Adaku reichte ihr das Glas, sah Sewanee dabei scharf in die Augen. »Auf unseren wahr gewordenen Traum!«

Sewanee stieß mit ihr an und nahm einen großen Schluck von dem besten Champagner, den sie je getrunken hatte.

»Okay! Was wollen wir unternehmen? Ich habe dieses Dinner, von dem ich dir erzählt habe, aber bis dahin bin ich frei. Lass uns Party machen.« Da sie alles über ihre beste Freundin wusste, wusste Sewanee auch, dass Adaku – selbst wenn jeder, der sich in Adakus Wirbelwind-Gegenwart wiederfand, das Gegenteil schwören würde – noch nie mit Kokain in Kontakt gekommen war.

»Was immer du willst! Ich kann nicht vor drei einchecken, das heißt …«

Adaku verdrehte die Augen, und Sewanee konnte sehen, wie sie ein neues Argument dafür, das Rio sausen zu lassen, fand, und beeilte sich zu sagen: »Ich muss heute Abend ein bisschen arbeiten, also lass uns Spaß haben, aber nicht zu viel. Morgen Abend bin ich dann mit vollem Einsatz dabei. Apropos Einsatz, ich habe fünfhundert Dollar mitgebracht, und ich werde sie auf Rot oder Schwarz setzen. Hab mich noch nicht entschieden, was von beidem. Wer weiß, vielleicht habe ich ja Glück.«

»Oh, du wirst Glück haben, wenn ich ein Wort mitzureden habe! Es ist viel zu lange her.« Adaku erhob wieder ihr Glas. Sewanee stieß kichernd mit ihr an, und dann sagten sie beide gleichzeitig, mühelos und unbeschwert: »Ich liebe dich, Süße.« Sie schlürften ihren Schampus, dessen Perlen sich auf Swans Zunge wie Knallbrause anfühlten, und auf einmal war sie zufrieden. So war es immer in Adakus Gegenwart.

Adaku stellte ihr Glas auf einem Beistelltisch ab, der, wie Sewanee fand, eine Skulptur hätte sein können, und klatschte in die Hände. »Also! Ich habe in zehn Minuten ein Telefoninterview, das sollte nicht länger als eine halbe Stunde dauern – zumindest hat mein Publicity-Manager mir das versprochen –, und dann legen wir los!« Sie füllte Sewanees Glas auf, während sie sagte: »Nimm das, geh und chill im Spa …« – sie zeigte einen anderen langen Flur hinunter – »… mach dich schön …« – sie musterte Swan von Kopf bis Fuß – »… und bring dich in Stimmung für die *Paaaaarty*!« Bei diesem letzten Wort wirbelte sie aus dem Zimmer wie Stevie Nicks, sodass der Champagner aus ihrem Glas schwappte und auf den Marmor spritzte.

Sewanee lächelte und ging den anderen Flur hinunter. An der Tür zum Badezimmer blieb sie wie angewurzelt stehen.

Oh, okay. Es war tatsächlich ein Spa. Es gab einen Dampfraum, eine Sauna und einen Massagetisch, in der Mitte thronte eine japanische Badewanne. Sie wusste nicht, was sie zuerst ausprobieren sollte. Die Wanne lockte sie, also zog sie sich aus – Augenklappe und alles – und ließ sich in das perfekt temperierte Wasser gleiten.

Während sie sich entspannte, wanderten ihre Gedanken zurück zu dem Studioapartment in Washington Heights, das sie sich während des Studiums mit Adaku geteilt hatte. Wenn mal wieder die Heizung streikte, hatten sie sich unter Decken zusammengekuschelt und das »Wenn wir berühmt sind«-Spiel gespielt. Die Schauspielschule hatte sie ausgelaugt, finanziell und emotional, aber sie hatten eine unerschöpfliche Quelle von Optimismus gehabt, wie sie sich nur aus Jugend und Unerfahrenheit speisen kann. Wenn wir berühmt sind, werden wir jeden Abend Sushi essen. Wenn wir berühmt sind, werden uns die Leute auf der Straße anhalten und sagen, wie sehr sie unsere Arbeit lieben. Wenn wir berühmt sind, werden wir eine zuverlässige Heizung haben. Wenn *wir* berühmt sind.

Nicht du. Nicht ich. Wir.

Damals hatte Sewanee nicht gewusst, wie rasch ein Traum zu etwas werden konnte, das dich verhöhnt und dir ins Gesicht lacht.

Wie sich herausstellte, war Vegas bei Tag doch nicht so schlaff, wie Sewanee gedacht hatte. Sie und Adaku hatten bereits einen Schaufensterbummel gemacht, und jetzt saßen sie gemütlich in zwei Clubsesseln in einer edlen Bar irgendwo in den noblen Eingeweiden des Venetian und schlürften irgendetwas Teures – Kostenloses, aber Teures. Nachdem Adaku eine Cocktailserviette mit »Für Roy, alles Gute, Adaku« signiert hatte, hatte ihr eifriger Kellner sie von ihren Wodka Sodas zu irgendetwas Süßem, das mit Goldflocken bestäubt war, hochgestuft. »Müssen wir uns Sorgen wegen einer Schwermetallvergiftung machen?«, hatte Sewanee gewitzelt, als er weg war. Adaku hatte an dem Drink geschnuppert, geschwärmt: »Das wäre doch mal ein Abgang!«, und einen Schluck genommen. Und Sewanee tat es ihr gleich.

»Wie gehts BlahBlah?«, erkundigte sich Adaku.

»Ach, du kennst sie ja«, seufzte Sewanee. »Körperlich geht es ihr gut. Geistig, na ja. Hast du *Memento* gesehen?«

Adaku verzog das Gesicht. »Ist sie …? Weiß sie noch, wer du bist?«

»Ja, ich habe angefangen, ihr meine Hörbücher mitzubringen, und ich glaube, meine Stimme zu hören, wenn ich nicht da bin, hilft ihr, sich an mich zu erinnern, wenn ich sie besuche.«

»Erstaunlich. Und was ist mit deinem Dad?«

»An ihn erinnert sie sich auch. Leider.«

Adaku kicherte. »Ich habe gemeint, wie *geht* es dem alten Bademantel?«

Sewanee lachte schallend, sie stellten ihre leeren Gläser ab, und Roy tauchte auf, als hätte er in den Kulissen auf sein Stichwort gewartet. »Alles in Ordnung bei Ihnen? Oder brauchen wir noch ein bisschen mehr Gold?«

»Mein Barmann-Zauberer!«, flirtete Adaku. »Abrakadabra, bitte!« Sie hielt die beiden leeren Gläser hoch.

»Ihr Wunsch ist mir Befehl.« Roy nahm ihr die Gläser ab. »Bin gleich wieder da.« Er machte ein *Wusch*-Geräusch, während er ging.

»Gibt es eigentlich irgendetwas, wozu du einen Mann nicht bringen kannst?«, staunte Sewanee.

»Sich binden?« Sewanee lachte, und Adaku scannte den Raum.

»Apropos Männer, datest du im Moment irgendwen?«

Sewanee sah sie nicht an, als sie antwortete. »Nein.«

»Dann los! Wir sind in Vegas!« Adaku beugte sich mit

einem verschwörerischen Grinsen zu ihr vor. »Was in Vegas passiert, bleibt in …«

»Nur wenn du verhütest.« Adaku kicherte. Sewanee krächzte. »Ich glaube, ich habe eine Goldflocke in die Kehle gekriegt.«

In diesem Augenblick tauchte Roy wieder auf, machte das *Wusch*-Geräusch, und Sewanee unterdrückte ihr Krächzen.

»Und da ist er wieder!«, rief Adaku. »Der sagenhafte Roy!«

»Was kann ich für die Damen noch aus dem Hut zaubern?«, fragte er mit einem Vegas-Grinsen.

Adaku fing Sewanees Blick auf. Ein lautloser Wortwechsel folgte. *Wie wärs mit ihm?*, fragte Adaku. Sewanee neigte fast unmerklich das Kinn. *Nein.*

Adaku ignorierte sie und wandte sich an Roy. »Übrigens, das hier ist meine beste Freundin, Sewanee.«

»Shauney?«

»Nein, SWAH-nee.«

Sewanee wand sich innerlich. »Nennen Sie mich einfach Swan. Wie der Schwan.«

»Dann ist das hier wohl der Tisch mit den coolen Namen, was?« Er winkte einmal kurz, wie ein Scheibenwischer. »Und, Swaaaan, sind Sie auch jemand?«

»Oh, ja.« Sie räusperte sich. »Sind wir das nicht alle?«

»Ha!« Er richtete zwei Finger wie eine Pistole auf sie, machte *»Peng, peng«* und fügte hinzu: »Ich habe gemeint, sind Sie auch berühmt?«

Adaku beugte sich vor. »Sie ist die größte lebende Hörbuchsprecherin auf dem Planeten!«

Sewanee hob eine Hand. »Das ist nicht …«

»Hörbücher?« Roys Augenbrauen schossen hoch. »Oh, Mann, das ist so was von mein Ding! Haben Sie irgendwas gemacht, das ich gehört haben könnte?«

Sie nippte an ihrem Cocktail und stellte fest, dass das Geheimnis, wie man Goldflocken aus der Kehle kriegt, offenbar noch mehr Goldflocken waren.

In der Zwischenzeit sagte Adaku: »Sie haben sie gehört, glauben Sie mir. Sie macht so ziemlich jedes große Buch! Sie hat jeden Preis gewonnen, den man gewinnen kann! Haben Sie *Diese Hügel* gehört?« Sewanee musste Adaku Anerkennung dafür zollen, wie sie diesen Typen einschätzte. Wenn es irgendein Buch gab, das sie gesprochen hatte und das er vermutlich gehört hatte, würde es dieser hypermaskulinisierte Western-Bestseller des vergangenen Jahres sein. *Butch Cassidy und Sundance Kid*, aus der Perspektive einer Frau erzählt.

Er leuchtete auf wie ein Spielautomat. »Mann! Mann! Das Buch war der Hammer! Das waren Sie?«

Sie zeigte mit einer unbeholfenen Geste auf sich.

Roy beäugte Sewanee, sah sie mit neuen Augen. »Sie waren eine Wucht! Moment mal, kennen Sie dann auch den Typen, der Butch und Sundance gespielt hat? Haben Sie das zusammen aufgenommen?«

Adaku und Sewanee sahen sich an und dann zurück zu Roy. »Welcher Typ?«, fragte Adaku.

»Der Typ! Der Typ, der die Typen gesprochen hat.«

Adaku und Sewanee sahen sich wieder an. »Das war kein Typ«, sagte Adaku.

»Nein, der Butch-und-Sundance-Typ-Typ.«

»Ohhhh, dieser Typ. Ja, das war kein Typ.« Adaku genoss das hier ein bisschen zu sehr.

»*Wer* war kein Typ?«

»Der Typ, der das gelesen hat.«

»War kein Typ?«

»Nein.«

Sewanee ging dazwischen, bevor Adaku bei Roy einen Kurzschluss auslösen konnte. »Was sie zu sagen versucht, ist, dass ich das gesprochen habe.«

Roy verdaute das einen Moment. Einen ausgedehnten Moment. Er kniff die Augen zusammen. »Oh, verstehe.« Dann fragte er: »Also, wer war der Typ?«

Sewanee überlegte, ob sie sich einfach einen Namen ausdenken und das Thema beenden sollte. Die in ihren Drink kichernde Adaku war an dem Punkt keine Hilfe. Sie würde einen letzten Versuch unternehmen. »Roy?« Ihr Ton war der einer Kindergärtnerin. »Der Typ? Die Typen? Waren ich.«

Roy warf den Kopf zurück. »Nicht auch Sie? Der Typ ...«

»Roy?« Derselbe Ton. Er sah sie wieder an. »Als ich *Diese Hügel* aufgenommen habe ... Die haben mich die ganzen Stimmen machen lassen. Einschließlich Butch und Sundance.«

Schweigen. »Die ganzen Stimmen?«

»Die ganzen Stimmen«, wiederholte Sewanee.

Roy wurde still. Dann legte er den Kopf schräg. Er sah aus wie ein Labrador, der Platz machen soll.

Sie senkte ihre Stimme zu einem Ort, der ihr inzwischen zur zweiten Natur geworden war. »›Eines Tages, Butch, wirst du sterben, und dann wirst du erkennen, dass du nie wirklich gelebt hast.‹«

Roy starrte sie an.

Sewanee nahm einen Schluck von ihrem Drink und wartete.

Schließlich: »Mann.«

Adaku schlug mit der flachen Hand auf den Tisch. »Umwerfend, was?!«

Ihre Begeisterung riss Roy aus seiner Verwirrung. Jetzt war er von Ehrfurcht ergriffen. »Wie machen Sie das?«

Sewanee winkte ihn zu sich heran und sagte leise und geheimnisvoll: »Behalten Sie es für sich, klar?«

Er sah aus, als hätte man ihm gestattet, hinter einen Vorhang zu blicken und etwas Unerhörtes zu sehen. Er wackelte langsam mit dem Kopf. »Okaaaaay. Total.« Er zwinkerte wissend und kehrte zurück zu seinem Posten an der Bar.

Adaku ließ sich einen Moment Zeit. Dann zuckte sie die Schultern. »Okay, der jedenfalls nicht!«

»Noch eine Karte!«

Sie waren an einem Blackjack-Tisch gelandet. Adaku spielte. Sewanee sah zu.

Der Croupier deckte die nächste Karte auf. »Einundzwanzig.«

»Wums!« Adaku zog Sewanee auf den Platz neben sich. »Komm schon! Spiel!« Sie schob ihr einen Stapel Fünfundzwanzig-Dollar-Jetons hin und sagte zu dem Dealer: »Sie spielt.«

»Nicht mit deinem Geld.«

»Schscht. Zehn Minuten! Zehn kleine Minuten! Ich habe eine Glückssträhne. Und dann gehen wir dein Rouletterad suchen.«

»Ich muss die Vorarbeit für …«

»Die Bücher laufen dir nicht davon, Swan.«

Der Croupier sagte: »Kartentausch, die Damen. Es wird ein paar Minuten dauern.«

Erleichtert lehnte sich Sewanee zurück und spürte, wie sich zwei Typen von hinten an sie heranpirschten.

»'tschuldigung?« Der größere der beiden tippte Adaku auf die Schulter.

Sewanee sah, wie Adaku vor der Berührung zurückwich, selbst während sie sich mit ihrem standardmäßigen »Ja, ich bins«-Lächeln zu ihnen umwandte. »Hi!«

»Heilige Scheiße. Sie *sind* es! Wir waren uns nicht sicher.«

»*Ich* war mir sicher«, warf sein kleinerer Begleiter ein. »Acura Oboe!«

Sewanee seufzte hörbar und bekam prompt Adakus Fuß gegen das Schienbein.

Adaku lächelte breit. »Adaku Obi.«

»Ja.« Der Größere schnippte mit den Fingern. »Ich bin Chuck. Und diese Platzverschwendung hier ist Jimbo.«

Chuck hatte ein glasiges Glitzern in den Augen, das Sewanee nicht gefiel. Er starrte Adaku noch immer an. »Unter uns, Sie erinnern mich total an diese …« Er wandte sich zu seinem Freund um. »Jimbo, erinnerst du dich noch an Sheniqua?«

Jimbo schnaubte spöttisch. »Und ob ich mich an Sheniqua erinnere.«

Sewanee würde sich nie daran gewöhnen: die Dinge, die manche Männer glaubten, sagen zu dürfen. Der magische Kellner Roy war harmlos. Aber diese beiden? Diese beiden bedeuteten Ärger. Während Sewanee überlegte, ob sie dazwischengehen sollte, ordnete sie ihre Akzente ein. Ostküste. Nicht New York, nicht die Boroughs. Eindeutig nicht Boston. Jersey. Vermutlich die Küstenregion.

»Also, hey.« Chuck ließ eine Hand auf Adakus Stuhllehne fallen und beugte sich über sie. »Verstehen Sie mich nicht falsch, aber mögen Sie weiße Typen?«

Sewanee stand auf. »Das wars …«, begann sie, und Adaku sagte leise und scharf: »Nicht.«

Chuck hob zwei fleischige Hände. »Ich mein ja nur!«

Jimbo kicherte. »Wir hatten ein bisschen zu viel von ein bisschen zu viel, falls Sie wissen, was ich meine.« Sie klatschten sich ungeschickt ab.

Es hatte einmal ein Zeitfenster gegeben, wusste Sewanee, ein kleines Zeitfenster vor ein paar Jahren, als es unterhaltsam gewesen war, erkannt zu werden. Jetzt fühlte es sich nach Überwachung an.

Adaku suchte den Blick des Croupiers. Mehr war nicht nötig.

Chuck, nichts ahnend, trat noch einen Schritt näher auf Adaku zu. »Du bist etwas Besonderes. Hast dieses gewisse Etwas. Du funkelst. Richtig aprodisierend und so.«

»Aphrodisierend«, sagte Sewanee mit dieser geübten Stimme, die, so leise sie auch war, dafür sorgte, dass die Leute zuhörten. »Es heißt aphrodisierend.«

Chuck sah sie zum ersten Mal an, verblüfft, sie dort zu sehen. »Das habe ich doch gesagt.«

»Nein, Sie haben aprodisierend gesagt. Es heißt aphrodisierend.«

»Na und?«

»Aphrodisierend ist ein Wort. Aprodisierend ist keins.«

Chuck nahm eine theatralische Pose ein – als würde er nachdenken, einen stummeligen Finger an sein stoppeliges Kinn gelegt. Er wandte sich an seinen Kumpel. »Hey, Jimbo, ist ›Bitch‹ ein Wort?« Er sah zurück zu Sewanee. »Habe ich das richtig gesagt?«

Während die zwei lachten, tauchten zwei große Männer auf. Einer von ihnen nahm Chuck beim Ellenbogen. »Gentlemen, wenn Sie bitte mit uns mitkommen würden.« Es gab Protestbekundungen: Wir haben es nicht böse gemeint; hatten nur ein bisschen Spaß; was für eine Art, seine Fans zu behandeln; du bist keine heiße Nummer, weißt du. Aber sie wurden bereits zum nächstgelegenen Ausgang eskortiert.

Sewanee setzte sich wieder. Sie und Adaku sahen sich an und sagten gleichzeitig: »Okay, der jedenfalls nicht!« Sie tauschten ein wehmütiges Lächeln, als Chuck einen letzten Schuss über die Schulter abfeuerte.

»Hey, Bitch, wir sehen uns später im Treasure Island!«

Adaku hatte darauf bestanden, Sewanee in der Limousine zum Rio zu bringen. Sie hatte in ihr Zimmer im vierten Stock eingecheckt, die Vorhänge zurückgezogen, die eine herrliche Aussicht auf ein Parkhaus freigaben, sich eine Tasse Tee gemacht, den Golf Channel eingeschaltet – ihre bevorzugte Quelle für Hintergrundgeräusche – und gearbeitet. Als Erstes ging sie die Fragen durch, die Mark ihr für die Podiumsdiskussion morgen Vormittag gegeben hatte.

Dann begann sie mit der Vorarbeit für ein Buch, das sie in ein paar Wochen aufnehmen würde: Sie erstellte Wörterlisten und fand die korrekten Aussprachen, identifizierte den emotionalen Bogen der Geschichte, setzte Atempunkte in syntaktisch herausfordernden Passagen, skizzierte Beziehungen zwischen den Figuren und entwickelte Stimmen und Akzente. Buchvorarbeit war für sie so wichtig geworden, wie es früher Proben für ein Stück waren oder Recherchen zu einer Figur vor dem Dreh. Aber Sewanee Chester hatte seit sieben Jahren nicht mehr auf einer Bühne oder vor einer Kamera gestanden.

Nach ein paar Stunden lehnte sie sich zurück, spürte, dass sie hungrig war, und spielte geistesabwesend mit dem Gummiband der Augenklappe über ihrem rechten Ohr, als wäre es eine Haarlocke. In der ersten Zeit hatte sie sie jedes Mal abgenommen, wenn sie allein war. Inzwischen war sie einfach ein Teil von ihr. Sewanee griff zum Telefon und gönnte sich Roomservice.

Dann tat sie etwas, was sie hasste: Sie ging auf Facebook.

Sie hatte ihre Aktivität da nach dem Unfall auslaufen lassen. Erst zu viele Mitleidsposts und dann, scheinbar über Nacht, nicht mehr genug. Während Leute Fotos von ihren Verlobungen und Hochzeiten, ersten Hunden, ersten Häusern, ersten Kindern und jetzt zweiten Kindern posteten, war das letzte Bild, bei dem sie getaggt worden war, eines aus dem Krankenhaus gewesen. Adaku an ihrer Seite, beide mit frech erhobenen Daumen. So war sie in der Zeit erstarrt.

Aber dann war Mark gekommen und hatte gesagt: Romance-Hörbuchfans flippen aus, du solltest die Facebook-Gruppen sehen.

Sie ging auf die Seite von Dixie Barton, einer befreundeten Hörbuchsprecherin, die mit Romance Karriere gemacht hatte und am nächsten Tag bei der Podiumsdiskussion dabei sein würde. Ihr richtiger Name war Alice Dunlop. Sie hatte das Pseudonym Dixie Barton gewählt, weil diese in den 1940er-Jahren eine berühmte Burlesque-Tänzerin gewesen war. Sewanee sah sich die Gruppen an, denen »Dixie« angehörte:

Romance Rosies.

Midnight Riders.

Alles über Romance.

Sie klickte die mit den meisten Mitgliedern – zwanzigtausend?! – an und glitt in eine andere Dimension.

Es gab mindestens fünfzig Posts pro Tag; einige kündigten Neuerscheinungen an (»Buch 14 von *Heiß wie Holly* kommt heute raus! Her damit!«), andere bekundeten ihre Liebe zu einem bestimmten Buch oder Sprecher (»Manchmal höre ich Joe Kincaids Stimme in meinen Träumen«), und einige baten um Empfehlungen (»Weiß irgendjemand ein witziges M/M/F-Dreier-Buch? Muss WITZIG sein«). Autoren waren Mitglieder dieser Gruppe und auch Sprecher. Aber hauptsächlich waren es die Fans.

Fans, die, wie Sewanee feststellte, während sie die Seite durchscrollte, ein Buch pro Tag hören konnten. Fans, die Filmchen über ihre Lieblingssprecher machten. Fans, die ungeduldig auf das nächste Buch eines Sprechers warteten.

Sewanee wusste, wie beliebt Romance-Bücher waren, aber sie wunderte sich, zu sehen, dass Sprecher ihre eigene Followergemeinde hatten. Die Fans liebten die Frauen … aber sie *vergötterten* die Männer, von denen einer, Brock McNight, so was wie der König der Sprecher war. Die Kommentare machten es offensichtlich. »Eure Hoheit!« und »Unser liebstes Einhorn« und »Brock McNight! Ich will, dass du mir diese Passage vorliest, während ich dir einen blase!«.

Na dann, viel Spaß.

Sewanee wusste, dass Brock McNight unmöglich sein richtiger Name sein konnte. Die Freizügigkeit dieser Bücher war für viele Sprecher – wie auch die Autoren selbst – ein Grund, ein Pseudonym zu verwenden. Jeder, jede hatte seine oder ihre eigenen Gründe dafür, aber wie ein Bund von Magiern waren sie alle auf Geheimhaltung eingeschworen. Ein Post am Anfang der Seite drohte an, dass jeder Hörer, der einen Sprecher ohne dessen Zustimmung »outete«, aus der Gruppe geworfen würde.

Gut so.

Es war Mark gewesen, der Sewanee damals vorgeschlagen hatte, Hörbücher zu sprechen. Sie hatten zufällig in einem Blackbox-Theater mit dreißig Plätzen nebeneinandergesessen bei einem Theaterprojekt eines gemeinsamen Freundes und schienen die einzigen beiden Leute im Publikum zu sein, die nicht beeindruckt von der zähen Soße auf der Bühne waren. Nach einem zweiminütigen Gespräch über Hörbücher während der Pause gab Mark ihr seine Karte, sagte, sie würde mit Indie-Romance anfangen müssen und solle sich einen Decknamen suchen. Sie wählte den Klassiker: Unter Verwendung eines allseits beliebten Algorithmus kombinierte sie ihr erstes Haustier (Sarah, ein schwarzer Labrador, so treu wie dumm) mit der Straße, in der sie aufgewachsen war (Westholme, eine halbe Meile vom UCLA-Campus entfernt, wo ihr Vater unterrichtete). Sarah Westholme klang realistisch. Manche Sprecher machten es genau umgekehrt. Fluffy Foxtrot. Dick Long. Und im Fall eines sehr schwulen, sehr lässigen Sprechers, den sie verehrte und der ausschließlich queere Erotica aufnahm, Lindsey Graham. »Soll der Dreckskerl mich doch verklagen, wenn er sich traut.«

Die Indie-Romance im Hörbuchbereich war so stark gewachsen, seit sie sich »zur Ruhe gesetzt« hatte, dass Sewanee sich sicher war, dass Sarah Westholme in Vergessenheit geraten war. Aber sie gab ihr altes Pseudonym trotzdem in die Suchleiste der Facebook-Gruppe ein, nur um zu sehen, ob sie noch existierte.

Und ob sie noch existierte. Sie war ein Mysterium. Die große Unbekannte der Romance. Die Posts verrieten es ihr.

Warum spricht sie keine Hörbücher mehr?

Was ist mit ihr passiert??

Sie war mein absoluter Liebling, warum
nur ist sie weg 😱 ???

Niemand macht die Männerstimmen so
wie sie! *Schattengänger?!* Es gibt nichts
Besseres als SW, die June French liest!

Schattengänger war die letzte Romance-Serie, die sie gemacht hatte, und sie hatte sie geliebt. Aber das war schließlich auch June French. Was gab es da nicht zu lieben? In den Neunzigern war June eine Romance-Kultautorin gewesen, hatte dazu beigetragen, das Genre zu definieren. Als die *Schattengänger*-Serie, von Sarah Westholme gesprochen, als Hörbuch herauskam, war sie durch die Decke gegangen.

June war die eine Autorin, bei der es Sewanee leidgetan hatte, dass sie aufgehört hatte, Romance zu sprechen. Sie hatten gut zusammengearbeitet, hatten sich interessante, intime E-Mails geschrieben und wären im wirklichen Leben vermutlich Freundinnen gewesen. Sie erinnerte sich, June sogar erzählt zu haben, was ihr zugestoßen war, warum sie nicht mehr vor der Kamera auftrat. Als sie vor ein paar Wochen hörte, dass June gestorben war – eine Schockwelle, die durch die Hörbuch-Community ging –, war sie traurig gewesen.

Ein Klopfen an der Tür ließ sie zusammenzucken. Für einen Moment – einen kurzen, aber trotzdem! – sah sie sich selbst in einem June-French-Roman. Was für ein Abenteuer könnte auf der anderen Seite der Tür auf sie warten?

Ach ja, richtig. Essen.

Sie klappte den Laptop zu, sprang auf und rückte ihre Augenklappe zurecht, bevor sie einem Mann die Tür öffnete, der es niemals auf das Cover eines Romance-Buchs schaffen würde, und das nicht nur, weil seine beste Zeit dreißig Jahre zurücklag. Er rollte das Essen in ihr Zimmer, sie unterschrieb die Rechnung, gab ihm ein großzügiges Trinkgeld und schloss die Tür.

Sie nahm den Deckel von dem Teller und fand kalte Pommes, ein altes Brötchen, einen noch älteren Burger und eine Garnierung, die wahrscheinlich von einem anderen Dinner stammte.

Die Fantasie war vorbei. Die Wirklichkeit war wieder da.

Kapitel 3

Der Einsatz

Am nächsten Morgen, während Sewanee sich für eine Lippenstiftfarbe zu entscheiden versuchte, starrte sie in den Badezimmerspiegel. Egal, wie sehr sie sich an den Anblick ihres Gesichts ohne die Augenklappe gewöhnt hatte, sie starrte es jedes Mal an, als wäre es das erste Mal, und jedes Mal mit der Hoffnung, es wäre das letzte Mal.

Die Stelle, wo einmal ihr rechtes Auge gewesen war, sah aus wie verbrannt, aber das war nur der Effekt von zu wenig Haut für zu viel Oberfläche. Die lange gezackte Narbe verlief von der Mitte ihrer rechten Augenbraue über den höchsten Punkt ihres Wangenknochens nach unten. Wie die Mündung eines Flusses schob sie sich in die Bucht ihrer Wangenmulde.

Sie sah wieder hinunter auf den Lippenstift. Leuchtend rot. Sei mutig.

Ihr Handy, das neben ihr auf dem Waschtisch lag, klingelte.

Sie warf einen Blick auf die Anzeige: *Seasons*. Die Einrichtung, in der ihre Großmutter lebte. Egal, wie oft sie im Laufe der Jahre *Seasons* auf dem Display gesehen hatte, ihr Magen hatte sich jedes Mal zusammengekrampft. In den letzten Monaten hatte sich die Verkrampfung parallel zu Blahs geistigem Zustand verschlimmert. Sie ging ran.

»Sewanee?«, fragte die vertraute Stimme.

»Hallo, Amanda. Ist alles okay?«

»Nicht wirklich, wir hatten einen kleinen Zwischenfall.«

Sewanee wandte sich um, lehnte sich gegen den Waschtisch. Sie stellte sich die energiegeladene, fähige Amanda hinter dem Schreibtisch in ihrem winzigen Büro vor, vermutlich mit einem Weihnachtspullover über der Stuhllehne, in den wuscheligen grauschwarzen Haaren ein Rentiergeweih-Haarreifen. »Was ist passiert?«

»Es tut mir leid, Sie damit zu belästigen. Wir haben versucht, Ihren Vater zu erreichen, aber er ruft nicht zurück.«

Typisch. »Schon gut, was ist passiert?«

»Na ja«, seufzte sie, »BlahBlah hat gestern Nacht ihr Zimmer verlassen.« Selbst die Pflegekräfte hatten den Spitznamen ihrer Großmutter übernommen. Barbara hatte nie »Grandma« oder »Nana« oder irgendetwas anderes, das »nach alter Frau klang«, genannt werden wollen. Aber die kleine Sewanee konnte Barbara nun mal nicht aussprechen. Das Beste, was sie zustande brachte, war BlahBlah. Sewanees Vater war der Ansicht gewesen, das passe perfekt zu seiner redseligen Mutter, also blieb der Spitzname hängen. »Einer unserer Pfleger hat sie heute Morgen um halb drei im Gemeinschaftsraum gefunden. Sie dachte, sie wäre in einem Hotel in Tennessee und würde sich für ihren Debütantinnenball fertig machen. Sie dachte, der Pfleger wäre ihr Begleiter.«

Sewanee schloss ihr Auge. »Wie geht es ihr heute Morgen?«

»Sie erinnert sich an nichts. War beim Frühstück ihr übliches quirliges Selbst.«

»Okay.« Sewanee atmete aus, legte den Kopf zurück. »Das ist doch gut. Oder?«

»Ja, aber die Sache ist die, wir mussten sie für den Rest der Nacht einschließen, zu ihrer eigenen Sicherheit. Ihr Zustand ist vorangeschritten und verlangt, dass wir über künftige Pflegeerfordernisse nachdenken.«

»Was heißt das?«

»Wir glauben, dass wir sie irgendwann in naher Zukunft auf unsere Demenzstation verlegen müssen.«

Sewanee hatte die große verschlossene Tür gesehen. Sie erinnerte sich lebhaft an das Schild mit der roten Aufschrift: DEMENZSTATION. TÜR STÄNDIG GESCHLOSSEN HALTEN. Die Tür ging von dem Flur ab, der zur Bar führte. Ja, das Seasons hatte eine Bar. Und einen Yoga-Raum. Die Einrichtung sah wie ein Hollywood-Studiogelände mit einer Kulisse des Fünfzigerjahre-Amerikas aus: Der Hauptflur war die Main Street, auf dem kleinen Markt gab es einen Tresen mit einem Getränkespender und eine Jukebox. Diese Disneyfizierung des Verfalls ging Sewanee gegen den Strich. Aber Blah war glücklich in der Kulisse. Und da das Heim in Burbank lag, gleich gegenüber den Warner Bros. Studios und neben dem Smoke House Restaurant, war es voll mit ehemaligen Filmleuten wie ihrer Großmutter.

Das war der Grund, weshalb Blah sich dafür entschieden hatte, nachdem ihre Schwester Bitsy, bei der sie bis dahin gelebt hatte, gestorben war. Das war ihre Sippe, und dort gehörte sie hin.

Während andere Heime mit ihren Bewohnern ins Einkaufszentrum oder ins Museum fuhren, bestanden die Ausflüge des Seasons aus Kinoabenden auf dem Hollywood-Forever-Friedhof, um Filmklassiker unter freiem Himmel zu sehen (»und um alte Freunde zu besuchen«, wie ihre Großmutter gern witzelte). Sie gingen zu Sitcom- und Talkshow-Aufzeichnungen. Sie hatten freitagabends eine Happy Hour, die für die Allgemeinheit offen war, und Swan kam zu den meisten davon und trank mit Blah und deren Freundinnen einen Martini.

Als sie das Seasons vor vier Jahren das erste Mal besichtigt hatten, hatte Amanda ihnen versichert, falls und wenn die Zeit für eine Verlegung auf die Demenzstation kam, würde Blah nicht von der Welt isoliert sein, an der sie sich erfreut hatte; sie würde immer noch an den Aktivitäten des betreuten Wohnens teilnehmen, wenn sie wollte. Wenn sie konnte. Sowohl Sewanee als auch Blah hatten das damals beiseitegewischt. Beide hatten sie nie ernsthaft die Möglichkeit in Betracht gezogen, BlahBlah – die schwatzhafte, gackernde, aufgeweckte, schnodderige, quirlige BlahBlah – könnte hinter verschlossenen Türen rund um die Uhr überwacht werden müssen.

»Soll ich es weiter bei Ihrem Vater versuchen?«, fragte Amanda.

»Nein, das wird nicht nötig sein. Ich werde ihn schon erreichen.«

»Okay. Bitte sagen Sie ihm, dass er mich anrufen soll.«

»Auf jeden Fall. Danke, Amanda.«

Sewanee beendete das Gespräch und rief die Nummer ihres Vaters auf. Sie hielt einen Moment inne, seufzte und wählte.

»Sewanee, ich habe keine Zeit zu plaudern, ist alles okay?«

»Es geht mir gut.« Nicht dass er wirklich fragte. Und nicht dass er wirklich keine Zeit hatte. Was es Sewanee unmöglich machte, ihn *nicht* ein bisschen zu provozieren, indem sie sagte: »Ich wollte nur ein langes und offenes Gespräch über unsere Hoffnungen und Träume führen, Dad.« Sarkasmus war ihre beste Angriffsstrategie gegen seinen sturen Selbstschutz, und sie beherrschte sie meisterhaft.

»Gibt es etwas, was ich für dich tun kann?«

»Ja. Wenn die betreute Wohneinrichtung deiner Mutter anruft, will ich, dass du abnimmst.«

Eine winzige Pause. »Ist alles okay?«, fragte er noch einmal. Der Tonfall ging ihr auf die Nerven. Mit Tonfall kannte sie sich aus. Es war ihr Beruf, sich mit Tonfall auszukennen. Seiner war abgelenkt, ungeduldig. Aber – und das regte sie maßlos auf – fast hoffnungsvoll, dass tatsächlich nicht alles okay war. Ihr drehte sich der Magen um.

»Nein.« Sie schluckte. »Gestern Nacht gab es einen Zwischenfall, nichts Ernstes, aber das hat Amanda veranlasst, mir zu sagen – dir zu sagen –, dass Blah auf die Demenzstation verlegt werden muss. Also muss Amanda mit dir reden.«

»Warum?«

Sewanee schwieg einen Moment. »Warum? Um alles zu besprechen?«

»Ihre Hoffnungen und Träume?«

Sewanee ging nicht auf den Seitenhieb ein, und Henry legte nicht nach. Als das Schweigen sich allzu lange hinzog, sagte Sewanee: »Ich habe vor, sie am Montag zu besuchen, zum Lunch.« Noch immer nichts. »Wie wärs, wenn wir uns dort treffen?« Ohne das Geräusch seines Schluckens – Kaffee, nahm Sewanee an –, hätte sie gedacht, die Verbindung sei abgebrochen. »Dad?«

Ein leises Kichern. »Das ist nicht nötig. Geh du nur zu deinem Lunch, und ihr Ladys klärt das alles, und wir sprechen uns danach.«

»Okay. Ich rufe dich am Montagabend an.« Mehr Schweigen. »Willst du nicht wenigstens wissen, was passiert ist …?«

»Swan, wir sprechen uns am Montag. Ich muss jetzt Schluss machen.« Er legte auf.

Ihren BiblioCon-Ausweis um den Hals, sprintete Sewanee durch den riesigen Kongresssaal wie ein Runningback in Richtung Endzone. Die Anzahl der Teilnehmer war erstaunlich. Für eine Frau, die einen Großteil ihres Arbeitslebens unter Kopfhörern verbrachte, eine Frau, die mehr als alles andere absolute Stille schätzte, war das Umgebungsgeräusch im Saal genug, um sie die Schultern hochziehen zu lassen.

Ihr Handy vibrierte in ihrer Tasche, einmal nur, eine Nachricht.

ADAKU:
Bist du da?

SEWANEE:
Ja. Auf dem Weg zur Podiumsdiskussion.

ADAKU:
Komm für eine Sekunde zum Green Room.

SEWANEE:
Es gibt einen Green Room??

ADAKU:
Nordwestliche Ecke.

SEWANEE:
Wer bin ich, Magellan?

ADAKU:
Neben dem Starbucks. Unter dem Plakat von mir.

Sewanee ließ den Blick durch den Saal schweifen. Sie fand das Plakat für den Film *Girl in the Middle* – eine Stop-Action-Nahaufnahme von Adakus Gesicht – und schlängelte sich hinüber. Sie schrieb rasch:

Hab nur 10 Min.

ADAKU:
Brauch nur 2.

Nachdem sie die Tür gefunden hatte und der Hüne, der den Raum bewachte, ihren Ausweis mit dem Namensschild abgeglichen hatte, das um ihren Hals baumelte, wurde sie in den exklusiven Aufenthaltsbereich geführt, wo Adaku auf sie wartete, einen To-go-Kaffeebecher in der ausgestreckten Hand.

»Du Liebe«, sagte Sewanee und nahm ihn entgegen.

Wortlos nahm Adaku ihre Hand und zog sie den Flur hinunter zur Damentoilette. Sie überprüfte rasch die beiden Kabinen, vergewisserte sich, dass sie leer waren, zog Sewanee in eine Kabine und verriegelte die Tür.

»Was ist los, hast du jemanden umgebracht?«, fragte Sewanee und nahm einen Schluck von ihrem Kaffee. Adaku fuchtelte mit den Händen, außerstande zu sprechen. Jetzt war Sewanee doch alarmiert. »Ist es etwas Gutes oder Schlechtes?«

Etwas wie ein Jaulen entfuhr Adaku. »Es ist etwas Gutes, Swan. Es ist wahnsinnig gut. In-N-Out-gut.«

Sewanee wusste, wenn Adaku ein letzter Wunsch gewährt werden würde, dann wäre es der Double-Double von diesem Burgerladen. Adaku flimmerte wie eine Glühbirne. Sewanee begann, ebenfalls zu flimmern. »Was ist denn los? Erzähl schon!«

Adaku knetete die Hände. »Dieses *Lysistrata im Dschungel*-Projekt, von dem ich dir erzählt habe?« Sewanee nickte. »Ich habe einen Meilenstein erreicht. Den ganz großen.«

»*Den* ganz großen?«

Adakus Kinn bebte. »*Unseren* ganz großen.«

Sewanee würde sich später damit trösten können, dass ihr *erster* Impuls, ihr *Instinkt*, ein Glücksgefühl und kein eifersüchtiger Stich gewesen war. Ihr Lächeln war echt, der Schrei, der aus ihr hervorbrach, war aufrichtig, die Tränen, die folgten, waren Tränen der Freude. Sie kicherten, und sie weinten, und nach einem gewissen Punkt ließ sich unmöglich sagen, was was war in diesem Emotionscocktail. Sewanee schlang die Arme um ihre Freundin, die einzig wahre, die ihr noch geblieben war, das Beständigste in ihrem Leben, und spürte Adakus Herz schnell an ihrem eigenen schlagen.

»Eine Million Dollar«, flüsterte Adaku zitternd. »Eine Million gottverdammte Dollar.«

»Du hast es geschafft!«, kreischte Sewanee.

Adaku lehnte sich zurück und nahm Sewanees entstelltes Gesicht sanft in die Hände. »*Wir* haben es geschafft! In dieser beschissenen Pizzabude in der 181st …«

»Du wagst es, die Erinnerung an Tony's zu beschmutzen?«

Adakus Tränen benetzten ihre lächelnden Lippen. »Bei unserem 2,99-Dollar-Special, zwei Stück Pizza und eine Cola, haben wir es einander versprochen. Eine von uns würde eine coole Million machen, bevor sie fünfunddreißig ist.«

Sewanee zog Adaku wieder an sich, spürte, wie die Tränen das Lachen vertrieben und ihre Kehle sich zuschnürte. »Du hast es geschafft. Du …« Sie boxte Adaku gegen die Schulter. Scherzhaft, da war sie sich sicher. »Gott, ich bin so stolz auf dich!«

Adaku wischte sich übers Gesicht. »Ich meine, nach Steuern und Provisionen sind es ungefähr vierhunderttausend Dollar, aber …«

»Ach, ist doch egal.«

Sie sahen sich einen stillen Moment an. Adakus Augen trübten sich ein. Ihre Miene wurde ernst. »Wir wissen beide, dass du das hier vor einer Ewigkeit gekriegt hättest. Wenn dieser Scheißpr…«

»Du gewinnst, ich gewinne, wir gewinnen, schon vergessen?«

»Aber es ist unfair …«

»Nicht«, befahl Sewanee und umfasste Adakus Schultern.

»Du kriegst eine Million Dollar dafür bezahlt, dass du die Hauptrolle in einem Film spielst.«

Adakus Lächeln kehrte zurück. »Ich habe eben den Anruf bekommen, und du bist die einzige Person, mit der ich das teilen will. Ich bin so froh, dass du hier bist!«

Sewanee trat einen Schritt zurück und hob die Hände wie eine Wahrsagerin. »Ich sehe … Ich sehe Unmengen von Champagner in unserer Zukunft.« Adaku lachte. »Aber in diesem Moment sind deine zwei Minuten um, und ich werde zu spät kommen.«

Adaku stürzte vor. »Natürlich, natürlich! Entschuldige.« Sie entriegelte die Tür. »Was willst du heute Abend unternehmen? Ich habe mir gedacht …«

»Was immer du willst!«

»Kann ich dich überreden, in einen Club zu gehen? Der Flaschenservice …«

»Ja, alles, was du willst, Süße, ich muss los!«

Adaku riss die Tür auf. »Na hau schon ab! Du wirst zu spät kommen! Wie oft muss ich dir das noch sagen?«

Sewanee lachte, drückte fest Adakus Arm und schoss los.

Während sie den Flur hinuntereilte, spürte sie, wie sich ihr Kiefer verkrampfte. Als sie den Kongresssaal wieder betrat, spürte sie, wie sich ihre Brust zuschnürte, und auf dem Weg zum Romance-Pavillon hämmerte ein einziges Wort in ihrem Kopf. *Warum.* In einer Endlosschleife. *Warum. Warum. Warum.*

So schnell konnte ihr Gemütszustand umschlagen. Dieser gefährliche, unsichtbare Sog war die eine Sache in diesem Leben, die ihr noch immer Angst machte, die sie sich fragen ließ, ob es falsch gewesen war, die Medikamente nach dem ersten Jahr abzusetzen, die Therapie aufzugeben. Das hier war nicht gut. Es katapultierte sie sieben Jahre zurück, und sie lag wieder in diesem Krankenhausbett und fragte sich, warum man sich überhaupt die Mühe gemacht hatte, sie zu retten.

Der Saal war zum Bersten voll mit Autoren und Fans. Sie hockten auf den Stufen, lehnten an den Wänden, saßen förmlich aufeinander. Die handverlesenen Teilnehmer der Podiumsdiskussion – kluge, talentierte Leute – hatten den Saal in ihren Bann gezogen. Da war Alice Dunlop, auch bekannt als Dixie Barton; Mildred Prim, eine an der Royal Academy of Dramatic Art ausgebildete siebzigjährige Britin, die seit der Highlander-Serie, die sie die letzten zwanzig Jahre gesprochen hatte, eine riesige Fangemeinde hatte; und Ron Studman. Ron war einer der wenigen Romance-Sprecher, die es genossen, gesehen zu werden, denn er wollte die Leute wissen lassen, dass man selbst im fortgeschrittenen Alter, mit einem immer dickeren Bauchumfang und immer lichterem Haar, ein Sexsymbol sein konnte, wenn man das Zeug dazu hatte. *Das Zeug* war in seinem Fall die Stimme, und die Fans liebten ihn dafür.

Im Moment fraß das Publikum Ron aus der Hand. Anzügliche Rufe von einer Gruppe Frauen in der ersten Reihe wurden laut, als er die Stimme anschlug, die man meisten mit ihm in Verbindung brachte: die des sexy irischen Vampirs Seamus.

Sewanee hatte alles abgefragt, worum Mark sie gebeten hatte. *Was glauben Sie, warum Hörbücher im Moment boomen? Wie bereiten Sie sich darauf vor, ein Buch aufzunehmen? Was ist die beste Herangehensweise, um eine Sexszene zu sprechen?* Außerdem war noch einmal in aller Deutlichkeit gesagt worden, warum Leute, die das Pseudonym eines Sprechers outen, öffentlich gestreckt und gevierteilt werden sollten. Es war Zeit, zum Ende zu kommen, also stellte sie eine Frage, die den Podiumsteilnehmern eine letzte Gelegenheit zu glänzen geben würde. *Warum sind Romance-Bücher so beliebt?* Während die Teilnehmer der Reihe nach antworteten, stieg Sewanees Stimmung. Sie hatte ihren Job gut gemacht. Mark würde glücklich sein und die Organisatoren zufrieden. Sie freute sich auf den bevorstehenden Abend mit Adaku, die es verdient hatte, gefeiert zu werden, die jedes gottverdammte bisschen Erfolg, das sie genoss, verdient hatte.

Ron war als letzter Podiumsteilnehmer mit seiner Antwort dran, und da er Ron war, enttäuschte er nicht. »Frauen sind dabei, das volle Ausmaß ihrer Lust zu entdecken. Scham gehört der Vergangenheit an! Ein Happy End ist möglich. Es sitzt vielleicht sogar genau vor Ihren Augen!« Dann zwinkerte er ins Publikum.

»Also dann«, sagte Sewanee, an den Saal gewandt. »Ich danke den Podiumsteilnehmern für die Einblicke, die sie uns in ihre Arbeit gewährt haben. Wir haben noch ein paar Minuten Zeit, und ich möchte die Diskussion gern für Fragen aus dem Publikum öffnen.«

Eine der Frauen in der ersten Reihe sprang auf und bat Ron, ihr Dekolleté zu signieren. Gejohle ringsum. Ron kam der Bitte nach.

Eine Frau ein paar Reihen weiter hinten stand auf und nahm das Mikrofon. »Hi. Ich denke, ich spreche für uns alle, wenn ich frage: Wer ist Brock McNight?« Die Menge klatschte. »Im Ernst! Wir müssen es wissen.«

Ron machte eine Geste, als würde er seine Lippen mit einem Reißverschluss zuziehen, und die anderen Podiumsteilnehmer schüttelten den Kopf.

Die nächste Frage betraf ebenfalls Brock McNight. Und die übernächste. Dann sagte Sewanee: »Irgendwelche Fragen ohne Brock-McNight-Bezug?«

Jemand hatte eine Frage an Sewanee: »Sprechen Sie selbst auch Romance?«

»Nein.« Ihr wurde bewusst, dass ihre Antwort schärfer geklungen hatte als beabsichtigt. Sie strahlte und zeigte zum Podium. »Das überlasse ich den Fachleuten.«

»Sewanee macht die ganzen harten Bücher«, warf Ron ein. »Die, die niemand sonst anfassen kann. Fantasy mit dreihundert Figuren, Kriegssagas mit zwanzig verschiedenen Akzenten, die Klassiker, literarische Schwergewichte. Je länger, desto besser, je dicker, desto besser.«

»Lang und dick ist immer gut«, witzelte Sewanee, und das Publikum lachte. Sie hatte vor langer Zeit gelernt, dass man es lachend zurücklassen musste; BlahBlah hatte ihr das beigebracht. »Okay, wie wärs mit noch einer Runde Applaus für unser wundervolles …«

Sewanee bemerkte, wie eine junge Frau mit blonden, gewellten Haaren aufstand und ihr Sommerkleid glatt strich. Sie rief: »Entschuldigung, Leute! Ganz schnell noch eine kurze Frage?«

Sewanee sah auf die Uhr an der hinteren Wand, während das Saalmikrofon zu der Frau schwenkte.

»Vielen Dank«, sagte die Frau. »Und vielen Dank, dass Sie sich die Zeit genommen haben, zu kommen und mit uns zu reden.« Sie hatte einen ausgeprägten Südstaaten-Akzent. So ausgeprägt, dass Sewanee sich für einen Moment fragte, ob er Fake war. Hoch, näselnd und am Satzende noch mal ansteigend. »Ähm, meine Frage lautet: Was ist der beste Weg, um in die Branche zu kommen?«

»Ich kann Ihnen mehr Informationen am Stand geben«, antwortete Sewanee, »aber sobald Sie einen Entwurf Ihres Buchs fertig haben, sollten Sie sich überlegen, eine Hörbuchfassung …«

»Oh, nein!«, kicherte die Frau. »Ich bin keine Autorin. Ich bin Schauspielerin?«

Sewanee stockte, ihr Gehirn setzte aus.

Ron übernahm das Ruder. »Na ja, das Erste und Wichtigste ist«, sagte er, beugte sich über das Mikrofon und wechselte zur Stimme des irischen Vampirs, »dass Sie sich nach der Podiumsdiskussion an Seamus wenden.«

»Ron«, schalt ihn Sewanee, »Seamus sollte sich schämen!« Das Publikum lachte. »Okay, Leute, vielen Dank für …«

»Ich meine, ich lese gern.« Das Mädchen steckte sich eine Haarsträhne hinters Ohr und fuhr fort: »Und ich besuche Schauspielkurse in L.A.?« Hilfe, das war so ein Fall von als Frage getarntem Geschwafel. »Und, na ja, ich weiß nicht, es scheint einfach der perfekte Job für mich zu sein …«

Wieder bewahrte einer der Podiumsteilnehmer Sewanee davor, antworten zu müssen. »Nun ja«, begann Mildred, »ich sage den Leuten immer, wenn man denkt, dieser Job könnte zu einem passen, sollte man sich am besten in einen fensterlosen Raum setzen und ein Buch laut lesen, bei jedem Versprecher innehalten und noch einmal am Satzanfang beginnen. Machen Sie das acht Stunden lang, dann schauen wir, ob Sie immer noch denken, dass es der perfekte Job für Sie ist.«

Das Publikum kicherte. Sewanee dankte Mildred im Stillen für den Realitätscheck.

»Ihnen allen zuzuhören, hat mir klargemacht«, fuhr das Mädchen unbeirrt fort, »Romance zu sprechen, wäre genau das Richtige für mich!«

Sewanees morbide Neugier gewann die Oberhand, als würde sie auf dem Freeway abbremsen, um langsam an einem Autounfall vorbeizufahren. »Warum?«

»Wenn ich meine schauspielerischen Fähigkeiten und das alles einbringe, könnte ich den Leuten Hoffnung geben?«

»Inwiefern?«

»Mit … mit dem, was ich eben gesagt habe? Mit dem Aufnehmen von Romance-Büchern? Wie wunderbar wäre es, der

Welt aufzuzeigen, dass Liebe immer einen Weg finden wird, dass alles gut werden wird, dass wir wirklich ein Happy End haben können?«

Sewanee nahm sich zusammen, versuchte, nicht herablassend zu klingen. »Das wäre wunderbar, wenn es wahr wäre, aber … vermutlich belassen wir es am besten dabei.«

Das Mädchen zog eine entzückende Schmollmiene. »Klingt, als ob hier jemand ein bisschen was von dieser Hoffnung gebrauchen könnte?!«

Das war der Tropfen, der das Fass zum Überlaufen brachte.

»Ich habe Hoffnung. Echte Hoffnung, keine falsche Hoffnung. Romance-Bücher sind eine wundervolle Flucht, aber …« Sewanee hielt einen winzigen Moment inne, aber sie konnte sich nicht beherrschen und sprach es dann einfach aus: »Hören Sie, wenn Sie den Leuten etwas geben wollen, dann geben Sie ihnen die Wahrheit. Seien Sie offen und ehrlich zu ihnen. Romance-Bücher sind nicht das richtige Leben, Liebe ist kein gottgegebenes Recht, und ein Happy End ist Schwachsinn.«

Jemand am hinteren Ende des Saals winkte hektisch, eine Frau in einem T-Shirt mit dem Logo des Kongresses und einem Klemmbrett in der Hand. Sie klopfte auf eine Art, die Sewanee als komödiantisch empfand, auf ihr Handgelenk. Was den Bann brach.

Sie sah in die schweigende Menge, während sich das, was sie soeben gesagt hatte, wie erstickende Asche aus einem Vulkan über das Publikum senkte.

Scheiße.

Sie sammelte sich kurz. »Das habe ich vorhin im Kongresssaal jemanden sagen hören, und ich konnte es nicht glauben. Ich meine, wir wissen es doch wirklich besser, oder? Ist ein Happy End totaler Schwachsinn?«

»Nein!«

Sie hatte die Zuhörer wieder eingefangen. »Es tut mir leid, meine Damen und Herren, ich glaube, man hat Sie drüben im Snob-Pavillon nicht gehört! Ist ein Happy End Schwachsinn?!«

Eine schallende, den Saal ausfüllende Antwort: »NEIN!!!« Das Publikum jubelte und klatschte.

Noch ein Blah-ismus? Bring das Publikum auf deine Seite.

Über den Applaus hinweg rief Sewanee: »Vielen Dank nochmals an unser Podium, und denken Sie dran, wir werden in der nächsten Stunde an Stand 2186 signieren! Ich wünsche Ihnen einen tollen Tag!«

Als sich die dafür vorgesehene Stunde ihrem Ende entgegenneigte, ließ der Trubel am Signierstand allmählich nach. Ron kam herüber, umarmte Sewanee und sagte, er würde jetzt auf einen Scotch mit Soda und eine Runde Let It Ride ins Casino gehen. »Du solltest dir auch einen Drink gönnen«, fügte er hinzu, ganz der leutselige, liebenswürdige, stets zum Flirten aufgelegte Ron. Sewanee gab ihm von ganzem Herzen recht. Mildred stand auf, ließ ihren Rücken knacken und tätschelte Sewanees Hand, bevor sie ging.

Alice Dunlop jedoch zog Sewanee hinter die Vorhänge des Stands und sah ihr genau ins Auge, als sie sagte: »Swan.«

»Ich weiß.«

Alice atmete aus und stemmte eine Hand in ihre mütterliche Hüfte. »Du hast die Situation noch gerettet, wirklich. Aber, Süße, was war denn da los? Ist alles okay?«

»Ja, nein!«, piepste Sewanee. »Es war nur ... Dieses Mädchen, mit dieser *Stimme*, wie sie dachte, sie könnte ...«

Alice schüttelte den Kopf. »Es ist nicht unser Job, es ihr zu sagen. Sie wird spätestens in einem Monat auf Instagram ätherische Öle verkaufen oder so. Aber ich glaube nicht, dass sie das Problem war?«

»Ich meine …« Sewanee senkte den Blick, schüttelte den Kopf und holte tief Luft. »Ich war … ein bisschen neben der Spur. In letzter Zeit.« Sie spürte, wie Alice sie musterte.

»Weißt du, ich mag Romance-Bücher«, sagte Alice. »Und nicht nur, sie zu sprechen. Ich lese sie auch gern.«

Sewanee sah auf.

»Vor zehn Jahren, die Kinder waren gerade aus dem Haus, fand ich heraus, dass Bob eine Affäre hatte, und wir waren kurz davor, das Haus zu verlieren, und dann wurde meine Mom krank, und *dann* haben sie einen Knoten gefunden in …« Alice fuhr sich mit einer Hand an die rechte Brust. »Mehr als alles andere wollte ich glauben, dass es für mich immer noch ein Happy End geben könnte. Das war richtig religiös, irgendwie.« Sewanee machte den Mund auf, aber Alice fuhr fort: »Bleib entspannt, ich bin nicht im Begriff, seltsam zu werden.« Sie nahm Sewanees Hand. »Du bist erstaunlich. Du bist talentiert und liebenswürdig, und du hast in deinem jungen Leben schon so viel Scheiße abgekriegt, und ich mache es dir nicht zum Vorwurf, dass du zynisch bist. Aber du weißt nicht, was das Leben noch bereithält. Und das kann in beide Richtungen losgehen, gut wie schlecht. Dir bleibt leider nichts anderes übrig, als einfach darauf zu vertrauen, dass letztendlich alles gut werden wird.«

Sewanee suchte nach einer ironischen, sarkastischen Retourkutsche, die Alice' Argument zerlegen würde. Etwas, was ihr Vater vielleicht sagen würde. Aber ihr fiel nichts ein.

Also sagte sie nichts.

Kapitel 4

Die Runderneuerung

»Dann lass mal sehen!«, rief Adaku und klopfte kurz an die Tür zu dem zweiten Schlafzimmer der Suite, bevor sie eintrat.

Sewanee stand in der Mitte des Zimmers. Sie machte eine ironische Drehung.

Adaku schlug sich die Hände vor den Mund. »Swan«, hauchte sie zwischen ihren Fingern.

Sewanee drehte sich wieder zu dem Ganzkörperspiegel um.

Sie sah gut aus. Sie sah heiß aus. Sie sah wie ein anderer Mensch aus.

Nachdem sie den Stand gegen sechzehn Uhr geschlossen hatte, hatte sie schnurstracks die nächstbeste Bar angesteuert und den Last Word geordert, den sie in Gedanken seit elf Uhr vormittags getrunken hatte, als Ron vorgeschlagen hatte, sie solle sich einen Drink gönnen. Aber die Bar hatte nicht die notwendigen Zutaten gehabt. Also war sie zurück zu ihrem Zimmer gegangen, um ihre Sachen zu holen und hinunter zum Strip zu gehen, zu einer Bar, in der man wusste, was man tat. Aber stattdessen war sie prompt eingeschlafen und eine Stunde später bei einer Nachricht von Adaku aufgewacht, die sie für sechs Uhr in ihre Suite befahl. Sie duschte rasch, schlüpfte in das bescheidene Ausgeh-Outfit, das sie mitgebracht hatte, setzte ihre Augenklappe auf und nahm sich ein Taxi zum Venetian.

Adaku hatte mit einer Friseurin, einer Visagistin und einer Stylistin mit drei Designerkleidern in Sewanees Größe auf sie gewartet. Sewanee hatte halbherzig protestiert, aber die Wahrheit war, dass Adakus Instinkte immer an Hellseherei grenzten. Sie wusste, was Sewanee brauchte, bevor sie es selbst wusste. Aus Gründen, die sie nicht genau analysiert hatte, wollte Sewanee heute Abend etwas mehr sein, etwas anderes, etwas weniger … sie selbst.

Die Stylistin hatte Sewanee in ein figurbetontes Kleid geholfen, das es schaffte, ihren Kurven zu schmeicheln, ohne ihre perfektionistische Aufmerksamkeit auf die zusätzlichen fünfzehn Pfund zu lenken, von denen sie wünschte, sie wären nicht da. Die früher nicht da waren, bevor ihr Job es erforderte, für einhundert Seiten am Tag zu sitzen.

Sewanee hatte es genossen, »durch die Mangel gedreht« zu werden, eine Friseurin und eine Visagistin zu haben, die sich auf sie stürzten, mit dem einzigen Ziel, sie möglichst gut aussehen zu lassen. Es war so lange her. Jetzt war ihr kastanienbraunes Haar zu einem schwungvollen Schopf frisiert, links gescheitelt, sodass der Großteil davon über ihre Augenklappe und ihre rechte Schulter fiel. Ihr linkes Auge war leicht rauchig geschminkt. Sie hatte rote Lippen und betonte Wangenknochen. Contouring. Bronzer. Eine vollere Braue. Und Titten! Wo waren die denn hergekommen?

Selbst für ihr eigenes kritisches Auge sah sie umwerfend aus.

»Ja!« Adaku klatschte in die Hände. »Zeigt euch, Lippen! Zeigt euch, Hüften!«

Sewanee richtete ihre Aufmerksamkeit auf die fröhliche Miene ihrer Freundin. »Ich kann dir gar nicht genug danken, Ada.«

»Oh, ich bitte dich. Ich habe das nicht für dich getan, ich habe es für mich getan. Jetzt werden alle *dich* ansehen.«

Sewanees Stimmung hatte sich gehoben, ihre Trauer war wie ein Nebel, der sich in der Wärme der Sonne aufgelöst hatte.

Adaku war ihre Sonne.

»Und dich!«, rief Sewanee und ging zu ihr hinüber. Adaku sah wie gewohnt hinreißend aus, in einem kurzen Hosenkleid mit silbernen Pailletten, kombiniert mit knöchelhohen Reißverschluss-Heels und einem tiefen burgunderroten Lippenstift. Ihre Haare waren zu einem stylishen Bob geglättet, glänzend von dem Kokosöl-Finishing-Serum, das ihre Stylistin eigens für sie entwickelt hatte. »Du siehst nach einer Million Dollar vor Steuern und Provisionen aus.« Sie lachten, und als Adaku sie mit Pygmalion-Stolz betrachtete, zog Sewanee ihre Freundin zu einer Umarmung an sich. »Es ist albern, aber ich fühle mich tatsächlich besser.«

»Verkleiden spielen muss ab und zu sein.«

Es klingelte an der Tür der Suite, und Adaku löste sich aus der Umarmung und stürzte aus dem Zimmer. Sewanee warf einen letzten Blick in den Spiegel und folgte ihr. Sie hörte, wie Adaku die Tür öffnete, jemandem überschwänglich dankte und sie wieder schloss.

Der Anblick in der Eingangsdiele ließ sie abrupt innehalten.

»Warum ... Was tun meine Taschen hier?«

Adaku, eine frische Flasche Cristal wenig elegant zwischen die Schenkel geklemmt, während ihre Finger die Folie abpulten, lächelte dieses Leinwandlächeln, mit dem sich unmöglich streiten ließ. »Du hast aus dem Rio ausgecheckt.«

Plopp.

»War ja klar, dass du die einzige Bar in ganz Las Vegas mit Büchern drin finden würdest.«

Sie saßen in einer Bar, die einer Bibliothek nachempfunden war, auf einem tiefen Chesterfield-Sofa vor einem Kamin, der keine Wärme abgab, umgeben von schweren Mahagoniregalen voller ledergebundener Bücher. Sewanee war sich sicher, dass die Bücher Attrappen waren. So war Vegas: Alles sah halbwegs echt aus, war es aber nicht. Doch heute Abend war ihr das egal. Es war alles Teil des Spiels.

Ihre Kellnerin blieb an ihrem Tisch stehen. »Noch einen, Miss Obi?«

»Im Moment nicht, danke.«

»Geben Sie mir ein Zeichen, wenn Sie noch irgendeinen Wunsch haben, egal was.« Sie schenkte Adaku ein Zahnpastareklame-Lächeln und ging weiter.

Adaku wies mit dem Kinn auf einen Mann, der eben hereingekommen war. »Wie wärs mit ihm?« Es war nicht das erste Mal, dass sie das heute Abend sagte.

»Warum stelle ich mich eigentlich nicht gleich mit einem Netz an der Tür auf?« Sewanee grinste und nahm einen Schluck von ihrem Last Word. »Adaku, im Ernst, ich werde hier nicht irgendeinen Typen aufreißen. Heute Abend geht es um dich und …«

Adakus Handy summte. Sie warf einen Blick darauf. »Sekunde, entschuldige. Mein Manager.« Sie nahm ab. »Hallo? Manse? Manse – kannst du mich hören?« Sie steckte sich einen langen gepflegten Finger ins Ohr. »Warte kurz – ja, ich weiß, Augenblick.« Sie stand auf, sah Swan entschuldigend an und huschte aus der Bar, vermutlich zu einem stillen Toilettenflur.

Fünf Minuten später kam sie mit verdruckster Miene wieder. »Süße!« Sie setzte sich, aber auf die Armlehne des Chesterfields, wie ein Vogel, der im Begriff war loszufliegen. »Hass mich nicht«, begann sie.

»Sie haben das Angebot auf zwei Mille erhöht?«

»Ich muss los.«

»Okay.« Sewanee griff nach ihrer Handtasche.

»Nein. Nach L. A. Heute Abend. Ich meine, jetzt.«

Sewanee schlackerte mit dem Kopf wie eine Zeichentrickfigur. »Was?«

Adaku schnappte sich ihren Drink und kippte ihn runter. »Dieses Angela-Davis-Biopic, von dem ich dir erzählt habe? Ich will das unbedingt machen. Aber der leitende Produzent glaubt nicht, dass ich die Richtige dafür bin. Er lebt in Paris oder Florenz oder so, deshalb konnte ich ihn bis jetzt nicht erreichen. Doch er fliegt heute Abend über L. A. von Hawaii zurück, landet in neunzig Minuten. Manse hat der Assistentin des Produzenten von dem Dschungelfilm erzählt, und er hat sich bereit erklärt, mich auf einen Drink zu treffen.«

»Moment mal, du triffst ihn am Los Angeles Airport?«

»Ja. Es gibt einen Flug, der in einer Dreiviertelstunde geht. Das heißt, ich muss los – jetzt.« Sie beugte sich vor, küsste Sewanee auf die Wange. »Bin spätestens um Mitternacht wieder da.«

Sewanees Auge weitete sich. »Du kommst zurück?«

»Wir feiern! Rückflug ist schon gebucht!«

»Ada, du musst nicht …«

»Du hast in einer halben Stunde eine Dinnerreservierung im besten Steakhaus, einen Tisch im Club, einen Fahrer. Lass alles auf mein Zimmer setzen! Such dir jemand, der dir Gesellschaft leistet! Wir sehen uns in vier Stunden! Ich bin dann mal weg!«

Bevor Sewanee etwas erwidern konnte, war Adaku schon auf dem Weg nach draußen. Als sie an der Kellnerin vorbeikam, zeigte sie auf Sewanee und ihren Drink, bestellte ihr eindeutig noch einen.

Sewanee lehnte sich zurück, holte tief Luft.

Sie fühlte sich schon jetzt seltsam dabei, allein in der Bar zu sitzen, so auszusehen, als würde sie auf ein Date oder sogar, dachte sie, als sie einen Blick auf ihr Dekolleté warf, einen Kunden warten. Bevor sie den Drink stornieren konnte, brachte die Kellnerin ihn schon, als hätte Adaku irgendeinen Expressschalter an der Bar, der ausschließlich für sie reserviert war.

Sie nahm einen kräftigen Schluck und dachte nach.

Sollte sie wirklich allein zum Dinner gehen, allein in einen Club, sich allein herumkutschieren lassen? Das war doch absurd. Stattdessen würde sie hochgehen, einen Kaffee trinken, die Vorarbeit für das Buch abschließen und darauf warten, dass Adaku wiederkam. Sie würde diesen letzten Drink genießen und es dabei belassen.

Sie fing den Blick der Kellnerin auf, machte die universelle Geste für *Die Rechnung, bitte*, lehnte sich zurück und wartete. Trank. Trank, bis sich ihre Wangen zu erwärmen und ihre Schultern zu entspannen begannen und die Bar ein bisschen sexier aussah, als wäre der ganze Raum mit einem Filter bearbeitet worden. Bevor sie offiziell beschwipst war, tat sie, wofür sie schon den ganzen Tag die Zeit zu finden versucht hatte. Sie rief ihre Großmutter an.

»Hallo?« Sewanee konnte das vertraute Klimpern der Armreifen ihrer Großmutter an dem Plastikhörer hören. Sie hatte versucht, ihr anzugewöhnen, ein Handy zu benutzen, aber die Tasten waren zu klein, und dann wählte sie aus Versehen irgendwelche ausländischen Nummern oder versenkte das Ding in der Sofaritze, und so waren sie schließlich wieder bei einem Festnetztelefon gelandet.

»Hi, BlahBlah!« Eine halbe Sekunde Schweigen folgte, was sie veranlasste, rasch »Ich bins, Sewanee« hinzuzufügen, bevor ihre Großmutter eingestehen musste, dass sie das nicht gewusst hatte.

»Püppchen! Wie gehts meinem Lieblingsmädchen?«

Sewanees Lächeln beruhte zu gleichen Teilen auf Erleichterung und Freude. »Alles wunderbar. Ich bin noch immer in Las Vegas.«

»Du bist in Las Vegas? Ich wusste gar nicht, dass du in Las Vegas bist.«

Sie wusste es. Oder sie hatte es zumindest gewusst. »Ich bin für einen Kongress hier.«

»Na ja, ich hoffe, du findest auch die Zeit, dich zu amüsieren.« Der Stimme ihrer Großmutter war jede Zigarette, die sie je geraucht hatte, jeder Martini, den sie je getrunken hatte, anzuhören. Auch wenn sie nichts von ihrem Tennessee-Akzent behalten hatte (sie gehörte der Generation von Schauspielern an, denen jeglicher Dialekt ausgetrieben worden war), hatte sie noch immer eine südstaatliche Würde und Erhabenheit an sich. Sie fluchte und trank auch tagsüber, aber Scheiße noch mal, sie tat es *elegant*.

»Dein Großvater ist einmal mit mir nach Las Vegas gefahren.«

Sewanee hatte diese Geschichte schon oft und erst kürzlich wieder gehört. Aber so war das eben heutzutage, und sie wusste, dass sie einfach mitspielen musste. »Hattet ihr Spaß?«

»Was für einen Abend wir hatten! Wir haben das Rat Pack gesehen. Frank, Dean, Sammy und … oh. An den anderen kann ich mich nie erinnern.«

»Hieß er nicht Peter oder so?« Amanda hatte Sewanee empfohlen, sie solle Blah ermuntern, ihr Gedächtnis zu benutzen, anstatt ihr einfach die Antworten zu liefern.

»Ja! Ja! Lawford, Peter Lawford. Aber er war sowieso nie so wichtig«, murmelte sie. »Er hat nichts gemacht. Jedenfalls, nach der Show ist Marvin mit mir hinter die Bühne gegangen – es war das Sands Hotel – und hat mich Frank und Dean vorgestellt. Und natürlich Sammy und … Scheiße! Wer ist gleich wieder der andere? Egal. Frank hat meine Hand genommen und mich gefragt, wie ich die Show fand, und ich bin einfach damit herausgeplatzt. Ich habe gesagt: ›Ihr solltet da oben eine

Lady haben.‹ Marvin hat sich in Grund und Boden geschämt, aber Frank und Dean haben sich kaputtgelacht!« Blahs Kichern wurde zu einem abgehackten Husten. »Franks Hand ist weicher, als ich erwartet hatte.«

Sewanee bemerkte den Wechsel von der Vergangenheitsform zur Gegenwart, und sie versuchte, Blah sanft zurückzuführen. »Hat Grandpa Sinatra denn persönlich gekannt?«

Es klappte. »Oh, ja. Frank hatte einen von Marvs frühen Filmen gemacht, weißt du, die zwei kannten sich schon lange. Diese ganze McCarthy-Geschichte hat ihm schrecklich leidgetan. Frank, nicht Marv. Dieser Dreckskerl. McCarthy, nicht Sinatra.« Eine Pause trat ein. »Willst du vorbeikommen, Püppchen?«

»Ich bin in Las Vegas.«

Blah schnalzte mit der Zunge. »Also wirklich, das hast du ja eben gesagt. Ich schwöre, dieser alte Spinnerkasten von einem Kopf ist nur noch ein Durcheinander aus Schnüren, Ködern und Senkbleien. Alt werden ist beschissen.«

Sewanee lächelte. »Ich komme am Montag zum Lunch vorbei, okay?«

»Das würde ich an deiner Stelle nicht tun. Das ist der Hühnchensalat-Tag.«

»Ich liebe dich, Blah. Wir sehen uns am Montag.«

»Ich liebe dich auch, Püppchen. Und jetzt geh und amüsier dich. Du bist nur einmal jung und schön. Mach das Beste draus.«

»Wir werden sehen …«

»Mach es, Swan!« Eine Pause trat ein. »Wann kann ich dich sehen?«

Sewanee holte geduldig Luft. »Wie wärs mit Montag?«

»Was ist heute?«

»Samstag.«

»Perfekt. Obwohl, ich muss dich warnen, Montag ist der Hühnchensalat-Tag.« Sie machte Kussgeräusche ins Telefon und legte auf.

Die Kellnerin kam mit der Rechnung (ein Lesezeichen in ein Buch gesteckt – *Jane Eyre*, fiel ihr auf). Sewanee nahm noch einen Schluck, lehnte sich über den niedrigen Tisch, schlug das Buch auf und hörte jemanden sagen:

»Hi.«

Kapitel 5

Ein galanter Verführer

Sie sah auf. Ein ziemlich sehenswerter Mann starrte zu ihr herunter, die Hände in die Hüften gestemmt. »Äh. Hi.«

»Sie können jetzt nicht gehen. Wir haben uns eben erst kennengelernt.«

Na, *das* war mal ein Lächeln. Es machte den billigen Anmachspruch geradezu charmant.

Hilfe, Swan war nicht bereit für das hier. Diesen langgliedrigen, breitschultrigen Eiswürfel-und-Schirmchen-Longdrink von einem Mann, mit diesen sonnengebräunten Fältchen in den Augenwinkeln und dem Bartschatten.

Sie sah betont auf ihre Rechnung, aber er sagte: »Darf ich?« Und bevor sie antworten konnte, setzte er sich ans andere Ende des langen Chesterfields, wahrte immerhin einen respektvollen Abstand zwischen ihnen. »Cheers«, sagte er, und einen törichten Moment lang dachte sie, dass er ihr zuprostete. Aber als sie zu ihm hochsah, starrte er in den Raum. »Ganz schön viel los hier, was?« Und sie begriff, dass er ihr gar nicht zugeprostet hatte; er war Engländer. Cheers wie: Danke. Cheers wie: Ich brauche Ihre Erlaubnis nicht, aber ich bin ein Gentleman, daher habe ich trotzdem gefragt. Cheers wie: Schnall dich an, Darling.

Sewanee wandte sich wieder der Rechnung zu, aber er blieb beharrlich am Rande ihres Blickfelds sitzen. Sie nahm einen Schluck von ihrem Drink und stellte ihn ab.

Er winkte der Kellnerin. Er knöpfte das Jackett eines hübschen Anzugs auf. Er lockerte seine ochsenblutrote Krawatte. Er verlagerte seinen Körper zu ihr hin, schlug die Beine übereinander, legte einen Arm über die Sofalehne. Er bewegte sich mit katzenartiger Leichtigkeit und fragte: »Was trinken Sie denn da?«

Als sie noch mehr von dem Akzent hörte, revidierte Sewanee ihre erste Einschätzung. Er war Ire.

Vielleicht war sie abgestumpft von Männern wie Chuck und Jimbo und den anderen, die es vor den beiden gegeben hatte, jedenfalls schlug sie zur Sicherheit den Akzent des Mädchens von der Podiumsdiskussion an, verschaffte sich etwas Distanz, etwas Deckung. »Gin.«

»Einen Dry Gin, wie es aussieht.«

Sie sah auf das Glas auf dem Tisch vor ihr. Es war leer. Sie hatte es ausgetrunken.

»Vegas-Bars. Stellen einem Luft in Rechnung«, sagte er.

Sewanee verbiss sich das Grinsen, das ihr die Mundwinkel hochziehen wollte. Sie suchte nach irgendetwas anderem, worauf sie ihren Blick richten könnte. Sie konnte nicht unbegrenzt oft eine Rechnung prüfen. Aber dann fragte der Typ: »Was würden Sie zu einem raschen Drink sagen?«

»Leider«, begann sie, während sie die Beine nebeneinanderstellte, nur um sie gleich wieder übereinanderzuschlagen, diesmal von ihm abgewandt, »muss ich …«

»Das ist alles, wofür ich zu gebrauchen bin.« Die Kellnerin tauchte auf. »Im Ernst.« Er schenkte der Kellnerin ein Wahnsinnslächeln. »Was steht an?« Dann wieder zu Sewanee: »Gin Martini, richtig?«

Die Kellnerin nahm Sewanees Glas. »Eigentlich hat sie The Last Word.«

Er sah Sewanee an. Sah sie genau an. »So soll es sein. Ich schließe mich an.«

Die Kellnerin wartete. »Sie wissen, was das ist, oder? Ich meine, sie ist seit Monaten die Erste, die den bestellt. Das ist ...«

»Zu gleichen Teilen grüner Chartreuse, Limettensaft und Maraschinolikör – verwenden Sie Luxardo? Die Familie Luxardo stellt ihn seit 1821 her – oh, und eine dieser kleinen schwarzen Kirschen muss rein.«

Sewanee schmunzelte, um ihre Verblüffung zu überspielen, und sagte gedehnt: »Sie haben den Gin vergessen.«

»Ich wollte Ihnen nur das letzte Wort lassen.«

Das Grinsen dieses Typen erinnerte an den jungen Harrison Ford.

Sewanee reichte der Kellnerin den unterzeichneten Beleg, zusammen mit einem üppigen Weihnachtstrinkgeld, wenn sie schon nicht selbst zahlte, und die Kellnerin sagte: »Carter wird sie gleich bringen.«

Sie ging, und Sewanee lehnte sich auf dem Sofa zurück, entschied, das hier zu genießen, was immer *das hier* war. »Sie sind gut.«

»Ähm, ehrlich gesagt bin ich ein Arsch, versprochen, warten Sie's ab.«

Vielleicht war es seine lässige Art. Vielleicht war es die breite Brust unter diesem teuren Hemd. Vielleicht war es der Akzent, auch wenn sie den selbst sprechen konnte. Vielleicht war er einfach nur ein netter Mann in einem netten Anzug. Es gab ein paar Gründe, weshalb ihr das hier in den Kram passte.

Aber warum passte es *ihm* in den Kram? Warum hatte er sie erwählt? Ihr wurde bewusst, dass ihre Haare so nach vorn gefallen waren, dass sie ihre Augenklappe verdeckten. Sie hatte sie nicht mit Absicht versteckt. Absicht war jedoch, dass sie jetzt die Haare betont von ihrer Augenklappe zurückschob. Sie sah ihn genau an, verbarg nichts, forderte ihn heraus.

Er zuckte nicht zusammen. Er blinzelte nicht. Er lächelte nur wieder. »Also, was würden Sie davon halten, dass wir uns ein klein wenig kennenlernen?« Er blickte quer durch die Bar und fügte trocken hinzu: »Oder wir könnten uns die nächstbeste Kapelle suchen, da Sie ganz offensichtlich verrückt nach mir sind.«

Sie schnaubte spöttisch.

»Okay. Ich mache den Anfang. Hier kommt, was Sie sicher wissen wollen.« Er neigte sich ein wenig zu ihr. »Ich fliege in drei Stunden nach Dublin. Mein Gepäck steht bereits am Empfang, und ich kann Ihnen gern den Abholschein zeigen, wenn Sie wollen. Damit hat sich jedes mögliche Spielchen erledigt. Ich bin hier für einen einzigen Drink mit einer schönen Frau, um mich von dem Desaster abzulenken, das der heutige Tag war. Las Vegas soll doch ein Riesenspaß sein, oder? Na ja, ich bin seit sechsunddreißig Stunden hier, und davon war jede einzelne absolut beschissen.«

»Für mich war es auch nicht so toll.«

Er schlug sich aufs Knie, als fühlte er sich bestätigt. »Alles irreführende Werbung!«

»Wollen Sie mit dem Manager von Vegas reden?«

»Ach was. Das hier ist die Unterhaltung, die ich führen will.« Ein kurzer Moment unbehaglichen Schweigens folgte, dann erschien zum Glück ein schmalschultriger, elfenhaft aussehender Kellner und stellte ihre Drinks ab. »Tadelloses Timing, Kumpel.« Der Kellner errötete leicht. Der Effekt dieses Mannes war offensichtlich universell. Er wandte sich zu Sewanee um, erhob sein Glas. »Auf …« Seine Miene wurde ausdruckslos. »Vegas? Nein, das ist idiotisch. Auf das Leben? Nein, das ist grauenhaft. Auf …«

Sewanee beugte sich vor, fing seinen Blick auf. »Auf«, sagte sie.

Er lächelte wieder. »Dann werden wir es dabei belassen. Auf.«

Sie stießen an und nahmen einen nachdenklichen Schluck. Als sie getrunken hatten, stellte sie ihr Glas ab und sah ihn an. Zog die Augenbraue hoch. *Und?* Er starrte unverwandt zurück. Eine Entscheidung war gefällt worden. »Perfekt. Ich glaube, ich bin verliebt«, sagte er zu ihr.

Irgendetwas tief in Sewanee zuckte, einmal nur, wie die Tatze eines Bären im Winterschlaf. Sie wandte den Blick ab. Der Ire stellte seinen Drink ab und streckte die Hand aus. »Nick.«

Sie ergriff seine Hand, überlegte ungefähr eine halbe Sekunde, welchen Namen sie nennen sollte. »Alice.«

Das war nicht echt. Nichts von dem hier war echt. Sie fühlte sich heute Abend nicht wie sie selbst, warum sollte sie heute Abend dann sie selbst *sein*? Er hatte einen guten Händedruck. Er hatte gute Finger. Sie schaute nach einem Ring. Da war nur einer, am Mittelfinger seiner rechten Hand. Seltsame Platzierung, aber eine sichere.

Sie lehnte sich zurück und griff prompt wieder nach ihrem Drink. »Woher sind Sie?«, fragte sie. Obwohl sie mit dem Akzent dieses Mädchens von der Podiumsdiskussion gesprochen hatte, achtete sie darauf, das Näseln und nervtötende Ansteigen der Stimme am Satzende wegzulassen, weil … Das ging gar nicht.

»Irland.« Als sie die Augen verdrehte, kicherte er. »So offensichtlich? Dublin.«

Sewanee sah ihn mit schräg gelegtem Kopf an. »Norden oder Süden?«, fragte sie. Er legte den Kopf ebenfalls schräg. »Ihr Akzent.«

Er lächelte breiter. »Was ist damit?«

»Er ist irgendwie seltsam.« Im Ernst, Rons Vampir-Seamus klang authentischer.

»Na ja, wenn Sie es unbedingt wissen müssen, Henry Higgins, ich bin überall und nirgends aufgewachsen. Geschiedene Eltern.« Er griff nach seinem Drink, nahm noch einen Schluck. »Und Sie?«

»Texas.«

Er machte ein zweifelndes Gesicht. »Klingt für mich eher nach East Virginia.«

»Meinen Sie, es gibt einen Bundesstaat namens East Virginia?«

»Na ja«, sagte er, während er noch einen Schluck nahm, »es gibt ein West Virginia.«

Das hier sollte eigentlich nicht so flirty sein, wie es war. Aber nach ein paar Last Words ...

BlahBlah hatte recht. Swan sollte das Beste draus machen. Sie trug ein Designerkleid, war perfekt frisiert, Adaku würde in vier Stunden zurück sein, und er reiste in dreien ab. Sie fühlte sich wie Aschenbrödel auf dem Ball. Um Mitternacht würde alles vorbei sein, aber in der Zwischenzeit ... Mach es, Swan.

»Ich weiß, ich habe gesagt, ein einziger Drink, aber ich glaube, wir haben uns noch mehr zu sagen. Wollen wir noch eine Runde bestellen?«, fragte Nick.

Sewanee wusste genau, was Adaku sagen würde, wenn sie da wäre: Der ist es!

»Warten Sie kurz.« Sie schnappte sich ihr Handy. »Ich habe eben eine Nachricht bekommen.« Hatte sie aber nicht. Sie tat, als würde sie sie lesen. Tat sie aber nicht. »Ah. Meine Freundin. Sie schafft es nicht zum Dinner. So ein Mist.« Sie sah zurück zu Nick, und etwas huschte kurz über seine Augen. Nichts Bedeutsames, aber trotzdem etwas. Er wandte den Blick ab, hielt die Cocktailschale in das Licht, das von dem Kristallleuchter über ihnen strahlte, und drehte den Stiel zwischen zwei Fingern. Dann nahm er den Cocktailspieß, der in dem Drink steckte, führte ihn sich an den Mund und zog die schwarze Kirsche langsam mit den Lippen ab.

»Also«, hörte sie sich sagen, »ich habe eine Reservierung in einem Restaurant mit unglaublich dicken Steaks und Weinflaschen, die mehr kosten als die Monatsrate für meinen Wagen, und ich darf alles auf die Spesenrechnung meiner Freundin setzen.« Sie ergänzte rasch: »Sie hat gesagt, dass ich das tun soll. In der Nachricht. So etwas würde ich niemals einfach so …« – *hör auf zu schwafeln* – »… Haben Sie Zeit, mir Gesellschaft zu leisten?«

Nick wandte sich aalglatt um, fing den Blick des Kellners auf. »Die Rechnung, bitte, vielen Dank.« Er sah zurück zu Sewanee, während der Cocktailspieß träge in seinen rechten Mundwinkel rollte und dort hängen blieb. »Ich bin am Verhungern.«

Sie nahm ihren eigenen Cocktailspieß in die Hand, musterte die Kirsche. »Ich auch«, sagte sie und schob sie sich mit den Zähnen in den Mund.

Kapitel 6

Was in Vegas passiert …

»Also, Nick. Was machen Sie beruflich?«

Er hatte sich eben den letzten Shrimp in den Mund gesteckt. »Bester Shrimpscocktail, den ich je hatte.« Er hatte offenbar kein Problem damit, mit vollem Mund zu sprechen, was Sewanee unerklärlich sexy fand.

Sie kicherte und lehnte sich zurück. »So gut.«

Nick schluckte und beugte sich mit ernstem Gesicht vor. »*So* gut. Und so groß wie Baby-Lobster. Großer Shrimp! Das köstlichste Oxymoron.«

Oh, ja, unerklärlich sexy.

Ein Hilfskellner räumte die Ruinen der Vorspeise ab, und Sewanee mochte die Art, wie das Kerzenlicht auf der gläsernen Tischplatte tänzelte. Sie mochte Nicks kräftige Unterarme, die darauf ruhten, entblößt, nachdem er die Ärmel hochgeschoben hatte. Sie mochte den zarten Nebel im Kopf, das Funkeln in Nicks haselnussbraunen Augen, die Art, wie sich ihr Körper in einem Kleid anfühlte, das sie sich niemals kaufen könnte.

Bevor sie ihre Frage wiederholen konnte, kam der Sommelier mit einer Flasche Wein. Er goss einen Probeschluck in ein großes Bordeauxglas und schob es Nick hin, der es an Sewanee weiterreichte, womit er wortlos die Annahmen des Sommeliers bezüglich dessen korrigierte, wer an diesem Abend die Entscheidungen treffen würde. Sie war entzückt von dieser schlichten Geste. »Kann er auch welchen haben?«, wandte sie sich an den Sommelier.

»Natürlich.«

Sobald Nick ein Glas in der Hand hielt, neigten sie ihre Gläser einander zu, schwenkten den Wein leicht, atmeten sein Aroma ein und kosteten. Eine Pause trat ein, während sie den Wein auf der Zunge bewegten. Sie schluckten synchron, wie zwei Menschen, die im selben Moment nach der Hand des anderen greifen.

Sie sagten gleichzeitig: »Wow.« Sie lachten. Dann wiederholten sie, lauter diesmal: »Wow«, und lachten wieder.

Sewanee sah zurück zu dem Sommelier. »Wundervoll. Danke. Würden Sie ihn bitte dekantieren?«

»Natürlich. Sofort.« Er entfernte sich.

Sewanee trank ihre Kostprobe aus und seufzte zufrieden auf, dankte im Stillen Adaku.

Nick beobachtete sie. »Ihn dekantieren, ja?« Er nahm den Rest seines Weins in den Mund.

»Er ist ein bisschen hart. Er muss sich öffnen.« Sie sah, wie er schluckte. »Also, was machen Sie beruflich?«

»Warum fragen Amerikaner eigentlich immer, was man beruflich macht?«

Sewanee nahm sich etwas Brot aus dem Körbchen und bestrich es mit dem, was der Kellner als »geklärtes Ghee« bezeichnet hatte. Als sie abgebissen hatte, nahm sie an, dass es so etwas wie Honigbutter war. »Es füllt die Gesprächslücken.«

»Na, Gott sei Dank, diese ganzen schweigsamen Momente zwischen uns waren furchtbar.«

Bis jetzt hatte es nicht eine Pause in der Unterhaltung gegeben. Sie hatten die ganze letzte Stunde über geplaudert und gescherzt und einander regelrecht entzückt.

Der Sommelier kam mit ihrem Dekanter zurück, schenkte zwei großzügige Gläser ein und ging wieder.

»Ich denke«, sagte Nick, während er einen Schluck nahm,

»*Was würden Sie gern beruflich machen?* wäre eine bessere Art, um jemanden kennenzulernen.«

Sewanee zog eine Augenbraue hoch. »Hören Sie auf, mir auszuweichen.«

Nick lachte schallend auf. »Ich weiche nicht aus! Ich will Sie nur nicht langweilen.« Er nahm sich etwas Brot. »Ich arbeite für ein Venture-Capital-Unternehmen, das Firmen kauft und verkauft.«

»Finanzwesen also.«

»Und jetzt versuchen Sie bitte, Ihre Begeisterung im Zaum zu halten, denn ich bin noch nicht fertig.« Nick beugte sich vor und flüsterte scherzhaft: »Ich bin derjenige, der die Deals unter Dach und Fach bringt. Dafür braucht es eine ganze Menge Charme, und falls es Ihnen noch nicht aufgefallen ist, ich bin sehr charmant.«

»Das war mir entgangen.«

»Hm, dabei ist es normalerweise das Erste, was den Leuten an mir auffällt.« Grinsend nahm er noch einen Schluck Wein. »Was ist das Erste, was den Leuten an Ihnen auffällt?«

»Mein Humor«, antwortete Sewanee todernst.

»Er ist herrlich trocken.« Er erhob sein Glas. »Wie ein guter Wein. Aber das war nicht das Erste, was *mir* an Ihnen aufgefallen ist.«

»Ach nein?«, fragte Sewanee gedehnt.

»Nein. Das Erste, was mir aufgefallen ist, war Ihr Mund.«

Sewanee ignorierte das Kribbeln, das sie bei diesen Worten durchzuckte. »Tatsächlich.«

Nick schwieg einen Moment, das Glas an den Lippen, und sah nachdenklich quer durch das Restaurant. »Nein, Sie haben recht. Es waren Ihre Beine. Ihr Kopf war in dem Moment gesenkt. Das heißt, chronologisch gesehen …« Er musterte Sewanee über den Rand seines Glases hinweg.

Sie richtete den Blick auf ihn. »Sie können ruhig fragen.«

»Was machen *Sie* beruflich?«

»Nicht das. Na los. Fragen Sie nach der Augenklappe, nach der zu fragen Sie so höflich vermieden haben.«

Nick blickte sie verblüfft an. »Ich habe es nicht vermieden, danach zu fragen. Sie war schlicht kein Gesprächsthema. Ungefähr so wie Ihre Beine, die bis vor einem Moment nicht zur Sprache gekommen sind.«

Sie konnte sehen, warum er gut in dem war, was er tat.

Er fuhr lässig fort, während er sein Brot mit Butter bestrich. »Ein Accessoire? Ein Statement-Piece? Wie ein falsches Tattoo oder eine Brille ohne Sehstärke? Wir sind schließlich in Vegas.«

»Nein.«

»Na schön. Nichts Temporäres?«

»Nein.«

»Na ja, dann …«

Schweigen trat ein. Das erste echte Schweigen zwischen ihnen.

Sewanee beugte sich vor. »Sind Sie gar nicht neugierig?«

Nick zuckte die Schultern, schenkte ihnen beiden Wein nach. »Klar bin ich neugierig. Genau so, wie ich neugierig bin, was unter diesem Kleid ist, weil das Sie sind und ich neugierig auf Sie bin, aber diese Neugier zu befriedigen, ist heute Abend für uns nicht drin.« Er stellte den Dekanter ab und starrte für einen Moment auf die Tischdecke. »Aber darf ich etwas sagen?« Er beugte sich so weit vor, dass ihre Gesichter keine dreißig Zentimeter voneinander entfernt waren. Und dann sah er zu ihr hoch. Seine Augen hatten braune Punkte. »Verbergen Sie vor der Welt, was immer Sie wollen, aber in der Liebe? Verstecken Sie nichts. In der Liebe ist alles schön. Ach so, was *machen* Sie beruflich?«

Sewanee hörte die Frage nicht. Das heißt, sie hörte einzelne Wörter, aber sie hörte nicht, welche Frage sie formten. Es kam mit Verzögerung bei ihr an. In der nachfolgenden Stille nahm sie ihr Glas und trank einen Schluck, machte ein *Mhm*-Geräusch zu dem Wein, spielte auf Zeit, sammelte sich.

Sie hatte ihm bereits einen falschen Namen und ein Texas-Näseln gegeben. Es war zu spät, die Täuschung aufzugeben, also spielte sie die Scharade weiter. »Ich arbeite im Verlagswesen.« Sie wusste genug über Bücher und wie sie funktionierten. Schließlich arbeitete sie *tatsächlich* irgendwie im Verlagswesen. Sie konnte das aufrechterhalten, bis er ging. »Ich bin Lektorin.«

»Oh. Ein schlaues Mädchen. Und was für Bücher lektorieren Sie?« Sie seufzte, überlegte, ob sie wirklich diese Richtung einschlagen wollte. Nick interpretierte den Seufzer anders. »Werden Sie jetzt *mich* langweilen? Was für welche sind es? Technische Handbücher? Mikrobiologie-Lehrbücher? Irgendetwas entsetzlich Trockenes, so wie dieser Humor von Ihnen?«

»Das Gegenteil, um genau zu sein.«

»Kann nicht behaupten, dass ich je etwas von einer nassen Lektüre gehört habe.« Er nahm noch einen Schluck Wein.

Es gab keinen anderen Weg als vorwärts. »Ich lektoriere Romance-Bücher.«

Er prustete um ein Haar seinen Wein aus. Er schluckte hastig und stieß dann hervor: »Super.«

Ihre Steaks kamen. Essen, ja. Essen war eine gute Idee. Sie hatte den Überblick verloren, wie viel sie schon getrunken hatte.

»Du lieber Gott«, murmelte Nick, während er in sein Steak schnitt, »Sie sind ja richtig interessant. Woher in aller Welt sind Sie denn aufgetaucht?«

»East Virginia.«

Er lachte und richtete seine Gabel, auf der ein Stück Steak steckte, auf sie. »Also, nur damit ich das richtig verstehe.« Er schob sich den Bissen in den Mund und stöhnte lasziv auf. Das Geräusch blieb nicht unbemerkt. »Mit Romance-Büchern meinen Sie … Oh, wie heißt gleich wieder dieser Typ mit den ganzen Verfilmungen? Der *Wie ein einziger Tag*-Typ.«

»Nicholas Sparks. Nein. Er schreibt Liebesgeschichten.«

»Liebe. Romance. Was ist der Unterschied?«

Sewanee wollte sich am liebsten ohrfeigen. Warum? Warum hatte sie nichts anderes gesagt? »Also, es gibt Unterhaltungsliteratur, richtig? Liebesgeschichten sind Unterhaltung.«

»Was Sie nicht sagen«, bemerkte Nick trocken.

Sewanee lachte. »Sie haben gefragt. Also, ein Bereich der Unterhaltung ist Frauenunterhaltung. Im Allgemeinen geschrieben von Frauen über … das Leben. Man kann gewinnen, man kann verlieren, man kann sterben. Sie wissen schon, Themen, die universell sind.«

»Warum zum Teufel heißt es dann Frauenunterhaltung?« Als er Sewanees geschürzte Lippen sah, nickte Nick. »Okay. Sexismus. Fahren Sie fort.«

»Und dann gibt es Romance. Zwei Dinge müssen gegeben sein, damit Unterhaltung als Romance gelten kann.«

»Wird das gleich schriftlich abgefragt? Ich habe nämlich keinen Stift dabei.«

»Erstens: Es muss glücklich enden. Junge kriegt Mädchen, Junge verliert Mädchen, Junge kriegt Mädchen wieder. Im Allgemeinen beinhaltet es irgendeine Art Auf-den-Knien-Rutschen. Das wilde Tier ist gezähmt, alle Hindernisse sind überwunden, wahre Liebe findet einen Weg.«

»Ein Märchen.«

»Genau«, murmelte Sewanee, während sie kurz an die

Podiumsdiskussion an diesem Tag zurückdachte, die ihr Jahrzehnte her zu sein schien. »Um genau zu sein, gibt es ein Akronym dafür. H. E.«

»Happy End?«

Sewanee lächelte und nahm einen Bissen Steak. »Wer braucht hier einen Stift?«

Nick kaute nachdenklich. »Sind sie beliebt, diese Romance-Bücher?«

»Sie machen ungefähr fünfunddreißig Prozent aller Unterhaltung aus.«

Er warf den Kopf zurück. »Ich sollte Romance-Bücher veröffentlichen! Kennen Sie irgendwelche guten Lektoren?« Er warf einen Blick auf seinen Teller. »Dieses Steak, übrigens …«

»Es ist obszön.«

»Es spricht für Ihre Gesellschaft, dass ich in diesem Moment überhaupt rede und das hier nicht in die Ecke schleife wie eine wilde Hyäne und dort vertilge.«

Sewanee lachte und nahm noch einen Bissen.

»Und was ist das Zweite? An Romance-Büchern?«

»Es muss um zwei Leute gehen, die sich verlieben.« Sewanee hielt einen Moment inne, erinnerte sich an ein paar der Bücher, die sie als Sarah Westholme aufgenommen hatte. »Na ja, es können auch mal mehr als zwei Leute sein. Aber um Liebe muss es gehen.«

Nick dachte darüber nach. Klopfte mit seiner Gabel auf seinen Teller. »Wie unterscheidet sich das von einer Liebesgeschichte in der Frauenunterhaltung?«

»Das H. E.«

»Richtig. Das heißt, Frauenunterhaltung kann nicht glücklich enden?«

Sie war leicht überfordert, fuchtelte mit einer Hand durch die Luft, griff nach ihrem Wein. »Die Grenzen sind verschwommen – kommt drauf an. Eine Frage des Marketings. Hauptsächlich.« Sie hatte keine Ahnung, ob das stimmte.

»Das ist alles?«

»Na ja.« Sie schluckte. »Außerdem. Im Allgemeinen ... nicht immer, aber fast immer ... Ich meine, das ist, wofür das Genre bekannt ist, aber *im Allgemeinen* ...« Jetzt beäugte er sie. »Es gibt Sex. Auf den Seiten. Seiten über Seiten mit Sex.«

»Ooooooh.« Er dehnte den Vokal bis zum Punkt der Absurdität. »Schmutz. Schund. Schmuddelkram. Wogende Brüste. Pulsierende Glieder und so.«

»Wir haben irgendwann in den letzten dreißig Jahren aufgehört, blumige Umschreibungen zu verwenden, aber ...«

»Die Art Bücher, die Ihre altjüngferliche Tante in eine Papiertüte wickelt und in ihrer Nachttischschublade versteckt?«

Sewanee schüttelte den Kopf. »Sie würden sich wundern, wer diese Bücher liest.« Sie nahm noch einen Schluck Wein. »Wissen Sie, wer diese Bücher lesen *sollte*? Männer. Wenn sie wirklich verstehen wollten, was Frauen einen Kick gibt.«

Nick wischte sich den Mund mit der Serviette ab. »Oder wir könnten einfach fragen. Was gibt Ihnen einen Kick, Alice?«

Sewanee spielte mögliche Antworten im Kopf durch, alle sarkastisch. Dann wurde sie still. Sie hatte keine Antwort. Es war zu lange her. Also lenkte sie ab. »Was gibt *Ihnen* einen Kick?«

»Neugier«, antwortete er, ohne zu zögern. »Ich verstehe Leute nicht, die stehen bleiben. Die sagen, ich habe alles, was ich brauche, nichts Neues mehr für mich, danke. Sie kennen doch diese Parabel von dem Typen, der am Verdursten ist und zum Brunnen geht?«

»Und der es nicht riskieren will hineinzusehen, ob dort Wasser ist, weil er mit der Enttäuschung nicht leben könnte?«

»Also verdurstet er. *Schluchz*. Ich? Ich würde mit Sicherheit in den Brunnen sehen. Ich habe dieses Gemälde – und ich bin keiner von diesen Kunstleuten, aber ich habe dieses eine Gemälde – von einem Weg, der um eine Ecke verschwindet. Weil ich immer um die nächste Ecke biegen muss. Ich *muss* einfach.«

»Wie die nächste Seite eines Romans.«

»Wie das Angebot eines Dinners mit einer schönen Frau.«

»Gott, Sie sind gut.«

»Mit einer Frau, die mit ahnungsloser Unschuld sagt: ›Er ist ein bisschen hart. Er muss sich öffnen.‹«

Sewanee furchte die Stirn. »Na ja, der Wein war so. Er musste sich öffnen.«

»Ja. Aber Sie können drauf wetten, dass ich nicht an den Wein gedacht habe, als Sie das gesagt haben.« Er warf einen raschen Blick auf ihr Kleid, dann hatte er den Anstand wegzusehen. Er murmelte, fast zu sich selbst: »Wenn ich Sie besser kennen würde, wäre ich jetzt wohl beschämt.« Nach einem Moment wagte er, sie anzusehen. »Aber ich kenne Sie nicht. Also bin ich auch nicht beschämt.«

Sewanee leckte sich die Lippen. »Na ja. Um Ihre Neugier zu besänftigen. Ich bin es, und ich tue es nicht.« Die Retourkutsche floss ihr so glatt über die Lippen wie der Wein aus dem Dekanter.

Nick wurde still, enthedderte, was sie gesagt hatte. Sie sah den Moment, in dem es klick machte. Seine Augen weiteten sich, und ein unkontrolliertes Lachen platzte aus ihm hervor. »O mein Gott.« Er warf seine Serviette auf den Tisch und klatschte theatralisch langsam in die Hände. »Ich bin fertig. Sie haben gewonnen.«

»Haben wir ein Spiel gespielt?«

»Immer.«

»Und Sie gewinnen gern?«

»Wer nicht?«

Lächelnd nippten sie beide an ihrem Wein. Sie sah, wie er einen Blick auf seine Uhr warf, und sagte, bevor sie es sich anders überlegen konnte: »Müssen Sie gehen?« Sie wunderte sich, festzustellen, dass sie heiser klang. Sie räusperte sich leise. Ein Glück, dass sie am nächsten Tag nicht aufnehmen musste; nichts trocknete ihre Stimme so aus wie Rotwein.

»Nicht in dieser Sekunde. Aber bald.«

Resigniert gab Sewanee dem Kellner ein Zeichen.

»Eines würde ich gern wissen«, sagte Nick. »Reden die Leute in diesen Romance-Büchern von Ihnen miteinander, oder kommen sie einfach sofort zur Sache?«

»Natürlich reden sie. Das Reden ist das Vorspiel. Das andere Zeug klappt nicht ohne das Reden.«

Er lächelte langsam. »Was Sie nicht sagen.«

Abgefüllt mit Steak, Trüffelkartoffeln und Margaux, verließen Sewanee und Nick kichernd das Restaurant und gingen zum Casinosaal. Nick zog seinen Wochenend-Rollkoffer hinter sich her, auf dem eine schmale Aktentasche klemmte. Sie hakte sich spontan bei ihm unter, nur ein weiteres Paar, das durch ein Vegas-Casino schlenderte, leicht overdressed, leicht betrunken, leicht geneigt, schlechte Entscheidungen zu treffen. Dann erregte etwas Sewanees Aufmerksamkeit, und sie verlangsamte ihr Tempo.

Nick folgte ihrem Blick. »Willst du spielen?«

Sie biss sich auf die Lippe. »Ich bin mir nicht sicher. Ich meine, ich bin mit fünfhundert Dollar hierhergekommen und habe mir gesagt, ich würde ein Mal setzen. Alles auf Rot oder Schwarz.«

»Okay.« Er ging auf den Roulettetisch zu. »Ich will sehen, wofür du dich entscheidest.«

Sie hielt ihn am Ärmel fest. »Ich glaube, ich bin ein bisschen zu beschwipst, um den Gewinn zu genießen. Und nicht beschwipst genug, um den Verlust zu verkraften.« Sie wandte sich zum Gehen.

Er rührte sich nicht von der Stelle. »Kommst du bitte her und hörst mir zu?« Sie nickte. Er holte tief Luft. »Das hier ist keine Katastrophe. Hier geht es nicht um Leben und Tod. So oder so, du wirst von diesem Tisch weggehen. Der Reiz liegt im Spiel, oder?« Er trat näher. »Du bist mit fünfhundert Dollar, die du entbehren kannst, hierhergekommen. Du hättest sie auf der Toilette verlieren können, aus der Tasche gerutscht und in die Schüssel, auf Nimmerwiedersehen verschwunden.« Er hielt einen Moment inne, starrte ihr ins Auge. »Du hast doch sicher schon Wichtigeres verloren als fünfhundert Dollar.«

Sie blinzelte ihn einen Moment an. Dann sagte sie: »Du hast recht, du bist ein Arsch«, und steuerte schnurstracks auf den Tisch zu.

Sie öffnete ihre Handtasche, zückte ein kleines Portemonnaie und nahm das ganze Bargeld heraus. *Mach es, Swan.* Sie legte die Geldscheine auf den Tisch, und der Croupier tauschte sie in Jetons um. »Machen Sie Ihr Spiel, machen Sie Ihr Spiel«, rief er.

Nick trat von hinten an sie heran. Die Vorderseite seines Körpers verharrte wie ein Magnet genau hinter ihrem Rücken. Ohne zu zögern, setzte sie all ihre Jetons auf Rot. Nick flüsterte ihr ins Ohr: »Gewinnen oder verlieren?« Seine Stimme wanderte von ihrem Ohr an der Innenseite ihres Halses entlang ein Stück nach unten, schlug mit einem dumpfen Geräusch in ihrer Brusthöhle auf, sickerte weiter hinunter und sammelte sich schließlich in jenem Teil von ihr, der seit dem Dinner lüstern pulste. Sie fand ihre Stimme wieder. »Gewinnen oder verlieren.«

Der Croupier nahm die kleine weiße Kugel und entließ sie

mit einer geübten, schwungvollen Bewegung. »Letzte Einsätze bitte.«

Sie sahen zu, wie die Kugel herumrollte.

»Nichts geht mehr, nichts geht mehr.«

Während sich die Kugel im Rad drehte, spürte Sewanee, wie Nick sich weiter vorbeugte. »Warum Rot?«, murmelte er.

»Das Steak. Der Wein. Deine Krawatte. Meine Lippen.«

Die Kugel drehte sich.

Weiter.

Weiter.

Weiter.

Während die Kugel langsamer wurde, beugte sich Sewanee noch weiter vor. Die Kugel kullerte herum; Schwarz 35; Rot 7; Grün 00; Schwarz 17; Rot 14. Und dann blieb sie liegen.

Rot 14.

Sewanee hüpfte nicht auf und ab. Sie kreischte nicht auf. Sie wandte sich nur zu Nick um, das Auge geweitet, die Lippen geöffnet, und sagte leise: »Das war unglaublich.«

Das brachte ihn zum Lachen. »Du bist unglaublich.«

Sie küsste ihn. Es begann als ein *Danke*-Kuss, rein und kindlich, dauerte aber lange genug, um die Pubertät zu erreichen.

Nick presste sich an sie, als würden sie sich seit Jahren kennen. Seine Hände fanden ihre an ihren Hüften, und sein Mund war weich und fest und warm und kräftig und all das Gute, von dem sie vergessen hatte, dass es auf dieser Welt existierte.

Als er sich von ihr löste und sie ihr Auge aufschlug, sah sie, dass er zu ihr hinunterlächelte. »Schnapp dir deinen Gewinn«, flüsterte er.

»Hab ich längst gemacht.«

Sein Lachen riss sie beide auseinander. Der Croupier tauschte Sewanees Chips in einen einzigen Tausend-Dollar-Jeton um, und sie ließ ihn in ihrer Handtasche verschwinden.

Nick nahm ihren Arm und lotste sie zu einer stilleren Ecke des Casinos. Nun ja, so still, wie eine Casino-Ecke in Las Vegas an einem Samstagabend sein konnte.

Sie atmeten beide schwer. Sein Blick war glasig, und seine Krawatte war verrutscht, und ihre Beine zitterten ein wenig, und in dem Augenblick, in dem sie sagte: »Ich will nicht, dass du gehst«, sagte er: »Ich will nicht gehen.«

Sie lösten sich voneinander. Sie lachten, lachten weiter. Sie lachten so sehr, dass sie sich krümmten vor Lachen. Sie schubste ihn sanft, er schubste sie zurück, und sie taumelte in ihren Heels und stieß gegen einen ledernen Drehstuhl vor einem Spielautomaten, sodass sie beide nur noch mehr lachen mussten. Warum? Das hier war nicht witzig. Nichts von alledem hier war witzig.

Aber es war verspielt. Es war sexy. Es war eine Intimität, die sie sich vorgestellt, aber nie erlebt hatte.

Sekunden verstrichen. Eine Minute. Ihrer beider Atem beruhigte sich. Sie richteten sich auf. Nick trat auf sie zu und umfasste ihr Gesicht mit den Händen. Sie lächelten sich traurig an.

Schließlich ließ er die Hände auf ihre Schultern sinken. »Ich nehme an, du findest dich nicht oft in Dublin wieder?«

Sie schüttelte den Kopf. Sie musste sich in Erinnerung rufen, den Texas-Akzent zu benutzen, als sie antwortete: »Ich habe mich noch nie irgendwo wiedergefunden.« Sie hörte, wie das klang, also fügte sie rasch hinzu: »War nie da, um genau zu sein.«

Er schien aus einer Trance zurückzukehren. Er glitt mit den Händen an ihren Armen hinunter und löste dann den Kontakt. Er holte tief Luft.

Sie schlang die Arme um ihren Leib, auf einmal fröstelnd. »Vielleicht ist es besser so«, sagte sie.

»Wieso das denn?«

»Vielleicht ist das hier die ganze Geschichte. Ich meine, wie stehen die Chancen?«

»Wofür?«

»Dass es so gut ist, wie wir es uns vorstellen.«

Er grinste sie an. »Aber was, wenn es so wäre?«

Sie biss sich auf die Lippe.

Mit Roys konnte sie umgehen. Mit Chucks und Jimbos – Jims und Chuckbos wurde sie fertig. Nick war einzigartig. Völlig unerforschtes Terrain.

Einerseits war Sewanee bereit dafür, dass er ging, dass der Abend endete. Vorhang zu, Saallichter an, herunter mit der Schminke. Andererseits war sie bereit dafür, den falschen Akzent, die fiktive Person aufzugeben und alles echt zu machen. Vorhang auf, Lichter gedimmt, herunter mit *allem*.

Aber das war unmöglich.

Also sagte sie stattdessen: »Wie würdest du die Geschichte weiterschreiben?«

»Was meinst du damit?«

Sie trat einen Schritt vor. »Eine kleine Aufgabe.«

Er zeigte mit dem Finger auf sie. »Ich wusste doch, dass ich einen Stift brauche.«

»Wie würde die Sache als Frauenunterhaltung enden? Und wie als Romance?«

Er lachte. »Also. Frauenunterhaltung – ich will zu Protokoll geben, dass ich den Begriff noch immer hasse.«

»Stell dich hinten an.«

Er hielt einen Moment inne. »Ich ringe mit meiner Entscheidung zu gehen. Ich werde mich für immer dafür hassen, aber ich tue es. Vermutlich habe ich eine Verlobte. Und vermutlich ist da ein Krieg im Gange. Du und ich, wir leben völlig verschiedene Leben, haben mit der Ungerechtigkeit von alledem zu kämpfen.«

Sewanee lächelte so breit, dass ihr der Kiefer wehtat.

»Dreißig Jahre später kreuzen sich unsere Wege.« Er wies mit einer Handbewegung in das Casino. »Wir sind wieder hier. So viel ist passiert. So viel wurde geopfert. Und doch sind wir hier, endlich zusammen.«

Sewanee legte den Kopf schräg. »Ähm …«, begann sie, aber Nick hob eine Hand.

»Aber. Ich habe irgendeine rätselhafte Krankheit, für die es kein Heilmittel gibt. Und ich *sterbe*. Kein H.E.!« Er lächelte triumphierend und breitete die Arme aus, forderte ihre Anerkennung ein.

Sewanee gluckste. »Bravo! Und die Romance-Version?«

»Das ist leicht.« Er trat einen Schritt näher. »Ich lasse meinen Flug sausen. Wir gehen nach oben. Was passiert, ist … na ja.« Er flüsterte heiser. »Seiten über Seiten mit Sex.« Sie lachte. »Eine Fantasie, die zum Leben erwacht, richtig? Am nächsten Tag trennen sich unsere Wege, aber du … du bist schwanger, okay? Cut. Ein Jahr später: ein Job auf der anderen Seite des Großen Teichs. Du packst deinen – unseren – kleinen Sohn ein und erscheinst zu deinem ersten Arbeitstag, und dein neuer Boss ist, und jetzt kommts … ich. Schockierend, ich weiß. Du erzählst mir nichts von unserem Sohn – keine Ahnung, warum, aber du tust es nicht –, und wir einigen uns darauf, uns bei der Arbeit anständig zu benehmen. Dann, eines Tages. Mein Verlangen überwältigt mich, und ich will, nein, ich *muss* dich haben.«

Sewanee kicherte, und ihre Wangen röteten sich. Nick trat noch einen Schritt näher. »Ich zerre dich in mein Büro. Schließe die Tür ab. Fege alles vom Schreibtisch, wie ein echter Kerl, mit einem lauten Knurren. Ich hebe dich grob hoch, setze dich auf diesen Schreibtisch, genau auf die Kante. Ich schiebe deinen Rock hoch, der mich den ganzen Tag in den Wahnsinn getrieben hat, spreize deine …«

»Okay, okay, Mr. Schnelllerner. Ich kanns mir vorstellen.«

»Bist du sicher?«

»Sehr witzig.«

»Du hast ja keine Ahnung.«

Sewanee holte so tief Luft, wie sie konnte. »Red weiter.«

»Na ja. Danach ist es ausgeschlossen, dass du weiterhin für mich arbeiten kannst. Also kündigst du. Ich laufe dir nach und …« Er sah an ihrer Schulter vorbei und dachte nach. »Und … ich biete dir Geld an – weil ich natürlich Milliardär bin –, ich biete dir Geld an, damit du das Non-Profit-Unternehmen verwirklichen kannst, von dem du immer geträumt hast. Irgendwas mit Kätzchen. Aber dann höre ich, etwas abseits in einem anderen Raum … Ist das der Schrei eines verlassenen Kätzchens? Oder ist das ein *Baby*?!«

»Oh, nein«, stöhnte Sewanee.

»Du hast ein *Baby*?! Du Schlampe!«

»Ich sage dir, dass es deins ist.«

»Großer Gott, nein, noch nicht. Denn du siehst, wie ich reagiere, und ich bin ein absoluter Scheißkerl – entschuldige, das vergaß ich zu erwähnen …«

»Es stand zwischen den Zeilen, es steht immer zwischen den Zeilen.«

»Also fahre ich zu meinem Penthouse oder Schloss oder irgend so einem Scheiß und betrinke mich. Und dann … Und dann …« Nick blinzelte sie hilflos an.

»Du hast einen Bruder.«

»Ich habe einen Bruder! Einen Milliardärsbruder! Und …?«

»Und er weiß die Wahrheit über das Baby.«

»… Wie denn das?«

»Weil ihr zusammenarbeitet …«

»In der Geldfabrik.«

»Und nachdem er mich getroffen hat, hat er eins und eins zusammengezählt.«

»… Wie denn das?«

»Weil eben.«

»Okay. Und schließlich erkenne ich meinen Irrtum, und ich komme und flehe dich um Verzeihung an.«

»Du rutschst auf den Knien!«

»Ich komme und *rutsche auf den Knien*, damit du mir verzeihst.«

»Und ich nehme dein Auf-den-Knien-Rutschen an. Weil all meine Träume wahr geworden sind.«

»Und wir renken alles ein, was je zwischen uns schiefgelaufen ist, und wir leben …«

»Unser Happy End«, kamen sie einstimmig zum Schluss.

»Super«, hauchte Nick und sah sie auf eine Art an, die Sewanee das Gefühl gab, als wären seine Hände überall gleichzeitig auf ihrem Körper. Sie hielt seinem Blick stand. Dann sah er hinunter auf seine Schuhe. Dann auf seine Uhr. Dann streckte er die Hand aus. »Alice.«

Sie ergriff sie. »Nick.«

»Ich verlasse dich so, wie ich dich gefunden habe.«

Wohl kaum, dachte Sewanee.

Nick hielt eine vorbeikommende Cocktailkellnerin an. »Entschuldigung? Welchen Ausgang muss ich nehmen, um ein Taxi zu kriegen?«

»Wohin wollen Sie denn?«, fragte sie.

»Flughafen.«

»Nicht heute Abend, das wollen Sie nicht.«

»Pardon?«

»Der Flughafen ist geschlossen. Kann ich Ihnen etwas zu trinken bringen?«

»Was? Nein, nein danke, was soll das heißen, der Flughafen ist geschlossen?«

»Schnee. Können Sie das glauben?«

»Entschuldigung, *Schnee*?«

»Seit wann schneit es denn in Las Vegas?«, fragte Sewanee.

»Eigentlich nie«, antwortete die Kellnerin. »Das letzte Mal war ich in der ersten Klasse, und wir haben schneefrei gekriegt. Das war fantastisch.«

Nick und Sewanee nahmen beide ihre Handys zur Hand.

»Die Airline hat vor einer Stunde eine SMS geschickt.« Er sah auf sein Gepäck, als könnte es mehr Informationen haben. »Ich muss mir ein Zimmer nehmen.«

»Oje, da werden Sie kein Glück haben.« Die Kellnerin stützte ihr Tablett auf ihrer Hüfte ab. »Hab eben gehört, dass wir heute Abend ausgebucht sind.«

»Was? Wieso das denn?«

»Nehmen Sie eine Boxkampfnacht im MGM, Beyoncé und dieses Buchkongress-Ding, und die Stadt stößt an ihre Kapazitätsgrenzen. Und streichen Sie dann noch ein paar Hundert Flüge?« Als sie Nicks entgeisterte Miene sah, tätschelte sie ihm den Unterarm. »Wollen Sie einen Drink?«

»Nein, nein danke.«

»Na ja, im Casino wird die ganze Nacht die Post abgehen! Viel Glück!«, strahlte sie und entfernte sich.

Sewanee, die noch immer auf ihr Handy starrte, murmelte: »Alle Flüge sind gestrichen. Ankommende und abgehende. Meine Freundin kommt nicht vom LAX weg.«

Nick fuhr sich mit einer Hand durchs Haar. »Ich habe seit der Uni nicht mehr durchgemacht.« Er lachte. »Schnee? Echt jetzt?«

»Okay«, murmelte Sewanee und steckte ihr Handy ein. »Du darfst das nicht in irgendeiner Weise so auffassen, als ob … egal. Ich habe ein Zimmer.«

Er zog die Augenbrauen hoch. »Die Romance-Version?«

Sie schnaubte.

»Lass mich raten. Es gibt nur ein einziges, sehr kleines Bett.«

»Es gibt zwei. Zwei sehr große Betten. In sehr großen Zimmern. Sehr großen getrennten Zimmern. Es ist alles sehr groß. *Rain Man*-groß.« Sie brachte spontan etwas mehr Abstand zwischen sich. »Ich kann dir gern ein Bett für die Nacht anbieten, wenn es dir recht ist.«

»Es ist mir recht. Aber ist es dir recht? Du bist furchtbar freundlich, aber bist du …?«

»Die Suite ist so groß, dass ich praktisch in einem anderen Bundesstaat schlafen könnte. Es ist okay. Es ist okay für mich. Wenn es okay für dich ist.«

»Für mich ist es total okay!«

»Dann ist ja alles gut.« Sewanee richtete sich auf. »Können wir?«

»Wir können.« Nick nickte. »Nach dir.«

Er folgte Sewanee durch das Casino und um die Ecke.

Sie ließ Nick den Vortritt in die Suite. Der Butler war da gewesen, um ein paar Lichter einzuschalten. Gedämpft, stimmungsvoll, sexy. Nick ließ den Blick über die Weite des Raums schweifen und bewunderte dann die Aussicht. Er grinste sie an. »Das hier dürfte seinen Zweck erfüllen, nehme ich an.«

Er wagte sich tiefer in den Raum vor, sein breiter Rücken als Silhouette vor dem Fenster. »Es ist ein bisschen magisch, oder?«

»Ja«, antwortete sie, stellte sich neben ihn und sah in die Neonnacht hinaus. Die blinkenden Farben der Großstadt, wie Gelfilter auf Theaterlichtern, veränderten immer wieder die Tönung ihrer Gesichter. Sie standen nebeneinander da und starrten durch die deckenhohen Fenster. Hinter den Gespenstern ihrer Spiegelbilder lag der Strip ausgebreitet da, und eine weiße Decke legte sich auf ihn. Sanfte Flocken rieselten vom

Himmel wie Konfetti. Es war ein Anblick, den Sewanee nie vergessen würde.

»Ich will etwas sagen«, murmelte Nick. »Irgendetwas Tiefgründiges. Poetisches. *Geister meiner Vorfahren* und so. Aber zum ersten Mal an diesem Abend fehlen mir die Worte.«

»Dir fällt kein Vorspiel mehr ein?«

»Freches Ding.« Noch mehr Schweigen. »Es sieht aus wie ein pointillistisches Gemälde, oder? Das ist es. Das ist alles, was ich zu bieten habe.«

»Na ja. Que Seurat, Seurat.«

Er warf lachend den Kopf zurück. Dann schmolz sein Lachen wie der Schnee, der gegen das Fenster schwebte und an der Scheibe hinabglitt, und sie beobachtete in dem gebrochenen Spiegelbild, wie seine Blicke auf die gleiche Art an ihrem Körper hinunterglitten. »Ich glaube, so muss es sich anfühlen, in einem deiner Romane zu sein«, murmelte er. »Das hier muss irgendeine Art Tropus sein, oder?« Er fuhr mit einer Hand durch die Luft, wies auf den Raum, die Lichter, den fallenden Schnee. Auf sie.

Sie sah noch immer hinaus. Sie fühlte sich, als ob alles, was sie trug – buchstäblich alles –, von ihr abgefallen war. Sie hatte sich noch nie so gefühlt. Sie hatte sich immer gewünscht, dass es mal passierte. »Rate, wie das Buch heißt.«

»Irgendetwas Weltbewegendes, da bin ich mir sicher. *Göttliche Vorsehung? Himmlische Intervention?*«

Sie kicherte. Schließlich wandte sie sich zu ihm um. »*Eingeschneit.*«

ZWEITER TEIL

Vergiss deine persönliche Tragödie. Wir sind alle von Anfang an verflucht, und vor allem du musst erst furchtbar verletzt werden, bevor du ernsthaft schreiben kannst. Aber wenn du die verdammte Verletzung spürst, nutze sie – betrüge nicht damit.

Ernest Hemingway

Es sind immer die Männer, die davon reden, dass man von einem Ort des Schmerzes aus schreiben muss. Vielleicht versucht ihr es mal damit, aus Freude zu schreiben. Wir verstehen euch ja, die Welt ist hart. Was genau der Grund ist, weshalb ich schreibe: um ihr zu entfliehen. Hört schon auf mit diesem Leidender-Künstler-Scheiß, mein Gott.

June French in *Cosmopolitan*

Kapitel 7

Das Angebot

Sewanee schleppte die letzten beiden Kartons mit Kaffee in Marks Garage. Sein geliebter Karmann Ghia, Sal, nahm eine Seite davon in Beschlag, und auf der anderen befanden sich zwei Regaleinheiten mit einem schmalen Weg dazwischen. Jeder Quadratzentimeter war genutzt, wie in einem New Yorker Lebensmittelgeschäft. In den Regalen lagerten Papierwaren, Flaschen mit koffeinhaltigen Getränken, Großpackungen mit verschiedenen Snacks und Ersatz-Aufnahmekomponenten: zusätzliche Mikrofone, Kabel, Vorverstärker, Mixer.

Als Sewanee sich auf die Zehenspitzen stellen musste, um die Kartons auf das oberste Regal zu schieben, schoss ein plötzlicher Rausch durch ihren Körper. Ihr Auge schloss sich, und auf einmal lag sie zwischen kühlen Laken, den Rücken gekrümmt, den Kopf lustvoll zur Seite gewandt, während sie zusah, wie draußen der Schnee fiel. Sie schlug das Auge auf, und der Schnee fiel noch immer, genau dort in der Garage.

Staub. Aufgewirbelter Staub von dem Regal.

Sie gab sich einen Ruck, erledigte rasch ihre Aufgabe und ging durch die Verbindungstür in Marks Haus.

»Marks Studio« traf es vielleicht besser. Sein persönlicher Wohnraum beschränkte sich auf ein einziges Zimmer neben der Küche, das ein breites Doppelbett und einen fast ebenso großen Schreibtisch beherbergte. Der Rest seines Zuhauses war ganz dem Geschäft gewidmet. Eine Küche mit zwei Kaffeemaschinen, drei Mikrowellen, einem Teekessel auf dem

Herd und einem Wasserkocher auf dem Tresen, einem ganzen Schrank mit Tee, Snacks, täglich bereitgestellt von Sewanee, und, wie es sich für sie – die sie abzuspülen hatte – anfühlte, Hunderten von Tassen. Es gab einen überdimensionalen Kühlschrank, gefüllt mit jeder Art von Milch und Milchersatz, Würzmitteln und Soßen, und einen Biokorb, dessen Inhalt ausschließlich aus dem heimlichen Gegenmittel des Hörbuchsprechers gegen Mundgeräusche bestand: grünen Äpfeln. Niemand wusste, warum es wirkte (Säure? Tannine?), doch es gab nichts Besseres. Alice hatte einmal vorgeschlagen, sie alle sollten sich grüne Apfel-Tattoos stechen lassen, aber jemand – vermutlich Mark – hatte eingewendet, grüne Kleckse würden wie eine Krankheit aussehen.

Jedes der vier oberen Zimmer war mit einer Tonkabine und einem Soundboard ausgestattet. In den Zimmern im Erdgeschoss waren Arbeitsplätze für die Cutter und Techniker eingerichtet, die Mark beschäftigte. Selbst jetzt, an einem Sonntagabend, kauerten zwei Cutter über ihren Pulten, Kopfhörer über den Ohren, lasen zu der Aufnahme mit, die sie anhörten, hielten sie an, wenn sie einen Fehler bemerkten, schrieben Anmerkungen ins Skript und bereiteten ein Paket mit Korrekturen für den Sprecher vor. Sewanee sah, dass der neuere Techniker mit einem Bleistift einen perfekten Trommelrhythmus auf seinen Schenkel klopfte, während er die Aufnahme anhörte. Also noch ein Musiker. Das war nichts Ungewöhnliches. Die meisten Tontechniker kamen durch die Musiktür in die Branche.

All diese Männer (es waren hauptsächlich Männer) waren jung und genossen die freundliche, familiäre Atmosphäre des Studios, genossen es, in den Hollywood Hills über allem zu sein, mit den anderen unten auf der Franklin noch etwas trinken zu gehen, bevor sie nach Hause fuhren. Mehr als ein Band war im Laufe der Jahre in Marks Wohnzimmer geknüpft worden.

An den meisten Tagen fühlte sich Sewanee wie eine Hausmutter in einem Studentenwohnheim – wenn das Wohnheim voller netter, alternativ angehauchter Sound-Nerds war.

Sie ging an den zwei Cuttern vorbei, ohne bemerkt zu werden. Das änderte sich, als Mark aus seinem Büro rief: »Swan!« Er hatte die Garagentür gehört. Er hörte alles.

Sie ging in sein Schlafzimmer/Büro und traf seine schlaksige, sehnig-sportliche Gestalt an seinem Schreibtisch sitzend an, den eingegipsten Fuß hochgelegt, während er über den Rand seiner Drahtgestellbrille auf seinen Computerbildschirm äugte.

»Hi!«, flötete sie. »Ich bin auf dem Nachhauseweg vom Flughafen noch bei Costco vorbeigefahren, habe Kaffee aufgestockt. Ich war bei dem, der am Sherman Way aufgemacht hat? Mann, diese ganze Gegend ist ja groß im Kommen, was? Und ist es nicht toll, nach Burbank zu fliegen? Ich verstehe ja nicht, warum irgendjemand je zum LAX fliegen sollte. Wie gehts dem Fuß?«

Jetzt musterte er sie misstrauisch. »Ist das Koffein oder Kokain?«

»Ich freue mich, dich zu sehen, das ist alles.«

»Und ich freue mich, dich zu sehen.«

»Also«, schluckte sie. »Ich bin sicher, du willst, dass ich dir das Neueste aus Vegas berichte.«

Mark atmete scharf aus. Seine Miene wurde düster. »Einfach unglaublich.«

Sewanee wurde still. »Was meinst du damit?«

Er schüttelte den Kopf. »So tragisch.«

»Was denn?«

»Was denn? Es ist überall in den Nachrichten!«

»Der Schnee?«

»Der Schnee? Nein, die Schauspielerin!«

Sewanee schnappte sich einen Stuhl und setzte sich. »Okay, im Ernst jetzt: Wovon redest du?«

»Ich habe nicht alle Details, aber irgendeine Möchtegern-Schauspielerin ist vom achtunddreißigsten Stock runtergekommen, und sie hat nicht den Aufzug genommen, falls du weißt, was ich meine.«

Sewanees Mund klappte auf, aber es kam nichts heraus.

Mark fuhr fort: »Bis jetzt weiß man nur, dass sie für den Kongress dort war. Kam wohl aus Ost-Texas. Ich kann nicht glauben, dass du nichts davon mitgekriegt hast.«

Ein paar Worte kamen ihr stockend über die Lippen: »Ich ... ich habe nicht ... Ich weiß nicht, was ich sagen soll.«

»Na ja, sie hat es getan! Offenbar hat sie auf dem ganzen Weg nach unten geschrien: *Ein Happy End ist Schwachsinn!*«

Sewanee schwankte zwischen Misstrauen und Panik. »Moment mal ... Hast du ...? Bist du ...? Woher ...? Was ...?«, brachte sie keuchend hervor.

Mark lachte schallend auf. Sein voller silbergrauer Haarschopf fiel ihm ins Gesicht, und seine Clint-Eastwood-Krähenfüße kräuselten sich.

Sewanee krümmte sich in ihrem Sessel zusammen. »Du Arschloch! Du absolutes Riesenarschloch!« Sie riss den Kopf hoch. »Woher wusstest du von ihr?«

Mark wischte an den Tränen in seinen Augen. »Alice war heute Morgen da und hat mir von eurem kleinen Wortwechsel erzählt. Ich konnte mir den Spaß nicht verkneifen.«

»Gott, du bist ein solcher Idiot!« Sie stand auf. »Ich habe zu arbeiten.« Sie wandte sich zur Tür.

»Du machst es mir zu leicht! Warte, geh noch nicht, es gibt etwas, worüber ich mit dir reden muss.«

»Schon gut, ich besitze bereits ein Stück der Brooklyn Bridge.« Sie ging weiter und zur Tür hinaus.

»Swan! Ich meine es ernst, komm zurück. Entschuldige, aber das war Rache. Erinnerst du dich noch an deine kleine Nummer letzten Monat? ›Mark, o mein Gott, hast du Sals Beifahrerseite gesehen?‹ Du weißt doch, was ich für meinen Ghia fühle. Jetzt sind wir quitt.«

Sie schnellte herum, stapfte zurück in sein Büro, baute sich mit verschränkten Armen vor ihm auf. »Was willst du?«

»Setz dich.«

»Ich stehe lieber.«

»Gut, ich mag dein Stehvermögen.«

Sie musste unwillkürlich losprusten. So war das zwischen ihnen. Sie spielten, sie stichelten, sie provozierten einander, aber sie waren füreinander da, wann immer einer den anderen brauchte. Oder es einfach wollte. Sie hatten mehr füreinander getan, als beide je zugeben würden. Das mit ihnen klappte, weil sie einander so liebten, wie das nur vorkam, wenn Anziehung kein Thema war.

»Du hast ein Angebot«, sagte Mark.

»Okay?« Das war nichts Ungewöhnliches. In den meisten Fällen kamen die Angebote direkt an sie, aber hin und wieder konnte irgendjemand sie nicht finden und wandte sich dann an Mark. Doch die Art, wie er lächelte, machte sie schon wieder misstrauisch. »Was denn für eins?«

»Es ist … passend.«

Sie wusste es. Sie wusste es einfach. »Es ist ein Romance-Buch, habe ich recht?«

»Ja. Aber nein.«

»Mark.«

»Ich weiche nicht aus. Es ist … einfach anders.« Er faltete die Hände. »Erinnerst du dich noch an June French?«

»Natürlich. Sie hat mir zu meinem Start verholfen. Damals, als ich Romance gemacht habe. Was ich nicht mehr mache.«

»Sie ist kürzlich gestorben.«

»Du bist offensichtlich bestürzt.«

»Du hast es gewusst?«

»Ich habe es gewusst. Aber kannst du dir vorstellen, wie ich mich fühlen würde, wenn ich es nicht gewusst hätte und du es mir auf diese Weise gesagt hättest?«

»Du wirst mir das hier nicht leicht machen, oder?«

»Nach deiner kleinen Nummer mit der aus dem Fenster gesprungenen Schauspielerin vorhin, nein.«

Er verdrehte die Augen. »Na ja, June Frenchs sehr lebendiger Produzent hat sich an mich gewandt. Es gibt ein Projekt von ihr, das nie das Licht der Welt erblickt hat. Sie wollte, dass Sarah Westholme …«

»Ich mache noch immer keine Romance.«

»Swan, hör mich an.« Er beugte sich vor, öffnete die E-Mail auf seinem Computer, räusperte sich und ließ seine Erzählerstimme hören. Die Stimme, die den Massen politische Geschichten vorlas. »›Lieber Mark, mein Name ist Jason Ruiz, und ich bin mit June Frenchs Nachlass befasst, um eine Hörbuchfassung ihres letzten Projekts zu produzieren. Ich versuche, eine von Junes Sprecherinnen, Sarah Westholme, zu erreichen. Man hat mir gesagt, dass Sie vielleicht den Kontakt herstellen könnten.‹«

»Wenn ich Romance bloß noch machen würde.«

»Schscht. ›Das Buch ist ein bisschen außerhalb des Mainstreams, und June hat es mit Sarah im Hinterkopf geschrieben. Sie war Junes Lieblingssprecherin.‹«

»Das ist ja süß. Aber ich mache keine …«

»Würdest du bitte den Mund halten?« Er lächelte, doch er meinte es ernst, das konnte sie sehen. »›Das Projekt wird eine duale Erzählung sein. June hatte vor, diesen neuen Roman in Fortsetzungen zu veröffentlichen – einstündige Folgen, die wöchentlich erscheinen und über ihre Plattform vertrieben werden.‹«

»Sehr clever«, sagte sie. »Zu dumm, dass ich keine …«

»Halt die Klappe, Swan … Lass mich weiterlesen. ›Die ganze Serie wird ungefähr acht Stunden lang sein, gleichmäßig aufgeteilt zwischen Sarah und dem männlichen Sprecher. Mir ist bewusst, dass Sarah keine Romance mehr aufnimmt …‹«, las Mark mit starker Betonung, »›… aber June wollte sie ein letztes Mal für dieses ehrgeizige und einzigartige Projekt und war bereit, sie außergewöhnlich großzügig zu vergüten.‹«

Sewanee seufzte. »Mark, du weißt, dass Geld nicht alles ist.«

»Großzügig, Swan, heißt in dem Fall Paul-Newman/Robert-Redford/*Outlander*-großzügig. Das geht weit über das übliche Pauschalhonorar hinaus.«

Sie riss genervt die Hände hoch, machte sich darauf gefasst, unbeeindruckt zu sein. »Wie weit?«

Mark wandte sich wieder der E-Mail zu. »›Wir bieten Sarah dreiunddreißig Prozent der Bruttoeinnahmen an. Wir wissen zwar nicht, wie viel genau das sein wird, aber die Abonnenten werden neunundneunzig Cent pro Folge bezahlen, und wir haben zum jetzigen Zeitpunkt zwanzigtausend Vorbestellungen, dabei sind die Namen der Sprecher noch nicht einmal angekündigt. Wir haben bereits die Zusage des männlichen Sprechers …‹« An dieser Stelle sah Mark auf, die Lippen triumphierend geschürzt, und fuhr fort: »›… Brock McNight, der noch nie zuvor ein June-French-Buch gemacht hat, obwohl die Fans danach geschrien haben. Ich weiß, diese beiden Kraftwerke für das Projekt zu haben, wird die Downloads exponentiell in die Höhe treiben. Es ist wirklich sehr traurig, dass June nicht mehr erleben kann …‹, und so weiter und so fort, ›… bitte leiten Sie diese Mail an Sarah weiter, und ich möchte Sie außerdem bitten, die Angelegenheit vertraulich zu behandeln. Danke für Ihre Mithilfe. Jason.‹« Mark lehnte sich zurück und verschränkte die Finger über seinem nicht vorhandenen Bauch. »Sag was.«

Sewanee setzte sich wieder hin. Sie starrte Mark über den Schreibtisch hinweg an. Er wartete. Schließlich sagte sie: »Im Allgemeinen lasse ich mich ja nicht von Geld motivieren, aber das hier … Ich muss zugeben ….«

»Ich habe ein bisschen gerechnet, die Zahlen nur grob überschlagen. Willst du meine Empfehlung hören? Lass dich motivieren.«

»Ich mache keine Romance …«

»Sag das noch ein einziges gottverdammtes Mal, und ich dreh …«

»Du hast mich nicht ausreden lassen! Ich mache keine Romance … aber ich werde darüber nachdenken.«

Mark schlug mit der flachen Hand auf den Schreibtisch. »Das ist alles, was ich hören wollte. Es sei denn, du hast irgendetwas Pikantes über Vegasland auszuplaudern?«

Überrumpelt von dem plötzlichen Themawechsel, wurden ihre Wangen verräterisch heiß, was Mark nicht entging. Er zog die Augenbrauen hoch. »Miss Chester!«

»Ich bin froh, dass ich dort war, und dabei werde ich es belassen.« Sie stand auf.

Mark hob die Hände. »Wenn du mir nicht von Supermans Heldentaten im Schlafzimmer erzählen willst, musst du nicht.«

Sewanee riss in gespielter Empörung den Mund auf. »Das habe ich Alice *im Vertrauen* erzählt!« Er lachte, und sie blieb noch einen Moment stehen und sagte dann: »Danke. Für alles. Ich weiß nicht, was ich ohne dich tun würde.«

»Ein trauriges Häuflein Elend sein«, sagte er fröhlich.

Sie war schon in der Tür, aber dann ging sie noch einmal zurück und umarmte ihn.

An den Tagen, an denen das Leben Sewanee davon abhielt, ins Fitnessstudio zu gehen, tröstete sie sich mit dem Wissen, dass sie wenigstens von ihrer Casita zu Marks Haus hinunter- und wieder hochgelaufen war: jeweils vierundsechzig Hügelstufen.

Heute Abend trug sie außerdem ihr Gepäck, das zählte doppelt.

Sie schloss die Tür auf und ging ins Haus, schaltete das Licht im Wohnzimmer ein, stellte ihren Koffer ab und wischte sich mit dem Ärmel über die Stirn. Sie streifte ihren Hoodie ab und ging hinüber zu der Schiebetür auf der anderen Seite des Raums, zog sie auf und ließ die milde abendliche Dezemberluft in den winzigen Raum.

Sie nahm sich einen Moment Zeit, um auf die Terrasse hinauszutreten. Marks Haus hatte eine atemberaubende Aussicht auf die Innenstadt von L. A. und die nähere Umgebung. Das Gästehaus hatte die gleiche Aussicht, aber diese vierundsechzig Stufen, die das Fitnessstudio ersetzten, machten die Weite noch spektakulärer.

Hollywood lag vor ihr ausgebreitet. Rechts der Damm des Stausees, eben noch erkennbar. Weiter hinten die funkelnden Lichter der Großstadt. An manchen Abenden glitt ein Lichtkegel drüben beim Grauman's Chinese Theatre oder dem Egyptian oder bei einer Preisverleihung im Dolby über den Himmel, aber nicht heute. Es war ein stiller Sonntagabend. Weiße Autoscheinwerfer und rote Rücklichter erhellten die Highland Avenue, den Cahuenga Boulevard und die Vine Street, die alle auf den Freeway 101 zuliefen. In der Ferne, ein Stück weiter rechts, verschwanden die Lichter einfach, lösten sich in Luft auf, machten dem Pazifik Platz. Das Highlight wartete hinter ihr. Sie ging hinüber auf die linke Seite der Terrasse und wandte sich um, sah den Hügel hoch zu dem Hollywood-Schild, das größer aufragte, als die meisten Leute es je zu sehen bekamen. Dieser Anblick gab ihr immer das Gefühl, zu Hause zu sein.

Heute Abend lag eine versmogte feuchte Luftschicht über der Westseite der Stadt, daher war der Sonnenuntergang weniger eine Schale leuchtenden Sorbets, sondern eher eine sich langsam ausbreitende Pfütze von verschüttetem Erdbeer-Milchshake.

Sewanee betrachtete nie irgendetwas von alledem als selbstverständlich. Es war eine Aussicht, für die andere Leute Millionen Dollar bezahlten, um sie jeden Abend zu sehen, und sie bekam sie einfach so, weil sie für Mark das Studio führte.

Sie ging wieder hinein, in die kleine Küche – in der noch immer die flamingorosa Fliesen aus den Dreißigerjahren prangten –, und setzte Wasser auf. Sie ging in das gemütliche Wohnzimmer, schaltete den Fernseher ein und zappte sich durch bis zum Golf Channel. Sie packte rasch aus, ging zurück in die Küche, als der Teekessel zu pfeifen begann, und machte sich eine Tasse Ingwertee in dem Tea-for-one-Set, bestehend aus einer Tasse und einer kleinen Teekanne, das ihre Mutter ihr zu ihrem Abschluss an der Schauspielschule geschenkt hatte. Marilyn hatte gewollt, dass ihre Tochter sich immer erinnerte, dass allein zu sein nicht automatisch heißen musste, dass man einsam war. Das Teeset war ein Symbol ihrer Unabhängigkeit, und sie liebte es.

Schließlich machte sie es sich auf ihrem Zweiersofa gemütlich, zog die Beine unter sich und machte eine Bestandsaufnahme ihres Lebens.

Wie viel konnte sich in vierundzwanzig Stunden ändern?

Sie hatte die Antwort darauf einmal gewusst: alles. Aber diesmal war es anders. Diesmal war es nicht sofort greifbar. Das hier war eher, als ob eine Saat gelegt worden wäre; Veränderung lag in der Luft.

Sie schnappte sich ihr Handy, um in ihrem Gehirn auf einen anderen Sender umzuschalten, und sah, dass sie eine WhatsApp-Nachricht von ihrer Mutter hatte. Sie klickte sie an.

Santorini heute. Wunderschön. Viele junge, betrunkene Leute, die herumstolpern. Hat mich an die UCLA an den Wochenenden erinnert. 😬 Sind für eine Woche hier. Lass uns bald mal videotelefonieren. Liebe dich. Hoffe, Vegas hat Spaß gemacht. Habe ich gesehen, dass es dort geschneit hat? P.S. Stu zwingt mich, dieses Foto zu schicken.

Angehängt war ein Bild von Marilyn, wie sie von einem gigantischen Gyros abbiss. Es war nicht sehr schmeichelhaft, aber es war lebendig und fröhlich, und auf einmal durchzuckte Sewanee ein solch heftiger Schwall von Sehnsucht nach ihrer Mom, dass sie für einen Moment den Duft des Kirschblütenparfüms ihrer Mutter in der Nase hatte.

Sie sah auf die Uhr; sie wollte nichts lieber tun, als alles mit ihrer Mom zu besprechen. Wie Mutter und Tochter fast immer hatten auch sie eine lange, komplizierte, oftmals konfliktreiche Reise hinter sich, aber ihre Wege hatten sich genau rechtzeitig wieder gekreuzt, damit Marilyn zu einer tatsächlichen Reise aufbrechen konnte. Sie freute sich für ihre Mom, aber in Augenblicken wie diesem war es hart: In Griechenland war es mitten in der Nacht, und Sewanee war auf sich selbst zurückgeworfen.

Der Job, dachte sie. Fangen wir damit an.

Sie wusste, wie lächerlich ihre Bedenken waren, sie hatte es an Marks Miene gesehen. Sie wusste, dass jeder andere Sprecher sich eine Vene aufschlitzen würde, um so viel Geld zu machen. Gelegenheiten wie diese kamen praktisch nie daher.

Dann glaubte sie eben nicht an die Art, wie Romance-Bücher das Leben zeigten, na und? Sie war nicht die Hüterin der Realität. Sie konnte glauben, was immer sie wollte, und einen Riesenhaufen Geld dafür bezahlt bekommen, dass sie andere Leute glauben ließ, was immer die wollten. Dieses Projekt vertrat ihren persönlichen Standpunkt nicht mehr als die Sci-Fi oder Fantasy, die sie sonst oft aufnahm.

Eine Nachricht von Adaku auf ihrem Handy.

Bist du gut nach Hause gekommen??

SEWANEE:
ja. Dein Gepäck ist in meinem Wagen. Willst
du morgen Abend vorbeikommen?

ADAKU:
nicht gut. Dienstagabend?

SEWANEE:
passt.

ADAKU:
und ich will ALLES hören.

Sewanee kicherte. Sie hatte Adaku gegen zwei Uhr morgens eine Nachricht geschickt und ihr geschrieben, dass sie jemanden kennengelernt hatte. Tatsächlich waren ihre genauen Worte gewesen: Tut mir leid, dass ich deine Runderneuerung ruiniert habe, und dazu hatte sie ein Foto von sich angehängt, auf dem sie am Fußende des Betts saß, ein Laken an die Brust gedrückt, Augenklappe abgelegt, verwischtes Make-up, verschmierter Lippenstift, strubbelige Haare. Ein schlummernder nackter Nick im Hintergrund. Fünf Minuten später war er aufgewacht, und die Nacht war weitergegangen.

Sewanee schrieb:

Versprochen.

Sie legte das Telefon hin.

Morgen würde sie zum Seasons fahren, nach Blah sehen, mit Amanda reden, mit ihrem Vater reden.

Sie trank ihren Tee aus und ließ die Tasse im Schoß ruhen, sah in die Nacht hinaus, auf nichts Bestimmtes. Die Wärme der Tasse drang durch ihren Rock, und sie öffnete die Beine für die Hitze, besänftigte das angenehm zarte Gefühl dort. Sie begann wegzudriften. Sie lag in einem Bett, den Kopf eines Mannes an ihren Nacken gepresst. Er wandte das Gesicht um, führte seinen Mund an ihr Ohr und flüsterte: »Wunderschön. Alles ist so wunderschön.«

Nach ihrem Lunch, bestehend aus Eistee und Hühnchensalat, gingen Sewanee und BlahBlah zurück zu BlahBlahs Zimmer.

Blah ging voran, und Sewanee folgte genau hinter ihr, nur für den Fall, dass ihre Großmutter das Gleichgewicht verlieren sollte. Aber sobald sie drinnen waren, schloss Blah die Tür hinter ihnen, und Sewanee ging hinüber zu einer kleinen Couch gegenüber dem Lieblingsschaukelstuhl ihrer Großmutter.

»Pst!«, zischelte Blah, und als Sewanee sich umwandte, sah sie, wie sie zur Tür zeigte. »Kannst du das mit Mitzi glauben? Was sie mit ihr gemacht haben?«, flüsterte Blah, obwohl sie allein waren. »Nennst du das ein Facelift? Ich nenne das ein Schwerverbrechen!« Blah gackerte vor sich hin, während sie zu der kleinen Kochnische schlurfte, die einen Minikühlschrank, eine Kaffeekanne und eine Mikrowelle enthielt. »Du lieber Gott, was für ein Pfusch.« Blah schnappte sich eine Packung Mallomars-Cookies vom Tresen. »Das sieht doch unanständig aus.« Blahs Humor widersetzte sich auf bemerkenswerte Weise dem Schwinden ihrer Geistesschärfe, und Sewanee hatte das Gefühl, wenn die Witze nicht mehr existierten, wäre Blah auch nicht mehr da.

Sie kicherte. »So schlimm ist es nun auch wieder nicht, Blah.«

»Sie hätte es so schlecht lassen sollen, wie es war. Hast du Hunger? Willst du irgendetwas, Püppchen? Einen Cookie?«

»Nein danke, ich bin pappsatt.«

»Ich auch, ich auch.« Blah legte den Mallomar, den sie sich genommen hatte, zurück in seine Plastikschale.

BlahBlah aß nie. Nicht wirklich. Auch wenn sie immer Cookies griffbereit hatte, aß sie keine vollständigen Mahlzeiten. Wenn sie danach gefragt wurde, behauptete Blah, das sei, weil sie während der Weltwirtschaftskrise geboren wurde, aber Sewanee wusste, dass die Studios es ihr eingetrichtert hatten. Jetzt aß sie noch immer nicht – als könnte sie morgen gebeten werden, sich für eine Probeaufnahme bis auf den Bikini auszuziehen.

Sewanee und Blah setzten sich. Blah schaukelte mit einem Rhythmus in ihrem Stuhl, der sich im Laufe eines ganzen Lebens eingespielt hatte. Sie war in diesem Schaukelstuhl gestillt worden und hatte Henry in diesem Stuhl gestillt, und jetzt schien sie darin alterslos. Sewanee sah zu, wie sie vor und zurück wippte, sah gleichzeitig ein kleines Mädchen, dessen Beine nicht bis zum Boden reichten, und eine alte Frau, die sich dieses kleine Mädchen durch ihre ganzen zweiundneunzig Jahre hindurch bewahrt hatte.

»Hast du Hunger? Willst du irgendetwas?«

»Nein danke, ich bin pappsatt.«

»Ich auch, ich auch.«

»Der Hühnchensalat war heute ziemlich gut.«

»Ich hasse Hühnchensalat. Ich mag Thunfisch.«

»Richtig, das hatte ich vergessen.«

»Du hast ein Gedächtnis wie ein Sieb, Püppchen.« Blah zwinkerte ihr zu.

Sie lächelten beide wieder, und Sewanee spürte, wie das Gespräch ins Stocken kam. Auch wenn Blahs Humor unverändert war, flossen ihre Unterhaltungen nicht mehr so leicht dahin wie früher.

Die Veränderung war Sewanee das erste Mal vor etwa einem Jahr aufgefallen. Blah vergaß immer wieder, dass sie telefoniert hatten. Dann vergaß sie den Film, den sie im Kino gesehen, oder die Ausstellung, die sie besucht hatten, oder Adakus Geburtstagsparty. Dann fiel es ihr schwer, sich zu erinnern, warum sie ins Seasons gezogen war. Sewanee rief ihr immer wieder in Erinnerung, dass ihre Schwester gestorben war und dass Blah aus dem Haus hatte ausziehen müssen, damit Bitsys Kinder es verkaufen konnten. Interessanterweise war sie in all ihren Erinnerungen an das Haus immer nur Gast darin, obwohl sie über dreißig Jahre dort gelebt hatte. Henry hielt das für Wunschdenken: In ihrer Vorstellung sah Blah sich selbst lieber in einem eleganten Party-Zuhause in Beverlywood, nicht als Mitbewohnerin auf der bescheidenen Ranch ihrer Schwester in Sherman Oaks. Vielleicht hatte er recht.

»Hast du Hunger, Püppchen? Willst du irgendetwas essen?«, fragte Blah zum dritten Mal.

»Nein danke.« Die schleichende Verschlechterung ihres Zustands war eine Herausforderung gewesen, aber diese kürzliche Beschleunigung war beängstigend. Sie musste herausfinden, ob Blah bewusst war, was mit ihr passierte. »Wie gehts deinem Gedächtnis in letzter Zeit?«

»Kann mich nicht erinnern.«

Sewanee schenkte ihr ein Lächeln, sagte aber: »Im Ernst. Fällt es dir schwer, dir Sachen zu merken?«

Sie verdrehte die Augen. »Ich bin alt, alles fällt mir schwer.«

Sewanee wünschte, sie müsste die nächste Frage nicht stellen. »Erinnerst du dich, was Freitagnacht passiert ist?«

Blah schaukelte fröhlich vor sich hin. »Ist was passiert?«

»Carlos hat dich mitten in der Nacht im Gemeinschaftsraum gefunden.«

»Er lügt.«

»Nein, Blah, tut er nicht. Er hat gesagt, du dachtest, du wärst in Tennessee und würdest dich für deinen Debütantinnenball fertig machen.«

Blah verfiel in Schweigen. Sewanee verfiel in Schweigen. Der Blick, der zwischen ihnen hin und her ging, war alles, was Sewanee brauchte.

Blah erhob sich umständlich. »Willst du einen Mallomar, Püppchen?«

»Nein.«

»Hast du Mitzis Facelift gesehen?«, flüsterte sie.

»Blah …«

»Wie gehts deiner Mutter?« Sie nahm sich einen der Marshmallow-Cookies aus der Packung, die auf dem Minikühlschrank lag. »Sie sollte auch irgendwann mal zum Lunch kommen.«

Sewanee sah zu, wie Blah an einer Ecke des Cookies zu knabbern begann. »Sie lebt nicht mehr hier.«

Blah hörte auf zu knabbern. »Seit wann das denn?«

»Seit der Scheidung.«

»Welcher Scheidung?«

War das ihr Ernst? »Moms und Dads.«

»Natürlich, natürlich. Es gibt so viele Scheidungen heutzutage!« Blah lachte. Sie nahm sich noch einen Cookie und ging zurück zu ihrem Schaukelstuhl. »Ist sie zurück nach Hause gegangen?«

»Für ungefähr ein Jahr. Um sich um Nana zu kümmern, bevor sie starb. Und dann hat sie Stu kennengelernt.«

BlahBlah nickte und knabberte. »Stu ist ein unglücklicher Name, aber Stus sind immer nett. Wie haben sie sich kennengelernt?«

»Das ist eine gute Geschichte. Willst du sie hören?«

BlahBlah legte ihren halb gegessenen ersten Cookie auf dem Couchtisch ab, behielt den zweiten in der Hand. Sie lehnte sich zurück. »Ich liebe es, wenn du Geschichten erzählst.«

Sewanee lehnte sich ebenfalls zurück, strich mit einem Finger über die ausgefranste Armlehne der Couch. »Also, nachdem Nana gestorben war, hat Mom das Haus ausgeräumt und einen Garagenverkauf veranstaltet. Und auf einmal, während sie jemandem das Wechselgeld herausgab, bemerkte sie einen Mann, der neben dem alten Plattenspieler in der Auffahrt herumhing.«

»Marvs alter Victrola?«

»Nein, Nanas. Aber du hast recht, es war ein Victrola. Jedenfalls, sie ist …«

»Was ist mit meinem passiert?«

»Ich … ich weiß nicht.« Sewanee hatte den Plattenspieler nicht mehr gesehen, seit Bitsy das Haus verkauft hatte. Sie nahm sich vor, Henry danach fragen.

Blah biss von dem Cookie ab, den sie in der Hand hielt, während der halb gegessene vergessen auf dem Couchtisch lag.

»Also, Mom ist zu dem Mann hingegangen. ›Kann ich Ihnen helfen?‹ Und er sagt: ›Ich kann es nicht glauben, wir hatten genau das gleiche Modell, als ich Kind war. Haben Sie zufällig …?‹«

»Du lieber Gott, hat denn jeder einen Victrola-Plattenspieler?«

Das brachte Sewanee zum Lachen. »Ich nehms an. Jedenfalls, er fragt, ob sie irgendwelche Schallplatten …«

»Sie hat keine Schallplatten? Ich habe Schallplatten. Irgendwo.«

»Nein, sie hatte Schallplatten. Sie öffnete das Schränkchen und zog einen ganzen Schwung alter 78er heraus. Er ging sie rasch durch, und dann hielt er inne und sagte: ›Darf ich?‹ Mom nickte, und er fing an, den alten Victrola anzukurbeln, und legte eine Schallplatte auf den Plattenteller. Ella Fitzgerald begann zu singen.«

»Oh, Ella Fitzgerald! Welcher Song?«

»I'll Chase the Blues Away.«

»Ach du liebe Güte!« Blah begann, ihn zu singen. Ihre Stimme war nur noch ein Krächzen, aber sie sang nach wie vor gern. *»I'll chase the blues away …«*

»Ja, der Song war es. Und dann forderte er Mom zum Tanzen auf. Genau dort in der Auffahrt. Sie trug eine Jogginghose und ein T-Shirt mit Bleicheflecken, und bevor sie es sich versah, weinte sie, und sie hörten auf zu tanzen, und er hielt sie einfach nur im Arm. Als der Song zu Ende war, lösten sie sich voneinander, und er sagte: ›Ich bin Stu‹, und sie sagte: ›Ich bin Marilyn.‹ Und seitdem sind sie zusammen.«

»Noch immer in Seattle?«

Es war Portland. Ihre Mom war aus Portland, aber fairerweise musste man sagen, dass BlahBlah sich das noch nie hatte merken können; sie hatte immer gedacht, ihre Schwiegertochter stamme aus Seattle. »Nein. Stu ist kürzlich in den Ruhestand gegangen. Er war nie verheiratet, hatte nie Kinder und war bei Nike weit genug aufgestiegen, um ein Apartment auf einem dieser Kreuzfahrtschiffe zu kaufen, die so was haben.«

»Kreuzfahrtschiffe haben Eigentumswohnungen?«

»Manche schon. Und man kann ein- und aussteigen, wie man will, während man um die ganze Welt reist. Sie sind seit ungefähr einem Jahr an Bord.«

»Das ist ja perfekt! Kann ich auch ein solches Apartment haben?«

»Na ja, die sind teuer.«

»Oh, ich bin sicher, die kosten eine hübsche Stange Geld, aber was solls? Das ist doch wie im Märchen«, murmelte Blah. »Und Marylin hat es echt verdient.« Die Art, wie sie das sagte, ließ Sewanee glauben, dass sich Blah in diesem Moment ganz genau an ihre Ex-Schwiegertochter erinnerte.

»Das stimmt, Blah. Wenn eine sich das verdient hat, dann sie.«

»Und wie gehts deiner anderen Großmutter, während ihre Tochter durch die ganze Welt tourt?«

»Sie ... ist gestorben, Blah.«

Blahs Gesicht wurde schlaff. »Also wirklich! Sie hätte Bescheid sagen sollen!« Sewanee kicherte. Was sonst konnte sie schon tun? »Wie kommt deine Mom damit klar?«

Sewanee wusste nicht, was sie sagen sollte. Auf keinen Fall konnte sie die Geschichte noch einmal erzählen. »Es geht ihr gut.«

Es klopfte, und BlahBlah rief in einer schlechten Walter-Matthau-Imitation: »Herrreinnn!«

Die Tür ging auf, und Amanda steckte lächelnd den Kopf ins Zimmer. Sewanee hatte ihr beim Lunch eine Nachricht geschickt, um ihr Bescheid zu geben, dass sie im Gebäude war. »Sie sind das! Seit Sie mich dazu gebracht haben, *Die Sunny Boys* zu sehen, falle ich jedes Mal drauf rein. Sprenge ich die Party?«

Blah holte zu der Geschichte aus, wie Neil Simon sie einmal angebaggert hatte, was sie jedes Mal tat, wenn sie aus *Die Sunny Boys* oder *Barfuß im Park* oder *Ein seltsames Paar* zitierte. Sie stand auf. »Möchten Sie einen Cookie?«

Amanda legte mit großem Getue eine Hand an ihren Bauch. »Ah, danke, ich habe eben gegessen. Darf ich Ihnen für eine Minute Ihre entzückende Enkelin entführen?«

Sewanee erhob sich. »Ehrlich gesagt muss ich sowieso los.«

»Nimmst du etwas auf?«, fragte BlahBlah, und ihre Augen leuchteten auf.

»Oh, ja! Einen Krimi.« Sewanee wackelte mit den Augenbrauen.

Blah blickte enttäuscht. »Du solltest mehr Liebesgeschichten aufnehmen. Wir brauchen mehr Liebe auf dieser Welt. Weniger Verbrecher und Bosheit und Mord.«

Sewanee ging zu ihrer Großmutter und umarmte sie. »Wo du recht hast, hast du recht.« Sie sah ihr in die Augen. »Freitag, Happy Hour?«

»Abgemacht, Püppchen.«

Sewanee küsste sie auf die Wange und ging zu Amanda. In einem sehr lauten Flüstern rief Blah ihr nach: »Sieh dir auf dem Weg nach draußen Mitzi an! Da hast du deinen Mord!«

Amanda führte sie durch die Demenzstation, und Sewanee musste zugeben, dass sie beeindruckt war. Es war nett. Es war sauber. Es war still und gemütlich und hell. Aber irgendein unangenehmer Knoten bildete sich in ihrem Magen, sobald sie über die Schwelle trat, und sie konnte nicht sagen, ob es Sorge oder Traurigkeit oder sogar eine Vorahnung war, dass ihre Großmutter ihr entglitt.

Anstatt zurück zu Amandas Büro zu gehen, traten sie in den Garten hinaus, als könnte Amanda spüren, dass Sewanee frische Luft brauchte. »Und, was meinen Sie?«

»Es ist toll«, antwortete Sewanee aufrichtig. »Weitaus besser, als ich dachte.«

Amanda lächelte. »Das weiß ich zu schätzen. Wir haben viele Branchenpreise gewonnen. Ich weiß nicht, ob Sie das wissen, aber wir wurden in diesem Jahr zur besten betreuten Wohneinrichtung in dieser Stadt gekürt.«

»Das habe ich nicht gewusst! Barbara Chester hat eindeutig ein gutes Händchen.« Sie setzten sich auf eine Bank. »Dad wird sich auch freuen, das zu hören. Ich werde später mit ihm reden. Gibt es sonst noch irgendetwas, was ich ihm ausrichten sollte?«

»Es wird natürlich einen deutlichen Anstieg der Pflegekosten geben.« Sewanee nickte. »Sie wird bei Stufe eins beginnen, was 6800 Dollar im Monat sind.« Sewanee wusste es nicht mit Sicherheit, aber sie nahm an, dass das ungefähr das Doppelte von dem war, was ihre Großmutter jetzt bezahlte. Amanda fuhr fort: »Für jede weitere Pflegestufe kommen dann noch einmal eintausend Dollar hinzu.«

»Was ist das Worst-Case-Szenario? Wenn jemand … hier, aber nicht hier ist?« Sewanee zuckte zusammen.

»Die höchste Pflegestufe beträgt dreizehn im Monat.«

Bei der Summe stockte Sewanee der Atem. »Wow. Okay. Ich meine, das ist schon in Ordnung. Blah hat das Beste verdient. Sie ist die Beste.« Sewanee schluckte, verblüfft, dass sie die Tränen zurückhalten musste. »Entschuldigung, es ist nur …«

»Nein, ich bitte Sie. Nichts von alledem ist einfach.« Amanda schwieg einen Moment, ließ Sewanee Zeit, sich zu sammeln. »Als Letztes muss ich Ihnen noch sagen, und verzeihen Sie mir, falls ich es schon damals erwähnt habe, als Sie alle die Einrichtung besichtigt haben, aber es besteht nicht die Möglichkeit, Unterstützung für die Kosten zu beantragen.«

Sewanee schüttelte den Kopf. »Ich bin sicher, das wird kein

Problem sein. Wie sieht der zeitliche Rahmen für die Verlegung aus?«

»Das hängt ganz von Blah ab.« Amanda wickelte sich fester in ihren Rentierpullover und verschränkte die Arme vor der Brust. »Wäre der Zwischenfall am Freitag nicht passiert, hätte ich gesagt, es dauert noch ein bisschen länger. Aber jetzt bin ich mir da nicht mehr so sicher. Wie sich ihr Zustand ändert, ist schwer vorherzusagen.« Amanda hielt einen Moment inne. »Ich an Ihrer Stelle würde Blah auf die Warteliste setzen lassen. Doch das liegt natürlich ganz bei Ihnen. Vermutlich wird es ein paar Monate dauern, bis ein Platz frei wird.«

Als Sewanee schwieg, atmete Amanda aus. »Ich weiß, das hier ist hart. Ich habe es selbst mit meiner Mom durchgemacht.«

»Das tut mir leid.« Sewanee mochte Amanda. Sie zeigte aufrichtige Besorgnis und war auf eine mitfühlende Weise ehrlich. Sie war eine gute Frau, die in einem, wie Sewanee wusste, zutiefst fehlerhaften System ihr Bestes tat. »Ich werde mit meinem Dad reden, aber ich bin sicher, er wird Ihnen sagen, Sie sollen sie auf die Warteliste setzen. Gibt es irgendetwas, was ich in der Zwischenzeit tun kann?«

Amanda lächelte. »Lesen Sie weiterhin diese Bücher. Sie erleichtern mir den Arbeitsweg. Aber ich gebe BlahBlah recht. Wie wärs bald mal mit einer Liebesgeschichte?«

Nachdem sie einen langen Nachmittag mit Aufnahmen verbracht und eine Schale Suppe gegessen hatte, machte Sewanee es sich auf ihrer Couch bequem und rief ihren Dad an. Sie erzählte ihm alles, was Amanda ihr erzählt hatte, erstattete ihm Bericht, wie er es gewollt hatte, und sagte dann: »Das heißt, alles, was du tun musst, ist, diesen Anruf zu tätigen, und dann werden sie Blah auf die Warteliste setzen.«

»Oh, das ist alles?«

»Ja.«

»Nur eine Frage: Wo genau habt ihr Ladys den vergrabenen Schatz gefunden?«

»Was?«

Henry holte einmal Luft. »Vor vier Jahren ist deine Großmutter gegen meinen Wunsch ins Seasons gezogen. Und das, nachdem ich eine rundum geeignete Einrichtung gefunden hatte, für die man Unterstützung beantragen kann für den Fall, dass sie lange genug leben sollte, um eine Pflege zu benötigen, die sie sich nicht leisten kann. Aber sie wollte nichts davon wissen. Es musste das Seasons sein.«

»Und?«

»Und ich musste tatenlos zusehen, wie ihre Ersparnisse zusammengeschmolzen sind. Im Laufe des letzten Jahres habe ich sogar selbst etwas dazugeschossen. Ich möchte wetten, das hat sie nicht erwähnt.«

Sewanee hob eine Hand, als könnte er sie sehen. »Dad. Augenblick. Hat Blah denn keine Sozialversicherung? Und was ist mit diesem Land in Tennessee, das sie als Weidefläche verpachtet? Und ich weiß nicht, vielleicht irgendein …«

»Vergrabener Schatz?«

»Hör auf mit diesem vergrabenen Schatz!«

»Es ist nichts mehr da, Swan. Sie hat alles aufgebraucht. Ihr monatliches Einkommen deckt nicht einmal, was die Einrichtung jetzt kostet.« Er hielt einen Moment inne. »Was der Grund ist, weshalb du, anstatt zum Seasons zu fahren, um all die Informationen zu kriegen, über die ich bereits verfüge, einfach mich hättest fragen können, was die beste …«

Sewanee stöhnte.

»Musst du so stöhnen? Wenn du etwas zu sagen hast, verwende Worte. Geräusche sind etwas für Tiere.«

Sewanee stöhnte wieder. Lauter diesmal.

»Sewanee …«

»Du willst Worte? Na schön. Kannst du es dir wirklich nicht leisten, ihr bei den Kosten unter die Arme zu greifen? Oder bist du einfach nur rachsüchtig?«

Henry lachte laut auf. »Rachsüchtig? Du hast dir nicht das Recht verdient, mich zu analysieren, Schatz. Ich habe keinen Job. Ich habe kein Haus, das ich verpfänden kann. Die Anwälte haben mir alle Ersparnisse abgeknöpft, die ich hatte, deine Mutter kriegt die Hälfte meiner Pension, ich habe also wirklich genug eigene Sorgen.« Er schnaubte verächtlich. »Vielleicht kann Marilyns Sugardaddy ja aushelfen.«

Sewanee hätte um ein Haar das Telefon durchs Zimmer geschleudert. Sie hielt es wie ein Walkie-Talkie vor ihren Mund. »Den Freund *meiner* Mutter bitten, die Pflege *deiner* Mutter zu bezahlen, das ist die Lösung, die du vorschlägst?«

»Das war Sarkasmus.« Er hatte seinen herablassenden Professorenton angeschlagen. Als er wieder das Wort ergriff, klang er ungeduldig, fertig mit dem hier. »Hör zu, das hier ist nicht deine Verantwortung. Ich werde mich ab jetzt darum kümmern.«

Ihr gefiel nicht, wie sich das anhörte, nicht ein bisschen. »Was hast du vor?«

»Ich weiß einen Ort, an dem sie sich wohlfühlen wird.«

Sewanee wurde panisch. »Dad. Nein! Sie ist glücklich im Seasons, da kennen alle sie, kümmern sich um sie. Sie hat Freundinnen. Sie muss dortbleiben.«

»Leute sterben, Swan. Entscheidungen müssen getroffen werden. Es wäre schön, wenn diese Entscheidungen aufgrund von *Gefühlen* getroffen werden könnten, aber bedauerlicherweise kommt es letztendlich aufs Geld an.« Henry hörte offenbar, wie herzlos er klang, denn er fügte etwas sanfter hinzu:

»Du denkst, ich sorge mich nicht, aber das Gegenteil ist der Fall. Ich will nur, dass du das weißt. Ich wünschte, du … Das ist nie leicht. Verdammt, ich hatte damals auch schwer mit der Entscheidung zu kämpfen, was ich wegen Sarah tun sollte.«

Sewanee hielt einen Moment inne. »Sarah? Unser Hund? Was redest du denn da? Sie wurde von einem Auto angefahren und ist gestorben. Da gab es nichts zu entscheiden.«

»Nein, sie wurde von einem Auto angefahren und hat gelebt. Aber die Operation sollte zehn Riesen kosten, deshalb haben wir sie einschläfern lassen.« Ein langes Schweigen. »Jetzt fällt mir wieder ein, dass wir uns darauf verständigt hatten, dir nichts davon zu sagen.«

»Ihr habt Sarah getötet?!«

»Neeeiiin«, stöhnte er, »der Fahrer hat Sarah getötet. Ich habe lediglich entschieden, nicht einzugreifen. Sie war zwölf Jahre alt.«

»Und?!«

»Und das ist ein gutes Alter. Zweiundneunzig ist ein gutes Alter. Hör zu, es ist nicht so, dass ich sie auf einer Eisscholle aufs Meer hinausschubse. Das hier ist, was Millionen Leuten passiert, wenn kein Geld mehr da ist. Sie kommen ins System.«

»Aber das System ist schlecht! Diese Einrichtungen sind schlecht!«

»Mach nicht so ein Theater, das sind nicht die Dickensianischen Höllenlandschaften, die du …«

»Das weißt du nicht. Du hast doch kaum je einen Fuß ins Seasons gesetzt. Du wirst nicht derjenige sein, der nach ihr sieht, ich kann dich ja nicht einmal dazu bringen, am Bingoabend zu kommen!«

»Was spielt es denn für eine Rolle, wenn sie gar nicht weiß, wo sie ist?«

Sewanee blieb die Luft weg. »Dad.«

»Swan. Im Ernst. Was macht es für einen Unterschied?«

Alles, was sie sagen konnte, war: »Ich werde dich in zwanzig Jahren an dieses Gespräch erinnern.«

»Du hörst mir nicht zu. Ich versuche, dir …«

»Gute Nacht.« Sie legte auf.

Stunden später lag Sewanee im Bett, außerstande zu schlafen.

Sie wollte das hier in Ordnung bringen.

Sie wollte, dass alle glücklich waren.

Sie wollte wieder in Las Vegas sein.

Schließlich, gegen vier Uhr morgens, stand sie auf, duschte, zog sich an, machte sich einen Tee zum Mitnehmen, stieg vorsichtig die vierundsechzig Stufen zu ihrem Wagen hinunter und schrieb Mark eine SMS:

Sag den June-French-Leuten, ich bin dabei.

Sie fuhr über die leeren Freeways nach West-Los-Angeles, zu dem Wohnhaus mit acht Einheiten abseits des Bundy Drive, wo sie im Wagen sitzen blieb, bis eine vernünftige Stunde – sechs Uhr – heraufzog, dann ging sie zur Tür ihres Vaters und klopfte.

Kapitel 8

Die Entscheidung

Als Henry Chester fünfundzwanzig war und in New York lebte, wurde sein Vater über seiner Schreibmaschine zusammengesackt von der Haushälterin gefunden, zwei Fingerbreit Old Smuggler Scotch in dem Tumbler neben der Maschine, drei Zigaretten in dem Paramount-Pictures-Aschenbecher, eine noch immer schwelend – gestorben an einem Herzen, das einfach aufgegeben hatte.

Marvin war Drehbuchautor gewesen. Henry hatte Sewanee erzählt, das rasche Hämmern der Schreibmaschinentasten (ähnlich wie das Ticken einer perfekt ausbalancierten Pendeluhr), das aus dem Büro seines Vaters drang, habe ihn als Kind immer beruhigt. Es habe ihm ein Gefühl von Geborgenheit gegeben. Seine Mutter Barbara hingegen war Schauspielerin gewesen, auf oder abseits der Bühne, sie hatte immer gespielt, war unberechenbar und überdreht gewesen.

Henry hatte Brooklyn verlassen, um nach Hause zurückzukehren, um seinen Vater zu betrauern, um die Zügel in die Hand zu nehmen und einer Frau in den Fünfzigern, die sich noch nie im Leben um irgendetwas gekümmert hatte, zu helfen, sich zum ersten Mal um alles zu kümmern.

Aber Barbara sträubte sich gegen die Hilfe, sagte, sie würde zurechtkommen. Das Problem war, Henry wusste, dass sie nicht zurechtkommen würde, dass sie nur so tun würde als ob. Sie würde *schauspielern*, dass sie zurechtkam. Nach allem, was er angestellt hatte, um seiner Mutter zu helfen, würde Barbara … nun ja, Barbara sein.

Acht Monate später, nachdem sie etwas mit einem Vermögensverwalter angefangen hatte, den Henry nicht ausstehen konnte – er konnte die Dummheit förmlich riechen, die der Typ ausdünstete wie Eau de Cologne –, gab er auf. Er war in das Büro seines Vaters gegangen, hatte sich etwas Old Smuggler eingeschenkt, war mit einem Finger über die Schreibmaschinentasten geglitten und hatte seinen Vater darum beneidet, dass er den leichten Ausweg genommen hatte.

Binnen weniger Jahre hatte sich der Abzocker aus dem Staub gemacht, das Haus wurde zwangsversteigert, Barbara zog bei Bitsy ein und verbrachte die nächsten dreißig Jahre damit, Ersparnisse anzulegen, die sie dann in vier Jahren im Seasons verbrennen würde.

Sewanee war mehr als bewusst, wie sehr das alles an Henry nagte. Sie war mit den Seufzern und dem Augenrollen und den hochgerissenen Händen nach jedem Telefongespräch aufgewachsen. Sie hatte Mitleid mit ihrem Vater, aber noch mehr Mitleid hatte sie mit Blah. Nun – ganze fünfunddreißig Jahre später – war es an der Zeit, dass dieser Kleinkrieg endlich endete. Jemand musste ihn beenden. Dieser Jemand würde offenbar sie sein.

Sie konnte die schlurfenden Schritte ihres Vaters hören, der sich in seinen Pantoffeln der Wohnungstür näherte. Ohne die Kette zu lösen, öffnete er die Tür einen Spaltbreit und äugte hinaus. Als er sein einziges Kind sah, verwandelte sich die morgendliche Schläfrigkeit in seinen Augen in Besorgnis. »Geht es dir gut?«

»Bestens. Ich muss dir was sagen.« Ihre Stimme klang wie mit Kohlensäure versetzt.

»Hast du dein Handy verloren?«

»Mach einfach die Tür auf. Bitte?« Ihr Ton, als sie »bitte« sagte, gewährte ihr Zugang. Er war unterwürfig und kleinmädchenhaft genug, um ihn zu überzeugen. Er schloss die Tür und löste die Kette, es klickte und klackte, als würde sie in eine Gefangenenzelle vorgelassen werden. Die Tür ging wieder auf; Henry hatte bereits einen Schritt zurück gemacht.

Er trug seinen zerschlissenen Bademantel, der ihr ebenso vertraut war wie sein Gesicht. Er ließ sich in einem fleckigen Lederrecliner nieder, der perfekt zu dem zerfallenden Bademantel passte. Er hielt eine Tasse Kaffee in der Hand, der so schwarz war, dass er wie das Portal zu einer anderen Dimension aussah. »Willst du eine Tasse?«, murmelte er. »Ist von gestern, aber bedien dich.«

Sie ging in die Küche, öffnete und schloss rasch die wenigen Schrankfächer auf der Suche nach einem Becher. Sie fand einen schmutzigen im Ausguss und spülte ihn kurz ab. Sie goss etwas Kaffee hinein und stellte ihn in die kleine Mikrowelle, deren Tasten so abgegriffen waren, dass sie raten musste, worauf sie drückte. Während sie wartete, sah sie sich um.

Er hatte nicht immer hier gelebt. Nach der Scheidung vor drei Jahren, als sie das Familienzuhause verkauft hatten, war Henry ursprünglich in ein stinkfeines Hochhausapartment im Wilshire Corridor gezogen, wie es sich für einen angesehenen UCLA-Professor geziemte, vom Doorman über Parkservice bis zum Fitnessstudio war alles vorhanden. Sewanee hatte sich so für ihn gefreut, damals war sie Daddys kleines Mädchen, und ihre Mutter hatte sich ohne ersichtlichen Grund scheiden lassen.

Aber im Jahr darauf hatte sie herausgefunden, dass sie nicht Daddys *einziges* kleines Mädchen war. Alles kam auf einmal ans Licht: Henry war im Begriff, seinen Job zu verlieren, weil er eine Affäre mit einer Studentin gehabt hatte, zu allem Überfluss hatte es begonnen, während er noch verheiratet war.

Sie standen sich damals in diesem protzigen Wilshire-Apartment auf den entgegengesetzten Seiten des Wohnzimmers gegenüber wie beim Duell. Hatte Marilyn es gewusst? War das der Grund, weshalb sie gegangen war? Ja, räumte Henry ein. Aber diese ganze Geschichte war ihre Schuld. Sie war keine Ehefrau gewesen, nicht wirklich, schon lange nicht mehr. Sie wusste ihn nie zu schätzen, alles, was er für sie, für die Familie getan hatte. Aber das Mädchen – Kelly war ihr Name gewesen –, sie hatte ihn zu schätzen gewusst, hatte ihn *angehimmelt*. Und ja, er war eingelullt worden, sie war gnadenlos hinter ihm her gewesen, und Sewanee würde später, wenn sie älter war, verstehen, wie ein ausgehungerter Mann … und so weiter und so weiter. Sewanee hatte diese Behauptung zurückgewiesen, hatte von dem Machtgefälle zwischen Dozent und Studentin geredet, aber Henry hatte gebrüllt: »Machtgefälle?! Wer lässt denn gerade wen feuern?« Sie war es seiner Meinung nach, die die Macht gehabt hatte! Sie hatte ihn benutzt!

Danach gab es wohl nichts mehr zu sagen.

Das Piepsen der vorsintflutlichen Mikrowelle klang eher wie ein Stöhnen. Sewanee nahm den kaum erwärmten Becher und ging ins Wohnzimmer. Es war ein kurzer Weg. Neben einem Futonsofa stand ein überquellendes Bücherregal. Es gab keinen Couchtisch; es gab keine Lampe; nicht einmal einen Fernseher gab es, da Henry nicht an Fernsehen »glaubte«. Es gab nur das Futonsofa, den ramponierten Ledersessel, Henry, seinen zerschlissenen Bademantel, seinen schwarzen Kaffee.

Sewanee tat ihr Bestes, um ihren Sarkasmus beiseitezuschieben, aber es gelang ihr nicht sehr gut. »Mir gefällt, was du aus der Wohnung gemacht hast.«

»Setz dich.«

Sie tat es, führte sich den Becher an die Lippen, blies sanft darauf und trank einen Schluck Schwärze. Voller Entschlossenheit, voller Aufregung, voller Antworten war sie hierhergekommen, und sie würde sich das von ihm nicht kaputt machen lassen und bemühte sich um ein Lächeln.

»Bisschen früh, um so munter auszusehen, oder?« Sein Ton hätte einen Waldbrand löschen können.

Sewanee ließ sich nicht beirren. »Du musst dir keine Sorgen mehr um Blah machen«, sagte sie. »Ich werde für ihre Pflege aufkommen.«

Ihre Worte schwebten in der Luft, ein Bündel Ballons, die darauf warteten, eingefangen zu werden. Aber Henry ließ sie davonziehen. In der Stille schätzte sie ihn ab. Noch immer attraktiv für sein Alter, ein kleiner Bauchansatz, ein paar vereinzelte Härchen in Nase und Ohren, leichte Hängebacken vielleicht, aber Adaku hatte einmal gesagt, er würde aussehen wie Gabriel Byrne, und seitdem konnte Sewanee nicht umhin, das zu sehen. »Und woher genau kommt dieser plötzliche Geldsegen, Swan?«, fragte er schließlich.

»Ich habe den vergrabenen Schatz gefunden!« Sie lachte, in der Hoffnung, dass Henry mitlachen würde. Er tat ihr nicht den Gefallen. »Ich habe einen Sprecherjob«, verkündete sie fröhlich, ergänzte die noch immer zwischen ihnen schwebende Sammlung um einen weiteren Ballon.

»Einen Sprecherjob.«

»Ja. *Den* Sprecherjob. Einen absolut einmaligen Job, der die Kosten ihrer Pflege decken wird. Alles davon!« Ein letzter Ballon.

Henry sah in seinen Kaffee. »Und du würdest diese absolut einmalige Gelegenheit, die dir helfen würde, deine eigene Zukunft zu sichern, für etwas so Unnötiges, so Unsinniges wegwerfen?«, fragte er mit einer erschöpften, löchrigen Stimme.

»Erstens einmal wird meine Zukunft gut sein, und zweitens … unnötig? Unsinnig? Denkst du das wirklich?«

»Du kannst deine Zukunft nicht kennen, Swan.«

Plopp.

»Du weißt nicht, ob sie gut sein wird.«

Plopp.

»Ich würde meinen, das hättest du gelernt.«

Plopp.

Dann, zu sich selbst: »Ehrlich, mit dir zu reden, ist, als würde ich mit ihr reden.«

Und *plopp.*

Jetzt, wo ihre Ballons nicht mehr zwischen ihnen schwebten, sah sie ihn klar, auch wenn tatsächlich gar nichts klar war. »Ich verstehe dich nicht«, stieß sie zähneknirschend hervor. »Ich habe es versucht, aber ... ich kann dich einfach nicht verstehen.«

»Natürlich nicht.«

Sie schüttelte den Kopf. »Warum kannst du dich nicht freuen? Ich tue das hier ebenso sehr für dich wie für sie. Warum kannst du das nicht sehen? Du bist frei. Niemand schuldet irgendwem irgendwas. Was willst du denn noch?«

Henry sah sie nicht an. Er sah auf den ausgefransten Saum am Gürtel seines Bademantels. »Ich will nichts, gar nichts.« Er schwenkte seinen Kaffee und trank ihn aus.

»Ich verstehe dich nicht. Ich bin so glücklich hierhergekommen, so aufgeregt, um dir zu erzählen ...«

»Du hast recht, du verstehst mich nicht. Keiner von euch versteht mich.« Seine Stimme zitterte wie die eines Kindes, das allein in einem Geschäft zurückgelassen wurde.

Die Verletzlichkeit verblüffte sie, weshalb sie einen Moment länger brauchte, um aufzustehen. Als sie es tat, streckte sie die Hand nach ihm aus und sagte das Einzige, was ihr einfiel. »Gib mir deine Tasse. Ich spüle sie aus.«

Er schüttelte den Kopf. »Ich mache das schon. Ich bin nicht völlig nutzl... hilflos, ich bin nicht hilflos.«

»Dad …«

Henry stand auf und ging in die Küche. Sie hörte, wie er seine Tasse in die Spüle stellte.

Sewanee nahm sich zusammen und ging zur Tür. Aber als sie sie öffnete, konnte sie es nicht über sich bringen, die Schwelle zu überschreiten. Sie stand da, ging weder vor noch zurück. Sie war gekommen, um Brücken zu bauen, nicht um sie zu sprengen. Warum konnte er ihr nicht wenigstens auf halbem Weg entgegenkommen? Während sie vor sich hin starrte, sagte sie: »Ich dachte, du würdest mir vielleicht dankbar sein.«

Henry schnaubte spöttisch, schlurfte zurück zu seinem Sessel. »Dankbarkeit ist nichts, wozu irgendjemand in dieser Familie fähig ist.«

Diese Bitterkeit. Sewanee fühlte sich so zerschlissen, wie sein Bademantel aussah. Ihre Wut loderte. Das Leben war für keinen von ihnen nach Plan gelaufen, aber Henry meinte, es stünde ihm zu, der einzige Verletzte hier zu sein?

»Pass auf dich auf, Dad.«

In dem Moment, in dem sie in die Frische der morgendlichen Luft hinaustrat, sagte ihr Vater: »Wenn du das übernehmen willst, nur zu. Aber es wird nichts bringen. Du wirst schon sehen. Selbst mit einem Auge, du wirst schon sehen.«

Sie konnte seine Reue spüren, noch bevor er den Satz beendet hatte, konnte sie in der abgeschwächten, dünneren Wiederholung des »du wirst schon sehen« hören. Sie wartete den Moment ab, in dem ein normaler Mensch sagen würde: »Verzeih mir. Es tut mir leid. Ich habs nicht so gemeint.« Er sagte nichts.

Sie wollte herumschnellen und ihn konfrontieren. Ihn anschreien. Zu ihm zurückgehen und sich vor ihm in seinem albernen Sessel aufbauen, ihre Augenklappe herunterreißen und ihn zwingen, ihre Narbe zu berühren, sein Gesicht dagegen zu pressen, sie zu küssen. Stattdessen wischte sie die Träne weg, die aus ihrem anderen Auge kullerte, und ging hinaus. Die Tür ließ sie offen.

Der morgendliche Berufsverkehr auf der Westseite stand schon jetzt still. Sewanee war nicht in der Stimmung für einen weiteren Kampf und fuhr nach Westen anstatt Osten. Sie brauchte den Ozean. Sie brauchte Platz. Sie musste atmen, nachdem sie kaum einen Atemzug getan hatte, seit sie Henrys Wohnung betreten hatte. Sie fand problemlos eine Parklücke, die sie eine Stunde später niemals gefunden hätte, schnappte sich die Jacke, die sie immer hinten in ihrem Wagen hatte, und ging hoch zum Klippenweg des Palisades Park. Die nächstgelegene Bank war von einem Mann besetzt, der sich in einem zerschlissenen Schlafsack zusammengerollt hatte, also trat sie an das Geländer, stützte die Ellenbogen darauf und sah durch den morgendlichen Nebel auf den Ozean.

Der Himmel begann, sich aufzuhellen. Sie atmete tief durch.

Sie ließ den Gedanken, dass sie sich für das June-French-Projekt verpflichtete, Wurzeln schlagen. Sie spürte die aufgehende Sonne auf ihrem Rücken und schloss ihr Auge, ließ sich von dem rhythmischen Geräusch der Wellen liebkosen, ließ sich von der Wärme und der Brise und der tosenden Brandung zu einem Ort tragen, den ein June-French-Roman in fröhlichen Details schildern würde.

Es war noch immer leicht schockierend, dass sie jetzt diese neuen Erinnerungen hatte, zu denen sie zurückkehren konnte.

Seit dem Unfall hatte es ein paar Männer gegeben, aber nie etwas Ernstes. Sex war für sie eine Übung in Nostalgie gewesen, eine Art, sich in Erinnerung zu rufen, dass sie etwas fühlen konnte. Es war kein *Verlangen* dabei gewesen. Bis Vegas. Bis Nick.

»Ich glaubs nicht!«

Die Stimme klang aufdringlicher, als es normalerweise vielleicht der Fall gewesen wäre, aber Sewanees Gedanken waren noch halb an diesem anderen Ort. Sie versuchte, die Worte zu ignorieren, in der Hoffnung, dass die Person, die sie gesagt hatte, einfach vorbeigehen würde.

»Sewanee Chestah! Diesen Hintern würde ich doch überall erkennen!«

Sie hoffte, dass nicht der Typ hinter ihr stand, den sie vermutete, hoffte das wirklich.

Sie wandte sich um.

Es war genau der Typ, von dem sie gehofft hatte, er würde es nicht sein.

Ein Jahrzehnt älter. Mit nacktem Oberkörper. Oakley-Sonnenbrille auf dem Scheitel. Spandex-Laufshorts. »O mein Gott«, war alles, was sie sagen konnte.

»War nur 'n Witz«, sagte Doug Carrey mit seinem typischen rauchigen Boston-Akzent, und dann, wie zu erwarten, lachte er. Doug hatte immer über alles gelacht, was er sagte, egal, ob irgendjemand anders mitlachte oder nicht. »Verdammt, Mädchen!« Sein Blick glitt über ihren Körper. »Sieh dich einer an!«

Sie hob die Hände an den Seiten, ein lustloses *Ta-da*. Er trat auf sie zu, als wollte er sie umarmen, aber dann überlegte er es sich offenbar anders. »Ah, ich bin total verschwitzt.« Also küsste er sie auf die Wange, umfasste ihre Taille und drückte sie. Es fühlte sich analytisch an, als würde er die Wirklichkeit ihres Körpers in diesem Moment mit dem vergleichen, was er vielleicht in Erinnerung hatte.

Er trat einen Schritt zurück. »*Of all the gin joints in all the towns in the world* …« Das *Casablanca*-Zitat hätte charmant sein können, wenn er nicht so ein grauenhafter Stimmenimitator gewesen wäre. Sein Humphrey Bogart ähnelte eher Gilbert Gottfried. »Scheiße, wie lange ist das jetzt her? Fünf Jahre?«

»Ich glaube, mindestens acht.«

»Nein! Im Ernst?«

Im Ernst, Doug.

»Na ja, du hast dich gut gehalten.« Dieses eklige Grinsen war wieder da.

»Du dich auch«, sagte sie, und dann ergänzte sie die Lüge um ein ungeschriebenes Gesetz des Hollywood-Smalltalks: die Anerkennung für den Erfolg eines Schauspielers. »Tommy Callahan.«

Damals, als sie sich kennenlernten, war er auf der Überholspur zum Actionfilmstar gewesen, aber er hatte mehr Geld ausgegeben, als er verdiente, war ins Schlingern geraten und hatte, auf der Suche nach einer neuen Einnahmequelle, im Pilotfilm einer Familien-Sitcom mitgespielt, und der Rest war Geschichte. Jetzt würde er für immer Tommy Callahan sein, der bekehrte böse Bube und alleinerziehende Dad, der sein Bestes gab.

Sie konnte nicht aufhören, ihn anzusehen. Er alterte nicht würdevoll, fand sie. Er wurde nicht zerfurcht oder wettergegerbt oder kantig; er wurde schwammig.

»Ja, das ist ein guter Job.« Er lachte. Sie wusste nicht, warum, aber sie lachte mit. »Ich war mir sicher, wenn irgendjemand richtig durchstarten würde, dann du. Was hast du gemacht? Du siehst ... zufrieden aus.«

»Oh, ich, äh ... ich habe viele Hörbücher gemacht.«

Er schnippte mit den Fingern. »Sehr schlau. Eindeutig die Zukunft. Alle denken, sie könnten das einfach, aber es ist eine Kunst. Da ist eine völlig andere Art von Talent gefragt. Ich steige da im Moment selbst ein.«

»Das ist ja toll«, sagte Sewanee. Doch was sie dachte, war: *Jetzt* sollten wir lachen.

»Nicht dass du ein Gesicht fürs Radio oder so hast.« Er zwinkerte. Dann zeigte er auf sein Auge, drehte den Finger im Kreis. »Was ist denn da passiert?«

»Ich hatte einen Unfall.«

Doug zuckte zusammen. »Autsch. Ich hab mal einen Mascarastift ins Auge gekriegt. Irgendjemand hat die Trailertür zugeknallt, und …« – er schnalzte mit der Zunge – »… Volltreffer. Die Stylistin hat mir vor Schreck den Stift ins Auge gerammt. Ich musste so ein Ding einen ganzen Monat lang tragen. Für wie lange hast du es?«

Sewanee sah auf ihre Schuhe.

Vor acht Jahren hatte dieser Mann es mit Bitten und Betteln in ihr Bett geschafft. Sie hatte ihn monatelang zappeln lassen. Sie war entzückt gewesen über jede gequälte SMS, darüber, wie er in der Lounge auftauchte, wenn sie arbeitete, und sich ans Ende der Bar setzte, nur um ihr zuzusehen, über das Stöhnen in seiner Kehle, als sie sich schließlich von ihm küssen ließ. Es war ein uralter Tanz gewesen, ein Aufspüren, ein Jagen, und das Ende hatte nicht wehgetan. Es war von Anfang an ein Tauschgeschäft gewesen. Er hatte ihr monatelang das Gefühl gegeben, verehrt zu werden, sie hatte ihm ein paar Nächte lang gegeben, was er wollte, und dann waren sie fertig miteinander.

Und diese ganze Beziehung war insgesamt so aufregend gewesen wie ein einziger Gedanke an Nick.

»Habt ihr ein paar Dollar übrig?«

Sewanee sah auf. Der Mann von der Bank war, in seinen Schlafsack gewickelt, auf sie zugeschlurft.

Doug klopfte auf seine hautengen Shorts. »Ah, tut mir leid, Kumpel.« Er sah Sewanee an, trat bereits zurück. »War toll, dich zu sehen. Du hast meine Nummer doch noch, oder? Ruf mich an.« Er hielt sich eine Hand ans Ohr, kleinen Finger und

Daumen ausgestreckt. »Wir holen uns ein paar Bierchen!« Er joggte davon.

Ja, nein.

Sewanee griff in ihre Jackentasche, kramte die Dollarscheine heraus, die sie als Trinkgeld für Hotelangestellte dort aufbewahrte, und reichte sie dem Mann.

»Danke. Ist der Typ in einer Sitcom?«

»Äh … ja.« Sie nahm an, sie verbarg ihre Verblüffung nicht so gut wie beabsichtigt, denn er bot prompt eine Erklärung an. »Ich war früher Schauspieler.«

»Ah.«

»Er ist ein Schmierendarsteller.«

»Ja.«

Der Mann stopfte die Geldscheine in seine Tasche, schlurfte zurück zu seiner Bank und rollte sich unter dem Schlafsack zusammen.

Sewanee fuhr im Schneckentempo zurück nach Hollywood, räumte im Studio die Kaffeetassen des morgendlichen Ansturms aus der Spüle und fand Mark in seinem Büro. Sie klopfte gegen den Türrahmen, und er sah mit einem breiten Lächeln auf.

»Wie fühlt es sich an, von Geld motiviert zu sein?«

Nachdem sie einen Tag mit Abrechnungen und ein paar Stunden in der Tonkabine verbracht hatte, freute sich Sewanee, Adakus Klopfen an ihrer Tür zu hören. »Komm rein«, rief sie und schenkte zwei Gläser Rosé ein.

»Deswegen hast du so einen umwerfenden Arsch«, keuchte Adaku von der anderen Seite der Küchenwand. Sie kam um die Ecke und zog Swan zu einer Yoga-Umarmung an sich.

Sewanee kicherte in Adakus Ohr. »Du trainierst viermal die Woche mit einem Trainer.«

»Und trotzdem bringen mich diese Stufen immer noch um!«

»Na dann, hier.« Sie reichte Adaku ein Glas Wein. Sie wollte sie eben fragen, ob sie die Rolle hatte, aber Adaku war schon mittendrin in der Geschichte.

»Also, das Meeting am Flughafen hat verdammt blöd angefangen. Er hatte keinerlei Bedürfnis, mich zu treffen, geschweige denn, ein Gespräch zu führen.« Sie nahm einen raschen Schluck. »Er sagt das typische Produzentenzeug, ich schleudere ihm alles entgegen, was ich habe, und dann sagt der doch allen Ernstes, dass er nicht glaubt, dass ich ›kulturell schwarz‹ genug bin, um Angela Davis zu spielen.«

Sewanee hielt mitten im Trinken inne. »Was zum Teufel soll das denn heißen?«

»Was es immer heißt: nichts. Sie sehen dich so, wie sie dich sehen wollen. Schwarz, weiß, groß, klein, dick, dünn ... Du hast keine Chance.«

Sewanee schürzte die Lippen. »Wie alt ist der Typ denn?«

»*Zu* alt. Zu *weiß*.«

»Genau der Richtige, um die Angela-Davis-Story zu machen.«

»Na ja, witzig, dass du das sagst. Ich habe ihm gesagt, dann ist er vielleicht nicht ›kulturell schwarz‹ genug, um sie zu produzieren.«

Sewanee stöhnte auf, und ihr Auge weitete sich. »O mein Gott, du bist so toll, ich liebe dich – was hat er erwidert?«

Adaku erhob ihr Glas und lächelte. »Ich bin in der engeren Auswahl.«

Sewanee lachte. »Du hast eine Glückssträhne! Cheers.« Sie stießen an und steuerten reflexartig die Terrasse an. Wenn es nicht regnete, beschränkten sie sich nie auf Sewanees Schuhkarton von einem Wohnzimmer.

Adaku öffnete die Schiebetür für Swan, die mit Gläsern und

Flasche die Hände voll hatte. »Okay, und jetzt schieß los! Ich will die ganze Geschichte hören! Jedes Detail! Nicht in groben Zügen, nicht in schönen Worten. Ich will genau hören, was Sache war und wie es zur Sache gegangen ist!«

Sewanee lachte schallend, und sie setzten sich auf die beiden Plastikstühle, die sie für fünf Dollar bei einem Garagenverkauf erstanden hatte und die leicht genug waren, um sie den Hügel hochzutragen. Dann verbrachte sie die nächste halbe Stunde damit, eine Geschichte zu erzählen, bei der Adaku mit offenem Mund, schenkelklopfend und sprachlos zuhörte. Und eigentlich war Adaku nie sprachlos.

Als sie fertig war, füllte Sewanee ihre Gläser auf. Die Stille war nervenzerfetzend. »Bitte sag etwas. Oder, weißt du, was, sag nichts. Ich habe getan, was ich getan habe, und ich bereue es nicht. Ein bisschen untypisch ist das schon für mich, ich weiß, aber …« Sie sah, dass Adaku kurz davor war, loszuprusten, und berichtigte sich: »Sehr, sehr untypisch für mich, aber, Ada …« Sie stellte die Flasche hin und sah ihre Freundin an. »Es war die beste Nacht, die ich seit Jahren hatte, und das nicht wegen des Sex.«

Adaku zog eine Augenbraue hoch.

»Nicht nur jedenfalls.«

Adaku musterte Sewanee prüfend. Dann, ganz, ganz langsam, breitete sich ein Cheshirekatzen-Lächeln auf ihrem Gesicht aus. Ein einziges Wort kam ihr über die Lippen. »Verdammt.«

Sewanee sprang auf. »Ich brauche was zu knabbern.« Sie schlüpfte zurück in die Wohnung, versuchte, ihre Nervosität unter Kontrolle zu bringen. Ihrer Freundin von dieser Nacht zu erzählen, hatte sie herangezoomt und echt gemacht. Jetzt war daraus eine Geschichte geworden, eine, die sie mit einer anderen Person geteilt hatte, offen zur Begutachtung und

Beurteilung. Vielleicht war diese Nacht doch etwas, was sie bereuen sollte.

Sie schnappte sich die Packung mit glutenfreien Quinoacrackern, die sie für Adaku immer dahatte, und ging wieder hinaus.

Adaku nahm den zusammengeklappten Beistelltisch, der an der Wand lehnte, und stellte ihn zwischen ihren Stühlen auf. »Es gibt so viel auszupacken«, murmelte Adaku, als Sewanee wieder saß. »Das ist keine Reisetasche, das ist ein Überseekoffer.«

Sewanee schüttelte den Kopf. »Da gibt es nichts auszupacken.«

Adaku biss sich auf die Lippe. »Und du bist wirklich gegangen? Ihr beide habt euch einfach getrennt ohne irgendwelche Kontaktdaten? Überhaupt keine?«

»Ich hatte ihm ja nicht gesagt, wer ich bin. Ich hab gelogen.«

»Ja, aber ...«

»Sei nicht so streng mit mir, er hat ja auch nichts von sich preisgegeben, aller Wahrscheinlichkeit nach war er selbst nicht unbedingt die Ehrlichkeit in Person.« Sie verbarg das Gesicht in den Händen. »O mein Gott. Wer weiß, wer das war? Ich kann nicht glauben, dass ich ...«

»Nein, nein, nein, bitte hör auf«, unterbrach Adaku sie. »Ruinier es nicht nachträglich. Er war heiß, das ist alles, was du wissen musst.« Sie beugte sich vor, drückte Sewanees Bein. »Das ist doch mal ein Happy End.«

»Eines von vielen«, murmelte Sewanee.

Adaku lachte und lehnte sich zurück. Sie genoss die Aussicht und seufzte. Dann beäugte sie Sewanee von der Seite. »Aber diese Sache mit dem Ring ...«

Sewanee stöhnte auf. »Nicht.«

Adaku hob eine Hand. »Ich meine ja nur. Wie was aus einem Romance-Buch.«

Sewanee beugte sich vor. »Apropos: Es gibt noch mehr Neuigkeiten.« Sie berichtete ihr von dem June-French-Projekt. Dass sie ihr ein Angebot gemacht hatten, das sie nicht ablehnen konnte.

Adaku legte den Kopf schief. »Ich dachte, du bist fertig mit Romance.«

»Das war ich auch, aber das Geld ist der Wahnsinn.«

»Brauchst du Geld? Ist irgendwas passiert?«

Sewanee wusste, wenn sie Adaku von BlahBlah erzählte, dann würde sie helfen wollen. Aber Sewanee hatte noch nie gewollt, dass Adakus Erfolg sie rettete, weil sie selbst keinen hatte. So passierte es nämlich ganz schnell, dass Freundschaften sich veränderten; dass Familien sich veränderten. Dass Hilfe in Groll umschlug. Also wischte sie ein paar Krümel von ihrer Jogginghose und sagte: »Mit diesem Job werde ich immer nur begrenzt Geld verdienen können – es gibt ein Limit, egal, wie gefragt ich bin –, und das hier ist eine absolut einmalige Gelegenheit, um abzukassieren und mir ein kleines Polster anzulegen.«

Adaku betrachtete wieder die Aussicht. »Klingt sinnvoll.«

»Das werden, na ja, ungefähr acht Stunden Arbeit sein. Vielleicht zehn. Es ist komplett irre.«

»Worum geht es?«

Sewanee stellte ihr Glas ab und zog ihr Handy aus der Hosentasche. Sie hatte Mark gesagt, er solle den Leuten ihre alte E-Mail-Adresse von den Sarah-Westholme-Jobs geben, die sie nicht mehr geöffnet hatte, seit sie sich vor sechs Jahren das letzte Mal ausgeloggt hatte. Sie hatte sie auf ihrem Server wieder aktiviert und – neben Seiten über Seiten mit Spam, durch die sie sich niemals durchkämpfen würde – drei E-Mail-Anfragen zu diesem Projekt entdeckt. Das erklärte, warum der

Produzent sich an Mark gewandt hatte. Nachdem Mark grünes Licht gegeben hatte, hatte Jason Sarah prompt geschrieben, damit sie die Details für die Aufnahme besprechen könnten. Jetzt scrollte Sewanee die E-Mail durch, übersprang den »Ich freue mich ja so, dass wir bei diesem Projekt zusammenarbeiten! Vielen Dank!«-Teil und las dann laut:

»›Bei dieser aus zwei Perspektiven erzählten Serie geht es um eine Geschäftsfrau, die ihre Firma auf Eis gelegt hat, um ihrem todkranken Ehemann beizustehen. Nach seinem Tod muss sie nun sowohl ihr Business als auch ihre lange schlummernde Sexualität neu beleben. Fünf Jahre zuvor, am Vorabend ihrer Hochzeit, begegnete sie einem aufstrebenden Künstler, und obwohl sie die gegenseitige Anziehung nicht leugnen konnten, blieb sie ihrem Ehemann treu und wies ihn ab. Aber jetzt ist sie frei und stellt beim Wiedersehen fest, dass auch er sie nicht vergessen hat. Außerdem stellt sich heraus, dass es zufällig sein Ding ist, die Sexualität von Frauen zum Leben zu erwecken … Er ist ein berühmter Gigolo, ein Casanova-Nachfahre, der wohlhabende Frauen zu Verjüngungs-Wochenenden in seinem Familienpalazzo in Venedig empfängt. Sie kann ihn sich nicht leisten, aber er hat einen Vorschlag für sie: Er wird ihr sein komplettes VIP-Paket …‹« Sie sah Adaku vielsagend an, hielt ihr Handy hoch und klopfte auf das Display: »Hier steht tatsächlich *Paket.*« Sie las weiter: »›… bieten, wenn sie ihre elitären und mächtigen Verbindungen nutzt, um seine Kunst unter ihre sehr reichen Freunde zu bringen. Sie haben einen Deal! Aber können diese beiden unsteten Seelen bei ihrem Tauschgeschäft wirklich streng professionell bleiben?‹« Sewanee verdrehte die Augen.

Adaku klatschte aufgeregt in die Hände. »Ist doch total süß!«

»Na klar.«

»Ich finde es wirklich süß! Wer ist der andere Sprecher?«

»Das Alphatier der Romance. Zumindest dem Publikum bei

der Podiumsdiskussion letztens zufolge.« Sewanee sagte seinen Namen, als würde sie die Ankunft eines Königs ankündigen: »Sir Brock McNight!«

Adaku sprang auf. »Was?!«, kreischte sie.

Sewanee blickte verblüfft. »Du nicht auch noch!«

»Swan! Ungefähr neunzig Prozent meiner Hörbibliothek bestehen aus Brock McNight!« Sie zuckte zusammen. »Und dir natürlich.«

Sewanee schenkte sich noch mehr Wein ein und grinste. »Aber ist seine Männerstimme so gut wie meine?«

Adaku kreischte wieder. »Du hast seine Stimme noch nie gehört?!«

»Du weißt doch, dass ich keine Hörbücher höre. Gibst du mir dein Glas?«

Adaku reichte es ihr, dann fischte sie ihr Handy aus der Gesäßtasche. »Ich werde dir den Mann, den Mythos, die Legende, die Stimme meiner Träume vorstellen. Brock Sag-mir-schmutzige-Sachen McNight.«

Sewanee kicherte, Adaku rutschte auf die Stuhlkante vor und legte ihr Handy mit dem Display nach oben auf den Klapptisch. Sewanee warf einen Blick darauf, sah ein Buchcover mit dem nackten Oberkörper eines Mannes. Das Wort *Milliardär* im Titel.

Als das Hörbuch begann, nahm Adaku ihr Glas wieder entgegen und beobachtete gebannt Sewanees Gesicht, wie ein kleines Kind, das seiner Mom eben eine neue Zeichnung überreicht hat.

Die Geschichte begann wie so viele. Mann sieht Frau am anderen Ende eines Raums stehen und katalogisiert ihre »Vorzüge«. Sie hatte so viele dieser Eröffnungsszenen gesprochen, dass sie für einen Moment von der Gleichförmigkeit abgelenkt war. Aber dann schlug *die Stimme* ein.

Während des ersten Absatzes ruhte Sewanees Blick auf Adaku, die sie ihrerseits abwartend musterte. Dreißig Sekunden später stand Sewanee der Mund offen, und Adaku konnte ihre selbstgefällige Belustigung kaum noch im Zaum halten. Fünf Minuten später, als die Co-Sprecherin mit ihrer Passage begann, als *die Stimme* nicht mehr präsent war, fühlte sich Sewanee quälend unbefriedigt. Es war ein Bissen Schokolade, wo sie doch die ganze Tafel brauchte.

Ja, er hatte eine tolle Stimme. Leise, na klar, und voll, offensichtlich, und die perfekte Balance aus Knurren und Atmen. Sie konnte sich nicht vorstellen, dass er irgendetwas anderes als Romance sprach, er wäre eine zu große Ablenkung.

Während er die Reaktion seines Körpers auf den Anblick dieser Frau beschrieb, die Art, wie ihre bloße Existenz ihn berührte, brachte er die Zuhörerin dazu, diese Frau sein zu wollen. Hitze strömte aus dem Hochofen seiner Stimme.

»Wer *ist* dieser Typ?«, fragte Sewanee tonlos.

Adaku drückte ihr Knie. »Habe ich recht?! Hast du je jemanden gehört, der so …«

»Nein. Nein. Nein, er ist … Nein.«

Adaku gackerte, und Sewanee konnte sehen, dass es ihr gefiel, sie so überrumpelt zu sehen. »Schnapp dir den Job, Swan, ich sag dir, der Typ ist hot!«

In diesem Moment piepste Sewanees Handy.

»Ich schau mal lieber nach. Ich warte auf eine Mail von der Rechnungsabteilung des Seasons und …« Sie klickte auf ihrem Telefon und stöhnte dann auf, sodass Adaku zu ihr herumschnellte.

»Was? Ist was mit BlahBlah?«

»Nein.« Sewanee legte die Hand über das Telefon und flüsterte: »Es ist Brock McNight.«

DRITTER TEIL

Wir arbeiten im Dunkeln. Wir tun, was wir können. Wir geben, was wir haben. Unser Zweifel ist unsere Leidenschaft. Unsere Leidenschaft ist unsere Aufgabe. Der Rest ist der Wahnsinn der Kunst.

Henry James

Ich weiß nicht, woher meine Ideen kommen, aber soll ich Ihnen sagen, wohin sie kommen? Zu meinem Schreibtisch. Und wenn ich nicht da bin, um sie zu begrüßen, gehen sie wieder. Hintern auf den Stuhl. Hintern auf den Stuhl. Das ist Kunst.

June French in *Cosmopolitan*

Kapitel 9

Briefwechsel

Von: Brock McNight
An: Westholme, Sarah
Datum: 6. Dezember, 17:24 Uhr
Betreff: CASANOVA, LLC – und hallo!

Hi Sarah,

Brock McNight hier. Hab Ihre E-Mail-Adresse von Jason bekommen. Dachte, ich melde mich kurz bei Ihnen, bevor wir dieses Ding ins Laufen bringen.

Ich glaube, wir hatten noch nicht das Vergnügen zusammenzuarbeiten (bitte tausendmal um Entschuldigung, falls ich mich irre!), aber ich bin ein großer Fan Ihrer Arbeit für Junes *Schattengänger*-Serie.

Melden Sie sich gern, sobald Sie die ersten paar Folgen gelesen haben. Wenn Sie irgendwelche Aussprachen/Figurenstimmen diskutieren wollen, lassen Sie es mich wissen.

Das wird bestimmt witzig.
Brock

Von: Westholme, Sarah
An: Brock McNight
Datum: 7. Dezember, 8:41 Uhr
Betreff: RE: CASANOVA, LLC – und hallo!

Vielen Dank, Brock. Ich bin auch ein Fan von Ihnen.

Ich werde mich auf die ersten paar Folgen stürzen und mich garantiert mit Fragen melden. Warnung: Ich neige dazu, viele Fragen zu haben!

Freue mich auf die Zusammenarbeit!

Viele Grüße
Sarah

Von: Westholme, Sarah
An: Brock McNight
Datum: 13. Dezember, 15:16 Uhr
Betreff: RE: CASANOVA, LLC – und hallo!

Hi noch mal,

okay, ich habe mir die ersten drei Folgen jetzt durchgelesen. Hat Spaß gemacht! Aber wie ich Sie gewarnt habe, habe ich eine ganze Menge Fragen (siehe Anhang). Schicke außerdem eine Probe davon, wie ich die Stimmen gern machen würde. Lassen Sie mich wissen, ob das so okay für Sie ist.

Viele Grüße
Sarah

Von: Brock McNight
An: Westholme, Sarah
Datum: 14. Dezember, 10:27 Uhr
Betreff: RE: CASANOVA, LLC – und hallo!

Das sind gute Fragen. Hab ein paar Anmerkungen dazu gemacht. Die Stimmproben für die Figuren klingen PERFEKT.

Brock

Sewanee war dabei, die Spülmaschine mit dem Geschirr vom Lunch zu beladen, als sie Mark aus seinem Büro kommen und auf den Knopf für die vorsintflutliche Gegensprechanlage des Hauses drücken sah.

»Darf ich um eure geschätzte Aufmerksamkeit bitten. Die E-Mail …« – er legte seine beste theatralische Pause ein – »… ist gekommen.« Sewanee hielt mit dem Beladen inne, nahm einen Stapel durchsichtige Plastikbecher aus einem Schrank und reihte sie auf der Kücheninsel auf. Mark ging in die Garage und kam mit zwei Flaschen Kirkland-Sekt wieder.

Normalerweise war es im Haus tagsüber so still wie in einer Bibliothek. Die wechselnden Sprecher und Tontechniker hockten zurückgezogen in den vier Zimmern oben, und die Cutter saßen unten im Wohnzimmer an Schreibtischen und hörten sich Rohaudiodateien an. Wenn es zu einem Gespräch kam, wurde in der Küche gemurmelt oder etwas lebhafter in der Garage geplaudert; auf der Terrasse konnte man lachen, ohne gehört zu werden. Aber jetzt knarrten die Dielen über Sewanees Kopf, Türen gingen auf, und Schritte kamen die mit dickem Teppich ausgelegte Treppe herunter. Die Cutter nahmen ihre Kopfhörer ab.

Die Truppe versammelte sich in der Küche, zwischen ihnen Alice Dunlop. Sie kam nur noch selten ins Studio, aber ihre Tonkabine daheim war im Moment defekt. Die meisten Vollzeitsprecher hatten Homestudios, daher arbeiteten in Marks Haus im Allgemeinen junge Sprecher, Schauspieler, die nur gelegentlich Hörbücher aufnahmen, Prominente oder Autoren, die ihre eigenen Bücher sprachen. Es war nett, ein bekanntes Gesicht zu sehen.

Alice legte Sewanee einen Arm um die Taille und drückte ihr einen Kuss auf die Wange. Sewanee versuchte, ihren rechten Arm um Alice' Schultern zu legen, aber sie hatte ihre volle Bewegungsfähigkeit nie wiedererlangt. Stattdessen kuschelte sie sich an Alice' Seite. »Wie gehts dir?«, flüsterte Alice.

»Gut«, murmelte Sewanee. »Und dir? Was nimmst du auf?«

»Es sind Einhörner. Außer wenn sie Menschen sind. Dann vögeln sie viel.«

»Hört, hört!«, rief Mark und zog ein zusammengefaltetes Bündel Dokumente aus der Gesäßtasche seiner Dockers. Er liebte Traditionen, und diese genoss er ganz besonders. Er würde einen Teufel tun und das hier von einem Bildschirm ablesen. »In meinen Händen halte ich die heilige Schriftrolle! Das Kommuniqué von ganz oben! Das Schicksal eines jeden lebenden Geschöpfs! Versammelt euch, um euer Los zu erfahren!«

Alice und Sewanee schnaubten spöttisch.

»Für die Uneingeweihten: Die Audies sind die Oscars der Hörbuchwelt. Und wir haben hier unter uns, in genau dieser Küche, Götter des Reichs. Eure Meryl Streep der Romance …« – bei diesen Worten sah er Alice Dunlop an – »… euren Daniel Day-Lewis der Sci-Fi …« – er nickte Brian zu, einem Sprecher, der auch in der Tonkabine eine Krawatte trug – »… eure vielversprechende Newcomerin, die, sagen wir, Adaku Obi der Kategorie Glaube und Inspiration …« Sewanee lachte, während Mark auf eine pausbäckige Frau zeigte, die, so ihre Vermutung, Carly heißen könnte. »Und, natürlich, eure Cate Blanchett der Belletristik und letztjährige Gewinnerin des Preises als beste Sprecherin, Sewanee Chester.« Er tippte sich an einen imaginären Hut.

»Vergiss dich selbst nicht«, rief sie. »Die Katharine Hepburn der Geschichte und Biografie.«

Mark machte unter dem Gejohle der anderen einen Knicks, bevor er fortfuhr: »Nun, die Academy Awards haben vielleicht eine mit Prominenten gespickte, live im Fernsehen übertragene Bekanntgabe der Nominierungen, aber wir sind nicht annähernd so aufgeblasen, oder? Nein! Wir sind bescheidene Künstler, die es vorziehen, unsere Lobeshymnen mit der elektronischen Post zu empfangen, an einem ganz gewöhnlichen Nachmittag unter der Woche, kurz vor Weihnachten.« Noch mehr Gekicher. »Die offizielle Zeremonie wird am …« – er überflog das Blatt Papier – »… Mittwoch, den 10. März, stattfinden. Zunächst einmal, kümmert euch um eine Mitfahrgelegenheit, denn jede Eintrittskarte beinhaltet nicht nur einen, sondern zwei Getränkegutscheine! Ihr werdet also zu beschwipst zum Fahren sein.«

Über das Gelächter hinweg fuhr Mark noch lauter fort: »Es ist ein Black-Tie-Event, lasst also eure Jogginghosen zu Hause, *mes amis*. Rasiert euch die intimen Teile. Entscheidet, welches Schuhwerk ihr tragen werdet, um euch den ganzen Abend darüber zu beklagen!« Er sah wieder auf das Blatt Papier. »Und was ist das hier? Täuschen mich meine Augen? Hört, hört! In diesem Jahr wird das Event hier bei uns in der Stadt der Engel stattfinden!« Bei diesen Worten erhob sich ein triumphierender Aufschrei. »Los Angeles, freue dich! New York, pack deine Sonnencreme ein!« Die ganze Gruppe applaudierte und pfiff. »Und nun, ohne weiteres Aufhebens, während ich die Kategorien und Nominierungen verlese, wird *la petite* Blanchett hier drüben den Schampus verteilen.«

Bei diesen Worten wandte sich Sewanee von Alice Dunlop ab und ihrer Aufgabe zu. Mark begann zu lesen. Sie wusste, wenn sie auf ihrem Handy nachsah, würde sie vermutlich Textnachrichten und E-Mails von Freunden und Kollegen vorfinden, die die Nominierungen bereits überflogen hatten und mit ihr diskutieren wollten. Aber sie bevorzugte es auf diese Weise.

Letztendlich war es so, dass Mark für eine Jefferson-Biografie nominiert war, Alice war gleich zweimal in der Romance-Kategorie nominiert (eine Co-Erzählung mit Brock McNight, der darüber hinaus eine eigene Nominierung hatte – was Mark veranlasste, vor Swan betont eine Augenbraue hochzuziehen), und sie selbst wurde in der Sparte Belletristik für *Diese Hügel* nominiert. Niemand im Raum hätte ihre Enttäuschung darüber gespürt, dass sie nicht in der Hauptkategorie als beste Sprecherin nominiert worden war, die sie im Jahr zuvor gewonnen hatte. Sie war eine zu gute Schauspielerin, um sich auch nur den Anflug eines Stichs anmerken zu lassen. Aber als sie die schockierte Freude auf Carlys Gesicht über ihre erstmalige Nominierung in der Young-Adult-Kategorie sah, wurde sie daran erinnert, dass alles davon eine Ehre war. Und was noch wichtiger als die Auszeichnungen war: Sie hatte einen festen Job in ihrer Traumbranche.

Als alle plauderten und jeder seine bescheidene Ration an Schaumwein nippte, stellte sich Sewanee wieder zu Alice. Eine der Tontechnikerinnen, Petra, kam auf sie beide zu, und sie gratulierten auch ihr – sie hatte eines der nominierten Bücher als Tontechnikerin betreut. Alice lächelte und stellte ihren Plastikbecher in die Spüle. »Machen wir schnell das Kapitel noch fertig, dann kann Swan Studio drei haben.« Alice wusste, dass Sewanee immer dann aufnahm, wenn es eine freie Tonkabine gab – so sah ihr Tauschgeschäft mit Mark aus –, und heute gab es keine einzige.

Sie umarmten sich erneut, und Alice und Petra wandten sich zum Gehen, aber Alice drehte sich noch einmal um. »Oh, Mark hat mir von der June-French-Serie erzählt. Glückwunsch!«

»Danke.«

»Du wirst die Zusammenarbeit mit Brock lieben.«

»Ach ja?«

»Süßer Junge. Kommunikativ, aufmerksam, respektvoll.« Sewanee machte den Mund auf, und Alice hob lächelnd eine Hand. »Nein, ich weiß nicht, wer er wirklich ist. Aber er ist einer von den Guten.«

Interessant.

Sewanee beendete ihre Gratulationsrunden, und dann, als alle zu ihrer Arbeit zurückgekehrt waren, schaltete sie die Spülmaschine ein und lehnte sich gegen den Tresen. Sie nahm ihr Handy und schrieb eine E-Mail.

Von: Westholme, Sarah
An: Brock McNight
Datum: 17. Dezember, 15:11 Uhr
Betreff: RE: CASANOVA, LLC – und hallo!

Glückwunsch zu Ihrer (Ihren) Audie-Nominierung(en)! Mögen Sie irgendwie alle beide gewinnen!

Von: Brock McNight
An: Westholme, Sarah
Datum: 18. Dezember, 5:27 Uhr
Betreff: RE: CASANOVA, LLC – und hallo!

Danke! Ich fühle mich geehrt. Auch wenn zweimal in derselben Kategorie nominiert zu sein, heißt, dass ich verliere, selbst wenn ich gewinne.

Von: Westholme, Sarah
An: Brock McNight
Datum: 18. Dezember, 13:36 Uhr
Betreff: RE: CASANOVA, LLC – und hallo!

Lol.

Ich habe vor, die erste Folge nach den Feiertagen aufzunehmen. Falls wir uns vorher nicht sprechen (schreiben? korrespondieren?), hoffe ich, Sie und die Ihren verbringen einen schönen Jahresausklang. Ich freue mich darauf, im neuen Jahr mit Ihnen loszulegen.

Von: Brock McNight
An: Westholme, Sarah
Datum: 18. Dezember, 13:37 Uhr
Betreff: Automatische Antwort: CASANOVA, LLC – und hallo!

Hallo,

ich werde bis zum 7. Januar keine E-Mails lesen. Ich beschwöre Sie in aller Bescheidenheit, es mir gleichzutun.

Frieden und Liebe und Silvester-Countdown-Küsse,
B

Von: Brock McNight
An: Westholme, Sarah
Datum: 7. Januar, 6:14 Uhr
Betreff: RE: CASANOVA, LLC – und hallo!

Frohes neues Jahr! Hoffe, Sie und die Ihren hatten schöne Feiertage. Haben Sie sich die beiden nächsten Folgen angesehen, die Jason geschickt hat? Sie werden in einer Rückblende die Stimme von Claires verstorbenem Ehemann machen. Können Sie mir eine Probe davon schicken, wie das klingen wird? Ich habe einen einzigen Dialog, wo er mich bei dem Probedinner am Vorabend der Hochzeit herablassend behandelt, und ich will sicherstellen, dass wir auf einer Linie sind.

Von: Westholme, Sarah
An: Brock McNight
Datum: 7. Januar, 9:57 Uhr
Betreff: RE: CASANOVA, LLC – und hallo!

Ihnen und den Ihren auch ein frohes neues Jahr!

Ich denke, hoch und dünn, leicht weinerlich. Um einen Kontrast zu Ihrem Alessandro, The Ultimate Man™, zu bilden.

Frage: Jason hat erwähnt, Sie hätten noch nie ein June-French-Buch gemacht. Ich gebs zu, ich hab gegoogelt, und erstaunlicherweise stimmt es. Vierhundert Hörbücher und nicht eins von June? Würde gern wissen, wie dieses Projekt den Weg zu Ihnen gefunden hat.

Von: Brock McNight
An: Westholme, Sarah
Datum: 7. Januar, 16:35 Uhr
Betreff: RE: CASANOVA, LLC – und hallo!

Sie haben mich gegoogelt, ach ja? Dachte doch, ich hätte etwas gespürt.

Wissen Sie, das ist tatsächlich interessant. Bevor June starb, hat sie sich an mich gewandt und mir von dem Projekt erzählt und gesagt, ich sei die einzige Stimme, von der sie es lesen lassen wollte. Also habe ich es ihr versprochen. Und ganz ehrlich, ich wollte es auch wirklich unbedingt tun. Um ihr die Ehre zu erweisen.

Eine Sache sollten Sie noch wissen: Auf Ihnen hat sie ebenso fest bestanden. Sie wollte es entweder von uns beiden machen lassen – oder gar nicht. Jason und ich haben entschieden, Ihnen das am Anfang nicht zu sagen. Wir wollten nicht, dass Sie einen größeren Anteil verlangen. 🙂

Von: Westholme, Sarah
An: Brock McNight
Datum: 7. Januar, 17:15 Uhr
Betreff: RE: CASANOVA, LLC – und hallo!

Ich hätte garantiert einen größeren Anteil verlangt. 🙂

Das ist ehrlich gesagt herzerwärmend. Ich weiß zu schätzen, dass Sie es mir gesagt haben. Sie war sehr gut zu mir, als ich damals anfing. Ich habe es geliebt, ihre Bücher zu sprechen, auch wenn sie in einem Genre waren, aus dem ich mich später zurückgezogen habe. Ich bin traurig, dass sie nicht mehr ist. Aber wir werden ihr gerecht werden!

Von: Brock McNight
An: Westholme, Sarah
Datum: 7. Januar, 17:33 Uhr
Betreff: RE: CASANOVA, LLC – und hallo!

Einverstanden.

Frage: Ich habe Sie auch gegoogelt (haben Sie irgendwas gespürt?): 75 Romance-Bücher, aber nichts in den letzten fünf Jahren. Interessant. Warum haben Sie aufgehört, und, was noch wichtiger ist, wie kann ich aufhören?

Von: Westholme, Sarah
An: Brock McNight
Datum: 7. Januar, 19:48 Uhr
Betreff: RE: CASANOVA, LLC – und hallo!

Haha. Na ja, ich habe mit Romance angefangen, habe sie als Übungsgelände benutzt. Soll ich ganz ehrlich sein? Mir hat das Genre nie gefallen. Abgesehen von June und ein paar anderen Autoren mag ich Romance einfach nicht. Es ist nicht mein … Ding? Fall? Geschmack? Ich glaube, ich bin zu zynisch. Und nebenbei bemerkt, Glaube und Inspiration spreche ich auch nicht.

Das ist doch alles Humbug.

Von: Brock McNight
An: Westholme, Sarah
Datum: 8. Januar, 10:22 Uhr
Betreff: RE: CASANOVA, LLC – und hallo!

Das verstehe ich, Scrooge, glauben Sie mir. Ich mache NUR Romance. Und an manchen Tagen ist man einfach nicht in der Stimmung für ein Happy End.

Von: Westholme, Sarah
An: Brock McNight

Datum: 8. Januar, 17:21 Uhr
Betreff: RE: CASANOVA, LLC – und hallo!

An den meisten Tagen.

(Aber ich habe auch grauenhaft geschriebene Omegaverse/Wolf-Erotika gesprochen, und das hat mir den Rest gegeben. Hier liegt Sarah Westholme, dahingerafft von ihrer eigenen Prüderie.)

Außerdem, zu Ihrer Info, Sarah Westholme ist ein Pseudonym, das ist der Grund, weshalb es nur 75 Titel unter diesem Namen gibt. Ich nehme andere Bücher unter meinem richtigen Namen auf.

Von: Brock McNight
An: Westholme, Sarah
Datum: 9. Januar, 7:13 Uhr
Betreff: RE: CASANOVA, LLC – und hallo!

Wenigstens klingt Sarah Westholme wie eine echte Person. Brock McNight klingt wie ein Pornostar.

Von: Westholme, Sarah
An: Brock McNight
Datum: 9. Januar, 7:15 Uhr
Betreff: RE: CASANOVA, LLC – und hallo!

Wo Sie recht haben, haben Sie recht.

Von: Brock McNight
An: Westholme, Sarah

Datum: 9. Januar, 7:24 Uhr
Betreff: RE: CASANOVA, LLC – und hallo!

Ich hätte um ein Haar ROCK McNight gewählt, aber dann könnte ich mich gleich Stiff McStufferson nennen.

Jeeeeeedenfalls, haben Sie die erste Folge schon aufgenommen? Wenn ja, können Sie sie mir schicken? Ich will Ihren Ton/Ihr Tempo hören, bevor ich anfange.

Von: Westholme, Sarah
An: Brock McNight
Datum: 9. Januar, 7:35 Uhr
Betreff: RE: CASANOVA, LLC – und hallo!

Ist angehängt, Stiffy. Schönes Wochenende!

Von: Brock McNight
An: Westholme, Sarah
Datum: 12. Januar, 14:15 Uhr
Betreff: RE: CASANOVA, LLC – und hallo!

Hoffe, Sie hatten ein schönes Wochenende.

Hab mir die erste Folge angehört. Ich muss Ihnen sagen – vielleicht sollte ich es Ihnen nicht sagen –, nein, ich werde es Ihnen doch sagen: Sie sind umwerfend gut. *Schattengänger* ist schon eine Weile her, und das hat mich beeindruckt. Aber das hier ist außergewöhnlich.

Sie sollten Bücher laut lesen. Hat Ihnen das schon mal jemand gesagt? Die Leute würden Sie vielleicht sogar dafür bezahlen! Wäre eine Überlegung wert.

Von: Westholme, Sarah
An: Brock McNight
Datum: 12. Januar, 21:26 Uhr
Betreff: RE: CASANOVA, LLC – und hallo!

Danke! Von Ihnen kommend, bedeutet mir das viel.

Ich war ein bisschen besorgt, ich könnte aus der Übung sein. Tipps oder Tricks, wie man heutzutage Romance spricht, wären sehr willkommen.

Von: Brock McNight
An: Westholme, Sarah
Datum: 13. Januar, 11:43 Uhr
Betreff: RE: CASANOVA, LLC – und hallo!

Ich würde mir wegen der Performance keine Sorgen machen. Die Leute hören es im Schnelldurchlauf.

War nur 'n Witz.

Irgendwie.

Von: Brock McNight
An: Westholme, Sarah
Datum: 13. Januar, 11:47 Uhr
Betreff: RE: CASANOVA, LLC – und hallo!

Entschuldigung, das war vorschnell. Natürlich sollte man auf die Performance achten.

Einer von uns sollte es tun. *Beckenschlag*

Von: Westholme, Sarah
An: Brock McNight
Datum: 14. Januar, 18:12 Uhr
Betreff: RE: CASANOVA, LLC – und hallo!

Warum nehmen Sie ausschließlich Romance auf (falls die Frage gestattet ist)?

Von: Brock McNight
An: Westholme, Sarah
Datum: 14. Januar, 19:31 Uhr
Betreff: RE: CASANOVA, LLC – und hallo!

Abgesehen vom Geld (LOLZ, natürlich geht es ums Geld):

Es ist ein Crashkurs, um etwas über Frauen zu lernen. Ein Fach, in dem ich mehrfach durchgerasselt bin.

Von: Westholme, Sarah
An: Brock McNight
Datum: 14. Januar, 19:38 Uhr
Betreff: RE: CASANOVA, LLC – und hallo!

Das wäre so, als würde ich etwas über Männer lernen, indem ich Sci-Fi spreche. Zehn Seiten über die Funktionsweise der KI in der Kommandozentrale des Raumschiffs? Das kann doch nicht das ganze Ausmaß dessen sein, was in ihren Köpfen vor sich geht.

Von: Brock McNight
An: Westholme, Sarah

Datum: 14. Januar, 19:41 Uhr
Betreff: RE: CASANOVA, LLC – und hallo!

Doch, mehr ist da nicht. Aber bitte benutzen Sie eine Reibeisenstimme, wenn Sie lesen: »Der Hauptschaft treibt den Doppelkondensator in den Sperrmodus.«

Von: Westholme, Sarah
An: Brock McNight
Datum: 14. Januar, 19:44 Uhr
Betreff: RE: CASANOVA, LLC – und hallo!

So? [Sprachnachricht hängt an]

Von: Brock McNight
An: Westholme, Sarah
Datum: 14. Januar, 19:46 Uhr
Betreff: RE: CASANOVA, LLC – und hallo!

O. Mein. Gott. 😆 Ich freue mich so, dass wir dieses Projekt zusammen machen. Ich weiß, es geht uns beiden ums Geld, aber irgendwie habe ich das Gefühl, dass June vielleicht über jeden von uns irgendwas wusste, das

Von: Brock McNight
An: Westholme, Sarah
Datum: 14. Januar, 19:49 Uhr
Betreff: RE: CASANOVA, LLC – und hallo!

WOLLTE DAS NICHT SENDEN MEIN DUMMER DICKER FINGER IST AUSGERUTSCHT ICH HABE VERSUCHT DIESES GANZE GEFASEL ZU LÖSCHEN ARRRGGGHHH

(Hatte ein paar Drinks. Entschuldigung. Ignorieren Sie mich. Gehe jetzt schlafen.)

Von: Westholme, Sarah
An: Brock McNight
Datum: 14. Januar, 19:56 Uhr
Betreff: RE: CASANOVA, LLC – und hallo!

Stiffy? Keine Entschuldigung nötig.

Kurze berufliche Frage: Wie sprechen wir Claires Firma, Visage, aus? Englisch VIS-idsch oder französisch Vi-SAAASCHe?

Wäre schön, wenn wir June fragen könnten.

Von: Brock McNight
An: Westholme, Sarah
Datum: 15. Januar, 8:17 Uhr
Betreff: RE: CASANOVA, LLC – und hallo!

Sie sind ein Juwel, Westholme. Wirklich. Sie sind nicht nur die richtige Stimme, Sie sind die richtige Person für das hier. (Schrieb er, völlig nüchtern diesmal.)

Und gute Frage. Aber das überlasse ich Ihnen, Claire ist Ihr Gebiet.

Von: Westholme, Sarah
An: Brock McNight

Datum: 15. Januar, 12:51 Uhr
Betreff: RE: CASANOVA, LLC – und hallo!

So viel Druck! Ich denke, Vi-SAAASCHe klingt eher nach einer Scheinkosmetikfirma.

Und danke. Nett, dass Sie das sagen. Ich habe mir gedacht, aber nur, wenn es Ihnen recht ist, wir sollten vielleicht unsere Telefonnummern austauschen. Nur für den Fall, dass noch eine andere Aussprachefrage aufkommt. Ich lese meine E-Mails nicht, wenn ich in der Tonkabine bin. Aber nur, wenn es Ihnen ABSOLUT RECHT ist. Ich würde Ihre Nummer natürlich vertraulich behandeln.

Von: Brock McNight
An: Westholme, Sarah
Datum: 15. Januar, 12:51 Uhr
Betreff: RE: CASANOVA, LLC – und hallo!

Hey, hier ist meine Telefonnummer, kann ich Ihre haben? Ich lese in der Tonkabine auch keine Mails, sonst würde ich nie irgendeine Aufnahme fertig kriegen, aber ich antworte auf Kurznachrichten. Nur für den Fall, dass wir Fragen haben, die eine sofortige Antwort erfordern. Aber nur, wenn es Ihnen RECHT ist. Bitte behandeln Sie meine Nummer vertraulich, und ich werde natürlich dasselbe tun.

Von: Westholme, Sarah
An: Brock McNight
Datum: 15. Januar, 12:52 Uhr
Betreff: RE: CASANOVA, LLC – und hallo!

LOL! Große Geister denken gleich!

Von: Brock McNight
An: Westholme, Sarah
Datum: 15. Januar, 12:52 Uhr
Betreff: RE: CASANOVA, LLC – und hallo!

Wow – haben wir das eben gleichzeitig geschickt???

Von: Westholme, Sarah
An: Brock McNight
Datum: 15. Januar, 12:53 Uhr
Betreff: RE: CASANOVA, LLC – und hallo!

JA UND JETZT AUCH NOCH DIESE BEIDEN LETZTEN! O GOTT! STOPP! MACHEN SIE'S GUT!

19. Januar

SEWANEE:
Hi, hier ist Sarah. Ich habe Fragen. Viele.

BROCK:
Hi, Sarah, hier ist Brock. Ich habe viele Antworten.
Und ich habe zufällig auch eine Frage.

SEWANEE:
Sie zuerst.

BROCK:
Machen Sie die italienischen Aussprachen

für alle Leute/Orte/Dinge mit R-Trällern
etc.?

SEWANEE:
Natürrrrrrlich. Es soll doch authentisch klingen, oder?

BROCK:
Rrrrrichtig, das soll es, si.
Sie sind dran.

SEWANEE:
Also apropos Aussprachen, das Wort Klitoris kommt bei uns beiden vor, und wir sollten sicherstellen, dass wir ihm die gleiche Betonung geben.

BROCK:
Bitte. Fahren Sie fort.

SEWANEE:
Na ja. Laut Merriam-Webster gibt es zwei zulässige Aussprachen: 1. KLI-to-ris, 2. Kli-TO-ris.

BROCK:
Tür #1. Nummer 2 klingt wie ein Dinosaurier.

SEWANEE:
Einverstanden.
Können Sie nicht förmlich vor sich sehen,

wie die ehrwürdigen Merriam und Webster
darüber debattierten?

BROCK:
Die Männer, die das SEX-ikon geschrieben haben? Oder heißt es Sex-IKON?

SEWANEE:
Das ist nur die Spitze des Eisbergs. Was ist mit diesem Wort für Brustwarze, Areola?

BROCK:
Bin mir nicht sicher, ob das die Spitze eines *Eisbergs* ist.

SEWANEE:
Haha. Werden wir die streng korrekte Aussprache verwenden, auch wenn ich es noch nie so gehört habe? Noch nie? A-REO-la?

BROCK:
Sie sind eindeutig schon seit einer Weile weg vom Romance-Fenster. Are-OLA wurde kürzlich als offizielle alternative Aussprache ins Wörterbuch aufgenommen.

SEWANEE:
NEIN!

BROCK:
Doch.

SEWANEE:
Merriam und Webster müssen sich im Grab umdrehen!

BROCK:
Hoffe, sie schlagen sich nicht ihre
Are-OLAS an.
Are-OLEN?
Es ist kompliziert, wenn es zwei davon gibt.

SEWANEE:
Ich habe noch eine andere Frage.

BROCK:
Ist sie über dem Hals?

SEWANEE:
Weit darüber. Warum ist der Himmel blau?

BROCK:
Im Ernst?

SEWANEE:
Ja, das habe ich mich schon immer gefragt.

BROCK:
Ganz einfach: Reflexion.
AUGENBLICK, NEIN. Refraktion.

SEWANEE:
Falsch. Partikel. *schickt Link zu NASA-Website*

BROCK:
Dieser Artikel ist inkorrekt.

SEWANEE:
Oh, die NASA ist inkorrekt?

BROCK:
Sarah. Diese Leute haben die Mondlandung inszeniert, du lieber Pete.
Hey, hier ist eine Frage: Wer ist eigentlich Pete?

SEWANEE:
?

BROCK:
Pete! Du lieber Pete! Meine Güte, Pete. Um Petes willen. Zum Pete noch mal. Wer zum Teufel ist Pete??

SEWANEE:
... Gott?

BROCK:
O mein Pete! 🤯

21. Januar

BROCK:
Warum ist das MEER blau?

SEWANEE:
Na ja, Brock, es ist nicht immer blau. Es kann auch grün oder grau sein oder ganz anders, je nach Lichteinfall. Es scheint nur blau, weil Wasser Farben im roten Teil des Lichtspektrums absorbiert, das wie ein Filter fungiert und Farben im blauen Teil des Spektrums zurücklässt.

BROCK:
*Marlon Brandos *Der Pate*-Stimme*
Du kommst in mein Haus am Hochzeitstag meiner Tochter und erzählst mir was von NATURWISSENSCHAFT.

SEWANEE:
Verzeihen Sie mir, Don Corleone. Es gibt keine Naturwissenschaften mehr. Alles FAKE NEWS.

BROCK:
ALTERNATIVE FAKTEN

SEWANEE:
HEXENJAGD
Grazie, Pate.

BROCK:
Prego.

Von: Jason Ruiz
An: Brock McNight; Westholme, Sarah

Datum: 23. Januar, 10:27 Uhr
Betreff: Casanova – Folge 1

Hey ihr zwei,

wollte euch nur wissen lassen, dass die erste Folge unter Dach und Fach ist, und sie ist MEGACOOL. WIRKLICH GUT. Startschuss wird am Valentinstag sein. Die Fans flippen schon jetzt aus. Die Vorbestellungen gehen durch die Decke. Wie ich bereits gesagt habe, werde ich die Honorare zu Beginn jeden Monats anweisen, das heißt, euer Guthaben vom 1. März wird die Verkäufe aus zwei Wochen für Folge 1 und die Verkäufe aus einer Woche für Folge 2 widerspiegeln.

Sarah, ich schicke dir morgen die Korrekturen für Folge 3.

Danke!
JR

Während Sewanee drei benutzte Becher in die Spüle des Studios stellte, kam Damian, ein Tontechniker mit Dreads bis zum Hintern, in die Küche. »Hey«, sagte sie.

»Hey«, seufzte er mit einem matten Lächeln und öffnete den Kühlschrank. Er holte ein Einmachglas mit seinem selbst gemachten Kombucha heraus und nahm einen Schluck davon, als wäre es ein kaltes Bier.

Sie sah ihn mit schräg gelegtem Kopf an. »Harter Tag?«

Er schüttelte angespannt den Kopf: »Später.«

In genau diesem Moment kam Doug Carrey in die Küche.

Erschrocken schnellte Sewanee wieder zur Spüle herum.

Nicht ein einziges Mal in den letzten acht Jahren hatte sie ihn gesehen und jetzt zweimal in den letzten beiden Monaten? Warum war das nötig? Wie sollte sie damit klarkommen? Hilfe.

»Na, Kumpel, läuft bei uns, was?«, sagte Doug Damian.

»Läuft, Mann, du kannst dann gehen«, antwortete Damian. Doug zog ihn zu einer kumpelhaften Händedruck-Rückenklopfer-Kombi an sich, und Damian sagte: »Tolle Arbeit«, aber Sewanee kannte ihn gut genug, um zu wissen, dass er log.

»Wer hätte gedacht, dass es so verdammt schwer ist, ein Buch zu lesen, was? Dabei ist es ein Kinderbuch!« Damian nahm schweigend noch einen Schluck von seinem Kombucha, während Doug den Blick durch Küche und Wohnzimmer schweifen ließ. »Dieses Haus ist der Hammer. Wem gehört es?«

»Mark Clark.«

Doug schnaubte spöttisch. »Das reimt sich ja beinahe.« Es reimte sich *tatsächlich*. »Denkt er je ans Verkaufen?«

Sewanee behielt ihre Hände in der Spüle, den Blick gesenkt, tat ihr Bestes, um unsichtbar zu werden.

»Nein«, antwortete Damian. »Ich glaube nicht. Nicht mit dem Studio und allem. Stimmts, Swan?«

Scheiße.

Doug wandte sich der beinahe unsichtbaren Frau an der Spüle zu. »Heeeeeey, ich glaubs nicht! Swan?!«

Sie wischte sich die Hände ab, drehte sich genau zu Doug um. *»Von allen Kaschemmen«*, sagte sie gedehnt.

»*Teufel* noch mal!«, schwärmte Doug. »Wie konnte ich diesen Hintern diesmal übersehen?« Er lachte, natürlich lachte er, und Sewanee wünschte, es könnten wieder acht Jahre vergehen, ohne dass das hier passierte.

»Nein«, steuerte sie seine Aufmerksamkeit zurück zum Haus, »Mark wird niemals verkaufen.«

»Na ja, Meinungen sind dazu da, geändert zu werden. Sag ihm, er soll mich anrufen. Ich suche seit Jahren nach einem dieser alten Häuser in den Hills.«

Damian nahm noch einen kräftigen Schluck und stellte das Einmachglas zurück in den Kühlschrank. »Ich muss die Dateien exportieren. War nett, mit dir zu arbeiten«, log er, und Sewanee wollte ihm sagen, *sie* würde die Dateien exportieren und könnte er bitte bleiben? Aber Damian war bereits gegangen, und sie waren nur noch zu zweit.

Doug lächelte breit, mit allen Zähnen, und Sewanee lächelte mit zusammengepressten Lippen zurück. Und jetzt was?

Doug zeigte auf sein Auge. »Noch immer diese Klappe drauf, ja? Verdammt, wie lange musst du die denn noch tragen?«

»Äh. Für immer«, sagte sie, und als er den Kopf schräg legte, ergänzte sie: »Es war ein schlimmer Unfall.«

»Oh.« Sein Grinsen flackerte. »Scheiße. Das ist brutal. Ich dachte, es ist was Temporäres …« Das Grinsen erlosch offiziell. »Und du warst so gut. Ich meine, ich bin sicher, das bist du noch immer. Verdammt. Es tut mir so leid.«

Dougs Aufrichtigkeit, auch wenn sie vielleicht nur flüchtig war, erinnerte Sewanee daran, warum sie damals ein kleines bisschen was für ihn empfunden hatte. Selbst wenn dieses kleine bisschen ebenso flüchtig gewesen war. »Danke.«

»Wann ist das passiert?«

»Vor sieben Jahren.«

Sein Schweigen ging ihr nahe, und sie suchte unwillkürlich nach Worten. Irgendwelchen Worten. »Hat es dir Spaß gemacht, die Aufnahme zu …«

»Gib nicht auf«, sagte er auf einmal. »Die Branche hat sich verändert. Weißt du, was ich meine? Die Leute sind offener für … Du weißt schon.« Er machte eine Handbewegung. »Diversität.«

Sie wusste, dass er Behinderung meinte, aber wie auch immer, er hatte nicht unrecht. Sie hatte selbst darüber nachgedacht. Sie wollte noch immer spielen, manchmal so unbedingt, dass sie sich für eine Weile hinlegen musste, bis die Sehnsucht vergangen war. Aber sie wusste, dass sie, wenn sie es täte, gezwungen sein würde, der Wahrheit ins Auge zu sehen oder zumindest ihrer Wahrheit: Sie konnte die Person, die sie früher gewesen war, nicht zurückgewinnen.

Nachdem er sie einen Moment angestarrt hatte, schloss er den Abstand zwischen ihnen und zog sie zu einer Umarmung an sich, keine sexuelle zum Glück. Sie war sanft. Ein bisschen vorsichtig. So, wie man vielleicht jemanden umarmen würde, mit dem man Mitleid hatte, der aber auch ansteckend sein könnte, man wusste es nicht genau. Lieber auf Nummer sicher gehen. Trotzdem, es war Dougs Version des Versuchs, ein guter Typ zu sein.

Sie wich zurück und sah zur Spüle, in der Hoffnung, er würde spüren, dass sie sich wieder an die Arbeit machen musste.

Das tat er. Er ließ von ihr ab, sagte aber: »Hey. Hast du früher nicht mit Adaku Obi abgehangen?«

Sie lächelte. »Mache ich noch immer.«

Sein Lächeln kehrte auch wieder. »Mann, grüß sie von mir. Wir verpassen uns immer bei den Branchenevents. Sag ihr, ich würde gern Verbindung aufnehmen.«

»Mach ich«, sagte Sewanee. Mach ich nicht, dachte sie.

Er ging rückwärts aus der Küche. »Und sag Mark – Mark? –, dass ich dieses Haus will. Im Ernst. Ruf mich an.« Er zwinkerte ihr zu. »Schau mir in die Augen, Kleines.« Wieder diese grauenhafte Bogart-Imitation.

Eine Stunde später, als die Hausarbeit erledigt und Damian mit dem Exportieren fertig war, ging Sewanee in Studio eins, um mit den Aufnahmen für den Tag anzufangen. Doch darin roch es noch immer nach Eau de Cologne. Dougs Eau de Cologne, das er in acht Jahren nicht gewechselt hatte.

Sie stellte den Ventilator an und ging den Flur hinunter zu Studio vier, setzte sich hinein und versuchte, aufzunehmen, stolperte aber über jeden zweiten Satz. Das passierte nur, wenn sie müde war, PMS hatte oder … einfach nur genervt war.

Sie wollte eine Umarmung. Eine richtige.

Stattdessen schnappte sie sich ihr Handy.

SEWANEE:

Frage: Was passiert, wenn wir gestorben sind?

Er antwortete prompt:

Wir müssen keine Romance mehr aufnehmen.

Sie lächelte.

Noch eine Nachricht erschien.

Es sei denn, wir kommen in die Hölle. Was, ehrlich gesagt, ziemlich wahrscheinlich ist. Dann müssen wir ewig damit weitermachen.

SEWANEE:

Dir gefällt diese Nummer mit Brock McNight wirklich nicht, habe ich recht?

BROCK:

Würde DIR denn eine Nummer mit Brock McNight gefallen??

SEWANEE:
Wie kannst du es WAGEN, mich das zu fragen?!

BROCK:
Da bin ich ins Fettnäpfchen getreten?

Sewanee hielt einen Moment inne, überlegte, wie sie antworten sollte. Ihre Entscheidung wurde ihr erleichtert, als ihr Handy wieder aufleuchtete.

BROCK:
Weißt du, das Problem mit sexuellen Anspielungen ist …
irgendwann werden sie schlaff.

SEWANEE:
lol
Sprich für dich selbst. Mir kommen sie die ganze Nacht.

BROCK:
Oh, nimm den Mund nicht zu voll.

SEWANEE:
Na ja. Ich fasse gern ein heißes Eisen an.

BROCK:
Vielleicht sollte ich das vertiefen.

SEWANEE:
Oh, wie tief kannst du sinken?

BROCK:
Augenblick, von Tuten und Blasen habe ich keine Ahnung.

SEWANEE:
Du bist zu hart zu dir.

BROCK:
Härter geht nicht.

SEWANEE:
Angeber.

Sewanees Wangen taten weh vom vielen Lächeln. Wenn jetzt jemand hereinkäme, würde sie absolut geistesgestört aussehen. Ein Bild erschien im Chat. Ein Meme von einem Golden Retriever, der einen riesigen Oberschenkelknochen im Maul hielt. Die Bildunterschrift lautete: WILLST DU MIT MIR KNABBERN? Sie lachte schallend auf, und dann, als ihr bewusst wurde, wie laut sie gewesen war, schloss sie die Tür der Tonkabine.

SEWANEE:
Nein danke. Ich muss jetzt Schluss machen, sonst komme ich hier ...

BROCK:
Und Cut!

SEWANEE:
... zu gar nichts. Oh, bist du fertig?

BROCK:
Fast. Komme eben zum Schluss.

Sie rang eine halbe Sekunde mit sich.

SEWANEE:
Soll ich dir zur Hand gehen?

Sie sah zu, wie er schrieb … und aufhörte. Noch mal … und wieder aufhörte. Was tippte er?

Dann:

BROCK:
Okay, okay, ich bin raus, du hast gewonnen.

SEWANEE:
Yeaaaaah!

BROCK:
Du.

SEWANEE:
Was?

BROCK:
Einfach nur. Du.

Sewanee stand in einer endlos langen Schlange bei Costco, als ihr Handy piepste.

BROCK:
Frage. Hast du eine Sekunde?

SEWANEE:
Nein, ich weiß nicht, woher die Babys kommen.

BROCK:
Verdammt.

Bevor sie aus ihrer Parklücke fuhr, schrieb Sewanee:

Warte noch immer auf deine Frage.

BROCK:
Warte noch immer damit, sie zu stellen.

Sewanee lehnte sich gegen die Regale in Marks Garage, die sie gerade aufgefüllt hatte, und schrieb.

Echt jetzt?

BROCK:
Weißt du was? Egal!

SEWANEE:
Oh, ich BITTE dich!

BROCK:
Ist nicht so wichtig.

SEWANEE:
Ich werde hier nie lockerlassen, das ist dir schon klar, oder?

BROCK:
Arrrggghhh.

SEWANEE:
Ich warte …

BROCK:
Vergiss es.

SEWANEE:
Tick, tack.

BROCK:
Ich dachte, es wäre wichtig, aber jetzt denke ich das nicht mehr.

SEWANEE:
Cool. Und jetzt spucks schon aus.

Sie ging ins Haus. Überprüfte den Apfelvorrat. Setzte Wasser auf. Füllte die Salzbrezeln auf.

SEWANEE:
IM ERNST??

BROCK:
Okay, okay, gib mir eine Sekunde!!!
Bitte fass das in dem Sinn auf, in dem ich es meine.
Ich will sichergehen, dass niemand verletzt wird.
Oder verwirrt.

Ich will nichts Seltsames.
Zwischen uns.
Am Ende.

SEWANEE:
Nettes Haiku. Frag bitte einfach.

BROCK:
Würg.

SEWANEE:
STIFFY!!!!!

Sie sah, dass er schrieb, und legte das Telefon auf den Tresen, schnappte sich einen Becher und einen Teebeutel und versprach sich, nicht wieder auf ihr Handy zu sehen, bevor sie es piepsen hörte. Brach dieses Versprechen dreißig Sekunden später, kam sich wie eine Idiotin vor und hatte das Telefon eben wieder auf den Tresen gelegt, als es dann doch noch piepste.

BROCK:
Es ist nur so: Seit wir angefangen haben, uns zu schreiben, bin ich, wenngleich irrational (kann nicht glauben, dass ich das Wort »wenngleich« verwendet habe), besorgt, dass ich/du/wir vielleicht, möglicherweise (vermutlich?) eine Grenze überschreiten.

SEWANEE:
Und?

BROCK:
Und ...
Ich dachte, ich sollte dich
fragen
ob du Single bist.
(O mein Gott, ich komme mir vor wie auf
dem Schulhof.)

SEWANEE:
du lieber Pete

BROCK:
Das hier wäre leichter, wenn Pete in der
Freistunde einer deiner Freundinnen
einen Zettel mit Kästchen zum Ankreuzen
zustecken könnte.

SEWANEE:
Das heißt, du willst wissen, ob ich Single
bin, weil ...?

BROCK:
Weil jemand anders auf dein Handy sehen
könnte!! Du kannst nie wissen, wer auf dein
Handy sieht!
Nicht dass da irgendetwas Unanständiges
steht.
Zu Unanständiges.
(Nur fürs Protokoll, das hier läuft genauso
schlimm, wie ich vermutet hatte.)
Was ich sagen will, ist DAS HIER:
Ich würde niemals wollen, dass

irgendjemand denkt, dass ich seine Frau anbaggere.
(Oder ihre Frau???)

Wieder hatte sie dieses Lächeln im Gesicht, das sie offenbar nicht im Zaum halten konnte. Seine entzückende Unbeholfenheit veranlasste sie, ihm witzig, aber aufrichtig zu antworten. Warum zitterte ihre Hand?

SEWANEE:
Du kannst ganz unbesorgt sein. Ich bin Single.

Seine nächste SMS kam prompt.

Ich weiß, ich kann witzig und flirty sein. Und es könnte schwer zu unterscheiden sein, was echt ist und was nicht. Ergibt das irgendeinen Sinn?

Prompt gefolgt von:

O mein Gott. BITTE lies meine letzte SMS nicht.

Sewanees Ganzkörperlachen sorgte dafür, dass sie Tee auf dem Tresen verschüttete. Sie wischte mit dem Ärmel darüber und tippte rasch:

lol du machst wohl Witze ich werde sie mir einrahmen.

BROCK:
seufz
Also ...
alles gut mit uns?

SEWANEE:
Alles gut mit uns.

BROCK:
Pete sei Dank.

SEWANEE:
Danke DIR.

***

14. Februar

MOM:
Viel Glück heute, Swanling! Heute ist der große Tag, richtig? Wir freuen uns ja so für dich!

SEWANEE:
Danke! Ja, die erste Folge läuft in etwa einer Stunde.

MOM:
Oh, gut, dass wir das nicht verpasst haben.
Stu will etwas sagen.
Ich meine, etwas tippen.

SEWANEE:
Okay.
Mach schon, Stu.
Ich kann sehen, dass du aufgehört hast zu tippen. Hast du auf Senden gedrückt?
Stu?

MOM:
Diese Tasten sind zu verdammt klein.

SEWANEE:
Stimmt.

MOM:
Aber das war nicht, was ich sagen wollte.

SEWANEE:
Okay.

MOM:
Warte, deine Mutter will wissen, ob du uns die Folge schicken wirst.

SEWANEE:
Nein.

MOM:
Doch! Bitte schick sie. Ich bins wieder. Mom.

SEWANEE:
NEIN, ich schicke sie nicht.

MOM:
Können wir sie downloaden?

SEWANEE:
NEIN, kein Downloaden.

MOM:
Aber wir wollen sie hören!

SEWANEE:
NEIN, wollt ihr nicht. Glaub mir.

MOM:
Wir bezahlen gern dafür. Ich bins wieder.
Stu.

SEWANEE:
Ihr dürft sie euch nicht anhören. Klar?
Ich nehme fünfzig Bücher im Jahr auf, die
ihr euch anhören könnt, die keine Romance
sind.
Mom, sag mir, dass du verstehst, dass ihr
sie euch nicht anhören dürft.

MOM:
Wir werden sehen. Liebe dich. Mom.
Wir haben Delfine gesehen. Wir hatten
angelegt. Sind genau zu uns gekommen.
Haben genau vor uns ihre seltsamen
Geräusche gemacht.
Oh, ich bins wieder.
Stu.

SEWANEE:
Wow! Das ist ja cool!

MOM:
Sie haben nur mit uns geredet.

SEWANEE:
Ganz bestimmt. 🙂

MOM:
Wünschte, du wärst hier bei uns, Swanling.
Von Mom.

SEWANEE:
Irgendwann demnächst.

MOM:
Das solltest du wirklich tun, junge Dame. Zwing mich nicht, zu kommen und dich zu holen. Ich würde hier gern ein Smiley setzen, aber ich weiß nicht, wie das geht. Ich bins wieder. Stu. Also dann, machs gut.
LOL. Stu.

SEWANEE:
Machs gut!

MOM:
Ich bins. Mom. Er denkt, LOL heißt lots of love.

SEWANEE:
Na ja, LOL zurück.

MOM:
Ich vermisse dich, allerliebste Tochter.

SEWANEE:
Ich dich auch. So sehr. 🖤

Von: Alice Dunlop
An: Sewanee Chester
Datum: 15. Februar, 10:27 Uhr
Betreff: Audies-Moderation?

Hey Süße,

ich helfe im Moment, Moderatoren für die Audies zu rekrutieren, und habe mich gefragt, ob du vielleicht Lust hättest, den Preis für ihr Lebenswerk (posthum 😢) an June French zu präsentieren? Die Öffentlichkeit muss nichts von eurer Verbindung wissen, aber ich denke, es wäre ein nettes Augenzwinkern an die Branche. Was meinst du?

Ich umarme dich,
Alice

P.S. Hast du die Facebook-Gruppen gesehen? Alle drehen völlig durch wegen ***Casanova, LLC***. So was habe ich noch nie gesehen. Brava!

Von: Sewanee Chester
An: Alice Dunlop
Datum: 15. Februar, 11:06 Uhr
Betreff: RE: Audies-Moderation?

Das würde ich SEHR gern tun. Vielen Dank, dass du mich gefragt hast. Und nein, war nicht auf FB. Mach ich jetzt gleich.

Von: Sewanee Chester
An: Alice Dunlop
Datum: 15. Februar, 11:38 Uhr
Betreff: RE: Audies-Moderation?

O.MEIN.GOOOOOTTTTT.

SEWANEE:
Hey, bist du eigentlich auf Facebook?

BROCK:
Nein. Warum?

SEWANEE:
Die Fans lieben die erste Folge. Ich meine, so richtig.

BROCK:
Schön.

SEWANEE:
Ich meine, so richtig, richtig.
Ich glaube, das könnte ein Riesending werden.

BROCK:
👍

SEWANEE:
Das ist alles?

BROCK:
Wusstest du, dass der echte Casanova ein fürchterlicher Mensch war? Grauenhaft. Richtig kriminell. War im Knast. Vergewaltiger. Hat sogar seine eigene Tochter geschwängert.

SEWANEE:
»Und jetzt, liebe Kinder, Märchenstunde mit Brock McNight.«

BROCK:
Haha. Entschuldigung. Ich freue mich für uns, wirklich.

SEWANEE:
Es ist dir komplett egal?

BROCK:
Nein, das nicht, nur ... keine Ahnung.

SEWANEE:
Du hast ausgecheckt.
Aus Hörbüchern.
Aus Romance.

BROCK:
Ich nehms an?

Tut mir leid. Du hast einen besseren Partner verdient.

SEWANEE:
Schon gut. Wie ein echtes trophy wife werde ich mich mit dem Riesenhaufen Geld trösten, den du in die Ehe eingebracht hast.

BROCK:
Abgemacht.

***

22. Februar

SEWANEE:
Frage.

BROCK:
Sorry, falsch verbunden, hier ist nicht Frage.

SEWANEE:
stööööhhhhhn

BROCK:
Bitte vielmals um Entschuldigung, das war echt grausamer Dad-Humor.

SEWANEE:
Also, nicht dass ich ihn verurteile, aber was halten wir von diesem Helden?

BROCK:
???

SEWANEE:
Ich habe Probleme damit zu entscheiden, ob Alessandro kompliziert ist. Oder einfach nur ein Arschloch.

BROCK:
Er ist ein Alpha.

SEWANEE:
Na klaaaaar, aber …

BROCK:
Ihm geht es nur um seine Kunst. Beziehungen sind für ihn Tauschgeschäfte.

SEWANEE:
Ja, hauptsächlich. Mit allen anderen, aber nicht mit ihr. Als sie kriegt, wofür sie gekommen ist (kein Wortspiel beabsichtigt), ist sie bereit, ihren Teil der Vereinbarung einzuhalten. Dann behandelt er sie grässlich (was, okay, typisch für den Romance-Helden ist, der Gefühle hat), aber warum?

BROCK:
Keine Ahnung.

SEWANEE:
Na ja, wie wirst du es spielen?

BROCK:
Was meinst du damit?

SEWANEE:
Ist ihm wirklich nicht bewusst, was er will, oder schützt er sich davor zu verfolgen, was er will, für den Fall, dass er es nicht haben kann?

BROCK:
Was meinst du damit?

SEWANEE:
Ich meeeeiiine, warum ist er, wie er ist?

BROCK:
???

SEWANEE:
Du kannst dir nicht nur ansehen, wie jemand ist. Du musst dir ansehen, WARUM jemand ist, wie er ist. Oberfläche versus Substanz. Das ist der Unterschied zwischen Karikatur und Charakter.

BROCK:
Mir ist eben klar geworden, warum du von uns die bessere Sprecherin bist. Du bist Schauspielerin, stimmts?

SEWANEE:
War.

BROCK:
Warum hast du aufgehört?

SEWANEE:
Mhm, Geschichte für ein andermal.

BROCK:
Ich erinnere dich daran.
Was meinst DU denn, was Alessandros
»Warum« ist?

SEWANEE:
Ganz spontan ...
Ich glaube, er ist es leid, als dieser Sexgott gesehen zu werden. Ich glaube, er will diese Rolle unbedingt loswerden, aber wer ist er ohne sie? Wer würde ihn, den wahren Alessandro, wollen, wenn doch alle Frauen, die er je gekannt hat, offenbar nur die Fantasie wollen? Alle bis auf sie. Sie wollte etwas, was niemand sonst in ihm gesehen hat: den Menschen, nicht die Ware.
Er hat Angst. Weil er dabei ist, sich in sie zu verlieben. Das heißt: Anziehung = Angst = Selbstschutz = Arschlochbenehmen.

BROCK:
Ja, das ist genau das, was ich sagen wollte.
Das ist gut.
Das ist richtig gut.
Was dagegen, wenn ich es klaue?

SEWANEE:
Es ist du.
*deins.

Sewanee war nach der Heimatstadt ihrer Großmutter benannt. Allen, die an der Entscheidung beteiligt waren, hatte der Name gefallen. Gut möglich, dass es das Einzige war, worin sie sich einig waren, wenn auch aus völlig unterschiedlichen Gründen. »Elegant« hatte ihre Großmutter den Namen gefunden. Er ist »magisch«, hatte ihre Mutter gesagt. »Allegorisch«, hatte ihr Vater gesagt.

Sewanee hatte allen dreien gerecht werden wollen.

Aber ihr eleganter Name hatte ihr bei ihrer Großmutter nichts genützt. Nicht am Anfang.

Es war nicht persönlich gemeint. Barbara Chester mochte Kinder einfach nicht, und sie hatte keine Verwendung für Sewanee, bis sie alt genug war, dass man sich mit ihr unterhalten konnte, ohne dass sie hinterher zu ihrem Vater lief, um alles auszuplaudern. Aber als Sewanee acht oder neun war, hatten sie sich aneinander gebunden.

In den Schulferien oder am Wochenende oder unter der Woche im Sommer fuhr Marilyn oft den Beverly Glen Boulevard hoch und hielt am Mulholland Drive, wo Sewanee zustieg, und dann fuhren sie auf der anderen Seite des Hügels hinunter zu Bitsys Haus. Sie schauten in dem schäbigen Wohnzimmer alte Filme, und Sewanee sog alles in sich auf. Sie kannte jeden Satz aus *Die Nacht vor der Hochzeit*, jeden Schritt von *Make 'Em Laugh* aus *Singin' in the Rain*, jede Kopfneigung von Lauren Bacall.

Mittags gingen sie zu dem Pool hinaus, und Blah brachte ihr das Schwimmen bei und sagte ihr, dass beides zusammen, Schwimmen und Tanzen, ihr alles geben würde, was sie brauchte, um ihre Figur, die sich erst noch entwickeln würde, zu behalten. Irgendwann sagte Blah: »Ich nehme an, deine Eltern erwarten von mir, dass ich dich verköstige«, und sie schlüpften in die Küche, und Blah suchte nach irgendetwas, das man als Essen bezeichnen konnte. Im Allgemeinen Ritz-Cracker oder Apfelscheiben. Und immer Marshmallow-Cookies. Manchmal kam Bitsy zwischen ihrer Lunch- und ihrer Dinnerschicht im Du-par's vorbei und brachte ihnen Pfannkuchen, die Sewanee liebte, aber ihr eigentlicher Appetit galt etwas anderem.

Noch einen Tanzschritt; einen Hepburn/Tracy-Film noch einmal sehen und über »Chemie« reden; Bette Davis' gesamtes Werk durchgehen.

Bis Sewanee auf die Mittelschule ging, fuhren sie in Blahs Oldsmobile-Cabrio durchs Valley und gingen auf dem Ventura Boulevard in Secondhandläden shoppen. Sie durchstöberten die Kleiderständer, zogen alles heraus, was irgendwie interessant aussah. Jedes Mal wenn Sewanee sagte: »Das gefällt mir, was denkst du?«, antwortete Blah: »Ich denke, du bist eine Wucht, Püppchen.«

Das war die Zeit, als Sewanee zu spüren begann, wie es sein könnte, Sewanee zu sein. Sie erschien in Jeans und T-Shirt, in Flipflops und mit Pferdeschwanz zur Schule, aber bei jedem Homecoming- oder Winter- oder Jahresabschlussball war sie mit erstklassigen Vintage-Klamotten und Make-up gestylt und sah ungefähr zehn Jahre älter aus, als sie war.

Es war bei einer dieser Tanzveranstaltungen in ihrem dritten Highschooljahr, als der Vater einer Mitschülerin, ein Fernsehproduzent, sie fragte, ob sie interessiert an Schauspiel sei. Sie sagte, es sei alles, was sie wolle, ließ jedoch unerwähnt, dass ihre Eltern gesagt hatten, erst müsse sie achtzehn sein. Sie lebten schließlich in Los Angeles, sie kannten die Horrorgeschichten.

Und als der Produzent sie bat, für seine neue Show vorzusprechen, tat sie es, ohne ihren Eltern etwas davon zu sagen. Denn sie war sich sicher, dass sie die Rolle sowieso nicht kriegen würde. Sie wollte sich nur ausprobieren. Wie bei einem ersten Date.

Als sie die Rolle bekam und gezwungen war, es ihnen zu sagen, gab es einen Riesenkrach, ihre erste richtige Teenagerrebellion, und Sewanee knallte die Haustür hinter sich zu, stieg in ihren klapprigen Jetta und fuhr über den Hügel hinüber zu Bitsys Haus.

Sie und Blah hatten an jenem warmen Oktoberabend draußen am Pool gesessen, während Sewanee schluchzte und ihre Eltern wüst beschimpfte. Blah nippte seelenruhig an ihrem Martini und wartete darauf, dass Sewanee Luft holte. Dann reichte sie ihr den letzten Schluck von ihrem Drink, den Sewanee prompt kippte und fast ebenso prompt wieder ausprustete, wobei sie ein Gesicht machte, als hätte sie auf eine Zitrone gebissen. Sie lachten beide – darauf hatte Blah es schließlich angelegt.

Sie griff in die Tasche ihres Quilt-Morgenmantels, zückte ein Feuerzeug und das silberne Zigarettenetui, das ihr Agent ihr 1958 geschenkt hatte. Auf der Rückseite stand eingraviert: »Für ein tolles Paar Beine. Mögen sie dich tragen, wohin auch immer du willst.« Sie klopfte eine Zigarette heraus und zündete sie an, und Rauch tänzelte in den Poollichtern.

Sewanee hatte die Geschichte, wie Blah entdeckt wurde, im Laufe der Jahre oft gehört, aber wie alle von Blahs Geschichten wurde sie um neue Ebenen ergänzt, als Sewanee älter wurde.

»Bitsy und ich waren zum Arbeiten nach Nashville gegangen. Wir waren Cocktailkellnerinnen in einer Spelunke in der Printer's Alley. Und eines Tages kam ein Mann herein.« Die meisten von Blahs Geschichten beinhalteten den Satz: Eines Tages kam ein Mann herein.

»Sie brauchten einen Schuppen in Nashville als Location. Damals war es ein Riesending, an Originalschauplätzen zu drehen, anstatt einen Schuppen in Hollywood aufzubauen. Also bin ich auf ihn zugeschlendert und habe ihn überredet, auf einen Drink zu bleiben und unsere Bar als Drehort zu nehmen. Zwei Monate später kam er wieder, um zu drehen, und ich wurde von einer Kellnerin-im-Leben zu einer Kellnerin-in-einem-Film. Ich sparte mein Trinkgeld, stieg in einen Bus, und als ich nach Hollywood kam, rief ich ihn an. Er besorgte mir ein Zimmer in einer guten Pension. Er besorgte mir einen Job als Garderobiere bei Musso & Frank. Er besorgte mir meinen ersten Agenten. Und alles, was er bekam, war meine Jungfräulichkeit.«

Sewanee klappte der Mund auf, aber Blah tat das mit einer Handbewegung ab. »Er war ein Hingucker. Und es war sowieso an der Zeit, sie loszuwerden.«

»Aber …«, stammelte Sewanee. »Er hat dich benutzt!«

Blah zog die Augenbrauen hoch. »Hat er das? Zwei Leute können sich gegenseitig benutzen, weißt du.«

Sie wagte kaum zu fragen. »Und Grandpa?«

Blah schüttelte den Kopf. »Der kam erst später. Das war Liebe. Er war ein Bühnenautor aus New York, und er fand *mich interessant*. Stell dir das vor. Was ich sagen will, Püppchen, ist, ich habe nie mit jemandem geschlafen, mit dem ich nicht schlafen wollte. Ich hatte immer einen Grund. War es richtig? War es falsch? Wer zum Teufel weiß das schon. Du hast doch Filme über diese Zeit gesehen. Die Leute schreiben jetzt alle ihre kleinen Enthüllungsgeschichten. Casting-Couches, lüsterne Regisseure, hochgeschobene Röcke an einer Garderobentür.« Sie schnaubte spöttisch und zog an ihrer Zigarette. »Ich sage nicht, dass es für manche Mädchen nicht so war. Und wenn es so war, tut mir das leid. Aber für mich waren es drei Martini-Lunches und Lagerfeuer in Malibu, die dauerten, bis die Sonne aufging und es hieß: ›Meine Frau besucht übers Wochenende ihre Schwester, warst du je auf Catalina?‹ Es beruhte auf Gegenseitigkeit, verstehst du?«

»Aber du wolltest Schauspielerin werden, und sie haben das ausgenutzt.«

Blah gackerte und aschte ihre Zigarette ab. »Ich wollte nicht Schauspielerin werden, ich wollte berühmt werden. Aber ich war nicht gut. Scheiße noch mal, ich hatte es als Schauspielerin einfach nicht drauf. Ich hatte die Wahl, als die, die ich war, unterzugehen oder als die, die ich nicht war, was zu werden.« Sie zeigte mit ihrer Zigarette auf Sewanee. »Und, Püppchen, ich kann an deinem Gesicht ablesen, dass das für dich nicht funktionieren wird.« Sie zog ein letztes Mal an ihrer Zigarette und drückte sie aus. »Du willst, dass ich mit deinen Eltern rede, aber – sosehr es mich auch schmerzt, und das tut es weiß Gott – sie haben recht. Das hier? Das ist wie Dinge anfangen, die ein schlimmes Ende nehmen.«

Sewanee stampfte mit dem Fuß auf, ganz das Kind, von dem sie dachte, dass sie es nicht mehr war. »Was soll ich denn deiner Meinung nach machen?«

Blah lehnte sich in ihrem Liegestuhl zurück und schlug die Beine übereinander. »Was ich nie getan habe: gut werden. Du sollst so verdammt gut werden, dass die dir keinen Scheiß erzählen können.«

Von da an half Blah Sewanee, emotional durchlässig zu werden, sie gab ihr Sprechunterricht und zeigte ihr, wie sie ihren Körper dazu brachte, sich frei, mühelos, sinnlich durch den Raum zu bewegen. Und als sich Sewanee für die Juilliard bewarb und angenommen wurde? Das war die größte Leistung in Barbara Chesters Leben.

Als Sewanee ihren Abschluss machte, hatte sie Blahs Starqualität, Marilyns angeborene Güte, Henrys analytische Fähigkeiten, eine abgeschlossene Juilliard-Ausbildung und vier Jahre New-York-Erfahrung auf dem Buckel. Sie war unaufhaltsam.

Bis sie es nicht mehr war.

***

25. Februar

BROCK:

Hab über unsere Unterhaltung an dem Abend neulich nachgedacht. Ich will, dass du weißt: Ich bin kein Schauspieler. Alles, was du über Alessandro gesagt hast, klang total sinnvoll. Ich denke über solches Zeug nie nach.

SEWANEE:

Wie bist du denn zu Hörbüchern gekommen, wenn du kein Schauspieler bist?

BROCK:

🤷 Jemand mochte meine Stimme.

SEWANEE:

Es ist eine gute Stimme.

BROCK:

Ich hab mal bei der Kfz-Zulassungsstelle angerufen, und die Mitarbeiterin hat gesagt: »Ich liebe die Art, wie Sie Ihre Fahrzeugnummer gesagt haben. Würden Sie das noch einmal tun, nur ein bisschen langsamer?«

SEWANEE:

Haha, diese Gabe solltest du zu schätzen wissen, mein Freund.

BROCK:

Das tue ich. Ohne wäre ich verloren.
Hey, BIN ich dein Freund?

SEWANEE:

Nur eine Redensart.

BROCK:

Autsch.

SEWANEE:

War zwar ein Witz, aber ich würde schon sagen, dass wir nicht nicht Freunde sind.
Oh, zu viele Nichtse.
Wir. Sind. Freunde. Ohne Nichtse.
Ich hasse Kurznachrichten.

BROCK:

Ich habe gehört, man testet eine neue Erfindung. Sie nennen es Redefon oder so ähnlich. Es heißt, dass wir durch diesen Tippkasten hier dann tatsächlich miteinander reden können werden! Wissenschaft!

SEWANEE:
FAKE NEWS

Elf Minuten später:

SEWANEE:
Was hast du gemacht, bevor du Sprecher wurdest?

BROCK:
Mhm, Geschichte für ein andermal.

Sewanee zwang sich zu warten, bis sie für den Tag fertig war, bevor sie, noch immer triefend von dem Regen, der während ihres Aufstiegs zurück zu ihrer Casita auf sie eingepeitscht hatte, schrieb:

OKAY JETZT IST EIN ANDERMAL!

BROCK:
Ist das jetzt MEIN Andermal oder DEIN Andermal?

SEWANEE:
Netter Versuch. Schieß los.

BROCK:
Okay, lass mich nur rasch dieses Kapitel abschließen.
Vielleicht sollte ich mir einen Drink machen.

SEWANEE:
Ooh, da schließe ich mich an!

BROCK:
Bist du eine Weinschorlen-Lady oder eine Whiskey-pur-Frau?

SEWANEE:
Kommt drauf an. Auf was für eine Art Geschichte sollte ich mich einstellen?

BROCK:
Eine Erzählung von unverbrüchlicher Freundschaft im Angesicht zerschlagener Träume.

SEWANEE:
Ich mache den Tequila auf.

BROCK:
Olé.

57 Minuten später:

BROCK:
Tequila bereit?

SEWANEE:
Wie sich herausgestellt hat, habe ich nur ein bisschen billigen Wodka ganz hinten in meinem Gefrierfach.

BROCK:
Nur ein bisschen?

SEWANEE:
Es ist ein kleines Gefrierfach.
Was trinkst du?

BROCK:
Bier.

SEWANEE:
LOSER

BROCK:
Und dabei kennst du die Geschichte noch gar nicht.

SEWANEE:
Ich werde mein bisschen Wodka holen, während du tippst.

BROCK:
Okay, los gehts.
Ich war in einer Band. Wir waren irre erfolgreich. Wir hatten einen Plattenvertrag. Wir sind auf Tournee gegangen. Wir waren jung und furchtlos und auf der Überholspur.

Um es kurz zu machen, der Leadsänger,
mein bester Freund, ist abgestürzt. Drogen.

SEWANEE:
Das tut mir leid.

BROCK:
Rückblickend betrachtet ist es peinlich.

SEWANEE:
Hast du es mit einer Solokarriere versucht?

BROCK:
Nein. Er war das Musikgenie. Ich schreibe
nur ein bisschen, spiele ein bisschen
Gitarre und singe ein bisschen.
So ist das bei mir: von vielem ein bisschen.

SEWANEE:
Bei dir und meinem Gefrierfach.
Wie geht es deinem Freund jetzt? Oder
sollte ich lieber nicht fragen?

BROCK:
Das ist der Silberstreif am Horizont. Er ist
clean. Seit fünf Jahren.

SEWANEE:
Das ist ja toll!

BROCK:
Finde ich auch. Vor ein paar Monaten haben

wir wieder angefangen, zusammen zu spielen. Um zu sehen, ob noch irgendwas da ist.

SEWANEE:
Und, war was da?

BROCK:
Er will noch einen Versuch wagen.

SEWANEE:
Und du?

BROCK:
Weiß nicht.

SEWANEE:
Hast du Angst, er könnte rückfällig werden?

BROCK:
Er ist nicht das Problem.

SEWANEE:
?

BROCK:
Ich habe nicht speziell um ihn Angst. Ich habe einfach Angst.

SEWANEE:
Wovor?

BROCK:
Seufz. Wie viel Zeit hast du?

SEWANEE:
Ungefähr einen Fingerbreit Wodka.

BROCK:
Ich war ein furchtloser Junge, der zu einem furchtsamen Mann wurde.
So, bitte sehr. Nastrowje.

SEWANEE:
Ähhhmmm, ich kippe Wodka nicht in einem Zug. Wenn du willst, dass ich das hier austrinke, werde ich ein bisschen mehr Infos brauchen.

BROCK:
Okay. Ich spule vor bis zum Ende.
Wenn die Welt deine Auster ist? Und du sie schlürfst?
Es gibt nichts Schlimmeres als eine Lebensmittelvergiftung.
Da wird dir von deinem eigenen Anblick schlecht.
(Ich verspreche, ich bin ein besserer Songwriter, als diese Analogie vermuten lässt.)

SEWANEE:
Aber wenn du nie eine andere Auster öffnest, entgehen dir die Perlen.

BROCK:
Ja. Na ja.
Nur fürs Protokoll, ich hasse es, über diese Sache zu reden.

SEWANEE:
Bin gleich wieder da, muss nur rasch auf Facebook posten, dass Brock McNight Angst davor hat, Austern zu essen.

BROCK:
 Ich verstehe vollkommen, wenn du nie wieder mit mir reden willst.

SEWANEE:
Soll das ein Witz sein? Ich mache Popcorn.

BROCK:
Okay, genug von mir geredet. Was ist mit deinem andermal?

Sewanee lehnte sich zurück und nippte an ihrem Wodka. Wie sollte sie auch nur anfangen? War sie bereit, ihre Geschichte zu erzählen? Sich so zu öffnen?

Vielleicht könnte sie sich zumindest der Angst stellen. Ihm sagen, dass sie wusste, wie es sich anfühlte, wenn einem der Boden unter den Füßen weggezogen wurde. Vielleicht diese grauenhafte Austern-Metapher verwenden. Ihn wenigstens wissen lassen, wie sehr sie seinen Kampf verstand. Offen reden, von einer zerstörten Seele zur anderen.

Aber sie wollte nicht. Sie wollte Songwriting und Wodka und sexuelle Anspielungen.

Wollte wissen, wo er lebte.

Und wie alt er war.

Und was er zu seinem Vergnügen machte.

War er groß? Er klang stämmig, aber nicht unbedingt groß. Was okay war. Ihr war so was egal. Warum auch nicht? Wer war sie denn, über das Aussehen der Leute zu urteilen?

Es war neu für sie, eine solch starke Verbindung zu jemandem zu haben, den sie nie gesehen hatte. Der sie nie gesehen hatte. Andererseits machte vielleicht genau das es erst möglich. Wenn sie sich sahen, sich persönlich begegneten, würde die Beziehung, die sie aufgebaut hatten, dann zerbrechen? Er würde vermutlich sagen, *ein bisschen* Beziehung sei sicherer, und er würde recht haben.

Was der Grund war, begriff sie, weshalb sie sich mit Brock weitaus mehr identifizieren konnte als mit jemandem wie Nick.

Nick.

Nick war, wer sie gern wäre. Brock war eher, wer sie wirklich war.

Es war, als hätte sie auf ein Gemälde gestarrt und der Vordergrund-Nick und der Hintergrund-Brock hätten die Plätze getauscht. Wann war das denn passiert?

Ihr Handy leuchtete auf.

BROCK:
Du machst nicht wirklich Popcorn?

SEWANEE:
Ha, nein, entschuldige. Ich denke über eine angemessene Antwort nach.

BROCK:
Lass dir Zeit.

Das heißt, nein. Das habe ich total verschwitzt. Ich muss zur Probe.

SEWANEE:
Oh!

BROCK:
Es tut mir so leid.

SEWANEE:
Nein, nein, schon gut!

BROCK:
Gott, mein Gehirn in letzter Zeit!

SEWANEE:
Ach Quatsch, ich bin ganz froh, davongekommen zu sein.

BROCK:
Grrr. Ich will das hier nicht aufschieben. Es ist wichtig.

SEWANEE:
Nein, deine Probe ist wichtig. Es ist ja nicht so, dass du wissen wolltest, warum Gras grün ist. Meine Geschichte kann warten.

BROCK:
Das weiß ich! Chlorophyll!

Freitag. Happy Hour. Seasons.

Sewanee meldete sich am Empfang an, wie sie es fast jeden Freitag tat. Aber diesmal hatte sie Adaku im Schlepptau.

Adaku befand sich in einem selbst auferlegten Lockdown, da sie für den Lysistrata-im-Dschungel-Film (der, aus Gründen, die Sewanee nicht verstand, den Titel *Der Urheber* hatte) trainierte, und als sie ihr gestern Abend die Nachricht ICH MUSS DRINGEND MAL AUS DEM HAUS geschickt hatte, hatte Sewanee vorgeschlagen, sich beim Seasons zu treffen, und nach dem Besuch bei Blah könnten sie zusammen zu Abend essen.

Sie gingen zu Blahs Zimmer. »Zehn Dollar, dass sie auf der linken Seite der Couch sitzt, zwei Kissen im Rücken, Kopfhörer über den Ohren, mit laufendem Hörbuch, und tief und fest schläft.« Sie kicherten, als sie sie genau so vorfanden, wie es Sewanee prophezeit hatte.

Blah schlug die Augen auf, hatte die Anwesenheit der beiden gespürt. »Püppchen! Was tust du denn hier? Und wer ist das da?«

»Blah, ich bin Adaku. Ich weiß nicht, ob Sie sich noch an mich erinnern, aber ich …«

»Natürlich erinnere ich mich an dich! Wer könnte dieses Lächeln vergessen?«

Adaku beugte sich vor, um Blah zu umarmen. »Es ist so schön, Sie wiederzusehen.«

Sewanee konnte sich nicht sicher sein, ob Blah Adaku wiedererkannte oder nicht, aber sie nahm an, es spielte keine Rolle. »Heute ist Freitag!« Sie fuhr mit den Fingern durch Blahs platt gedrückte Haare am Hinterkopf. »Wie wärs, wenn wir uns fertig machen und zur Happy Hour hinuntergehen?«

»Unbedingt! Reich mir meinen Lippenstift, Püppchen.« Sewanee holte ihn, und Blah trug ihn auf, ohne einen Spiegel zu brauchen, während sie zu Adaku sagte: »Geh nirgends ohne deine Lippen hin. Du weißt nie, wem du über den Weg laufen wirst. Oder, um genau zu sein, wen du küssen wirst.«

Als sie unten waren, steuerte Adaku einen Ecktisch in der halb vollen Lounge an, aber Blah sagte: »Die Bar, Süße. Hocker. Die Beine zeigen.« Und so nahmen sie drei der vier Hocker in Beschlag und bestellten Martinis. Adaku enthielt sich widerstrebend, ihrer Diät zuliebe. Blah schlug die Beine übereinander und glitt mit einer Hand elegant über ihren Schenkel, als würde sie einen hohen Schlitz an einem Abendkleid zurechtrücken und nicht lediglich über das beige Polyester ihrer Gummizughose streichen.

»Zwei Martinis, einer davon dirty mit einer extra Olive, genau wie Sie es mögen, Blah«, sagte der Pfleger/Barmann und stellte ihnen ihre Gläser hin.

»Danke, Dan«, antwortete Sewanee und schob den speziellen Martini ihrer Großmutter hin. »Blah, Dan hat dir drei Oliven gegeben. Normalerweise sind es zwei. Gibt es etwas, was du mir sagen willst?«

»Das geht nur mich und Dan etwas an«, lächelte Blah geziert, zog kess eine Olive von dem Zahnstocher und zwinkerte. Sie wandte sich an Adaku. »Ich hoffe, du machst dir Notizen.«

Adaku lachte. »Immer.«

Während Blah an ihrem Drink nippte, ergriff Sewanee die Gelegenheit, um sie noch einmal mit dem bevorstehenden Umzug auf die Demenzstation vertraut zu machen. »Also, ich habe mir gedacht, wenn es an der Zeit ist, dass du dein neues Zimmer beziehst, werde ich mit ein paar Rollkoffern vorbeikommen, damit alles reibungslos über die Bühne geht.« Sie hatte diese Worte in den letzten zwei Monaten jedes Mal wiederholt, wenn sie miteinander geredet hatten, aber sie war sich nicht sicher, ob sie hängen geblieben waren, und falls ja, ob Blah ihre Bedeutung völlig verstanden hatte.

Blah nickte nur und nippte an ihrem Martini. »Was immer du willst, Püppchen.« Sie wies mit dem Kinn auf Dan. »Lassen wir uns von Popeye hier helfen. Er sieht mehr als fähig aus.«

Dan lächelte. »Wohin ziehen Sie denn, Blah?«

Blahs Lächeln gefror. Sie sah Sewanee an. »Wohin ziehe ich?«

»Nur in einen anderen Gebäudetrakt«, antwortete Sewanee und lächelte Dan an, ihre Stimme um Blahs willen betont ruhig. »Sie wird weiter jeden Freitag hier sein, also halten Sie diese Oliven vorrätig.«

Das schien Blah zu beruhigen, und sie führte das Glas an ihre Lippen und sah in den Raum, beobachtete die Tür, als sei das hier die Bar im Roosevelt Hotel und Gregory Peck könnte jeden Augenblick hereinspazieren.

Gregory Peck kam nicht, aber Mitzi.

Wenn Mitzi einen Raum betrat, dann sah man Orange. Orange angemalte Lippen, orangefarbene Haare, die an eine Clownsperücke erinnerten, selbst die Rollen ihres Rollators waren leuchtend orange. Eine schrille Leopardenmuster-Stola komplettierte das Outfit. Nichts von alledem sollte jedoch den großzügig aufgetragenen blauen Lidschatten überstrahlen, der sich bis zu ihren aufgemalten Augenbrauen hochzog. Ausgewogenheit war alles.

»Sieh mal einer an, wer zu Besuch gekommen ist!« Mitzis Stimme war eine Handsäge, die einen Holzbalken durchschnitt.

»Mitzi. Wie schön, Sie zu sehen.« Sewanee beugte sich zu Adaku hinüber und murmelte: »Ich entschuldige mich im Voraus.«

»Zur Kenntnis genommen«, flüsterte Adaku grinsend zurück.

Mitzi gab sich alle Mühe, um auf den Barhocker neben ihr

zu klettern. »Warum sind diese gottverdammten Dinger so hoch? Und wer sind Sie überhaupt?«, knurrte sie.

Blah zuckte zusammen, verdrehte in Richtung der jungen Frauen die Augen und sagte: »Mitzi. Stell dein Hörgerät leiser. Du brüllst.«

»Was?«, brüllte sie.

»Dein Hörgerät! Du brüllst!«

»Du musst nicht brüllen!«

Mitzi passte ihr Hörgerät an, und Dan sagte: »Was kann ich Ihnen bringen, Mitzi?«

»Ein Selters, keinen Alk mehr für mich.« Jetzt war die Lautstärke erträglich. Sie wandte sich an Adaku. »Also, geheimnisvolle Unbekannte. Wer sind wir denn?«

»Ich bin Sewanees Freundin, Adaku.«

»Ada wer? Was ist das denn für ein Name?«

»Nigerianisch. Igbo.«

»Ig was?«

Sewanee fing Adakus Blick auf und hauchte: »Entschuldigung.«

Adaku wedelte mit der Hand und antwortete tapfer: »Das ist eine ethnische Gruppe in …«

Aber Mitzis Aufmerksamkeit – ohnehin bestenfalls kurzlebig – wurde von dem Glas abgelenkt, das Dan ihr hinstellte. »Was soll das mit dem Obst? Ein Selters ist ein Selters. Sie sollten im Gefängnis als Barmann arbeiten.« Sie nahm das Stück Limone aus ihrem Glas und hielt es an ihre grell schimmernden Lippen.

Blah beugte sich vor, um Mitzi kameradschaftlich zuzunicken, als wären sie zwei alte Bergarbeiter, die nach einem langen Tag im Schacht im Pub beisammensaßen. »Normalerweise nimmst du einen 7 and 7.«

»Du erinnerst dich an ihren Drink?«, rief Sewanee aus.

Blah zuckte die Schultern. »Warum denn auch nicht.« Sie wandte sich wieder Mitzi zu. »Was ist passiert?«

Mitzi stellte ihr Glas ab. »Was denn, was denn, soll ich es in der Zeitung veröffentlichen?«

Sewanee spürte Adakus Finger, die sich in ihren Unterarm krallten, ihren Atem heiß an ihrem Ohr, das Kichern in ihrer Stimme. »Ich glaubs nicht.«

»Warts ab«, flüsterte Sewanee zurück und goss dann noch etwas Öl ins Feuer. »Hey, Mitzi? Wie gehts der Hüfte?«

»Fürchterlich. Die hier wird besser, die hier schlechter.« Sie schlug sich erst auf den linken und dann den rechten Schenkel. »Das einzig Gute am Altwerden ist gar nichts. Aber ich beklage mich nicht.« Sie wollte noch einen Schluck nehmen, stellte fest, dass das Glas leer war. »Gottverdammt noch mal.«

Dan lächelte. »Noch eins?«

»Was bin ich, ein Kamel?«

»Hallihallo!«

Alle vier Frauen wandten sich um und starrten Birdie an, die in ihrem Sweatshirt mit Westie-Applikationen wie eine Weihnachtsfrau aus dem Mittleren Westen aussah. »Feiern wir eine Party?«

»O nein«, sagten Blah und Mitzi einstimmig und wandten sich wieder zur Bar um.

Birdie trat zu ihnen. »Wenn ich gewusst hätte, dass wir eine Party feiern, hätte ich Dip mitgebracht.«

»Nicht den Dip!«, bellte Mitzi.

Birdie beugte sich zu Adaku vor. »Ich glaube, wir hatten noch nicht das Vergnügen. Ich bin Bertha, aber alle nennen mich Birdie.«

Sewanee schnitt ihr rasch das Wort ab. »Das hier ist meine beste Freundin, Adaku, aber alle nennen sie Ada.«

»Hättest du *mir* das nicht sagen können?«, bellte Mitzi wieder.

»Wie entzückend!«, flötete Birdie. »Wir haben beide einen Spitznamen!«

»Ja, entzückend«, pflichtete Adaku bei.

Birdie wandte ihre Aufmerksamkeit Sewanee zu. »Und wie gehts meiner lieben Swan?«

»Sie erinnern sich immer an meinen Namen, Birdie.«

»Na ja, wie es so schön heißt: ›Gleich und Gleich‹ ... tun etwas.«

Blah starrte auf die Bar hinunter. »Dan, wir brauchen Nachschub. Und denken Sie diesmal bitte an die Oliven.«

»Geht klar, Blah.« Dan nahm kommentarlos das Glas. »Birdie? Was kann ich Ihnen bringen?«

»Oh, Sie kennen mich doch, ich trinke grundsätzlich keinen Alkohol. Aber da wir eine Party feiern! Wodka, Eis, Zitrone.«

»Kommt sofort.«

Birdie klopfte auf die Bar. »Himmel noch mal, ich wünschte, ich hätte meinen Dip mitgebracht.«

»Birdie, wie wärs, wenn Sie Ada von Ihrem Dip erzählen?«, schlug Sewanee fort, woraufhin Blah und Mitzi prompt riefen: »Himmel, nein!«

Birdie hatte blaue Augen, die groß und trübe waren, aber wenn Sewanee grausam ehrlich war, vielleicht nicht trüber als immer schon. Jetzt sah sie Adaku mit diesen Augen, die an einen morastigen See erinnerten, an und sagte: »Möchtest du das?«, und Adaku war geliefert.

»Unbedingt!«

»Na ja. Du brauchst Sour Cream. Einen großen Becher.«

»Okay.«

»Vielleicht willst du dir das aufschreiben, Süße. Du willst doch nichts vergessen.«

»Natürlich, gute Idee.« Adaku lächelte, holte ihr Handy aus der Handtasche und rief ihre Notizen-App auf. »Bin bereit!«

»Wo war ich!«

»Einen großen Becher Sour Cream.«

»Richtig! Also, du willst keinen von diesen Riesenbechern, weißt du, sonst stimmt das Mengenverhältnis nicht mehr. Nur einen guten normalen Becher. Als Nächstes kommt das Tacogewürz. Das findest du in der mexikanischen Abteilung. Ich wollte dich nicht beleidigen.«

Adaku sah von ihrem Handy auf. »Warum sollte ich beleidigt sein?«

»Ich glaube, heutzutage soll ich nicht mehr mexikanisch sagen. Meine Tochter versucht mir zu helfen, angemessener zu sprechen. Aber was ist denn falsch daran, dass irgendetwas mexikanisch ist? Selbst ein Gewürz?«

Adaku tätschelte Birdies Hand. »Gar nichts.«

Birdie fuhr sich mit der anderen Hand an die Brust und atmete aus. »Puh.« Dann hielt sie einen Moment inne. »Wo war ich?«

»Tacogewürz.«

»Ja! Die mexikanische Abteilung. Du musst nach einer kleinen Packung, etwa so groß, Ausschau halten, und darauf wird stehen: ›Taco. Gewürz.‹« Sie sah zu, wie Adaku das tippte, während Dan die frischen Getränke hinstellte.

Er zeigte auf Mitzis leeres Glas. »Sind Sie sicher?«

Mitzi redete einfach über Birdies Vortrag hinweg. »Jack and Coke.«

»Ich dachte, du trinkst nicht?«, warf Blah ein.

Mitzi verdrehte die Augen und wies mit einem Nicken in Birdies Richtung. »Das war, bevor der Dip aufgetaucht ist.«

Das hatte Birdie natürlich gehört und hielt in ihren Ausführungen inne. »Willst du das Rezept, Mitzi?«

»Gott bewahre.«

»Also, auf der Packung steht, dass man es in Hackfleisch geben soll, aber tu das nicht. Kein … Hack…fleisch.«

»Kein … Hack…fleisch«, wiederholte Adaku.

»Du nimmst die Sour Cream und gibst sie in eine Schüssel. Dann nimmst du die Packung mexikanisches Gewürz und öffnest sie. Dann streust du es in die Sour Cream und rührst um. Du streust es rein! Wenn du alles auf einmal reinschüttest, kriegst du diese scheußlichen Klumpen. Also Vorsicht.« Sie lachte. »Reinstreuen. Umrühren. Reinstreuen. Umrühren.«

»Vermischen Sie es im Uhrzeigersinn?«, fragte Sewanee.

»Erschießt mich!«, brüllte Mitzi, dann zeigte sie auf ihr Glas und sagte noch einmal zu Dan: »Sie sollten im Gefängnis als Barmann arbeiten. Mehr Rum.«

»Sie meinen Jack?«

»Was bin ich, Ihre Vorgesetzte? Es ist mir egal, wie Sie ihn machen.«

Birdie sah auf den Tresen, mit einer imaginären Schüssel beschäftigt. Sie hielt die Hand darüber und bewegte sie erst im Uhrzeigersinn, dann entgegen dem Uhrzeigersinn. Sie hielt inne. Tat es noch einmal. Dann sah sie zufrieden zu Sewanee hoch. »Ja!«

»Und was geben Sie sonst noch hinein, Birdie?«, fragte Adaku.

»Oh, nichts«, sagte Birdie. Ihre Augen weiteten sich. »Oh, na ja, ich nehme an, man könnte eine Prise Salz dazutun, aber das würde ich nicht riskieren. Mein Ehemann, Jerry, liebt ihn. Und die Jungs können gar nicht genug davon kriegen. Ohne Dip sehen sie sich kein Spiel an.« Sewanee war sich ziemlich sicher, dass Birdies Ehemann gestorben war, dass das der Grund war, weshalb sie im Seasons gelandet war. Ihre Tochter war Managerin in einem der Studios und hatte sie hier untergebracht, damit sie näher bei ihr war. Aus Michigan hierher verpflanzt, dazu verdammt, den Rest ihrer Tage mit Hollywood-Barrakudas wie Mitzi und Blah zu verbringen.

Schweigen legte sich über die Gruppe.

Sewanee sah, wie Adaku das Schweigen spürte. Es war eine andere Art Schweigen als das, das sie mit ihren Freunden gewohnt waren. Mit ihren Freunden fühlte sich ein Gruppenschweigen an, als würden sie alle eifrig in einem Kanu zu einem verabredeten Ziel paddeln. Hier war es eher, als würden sie alle auf hoher See dahintreiben.

Birdie brach das Schweigen, nahm ein Paddel in die Hand. »Mitzi, wie heißt dein Ehemann?«

Mitzi hüstelte. »Welcher denn?« Sie nahm einen Schluck von ihrem Jack and Coke, dann sah sie Dan an. »Was zum Teufel ist da drin?«

Jetzt sah Birdie Blah an, die auf die Bar starrte. »Hast du einen Ehemann?«

Blah hob den Blick, hob ihr neues Glas und sagte: »Nein.«

»Oh. Hast du deinen Ehemann verloren, oder hattest du nie einen?«

Blah hielt mitten im Trinken inne. Sie schwieg einen Moment. »Ich weiß nicht. Ich kann mich nicht erinnern.«

Mitzi schnaubte spöttisch. »Ich wünschte, ich könnte vergessen.«

Blah sah zu Sewanee, aber da sie weder fragte noch fragend schaute, half Sewanee ihr nicht aus. Nicht zum ersten Mal fragte sie sich, ob das Grausamkeit oder Gnade war, wenn man all die Dinge vergaß, die das eigene Leben lebenswert gemacht hatten, bevor es zu Ende ging.

»Na ja, vielleicht hattest du keinen!«, überlegte Birdie fröhlich. »Vielleicht warst du einfach verkommen!«

Ein Schweigen, scharf wie ein Messer, trat ein, während

Blah darüber nachdachte. »Gott, ich hoffe es«, sagte sie und trank.

Adaku und Sewanee setzten sich in eine geschwungene rote Nische im hinteren Teil des Smoke House. Adaku bestellte sich einen Steaksalat, Öl und Essig extra, und Sewanee, die sie unterstützen wollte, tat es ihr gleich.

»Wie läuft das Training?«, fragte sie.

»Ich fühle mich wie Mitzi«, antwortete Adaku. »Alles tut weh.«

»Na ja, du siehst toll aus. Du bist mutig und hart wie Stahl.«

Adaku verzog das Gesicht. »Das sollte ich besser sein, wenn ich diesen Film überstehen will.«

»Bitte sag mir, dass du nicht deine eigenen Stunts machst?«

»Um Himmels willen, nein! Aber es wird trotzdem ein Knochenjob werden. Durch den Dschungel rennen, diese ganze Kampfchoreografie. Ich …« Sie brach ab, sichtlich verlegen, dass sie sich darüber beklagte, eine Hauptrolle zu spielen, für die jede andere getötet hätte. Jede andere war in dem Fall auch noch ihre beste Freundin, die ihr in diesem Moment gegenübersaß. Sie lächelte und schlug einen fröhlicheren Ton an. »Ich sollte den Mund halten, alles ist gut.«

»Nein, Adaku, du solltest nicht den Mund halten. Du hast jedes Recht zu fühlen, was du fühlst.«

Aber Adaku schüttelte den Kopf. »Oh, nein. Ich werde nicht eine dieser Schauspielerinnen werden, denen zuzuhören wir beide hassen.« Sie griff geistesabwesend nach dem Körbchen mit Knoblauchbrot und riss ihre Hand dann zurück. »Ich will sowieso nicht über mich reden. Ich will ein Brock-McNight-Update!«

Sewanee errötete. »Oh! Da gibt es nichts zu berichten.«

Adakus Augen flackerten vor Neugier, und sie fuchtelte mit

der Hand vor Sewanees Gesicht herum. »Da sehe ich aber was anderes.«

»Es ist nichts, du weißt schon, *passiert.*«

»Aber du magst ihn.«

»Na klar. Er scheint nett zu sein. Wir haben eine gute … Arbeitsbeziehung.«

»Nein. Nein, nein, nein«, widersprach Adaku energisch.

Sewanee warf den Kopf zurück. »Na schön! Er ist toll. Er ist witzig. Er ist hundertmal interessanter, als ich dachte. Er schreibt in ganzen Sätzen. Schreibt Eigennamen korrekt mit Großbuchstaben.«

»Wow, habt ihr schon einen Termin für die Hochzeit?«

Sewanee schnaubte spöttisch. »Weißt du, mehr als alles andere ist es einfach nett, mit jemandem zusammenzuarbeiten. Das gibt mir das Gefühl …«

»Was für eins?« Adaku wollte wieder nach dem Brot greifen, dann winkte sie einem vorbeikommenden Kellner. »Entschuldigung?« Sie zeigte auf das Körbchen. »Können Sie das bitte verschwinden lassen? Danke.« Sie wandte ihre Aufmerksamkeit wieder Sewanee zu. »Was für ein Gefühl?«

Sewanee nahm sich einen Moment Zeit, um an ihrem Wasser zu nippen. Um eine Entscheidung zu treffen. Sobald sie es laut ausgesprochen hätte, würde ihre Freundin etwas haben, worauf sie sie festnageln konnte. Adaku war eine Katze, die stets darauf lauerte zuzuschlagen. »Als ob ich wieder spiele. Wirklich spiele. Und das hat mir klargemacht … dass ich es vermisse.«

Adaku senkte das Kinn, starrte unverwandt zu Sewanee hoch. »Das ist ja was ganz Neues. Was werden wir deswegen unternehmen?«

Sewanee machte eine wegwerfende Handbewegung. »Nichts. Es wird vorbeigehen.«

»Ich werde nicht zulassen, dass es vorbeigeht.«

Sie sahen sich an.

Sewanee wollte irgendetwas sagen, aber sie war sich nicht sicher, was. Adaku gab ihr keine Chance, sich herauszureden. »Du weißt, dass ich glaube, dass du zu früh das Handtuch geworfen hast.«

Erleichtert, dass ihr ein Moment der Selbsteinschätzung erspart blieb, nickte Sewanee. »Ja, ich weiß. Aber du irrst dich.«

»Niemand außer dir selbst hat gesagt, dass es vorbei ist. Selbst dein Agent hat gesagt …«

»Er ist Agent. Er dachte, er könnte Kapital daraus schlagen. Wenn ich vor dem Unfall etablierter gewesen wäre, *vielleicht*. Aber das war ich nicht.«

Sie hatte sich gefragt: Wenn sie damals auf der Highschool diese Show bekommen hätte, wenn ihre Eltern ihr das erlaubt hätten, wäre sie dann berühmt genug gewesen, um zu überstehen, was ihr passiert war? Wenn sie Fans gehabt hätte, die es mit ihr zusammen durchlitten hätten? Wenn die Branche das Gefühl gehabt hätte, ihr irgendetwas schuldig zu sein? Es wäre zumindest eine Story gewesen. Sie hätte es – und Gott, sie hasste diesen Ausdruck – *zu ihrem Vorteil nutzen* können. Aber wie könnte sie ein Comeback haben ohne einen Ort, an den sie zurückkommen konnte? Im Grunde war sie nur noch eine weitere Schauspielerin, die ebenso schnell wieder verschwand, wie sie entdeckt worden war. Kein Star; eine Sternschnuppe.

Und nun hatte ausgerechnet Doug Carrey gesagt: »Gib nicht auf.« Dass es vielleicht einen Platz für sie gab. Und Brock hatte von seiner Angst geredet, sich zurückzuerobern, was er einmal gehabt hatte, und sie hatte vor lauter Nachdenken in jener Nacht kein Auge zugetan.

Adaku beäugte sie noch immer. »Es ist eine einfache Frage. Willst du spielen?«

»Das ist überhaupt keine einfache Frage. Ich kann nicht …«

»Ja oder nein.«

»Ich vermisse es, aber ich weiß nicht, ob ich einfach nur …«

»Ja! Oder! Nein!«

»Ich weiß es nicht!«

»Du weißt es nicht? Versuch es auszusprechen. Versuch es zu sagen und probier, wie die Worte sich anfühlen.«

Eine schier endlose Pause trat ein. »Ja, ich will.«

Adaku schlug so hart mit der Hand auf den Tisch, dass Sewanee sich zur Sicherheit ihr Wasserglas schnappte und das ganze Restaurant sich umwandte. Adaku blieb unbeirrt. »Worauf warten wir dann noch?! Ich sag dir, was wir tun werden!«

»Adaku, bitte. Alle sehen uns an«, murmelte Sewanee.

»Ja, das tun sie! Uns – die beiden Co-Stars von *Der Urheber*!«

»Was, nein, Adaku, nein …«

»Du sagst jetzt nichts, du hörst jetzt zu.« Adaku beugte sich über den Tisch. »Es gibt eine Rolle in diesem Film, und als ich sie gelesen habe, war alles, was ich denken konnte: Das ist Swan! Das ist Sewanee Chester, wie sie leibt und lebt. Aber du bist so stur entschlossen, nie wieder zu spielen …«

»Ich bin nicht stur, ich bin realistisch.«

Adaku fuhr unbeirrt fort. »Das ist die beste Rolle in dem Film! Nicht groß. Vielleicht sechs Szenen. Aber entscheidend und denkwürdig und einfach …« – Adaku stöhnte laut und heftig auf, womit sie noch mehr Blicke erntete – »… köstlich.«

Sewanee legte den Kopf schräg. »In *diesem* Film? Geht es da nicht um irgendwelche Tussis in Hotpants mit Maschinengewehren im Dschungel …«

Adaku fuchtelte mit einem Finger vor Sewanees Mund herum. »Du machst das da jetzt zu und hörst mich an, okay?«

Sewanee hätte erblinden können, so stark war das Licht in

den Augen ihrer Freundin. Sie seufzte vor innerer Aufregung und äußerer Vorsicht. »Okay«, sagte sie.

Adaku legte die Hände aneinander, als würde sie beten. »Sie ist die Anführerin dieser Widerstandsgruppe, die in den Wäldern lebt …«

Sewanee schnaubte. Unfreiwillig.

Adaku funkelte sie wütend an. »Und als ich mit meinem Stamm auf sie stoße, bringt sie mich fast um. Bowiemesser an die Kehle. Aber dann verbünden wir uns …«

»Lass mich raten: Sie stirbt beim Showdown?«

Adaku ballte die Hände zu Fäusten. »Swan. An diesem Knochen ist so viel Fleisch. Es ist so ein guter Tod. Sie hängen sie!«

»Sie *hängen* sie? O mein Gott …«

»Sie stirbt wie die wahre Kriegerin, die sie ist.« Adaku beugte sich vor. »Und während sie sie richtig langsam, richtig qualvoll hochziehen, weil sie Schwachköpfe sind, was tun sie und meine Figur? Sie nehmen Blickkontakt auf. Und da ist diese wundervolle Kameradschaft, dieses, na ja, *Zeugnisablegen*, dieses ›Ich werde das hier wiedergutmachen, und wenn es das Letzte ist, was ich tue, du *wirst nicht* umsonst sterben‹-Ding. Und mir strömen die Tränen übers Gesicht, und dir kullert eine einzige Träne über die Wange – weil du diese irre Fähigkeit besitzt, aufs Stichwort zu weinen –, kombiniert mit diesem stählernen ›Na los, ihr Scheißkerle, bringt mich schon um‹-Trotz im Gesicht. Und dann weicht deine … Lebenskraft einfach aus dir. Ich meine, ich bitte dich!« Adaku breitete die Hände über dem Tisch aus, als würde sie ihr diese einmalige Gelegenheit darbieten. »Es ist deine Rolle. Ich kann das deichseln.«

»Was meinst du damit, du kannst das deichseln?«

»Starpower, Süße! Das ist, wofür wir seit unseren Tony's-Pizza-Tagen gekämpft haben, und jetzt habe ich sie.«

Sewanee versuchte, die Aufregung zu unterdrücken, die sie durchzuckte. »Okay. Okay. Was ist ihre Vorgeschichte?«

»Sie wurde entführt und in ein Bordell verschleppt. Aber sie hat sich geweigert zu tun, was von ihr verlangt wurde. Von Anfang an eine Königin.«

Sewanee zögerte. »Also haben sie sie bestraft.«

Adaku zögerte ebenfalls. »Genau. Doch weil sie so …«

»Sie ist entstellt.«

Adaku hielt wieder einen Moment inne. »Ja, aber das ist nicht der Punkt.«

»Nein, meine Fähigkeit, aufs Stichwort zu weinen, ist der Punkt.« Sie knüllte ihre Serviette zusammen, warf sie sanft auf den Tisch. »Ich bitte dich, Adaku, sei wenigstens ehrlich.«

Adaku schnaubte. »Weißt du, was?« Sie lehnte sich zurück. »Ganz ehrlich? Manchmal nervst du mich wirklich. Wenn du glauben willst, dass das Einzige, was irgendjemand sieht, diese Narbe ist, nur zu. Aber falls du das mal kurz sein lässt, besteht die Chance, dass wir beide *zusammen* etwas verwirklichen. Und du bist perfekt für die Rolle aufgrund von allem, was du bist, und allem, was du überlebt hast, und es tut mir leid, aber ja, das hat viel mit dieser Narbe zu tun.«

Adaku brach ab, als ihr Essen kam. Sie machte sich über ihren Salat her. Sewanee stocherte kurz in ihrem herum, bevor sie sagte: »Tut mir leid. Du hast recht. Es ist nur …«

»Und ich wünschte einfach, du würdest endlich deinen Frieden damit machen«, stieß Adaku in liebevoller Verzweiflung hervor. »Denn es bremst dich aus, und ich muss mit ansehen, wie du …«

Sewanee hob eine Hand. »Ich weiß.« Sie umfasste Adakus Handgelenk. »Tut mir wirklich leid.«

Adaku seufzte, hob Sewanees Hand an und küsste sie. »Mir auch. Ich bin in letzter Zeit ständig gereizt, weil ich Hunger hab. Das Training für die Rolle hat ein steroidgesteuertes Fitnessmonster aus mir gemacht.«

Sewanee kicherte, und Adaku machte sich wieder über ihren Salat her. Sewanee nahm einen Bissen und einen Schluck Wasser. »Also. Wie real ist es? Dass ich das machen kann?«

Adaku schluckte. »Ich werde gleich morgen früh beim Studio nachfragen. Ich weiß, dass sie noch niemanden haben. Ich kann dir nicht garantieren, dass sie dir sofort ein Angebot machen werden. Selbst ich musste vorsprechen. Aber ich weiß, das wird am Ende eine reine Formsache sein. Sie werden sich in dich verlieben.«

***

27. Februar

BROCK:
Vorwarnung: In einer meiner Passagen fragt Claire, was Alessandro von ihrem Liebesspiel will, und er sagt: »Ich will deine Stimme verändern.« Und dann, am Schluss, bezieht er sich darauf, dass ihm das tatsächlich irgendwann gelungen ist und wie es die heißeste Leistung seines Lebens war oder so. Vielleicht könntest du in einer deiner Passagen eine Stelle finden, an der du deine Stimme veränderst?

SEWANEE:
Du willst, dass ich meine Stimme verändere?

BROCK:
Ich weiß nicht. Vielleicht nur irgendetwas, was Claires typischer cooler/ruhiger/gefasster Art ein bisschen Hitze verleiht.

SEWANEE:
Willst du das wirklich?

BROCK:
Nein, nicht unbedingt. Ich spiele nur mit ein paar Ideen.

SEWANEE:
Na ja, schwebt dir eine bestimmte Idee vor?

BROCK:
Du weißt schon, egal. Irgendetwas, was ein bisschen wild ist. Vielleicht.

SEWANEE:
Wild? Echt jetzt.

BROCK:
Okay, nicht wild.
Vielleicht nur wollüstig.

SEWANEE:
Wollüstig?!

BROCK:
Vergiss es. Ich hätte es nicht zur Sprache bringen sollen.

SEWANEE:
😆

BROCK:
Lachst du etwa ... über mich?

SEWANEE:
Wollüstig.
Hey, ähhhhh, Vorwarnung: In einer meiner Passagen heißt es: »Ich habe meine eigene Stimme noch nie so klingen hören, ich habe nicht wie ich selbst geklungen. Oder vielleicht habe ich genau wie ich selbst geklungen. Wie mein wahres Selbst.« Das heißt, wenn du vielleicht, ich weiß nicht, irgendetwas tun könntest, was diese Aussage rechtfertigt ...

BROCK:
🤦 Du hast das alles schon gewusst.

SEWANEE:
Aber ich hatte viel Spaß dabei, wie du versucht hast, darüber zu reden.

BROCK:
Es war nicht leicht.

SEWANEE:
Ich konnte hören, wie deine Stimme sich verändert hat.

BROCK:
🙂

Achtundzwanzig Minuten später, während Sewanee in ein Handtuch gewickelt in ihrem Badezimmer stand und sich die Haare kämmte, piepste ihr Handy.

BROCK:
Das ist ein guter Satz, oder? Ich will deine Stimme verändern.

SEWANEE:
Finde ich auch.

BROCK:
Ich auch.

SEWANEE:
June wusste, was sie tut.

BROCK:
Ich würde verglühen, wenn eine Frau das zu mir sagt.

SEWANEE:
Ich würde verglühen, wenn ein Mann das schafft.

Sie sah zu, wie er schrieb. Sah zu, wie er aufhörte.
Wieder anfing.
Aufhörte.
Anfing.

Aufhörte.
Anfing.
Aufhörte.

***

28. Februar

SEWANEE:
Frage. Zufällig interessiert daran, etwas anderes als Romance zu machen? Eine Freundin castet für ein Clancy-artiges Buch und braucht eine Alphakiller-Stimme.

BROCK:
Schön zu wissen, dass meine Stimme für dich so maskulin klingt.

SEWANEE:
Stimmen können trügerisch sein?

BROCK:
Sagen wir, meine Stimme ist der einzige Trumpf, den ich in der Hinsicht habe.

SEWANEE:
Vergiss nicht, dass du Musiker bist. Darauf stehen viele Frauen.

BROCK:
Aber du nicht?

SEWANEE:
Ich lebe in L.A. Jeder Typ hier ist Musiker.

BROCK:
Hat je einer einen Song über dich geschrieben?

SEWANEE:
Hmm ...
Ich glaube nicht?

BROCK:
Du würdest dich nicht erinnern?

SEWANEE:
Ich habe mir viele schlechte Songs von schlechten Freunden angehört. Ich glaube nur nicht, dass irgendwelche davon für mich geschrieben wurden.

BROCK:
Na gut.

SEWANEE:
Also, soll ich dich ins Gespräch bringen?

BROCK:
Ich weiß das zu schätzen, wirklich, aber ganz ehrlich? Allein schon der Gedanke ... macht mich müde.
Willst du wissen, wie ungeeignet ich tatsächlich für diesen Job bin?

SEWANEE:
BITTE

BROCK:
Hier kommts:
Ich bin kein Leser.
Ich lese nicht gern!
Da! Ich habs gesagt!

SEWANEE:
Der erste Schritt ist es, zuzugeben, dass du ein Problem hast.

BROCK:
Ich fühle mich schon so viel besser!
Freeeiiiheit!
Ich will tanzen! Ich will singen!

SEWANEE:
lol

BROCK:
Ich will dich hochheben und küssen!
Hab mich hinreißen lassen.
Tut mir leid.

SEWANEE:
Alles gut, kein Problem.

BROCK:
Okay.
Hat mir sowieso nicht leidgetan.

Von: Jason Ruiz
An: Brock McNight; Westholme, Sarah
Datum: 1. März, 16:56 Uhr
Betreff: Casanova, LLC Bezahlung

Hi,

habe eben die erste Rate angewiesen, gebt mir Bescheid, falls ihr sie in den nächsten Tagen nicht auf euren Konten seht. Beleg im Anhang. 🙂
JR

Von: Brock McNight
An: Jason Ruiz; Westholme, Sarah
Datum: 1. März, 16:58 Uhr
Betreff: RE: Casanova, LLC Bezahlung

HEILIGE SCHEISSE!!

Von: Westholme, Sarah
An: Brock McNight; Jason Ruiz
Datum: 1. März, 16:58 Uhr
Betreff: RE: Casanova, LLC Bezahlung

HEILIGE SCHEISSE!

BROCK:
Haben wir diese E-Mails eben gleichzeitig geschickt?

SEWANEE:
Haben wir wieder gleichzeitig geantwortet?

BROCK:
lol

SEWANEE:
LOL

BROCK:
HÖR AUF DAMIT

SEWANEE:
O mein Gott hör auf.
Okay, fang du an, ich werde warten.

BROCK:
ICH WIEDERHOLE: HEILIGE SCHEISSE

SEWANEE:
IM ERNST. Glückwunsch!

BROCK:
Dir auch! Siehst du, das Geld ist mir nicht egal! Jetzt fühle ich mich wie das trophy wife!

SEWANEE:
Ich wünschte, wir könnten das feiern.

BROCK:
Ich wünschte, wir könnten das feiern.

SEWANEE:
SCHON WIEDER?!

BROCK:
SCHON WIEDER?!

SEWANEE:
Du machst das jetzt mit Absicht!

BROCK:
Du machst das jetzt mit Absicht!

SEWANEE:
Das ist albern!

BROCK:
Das ist albern!

SEWANEE:
LOL!

BROCK:
LOL!

SEWANEE:
Es war einmal vor langer Zeit.

BROCK:
Du hast gewonnen! Gut gemacht.

SEWANEE:
Danke. Jetzt geh und kauf dir was Hübsches.

BROCK:
Mach ich, Daddy.
Igitt.

SEWANEE:
Igitt.

Sewanee stand an ihrer Küchenspüle, aß einen Salat und übte im Kopf Texte für das bevorstehende Vorsprechen, mit dem Golf Channel im Hintergrund, als ihr Handy vibrierte.

ADAKU:
Hey, was hast du gesagt, an welchem Tag du die Szenen durchgehen wolltest?

SEWANEE:
Am 4. Am Tag vor dem Vorsprechen.

ADAKU:
Kann ich dich dann um einen Gefallen bitten?

SEWANEE:
Na klar.

ADAKU:
Kannst du mir helfen, mich für das Angela-Davis-Ding aufzunehmen? Ich habe ihn kleingekriegt! Er hat versprochen, sich zumindest ein Tape anzusehen.

SEWANEE:
O mein Gott, JA! Aufregend.

ADAKU:
😆

Sie hatte ihr Handy eben hingelegt, als es wieder vibrierte.

BROCK:
Kann ich ganz aufrichtig sein? Ich weiß nicht, wie lange ich noch bei der Stange bleiben kann.

SEWANEE:
Machen wir wieder Anspielungen?

BROCK:
Nein. Im Ernst.

SEWANEE:
Was?

BROCK:
Mit dem Hörbuchsprechen.

SEWANEE:
Oh. Puh.

BROCK:
Was puh?
Was dachtest du denn, das ich gemeint habe?

SEWANEE:
Ähhhhh, das hier. Dieses SMS-DING.

BROCK:
Warum sollte ich damit aufhören wollen?!
Und haben wir ein DING?

SEWANEE:
Ich weiß nicht! Lol

BROCK:
Vielleicht sollten wir tatsächlich damit aufhören.
Erinnerst du dich noch an diese Tele-Dingsda-Erfindung, von der ich dir erzählt habe? Ich habe gehört, dass sie installiert und in Betrieb genommen wurde. Willst du es damit versuchen?

Sewanee erstarrte, die Gabel mit Salat auf halbem Weg zum Mund. Sie legte sie zurück in die Schüssel und starrte auf ihr Handy. Sie schrieb: Okay, drückte auf Senden und tippte dann: Für wann wollen wir uns verabreden?

Das Handy vibrierte, ein Anruf.

Sie warf es auf den Tresen, als hätte sie einen Stromschlag gekriegt. Es vibrierte weiter, bewegte sich ruckartig von ihr weg, während die Worte BROCK MCNIGHT aufleuchteten.

Sie rührte sich nicht vom Fleck, bis es aufhörte, sich zu bewegen.

Keine Panik, keine Panik, dachte sie. Warum brichst du in Panik aus? Es gibt keinen Grund, in Panik auszubrechen.

Das Telefon vibrierte einmal kurz.

BROCK:
?

Sie drehte sich einmal im Kreis, machte ein paar Atemzüge und zwang sich, ihr Telefon in die Hand zu nehmen. Sie tippte atemlos.

Ich war nicht bereit. Ich meine, ich bin nicht bereit. Ich weiß nicht, warum, aber ich bin es nicht. Ich benehme mich seltsam. Tut mir leid. Ich melde mich. Noch mal, tut mir leid.

Sie drückte auf Senden, bevor sie es sich anders überlegen konnte.

Sie sah, dass er schrieb.

Dann:

BROCK:
Kein Problem. Lass dir Zeit.

***

2. März

BROCK:
Frage. Wolltest du dich nicht melden?

SEWANEE:
Entschuldigung. Ja. Ich war beansprucht.

BROCK:
Pervers.

SEWANEE:

Durch Arbeit! Fifty Shades of Deadline. Stecke mitten in einem Buch, das entschlossen ist, mich umzubringen. Zweiter Weltkrieg. Jeder Akzent dieser Erde. Schreiende Männer. Werde ein paar Tage brauchen.

BROCK:

Sollte ich mich wegen gestern Abend entschuldigen?

SEWANEE:

Nein!

BROCK:

Sei ehrlich.

SEWANEE:

NEIN. Bin ehrlich. Ich melde mich. Ich will mit dir reden. Und das werde ich auch. Ich glaube, genau so klingen Verrückte. 🙃

BROCK:

Schon okay. Wir müssen wirklich nicht reden.

SEWANEE:

Ich schwöre hoch und heilig, ich werde mich melden. Vielleicht per Mail. Oder Brief! Oder Brieftaube? Wie auch immer: bald.

BROCK:
Gut.

Am nächsten Tag saß Sewanee in Adakus Wohnzimmer und ging ihre Szenen durch. Adaku versicherte ihr immer wieder, dass jeder schon jetzt überzeugt war, dass sie perfekt für die Rolle war. Das Studio bestand darauf, der Form halber noch ein paar andere Schauspielerinnen zu sehen, was, wie sie beide wussten, das branchenübliche Vorgehen war, aber – wie Adaku hartnäckig wiederholte – sie freuten sich darauf, sie zu sehen.

Adaku las mit ihr und versuchte, sie zu bestärken (du bist brillant! Ich liebe, wie du diesen Text liest! Sie werden hin und weg sein, du bist perfekt!), aber das war gar nicht nötig. Sewanee brannte darauf, wieder bei einem Vorsprechen zu sein. Außerdem fühlte es sich regelrecht luxuriös an, nur eine einzige Figur aufzubauen statt eine ganze Welt, wie sie das beim Sprechen tun musste.

Dann drehten sie das Angela-Davis-Tape. Nach ein paar Aufnahmen sagte Adaku: »Irgendwelche Anmerkungen?«

Sewanee überlegte. »Versuch es mal abgelenkt«, schlug sie vor. »Genervt. Du hast keine Zeit, dieses Gespräch zu führen.«

»Hm«, knurrte Adaku, und sie gingen die Szene noch einmal durch. »Ja«, nickte Adaku danach. »Das ist besser.«

»Lass es uns noch mal versuchen, und sieh die Frau nicht an, während du den letzten Satz sprichst. Du hast dich bereits verabschiedet. Überlass es ihr, das Gesagte zu interpretieren.«

Adaku versuchte es, und nachdem Sewanee abgedreht hatte, warf sie den Kopf zurück. »Ja! So ist es viel besser!« Sie bedankte sich bei Sewanee mit einer Umarmung. »Du warst schon immer meine beste Regisseurin. Und ich vermisse es, mit dir zu spielen. Ich kann es kaum erwarten!« Sie nahm einen Schluck von ihrem Eiweißshake, der, wie Sewanee fand, nach schimmeligem Spinat roch. »Das wird jetzt alles ruck, zuck gehen, Swan. Sieh zu, dass du deine Hörbuchaufnahmen fertig kriegst, denn wir werden für drei Monate in Australien sein.«

Sewanee lächelte. »Ich habe nur sechs Szenen, schon vergessen?«

»Ja, na ja, als wir das letzte Mal zusammen an einer Location waren, sollte es auch nur für eine Woche sein, und du weißt ja, was daraus geworden ist.«

Sewanee beobachtete, wie Adaku bewusst wurde, was sie sagte, noch während sie es sagte. Sah das Aufflackern von Panik in ihren Augen, die Last-Minute-Entscheidung, am Schluss ein freches Grinsen hinzuzufügen, die Art, wie sie sich wieder ihrem Shake zuwandte, in einem Versuch, lässig auszusehen. Wie Adaku eben selbst gesagt hatte, war Sewanee ihre beste Regisseurin.

Um sie zu beschwichtigen, wechselte Sewanee das Thema. »Weißt du, ich sollte dich ins Fitnessstudio begleiten, mir die Übungen ansehen, zu denen sie dich verdonnert haben.«

Adaku schüttelte den Kopf und machte ein paar Oberschenkel-Dehnübungen. »Damit bist du auf dich allein gestellt. Ich fliege morgen nach London für die Premiere von *Girl in the Middle*. Ich bin dort für …« Sie rechnete nach. »Drei Tage? Vier? Dann wieder hier, aber nur für eine Nacht, denn *Der Urheber* schickt mich nach Georgia für irgend so ein Teambuilding-Ding in der Wildnis mit den anderen Mädchen aus meinem ›Stamm‹. Und dann kommen die zwei Wochen Waffentraining, an denen du sicher auch teilnehmen wirst. Und dann Australien.« Adaku nahm einen kräftigen Schluck und sagte schaudernd: »Ich kann nicht glauben, dass ich nächste Woche um diese Zeit im Hinterland von Georgia durch den Sumpf stapfen werde.«

Sewanee musterte die Freundin. Adakus übliche draufgängerische Art erschien ihr ein wenig gedämpft. »Achtest du auch gut auf dich?«

»Na klar! Bin nur müde, das ist alles.«

»Kann ich dir irgendwie helfen?«

»Brilliere in diesem Film, damit wir noch mehr davon machen können.«

Sewanee stand auf. Sie hatte noch jede Menge Aufnahmen zu erledigen, wenn sie wirklich nach Australien fliegen würde. Sie überschlug rasch, wann sie Adaku in Anbetracht von deren Terminkalender das nächste Mal sehen könnte, und die Antwort war bedrückend. Also sagte sie: »Hey, wie wärs, wenn ich dich nächste Woche für den Georgia-Trip zum Flughafen fahre?«

Adaku schüttelte den Kopf. »Das ist am Morgen nach den Audies, so sehr liebst du mich nicht.«

»Wollen wir wetten?«

Adaku lächelte. »Okay, aber ich komme zu dir. Du musst nicht den ganzen Weg nach Osten fahren, nur um mich anschließend den ganzen Weg nach Westen zu fahren. Außerdem«, ergänzte sie augenzwinkernd, »hast du dann mehr Zeit, um Brock aus deinem Bett zu befördern.«

Sewanee schnaubte spöttisch und ging zur Haustür. »Ich bezweifle, dass er bei den Audies sein wird.«

»Warum?«

»Er gibt sich geheimnisvoll. Mit diesem ganzen Pseudonym-Ding. Niemand weiß, wer er ist!«

Sie verabschiedeten sich, und Adaku trug ihren leeren Becher in die Küche, während Sewanee allein hinausfand.

Während sie zu ihrem Wagen ging, rollte sie die Seiten für das Vorsprechen zusammen und klopfte damit in einem nervösen Rhythmus gegen ihr Bein.

Bei dem Gedanken, wieder vor der Kamera zu stehen, sich

wieder zu zeigen, nachdem sie sich all die Jahre in einer winzigen Tonkabine verkrochen hatte, wurde ihr schwindelig. War sie wirklich bereit dafür?

Ja.

Verdammt, ja.

Es schockierte sie, wie diese unbestimmte, nervöse Angst, die sie so lange mit sich herumgetragen hatte, so prompt und so vollständig von Aufregung verdrängt werden konnte. Von der Lust, es wiedergutzumachen. Es war, als würde sie eine zweite Chance bekommen. Wie Claire und Alessandro. Und das alles führte irgendwie dazu, dass ihre Gedanken wieder um Brock zu kreisen begannen.

Wenn sie Adaku wäre, dann würde sie vielleicht sagen, dass alles aus einem Grund passierte oder dass das Universum auf Harmonie aus war oder irgend so einen Scheiß, aber sie ... na ja, sie war nicht Adaku.

Und doch. Irgendetwas fügte sich hier gerade. Vielleicht war es einer dieser Siebenjahreszyklen, von denen die Leute redeten. Vielleicht war sie gerade dabei, auf die dunkle Seite des Mondes zu gelangen.

Sie würde ihm später eine Nachricht schicken: Frage. Warum wird der Mond dunkel? Aber jetzt in diesem Moment hatte sie eine Frage an sich selbst:

Warum hatte sie so viel Angst davor, mit ihm zu reden?

Es ergab keinen Sinn.

Alles fügte sich für sie, und er war ein Teil davon. Warum konnte sie es nicht über sich bringen, ihm ihre Geschichte zu erzählen? Warum schob sie es immer wieder vor sich her? Zweimal inzwischen schon.

War es, weil sie dann nicht länger das Bild aufrechterhalten könnte, das er sicher von ihr hatte? Ja. Und wie erbärmlich war das denn?

Die Zeit war reif. Sie würde wieder spielen, und sie würde aufhören, vor Brock zu spielen. Sie würde aufrichtig sein. Was konnte schlimmstenfalls passieren? Sie würden Freunde bleiben. Kollegen. Sie würden weiterhin Geld scheffeln, indem sie ihre Stimmen *es wieder und wieder tun ließen*, wie die Facebook-Fans es nannten. Die Vorstellung, dass er den Kontakt zu ihr komplett abbrechen würde, war ebenso absurd wie die Vorstellung, dass sie den schönen Schein aufrechterhalten konnte. Beide denkbaren Ergebnisse waren so gleichermaßen lächerlich, dass sie sich im Grunde gegenseitig aufhoben.

Lachhaft, was sie sich nicht alles einreden konnte, nur um nicht sie selbst sein zu müssen!

So weit war sie mit ihren Überlegungen gekommen, als sie vor Marks Haus parkte.

Während sie die vierundsechzig Stufen zu ihrer Casita hochstieg, kam sie zu dem Schluss, dass Adaku beim Dinner recht gehabt hatte. Sie musste darüber hinwegkommen. Indem sie sich versteckte, tat sie sich keinen Gefallen, geschweige denn ihm. Und war er nicht die richtige Person, um sich zu öffnen? Würde er es nicht verstehen? Jemand, der die gleichen Ängste teilte, eine ähnliche Vergangenheit? Der wusste, wie es sich anfühlte, wenn einem die Welt zu Füßen lag und man dann stolperte?

Von: Westholme, Sarah
An: Brock McNight
Datum: 4. März, 19:12 Uhr
Betreff: RE: CASANOVA, LLC – und hallo?

Hey,

als Erstes möchte ich mich entschuldigen. Ich weiß, ich habe es so aussehen lassen, als ob ich nicht über dieses Tele-Dingsda mit dir reden will, doch das stimmt nicht. Ich würde sehr gern mit dir reden. Aber nicht ***darüber.*** Ich bin jedoch bereit, dir zu schreiben.

Also.

Es war ungefähr zwei Jahre nach meinem Abschluss an der Juilliard. Ich war vierundzwanzig und hatte ein bisschen Arbeit – Fernsehsachen, mäßig erfolgreiche Serien, Mikrobudget-Indiefilme. Ich galt als »heiße Nummer«, die tatsächlich spielen konnte. Viel Zeug war damals zum Greifen nah. Meine Beinahe-Karriere war erstaunlich. Es fühlte sich an, als sei es nur eine Frage der Zeit. Irgendetwas von dem, was ich machte, würde einschlagen.

Und dann passierte es.

Ich zog die Hauptrolle in einem Film an Land. Genauer gesagt, die Co-Hauptrolle in einem größeren Film. Es war eine Drogengeschichte, ein bisschen wie ***Training Day***, aber mit Kartellen und einem weiblichen Neuling. Über Nacht trat ich aus dem Schatten ins Rampenlicht. So ist unsere Branche. Im Handumdrehen vom Niemand zum Jemand. Wie einer dieser ausgetrockneten Schwämme, die Kinder in Wasser legen, und voilà, ist es ein Dinosaurier oder eine Kuh oder ... egal.

Randbemerkung: Hast du je diesen Witz über Schauspieler in Hollywood gehört? Es sind die fünf Phasen im Leben eines Schauspielers:

Wer ist Sarah Westholme?

Besorgen Sie mir Sarah Westholme!

Besorgen Sie mir einen Sarah-Westholme-Typ!

Besorgen Sie mir eine jüngere Sarah Westholme!

Wer ist Sarah Westholme?

Jedenfalls, wir drehten in Mexiko. Es gab eine kleine Rolle für die beste Freundin meiner Figur, und ich hatte erreicht, dass sie mit meiner besten Freundin besetzt wurde. (Und jetzt glaube ich, dass sie versucht, sich dafür bei mir zu revanchieren, aber das ist eine ganz andere Geschichte.)

Ich war seit ungefähr drei Wochen dort. Zwei Wochen Proben, eine Woche Dreharbeiten. Die Szenen meiner besten Freundin waren für den Beginn der Dreharbeiten eingeplant, und sie liefen toll. Sie waren an einem Freitag mit ihr fertig, und ich bat sie, übers Wochenende zu bleiben, weil ich feiern wollte. Das hier war unser großer Durchbruch, also wollten wir etwas Denkwürdiges unternehmen. Etwas Aufregendes! Witziges! Ein bisschen Verrücktes! (Mit anderen Worten: etwas Dummes. Na ja, unter normalen Umständen vielleicht nicht dumm, aber die Art Sache, die man vermutlich nicht tun sollte, wenn man zu Beginn eines Jobs in einem fremden Land ist, das für seine fragwürdigen Sicherheitsvorschriften bekannt ist.)

Wir gingen Fallschirm springen. Die Sorte, wo man an einen erfahrenen Springer angeschnallt wird. Wir steigen also in ein Flugzeug und fliegen hoch. Je höher wir flogen, desto größer die Panik. In meinem Kopf ging es drunter und drüber: Habe ich Angst, oder bin ich aufgeregt? Ich war mir nicht sicher. (Das ist, nebenbei bemerkt, irgendwie ein Thema meines Lebens und erklärt vermutlich, was an dem Abend neulich, als du angerufen hast, passiert ist.)

Jedenfalls, wir erreichen unsere Flughöhe, und auf einmal ist meine Freundin an ihren Guide geschnallt, und sie stehen an der offenen Tür. Sie lächelt breit, hebt beide Daumen, und weg sind sie. Mein Sprungpartner geht mit mir vor an die Kante, und ich sehe hinaus, sehe hinunter, spüre, wie der Wind mich packt. Ich springe nicht wirklich, ich falle eher, und dann ist nichts mehr unter meinen Füßen, und dieser Wind peitscht gegen mich. Ich höre eine Stimme. Nein, nicht Gott. Der Typ auf meinem Rücken zählt den Countdown herunter. Er sagt mir, dass ich an der Schnur ziehen soll. Aber ich kann mich nicht bewegen. Also streckt er die Hand danach aus, packt sie und zieht.

Und zieht.

Und zieht.

In diesem Moment spürte ich eine seltsame Akzeptanz des Sterbens. Wirklich. Es war ein unerklärliches Loslassen. Ich war hier fertig. Und das war okay für mich.

Aber dann: Der Fallschirm öffnete sich. Irgendein Reserveteil. So einfach ging das. Und wir landeten. Wenngleich (wie du sagen würdest) ***härter*** als normal, aber wir waren okay. Wir waren am Leben.

Mein Sprungpartner schnallte mich los, und wir umarmten uns, als hätten wir zusammen einen Krieg überlebt. Meine Freundin kam auf mich zugerannt, und wir fielen uns in die Arme und schrien irgendeinen adrenalinbeflügelten Schwachsinn. Ich kann nicht beschreiben, wie lebendig ich mich fühlte, nachdem ich dem Tod so nahe gewesen war. Ich war so high wie noch nie zuvor in meinem Leben, und ich kann dir sagen, ich war schon ein paarmal hiiiiiiiigh. In dem Van, auf dem Weg zurück zur Landebahn, plapperte ich pausenlos. Ich ging jedes kleine Detail durch. Ich erinnerte mich an alles, jedes einzelne Teil des Puzzles.

Und die Ironie dabei? Jetzt erinnere ich mich an nichts mehr. Nicht ein einziges Puzzleteil.

Alles, was ich dir schreibe, hat mir meine Freundin später erzählt.

Offenbar bin ich bei der Landebahn aus dem Van gesprungen, bevor er völlig zum Stillstand gekommen war. Habe angeblich ein Rad geschlagen, obwohl ich glaube, dass ich in meinem ganzen Leben noch nie ein Rad geschlagen habe. Bin hinüber zu dem Flugzeug gerannt, aus dem wir gesprungen waren und das eben gelandet war, und habe unbeholfen versucht, die Arme vorn um den Flugzeugrumpf zu schlingen. Habe ihn geküsst. Und dann bin ich herumgeschnellt und in den Propeller des Flugzeugs geraten, der für mich unsichtbar war, da er noch nicht aufgehört hatte, sich zu drehen. Er hat sich in mein Gesicht geschnitten.

Ich nehme an, ich hätte mit der Geschichte an dem Punkt anfangen können. Entschuldige. Aber ich wollte, dass du alles davon weißt. Ich wollte, dass du dabei bist. Für die ganze Geschichte. Die ganze Geschichte, an die ich mich nicht erinnern kann.

Woran ich mich erinnern kann, ist, dass ich am 4. Dezember, zwei Tage nach dem Unfall, in einem Krankenhauszimmer aufgewacht bin, umgeben von meinen Eltern, meiner Großmutter und meiner besten Freundin.

Was ich am liebsten vergessen würde, ist das Gefühl in meiner Magengegend, tief in meinem Inneren, dass ich alles verloren hatte und dass es meine Schuld war.

Der Propeller hatte sich diagonal durch mein Gesicht gefräst, mir das rechte Auge genommen und mein Schlüsselbein von meiner Schulter getrennt. Ich hatte so viel Glück. Es hätte so viel schlimmer kommen können. Wenn er sich schneller gedreht hätte, wenn ich in einem anderen Winkel hineingelaufen wäre ...

Exponentiell viele Wenns.

Das einzig Positive: Als ich aus meiner ersten Operation kam, sprach ich mit dem Regisseur des Films, und ich überredete ihn, meine Freundin für meine Rolle zu casten. Sie steckten dank mir in der Klemme und waren natürlich sofort einverstanden, und sie machte ihre Sache großartig, natürlich, also engagierten sie sie. Sie mussten nur eine Woche an Szenen nachdrehen, um sie zur Hauptfigur zu machen, ihre Rolle neu besetzen, und das wars. Es hat ihre Karriere angekurbelt. Ich freue mich für sie. Ich weiß, es sieht vielleicht nicht so aus, aber das tue ich wirklich.

Aaaaalso, jetzt weißt du, womit du es zu tun hast. Genau das, was du dir vorgestellt hast, nehme ich an. Eine ganz normale Geschichte.

Um deine Fragen vorweg zu beantworten: Ich habe gelernt, mit meinem entstellten Gesicht zu leben, und die Tatsache, dass ich nur ein Auge habe, zu kompensieren (spielen die Geigen schon?). Der menschliche Körper ist ein Wunder. Meine Schulter ist größtenteils okay (auch wenn ich in absehbarer Zeit nicht als Gewichtheberin an einer Olympiade teilnehmen werde). Ich trage eine Augenklappe, die für mich so selbstverständlich geworden ist wie Lippenstift oder Nagellack. Die meisten Leute sind nicht absichtlich unhöfliche Arschlöcher. Ich versuche, Betrunkene und Kinder zu meiden. Aber im Grunde habe ich das auch vor dem Unfall schon getan.

Und jetzt hast du mein »Warum«. Endlich ist es raus!

Na bitte. Sewanee lehnte sich zurück, genoss die Befriedigung, die Geschichte, die ganze Geschichte, erzählt zu haben, ohne irgendetwas auszulassen. Sie schob den Cursor auf Senden, und dann, als sie ihn eben anklicken wollte, hob sie den Finger wieder. Ihr wurde bewusst, dass sie sich alles noch einmal durchlesen sollte, um sicherzugehen, dass die Autokorrektur ihre Worte nicht sabotiert hatte, um sicherzugehen, dass alles klar und deutlich erzählt war.

Also las sie alles noch einmal durch.

Und der Mut, den sie aufgebracht hatte, um es zu schreiben, schwand von Satz zu Satz.

Sie konnte das hier nicht absenden.

Sie war nicht bereit.

Seine Geschichte hatte ihr einen flüchtigen Blick auf seine

Persönlichkeit gewährt; ihre Geschichte war eine schonungslose Enthüllung. Es war kein gleichwertiger Austausch von Einblicken.

Wie könnte sie ihre Seele vor ihm entblößen, wenn sie nicht einmal seinen richtigen Namen kannte?

Sie löschte alles bis auf den ersten Absatz und ergänzte eine, wie sie hoffte, Destillation ihrer Wahrheit. Jedenfalls genug davon:

Hey,

als Erstes möchte ich mich entschuldigen. Ich weiß, ich habe es so aussehen lassen, als ob ich nicht über dieses Tele-Dingsda mit dir reden will, doch das stimmt nicht. Ich würde sehr gern mit dir reden. Aber nicht ***darüber***. Ich bin jedoch bereit, dir davon zu schreiben.

Das waren die ersten Zeilen der E-Mail, in der ich alles offenlegen, mich im harschen Licht eines Computerbildschirms vor dir entblößen wollte. Das Problem ist, »Ich bin nicht bereit, darüber zu reden«, ist die Wahrheit. »Ich bin bereit, dir davon zu schreiben«, offenbar nicht. Es tut mir leid. Für mich hängt viel an dieser Geschichte. Und ich dachte, ich sei bereit, aber ich bin es nicht.

Allerdings will ich dir sagen, dass wir eine Sache gemeinsam haben: Verlust. Verlust von dem, was wir einmal hatten und wer wir einmal waren. Angst davor, je wieder etwas Ähnliches durchmachen zu müssen. Und dir ***das*** einfach nur zu sagen, fühlt sich gut an. So wie du dich gefühlt haben musst, als du es mir gesagt hast? Das ist also immerhin etwas, nehme ich an.

Ich fühle mich besser, nachdem ich das hier zu Papier gebracht habe, selbst diese erbärmliche, verkürzte Version. Ich hoffe, wir können weitermachen. Mit allem. Der Arbeit, dem Spiel, dem Geplänkel und natürlich den sexuellen Anspielungen, wenn sie ... kommen (Wortspiel durchaus beabsichtigt).

Vorwärts, mein Freund.

Sie begann, »Sewanee« zu schreiben, wechselte dann zu »Sarah« und schrieb schließlich schlicht und wahrheitsgemäß:

S

Sie drückte auf Senden.

Sewanee fuhr extra früh los. Das Vorsprechen war nur drei Meilen den Hügel hinunter, aber man konnte nie wissen.

Sie hatte ihr Gesicht ungeschminkt gelassen, ohne einen Hauch von Make-up, und ihre Haare, die sie sich absichtlich seit drei Tagen nicht gewaschen hatte, hingen schlaff herunter. Sie trug eine Cargohose und ein Tanktop. Dann wurde ihr bewusst, dass ihre Arme nicht so aussahen wie Adakus in letzter Zeit – als würde sie seit einem Jahr das Totgewicht ihrer Kameradinnen durchs Unterholz schleppen. Also schnappte sie sich einen locker gewebten U-Boot-Pullover und zog ihn über dem Tanktop an. Kampfstiefel. Augenklappe.

Da kaum Verkehr herrschte, war sie in zehn Minuten bei den Sunset Gower Studios.

Sie gab sich noch einmal zehn Minuten im Wagen, um die Szenen durchzugehen.

Sie hatte es drauf.

Sie ließ die Blätter im Wagen liegen; sie brauchte sie nicht. Außerdem war es bestärkend, den Raum ohne Skript zu betreten. Auch ihr Handy ließ sie liegen. Sie ging zum Fußgängereingang. Der Wachmann kontrollierte ihren Ausweis und gab ihr einen Übersichtsplan für das Gelände, aber sie kannte den Weg. Es war, als würde sie ihre alte Grundschule besuchen.

Während sie über das Gelände ging, erinnerte sie sich an frühere Vorsprechen. Manche besser als andere, die meisten erfolglos, aber alle aufregend und verheißungsvoll. Sie hatte auf diesem Gelände sogar schon ein paar Szenen und einen Indiefilm gedreht. Sie wusste, dass auch Blah hier gearbeitet hatte, so lange gab es den Ort schon.

Sie fand das richtige Büro und wusste, dass sie schon einmal hier gewesen war, aber jetzt gehörte es einer anderen Casting-Frau. Alles war neu. Sieben Jahre waren in Hollywood eine Ewigkeit.

Sie betrat den Warteraum. Normalerweise würden hier Schauspieler dicht an dicht sitzen wie Hühner in einer Geflügelfarm. Aber heute war Sewanee eine von wenigen Auserwählten. Sie trug sich ein und setzte sich. Die Schauspielerin, die neben ihr saß, beugte sich herüber. »Augenklappe. Krass. Wünschte, ich wäre auf die Idee gekommen.« Sewanee nickte zum Dank.

Die Castingfrau betrat den Warteraum, gefolgt von der Schauspielerin, die eben vorgesprochen hatte, und sah auf die Anmeldungsliste. Sie wandte sich um und ließ den Blick durch den Raum schweifen, bis er auf Sewanee landete. Sie lächelte. »Sewanee Chester. Danke, dass Sie gekommen sind.«

»Danke, dass Sie mich eingeladen haben.« Sewanee erwiderte ihr Lächeln.

Die anderen hoffnungsvollen Kandidatinnen beobachteten den Wortwechsel mit offenem Mund wie fünf Vogelbabys, deren Mutter mit einem Wurm für nur eines von ihnen zum Nest zurückgekehrt war.

Die Castingfrau sah wieder auf ihre Liste. »Kristin? Sind Sie bereit?«

Die Frau, die Sewanee ein Kompliment für ihre Augenklappe gemacht hatte, stand auf.

Stille senkte sich für einen Moment über den Raum, was Sewanee nur recht war. Sie hatte es noch nie gemocht, vor einem Vorsprechen Smalltalk zu machen. Aber zwei der Frauen auf der anderen Seite des Raums nahmen ihre Unterhaltung wieder auf.

»Ihm gehts gut, er ist für einen Pilotfilm gebucht worden, Gott sei Dank«, flüsterte eine der beiden. »Nur eine Gastrolle, aber wenn es gut läuft, wird er öfter darin auftreten. Dann können wir uns vielleicht eine Hochzeit leisten. Die von Jake Meadows für ABC?«

»Oh, die habe ich geliebt. Hat Jenna dafür nicht die Hauptrolle gekriegt?«

»Sie haben sie gehen lassen.«

»Neeeiiin.«

»Gleich nach der Drehbuchlesung.«

»Neeeeeeiiiiiin.«

»So demütigend. Und stell dir vor, bei ihrem Film – dem mit dem radioaktiven Kolibri – wurde der Start nach hinten verschoben.«

»Na ja, ich habe gehört, der Cutter ...«

»Cutter. Fledderer, wohl eher. Sie mussten diesen DC-Comics-Typen herholen, wie heißt er gleich wieder?«

»Der, den Mattie verklagt hat?«

»Augenblick, war das derselbe Typ?!«

»Ja, der lauernde Hoteldiener!«

»Der ...« – sie machte eine obszöne Wichs-Geste – »... auf ihren Reifen ...?«

»Ja. Männer: Man kann nicht mit ihnen leben, und man kann nicht ohne sie leben.«

»Ja, nicht wahr? Und, haben sie Jennas Rolle schon neu gecastet?«

»Leider ja.«

»Scheiße. Wen?«

»Irgendeine YouTuberin. Brandon wollte mich da einschleusen, aber sie müssen diese Tussi schon in der Hinterhand gehabt haben. Jenna hatte noch nicht mal ihre Extensions raus, und wums, war sie schon am Start.«

Es gab ein paar Dinge an dieser Branche, die Sewanee nicht vermisste.

Eine Stunde später war sie als Letzte noch übrig. Ein Rotschopf kam aus dem Vorsprechraum, begleitet von »Danke« und »Das war großartig«. Auf dem Weg nach draußen hauchte sie Sewanee zu: »Harte Truppe. Viel Glück.«

Sewanee kannte diese Taktik. Den Konkurrentinnen eine Höllenangst einjagen, kurz bevor sie hineinmüssen. Es ließ sie kalt.

Die Casting-Direktorin tauchte wieder auf und winkte sie herein.

Eins, zwei, drei, vier, fünf, sechs, sieben, acht Leute. Acht Leute, eine Kamera in der Mitte, die auf die Tür gerichtet war. Auf sie.

Sie erstrahlte im Flutlicht. Ein Lächeln wie auf dem Abschlussballfoto, ein Winken wie eine Marionette, ein »Hallo!« wie von einem Spielshow-Moderator.

Selbst die, die mit ihren Handys beschäftigt waren, sahen lange genug auf, um ihr zuzulächeln. Ein Mann in der Mitte erhob sich und streckte die Hand aus. »Ich bin Colin.« Ein Engländer. »Der Regisseur. Vielen Dank, dass Sie gekommen sind. Entschuldigen Sie, dass Sie warten mussten.«

»Kein Problem!«, flötete Sewanee. Sie fühlte sich prompt sieben Jahre jünger. Sie trat vor und ergriff kurz seine Hand. »Tut mir leid, dass ich weder Foto noch Lebenslauf für Sie habe. Es ist schon eine Weile her, seit ich …«

Er blickte verblüfft. »Oh, das Internet hat solche Sachen überflüssig gemacht. Ich würde sagen, die größere Herausforderung liegt darin, Adakus glänzender Empfehlung gerecht zu werden.«

Sewanee hob die Arme und lächelte. »Na ja, ich werds versuchen.«

»Entschuldigung«, meldete sich eine der Frauen zu Wort. »Ich liebe Hörbücher. Sind Sie diese Sewanee Chester?«

Sewanees Lächeln wurde noch breiter. »Die bin ich.«

»Sie sind wundervoll. Bin ein Riesenfan.«

»Vielen Dank.«

Die Frau wandte sich den anderen zu. »Sie hat den Audie als beste Sprecherin des Jahres gewonnen.«

»Was ist das denn?«, fragte jemand.

»Das ist der Oscar der Hörbücher.«

Ein *Ahhhhhh* ging durch den Raum.

»Für welches Buch?«, fragte ein Mann, der, so Sewanees Vermutung, Produzent war.

Die Frau sah Sewanee an. *»Platzverschwendung«*, antwortete Sewanee.

Stille trat ein.

»Reese hat die Option dafür erworben«, sagte die Frau.

Noch ein *Ahhhhh* ging durch den Raum.

Sie wandte ihre Aufmerksamkeit wieder Sewanee zu. »Ich sage es noch einmal, wundervoll.«

»Und ich sage sehr gern noch einmal, vielen Dank.« Sie war noch nie in einem so freundlichen Raum gewesen.

»Sie waren mit Adaku auf der Juilliard, richtig?«, fragte Colin.

»Ja. So haben wir uns kennengelernt.«

»Und Sie haben Ihr Talent mit Hörbüchern verschwendet. Was für ein Jammer.«

Sewanee schwieg einen Moment. »Na ja …«

»Na ja. Dann wollen wir mal sehen, ob wir das ändern können, was?«, lächelte der Regisseur. »Sind Sie bereit?«

Das war sie. »Absolut.«

»Los gehts.«

»Mit wem werde ich lesen?«, fragte Sewanee.

Eine jüngere Frau neben dem Regisseur hob die Hand. Sewanee nickte ihr zu. Der Mann an der Kamera bat sie, anzufangen.

Die Stille einer Kirche senkte sich über den Raum. Handys wurden beiseitegelegt, ein paar Leute räusperten sich, und jedes Augenpaar richtete sich auf sie. Es war der Moment, bevor die Musik für einen Eiskunstläufer einsetzt. Der Moment, bevor ein Turmspringer den ersten Schritt zu einem zweieinhalbfachen Salto mit drei Schrauben tut. Der Moment, bevor die Startpistole ertönt und ein Sprinter zum Hundertmeterlauf losschießt.

Sewanee holte Luft. Dann schlüpfte sie in die Rolle.

Sie fühlte sich wie die Person, die sie früher einmal war. Sie fühlte sich vollkommen. Sie fühlte sich unaufhaltsam.

Es war eine Goldmedaillen-Performance.

Von: Brock McNight
An: Westholme, Sarah
Datum: 5. März, 16:23 Uhr
Betreff: RE: CASANOVA, LLC – und hallo!

Das verstehe ich. Wirklich, absolut. Falls und wenn du mir davon erzählen willst, ich bin hier.

Nachdem ich deine Mail gelesen hatte, bin ich eine Runde laufen gegangen, bin zurückgekommen, habe ein Bier mit auf mein Dach genommen und sie noch einmal gelesen. Hier ist, was ich dazu denke:

Wir haben beide an etwas geglaubt, und wir haben es verloren. Und wir wollen es zurückhaben. Können wir es zurückbekommen? Und was passiert, wenn wir es zurückbekommen? Können wir es wieder verlieren? Und dann was?

Wir sind beide verletzt. Verletzt und verängstigt.

Das ist jedenfalls, worüber ich nachgedacht habe. Offensichtlich nicht sehr erfolgreich.

Abgesehen davon, dass es untermauert, warum ich aus der Romance aussteigen will. Das Happy End lässt uns glauben, dass wir nur zurückbekommen müssen, was wir verloren haben, und dann wird in unserem Leben für immer eitel Sonnenschein herrschen. Aber Romance setzt sich nicht damit auseinander, was passiert, wenn man versucht, das Verlorene zurückzubekommen, und scheitert, oder?

Außerdem besteht die Möglichkeit, dass das Problem nicht die Romance ist, sondern wir?

Keine Ahnung. Vielleicht hätte ich ein bisschen länger laufen gehen sollen.

Nach dem Vorsprechen wurde Sewanee bewusst, dass sie Mark nie von Dougs Interesse an dem Haus erzählt hatte. Also sagte sie es ihm jetzt im Vorbeigehen, als sie Papierhandtücher aus der Garage hereinbrachte, während er die Patrone in seinem Drucker wechselte. Erst als sie zur Küche kam, registrierte sie, was er geantwortet hatte, und ging prompt wieder zurück in sein Büro. »Hast du gesagt, du wirst ihn anrufen?«

Mark sah von seinem ausgeweideten Drucker auf, die Stirn gefurcht. »Hm?«

»Spielst du ernsthaft mit dem Gedanken zu verkaufen?«

Mark wies mit einer Kopfbewegung zu seiner Bürotür.

Sewanee schloss sie und ging hinüber zu seinem Schreibtisch. Er hantierte wieder an dem Drucker herum. »Ich denke seit einer Weile darüber nach. Jetzt wäre vielleicht kein schlechter Zeitpunkt.«

»Aber … *jetzt*-jetzt?«

Er zuckte die Schultern.

»Du hast seit Jahren Nein gesagt.«

»Das war, bevor ich alt geworden bin.«

»Hör auf damit.«

»Ich kann nicht einmal mehr eine Patrone wechseln.«

Sewanee schnaubte und trat vor, übernahm den Drucker. Mark ließ sich wieder in seinen Sessel fallen und seufzte. »Ich bin müde, Sewanee.«

»Du weißt doch, dass du um diese Jahreszeit nie gut schläfst.« Sein Partner, Julio, war vor fünfzehn Jahren am Schalttag gestorben, nachdem er einen brutalen Kampf gegen den Speiseröhrenkrebs verloren hatte. Anfang März ging es Mark nie gut.

Er seufzte noch einmal. »Das jetzt ist anders.«

Sewanee warf einen verstohlenen Blick auf ihn. »Du willst dich zur Ruhe setzen?«

Er sah sie nicht an. »Doug Carrey würde viel für dieses Haus bezahlen.«

Sewanee ließ sich mehr Zeit als nötig, um die Patrone zu wechseln, gab sich einen Moment, um nachzudenken. »Und was wird aus dem Studio?«

Mark saß in nachdenklichem Schweigen da, dann beugte er sich abrupt vor und begann zu tippen. »Ich will dir was zeigen.« Er suchte herum, klickte auf die Maus, starrte auf den Bildschirm, wie er es immer tat – als würde er zum ersten Mal einen Computer bedienen.

Sewanee klappte den Drucker zu, steckte die alte Patrone in

die Tüte zum Recyceln und ging um den Schreibtisch herum, um über Marks Schulter zu äugen.

Schließlich fand er, was er suchte. Eine Website, auf der ein Buchcover zu sehen war. Er klickte auf einen Playbutton unter dem Bild, und eine kräftige männliche Stimme kam durch die Lautsprecher. Sewanee hörte ungefähr eine Minute zu.

»Was meinst du?«, fragte Mark.

Sie richtete sich auf. »Er ist gut. Ein bisschen austauschbar vielleicht. Aber guter Ton, gute Kadenz. Eine ziemlich solide Non-Fiction-Lesung. An den Satzenden muss noch ein bisschen gefeilt werden, aber na klar.« Mark sagte nichts. »Was denn?«, fragte sie ungeduldig.

Mark kicherte. »Kleine. Das ist kein Er.« Er zeigte auf den Text unter dem Buchcover. »Das ist ein echtes Buch, ein echter Verleger. Aber ein Bot, der spricht.«

Sewanee starrte auf den Bildschirm.

Das hier war das Monster unter dem Bett.

»Ist er …« – sie korrigierte sich – »… *es* … aus einer echten Stimme hergestellt oder eine Kombination von Stimmen, oder … ist es ausschließlich synthetisiert, oder …?«

»Spielt das eine Rolle?«

»Na ja, sie können nicht einfach unsere Stimmen kopieren, oder? Ohne unsere Zustimmung. Das wäre illegal.«

»Wäre es das?«

Sewanee wies mit einer Hand auf den Bildschirm. »KI zu erschaffen, die genauso klingt wie du oder ich? Natürlich! Das muss illegal sein.«

Mark schnaubte spöttisch. »Du solltest dieses June-French-Geld besser sparen, denn das wird ein teurer Prozess werden, von einem Gericht entscheiden zu lassen, was eine Stimme definiert. Ob sie überhaupt gesetzlich geschützt ist. Leute machen Imitationen. Und sobald ein Gericht darüber entschieden hat«, erklärte Mark unbekümmert, »werden sie von dem Punkt an einfach immer genau bis an die Grenze dessen gehen, was entschieden wurde, und für immer auf der sicheren Seite sein.«

Sewanee hob eine Hand. »Aber er kann nicht spielen.« Sie zögerte. »Oder?«

»Gib ihm Zeit.«

»Akzente? Charaktere?«

»Was hält ihn auf? Sieh mal, als Erstes bin *ich* dran. Non-Fiction ist das Erste, was verschwinden wird.«

Sie schüttelte den Kopf, hörte kaum zu. »Die Leute werden das nicht wollen. Die Leute wollen Menschen zuhören, sie wollen Verbindung, authentisches Geschichtenerzählen.«

»Wollen sie das wirklich? Ich glaube, wir wollen es, weil wir auf den Unterschied Wert legen. Verdammt, wir *kennen* den Unterschied. Aber der Fünfjährige, der schon jetzt in seinem iPad oder Game Boy oder sonst was lebt?« Er machte eine wegwerfende Handbewegung. »Was zum Teufel weiß ich schon darüber? Ich habe mich damals alt gefühlt, als die ganze Branche von Band auf digital umgestellt wurde. Und jetzt bin ich offiziell ein Dinosaurier, und das hier ist der Meteorit, der mich killt. Und deshalb«, sagte er, lehnte sich zurück und verschränkte die Hände vor dem Bauch, »werde ich mir ein Badehöschen kaufen, ein sehr knappes, und mir einen Strand suchen, an dem die einzige Entscheidung, die ich treffen muss, darin besteht, was mein nächster Cocktail sein wird. Du kannst gern weitermachen. Aber ich werde dir für alle Fälle einen Liegestuhl frei halten.«

Sewanee bekam keine Luft.

Mark musterte sie. »Süße. Es ist doch nicht so, dass wir nicht gewusst haben, dass das auf uns zukommt. Es war nur eher philosophisch als praktisch. Bis jetzt.«

Als sie Mark kennenlernte, damals, als sie in seinem Unternehmen anfing, hatten sie ständig davon geredet, dass Sewanee es einmal übernehmen würde, wenn er bereit war, sich zur Ruhe zu setzen. Das war der Grund, weshalb sie ins Gästehaus gezogen war, weshalb sie angefangen hatte, für ihn zu arbeiten. Es war ihre Lehrzeit. Aber in den letzten ein, zwei Jahren war die Zukunft in ihren Gesprächen immer seltener ein Thema gewesen.

Sie murmelte etwas, und Mark neigte das Ohr zu ihr. »Was?«

Sie schluckte und wiederholte, so ruhig sie konnte: »Ich kann das hier nicht auch noch verlieren. Das geht einfach nicht.«

Mark seufzte traurig. Er stand auf und streckte eine runzlige Hand aus. »Komm her, Kleine.«

Sie trat in seine offenen Arme, presste die Wange an seine schmale Brust. Er küsste sie auf die Stirn, dann stützte er das Kinn auf ihren Kopf und sagte: »Alle reden von den Bergarbeitern, Bauern, Stahlkochern. Das Grauen der Automatisierung. Niemand redet von den Künstlern.«

So standen sie eine Minute schweigend da, in der gedämpften Atmosphäre des Hauses, der speziellen Stille ihrer speziellen Arbeit, die um sie herum erledigt wurde, umgeben von den Geschichten, die erzählt wurden, den Menschen, die das alles verwirklichten. Mark hob den Kopf. »Weißt du zufällig, wie viel die Eigentumswohnung deiner Mom auf diesem Kreuzfahrtschiff kostet?«

Sewanee kicherte. »Viel.«

»So viel wie ein Haus von 1928 im spanischen Kolonialstil in den Hollywood Hills?«

»Möglich.«

»So viel, wie Doug Carrey zahlen würde?«

»Vermutlich.« Sie sah zu ihm hoch, verriet ihm mit ihrem Blick, wie widerwärtig sie diese Idee fand. »Ich glaubs nicht.«

Er blinzelte sie an. »Doug und du, war da nicht mal was?«

Sewanee stöhnte auf.

Mark zog eine Augenbraue hoch. »Darf ich fragen, wieso es nicht geklappt hat?«

»Mieser Sex. Er hat mich so gehämmert, dass ich aus dem Bett gefallen bin.« Mark lachte schallend auf, während Sewanee sich zur Tür wandte. »Der blaue Fleck an meiner Hüfte hat die Beziehung überdauert.«

»Na ja, vielleicht willst du ihn für mich ja mal durchs Haus führen. Ihm zeigen, wo er sein Red-Sox-Banner aufhängen und seine Nummern schieben kann.«

Sie kicherte und schüttelte entschieden den Kopf. »Ich verzichte.« Dann holte sie tief Luft. »Ich werde in Studio drei gehen, ein paar Aufnahmen machen.«

Solange sie es noch konnte.

Von: Westholme, Sarah
An: Brock McNight
Datum: 5. März, 19:07 Uhr
Betreff: RE: CASANOVA, LLC – und hallo!

Nachdem ich deine Mail gelesen hatte, bin ich eine Runde laufen gegangen, habe ein Glas Wein mit auf meine Terrasse mitgenommen und sie noch einmal gelesen. Hier ist, was ich denke:

Du hast recht.

Von: Brock McNight
An: Westholme, Sarah
Datum: 5. März, 19:34 Uhr
Betreff: RE: CASANOVA, LLC – und hallo!

Du hättest ein bisschen länger laufen gehen sollen.

Ihr Handy vibrierte, schlitterte über den Nachttisch. Sewanee hob verschlafen den Kopf und tastete danach. Es gab nur eine einzige Nummer, die sie so gespeichert hatte, dass sie sie während ihrer voreingestellten »Bitte nicht stören«-Zeit erreichen konnte. »Hallo?«, krächzte sie.

»Hilf mir.«

Prompt war sie wach. »Geht es dir gut?«

»Nein.« Blah klang nervös und jämmerlich. »Marv ist spät dran. Ich warte seit Stunden. Er ist furchtbar spät dran, und ich weiß nicht, wo er ist! Wo ist er?«

Sewanee schoss kerzengerade hoch, das Bettzeug war um ihre Beine verheddert. »Blah, atme durch. Ich werde Marv für dich finden. Alles ist gut.«

»Nichts ist gut, Bitsy! Hör auf damit!«

»BlahBlah, hier ist Sewanee. Hör zu, es ist …«

»Nein, hör du zu! Marv hat mich hier zurückgelassen, und ich müsste längst in Westwood sein! Marilyn wird mich umbringen.«

Sewanee wusste nicht, was sie tun sollte. Sie sah auf die Uhr auf ihrem Nachttisch. 2.14 Uhr. »Blah …«

»Du nützt mir nichts! Du bist mir keine verdammte Hilfe, Bitsy! Ich werde mich selbst darum kümmern!«

»Ich komme dich holen, bleib einfach da.«

»Nein!«

Die Verbindung brach ab.

Das Blut hämmerte in Sewanees Ohren, während sie im Seasons anrief und den Nachtpfleger bat, sofort nach Blah zu sehen, und dann wartete. Jede Sekunde fühlte sich an wie eine Stunde. Sie konnte nicht still sitzen. Sie kämpfte sich aus dem Bett, begann sich anzuziehen, hielt dann inne, wusste nicht, was als Nächstes kommen würde.

Fünf Minuten später war die Stimme des Pflegers wieder da, informierte sie, dass Blah in ihrem Zimmer vor dem Fenster gestanden hatte, das ganze Festnetztelefon samt Stecker in der Hand, nicht mehr aufgeregt, nur noch verwirrt. Also hatte er ihr wieder ins Bett geholfen. Er versprach, die Nacht über immer wieder nach ihr zu sehen. Sewanee bedankte sich überschwänglich bei ihm und legte auf.

Aufgewühlt ging sie in die Küche und setzte Wasser auf, nahm ihr Tea-for-one-Set und weinte ein bisschen. Dann trank sie ihren Kamillentee und dachte nach. Und dachte nach.

Das Teeset erdete sie im Allgemeinen, bestärkte sie darin, dass es ihr allein gut ging. Aber heute Nacht, in diesem Wohnzimmer, das vielleicht bald nicht mehr ihres sein würde, nachdem sie mit einer Großmutter geredet hatte, die ihr immer weiter entglitt, war diese Art Alleinsein nicht gut.

Sie nahm ihr Handy, und obwohl sie wusste, dass er es erst am Morgen sehen würde, schrieb sie ihm.

Und dann gibt es die Dinge, die wir
verlieren und nicht zurückbekommen
können. Ich weiß nicht, was ich tun soll.

Sie schickte die Nachricht ab, las sie sich noch einmal durch und ergänzte dann:

Guten Morgen.

Sie legte das Telefon hin und schlürfte ihren Tee.

In der Dunkelheit ihres Hauses, nur erhellt von den fernen Lichtern der schlafenden Großstadt, leuchtete das Display auf.

BROCK:
Bist du eine kleine Mitternachtsrunde
laufen gegangen?

SEWANEE:
Neeeiiin, dein Handy ist eingeschaltet?! Es tut mir so leid!! Du bist wach? Warum bist du wach? Bist du wach?

BROCK:
Nein, ich schreibwandle.

SEWANEE:
Es tut mir so, so leid.

BROCK:
Schon okay, wirklich.
Wieso bist du denn wach?

SEWANEE:
Konnte nicht schlafen.

BROCK:
Weißt du, was dagegen hilft?

SEWANEE:
O Gott, ich habe im Moment keine Anspielung in mir.

BROCK:
Kein Wunder, dass du nicht schlafen kannst. Sag der Anspielung, sie soll zur Sache kommen.

SEWANEE:
Guter Witz. Aber ich kann nicht. Im Ernst.

BROCK:
Okay, im Ernst? Ich wollte sagen, Hörbücher.
Ich habe Fans, die sich meine Stimme im Bett anhören, um einzuschlafen.

SEWANEE:
Das ist nicht, was sie tun.

BROCK:
Trotzdem. Ich könnte versuchen, dir eine Geschichte vorzulesen? Wollen wir ausprobieren, ob es hilft?

SEWANEE:
Ich glaube nicht, dass deine Art Geschichten helfen wird.

BROCK:
Okay. Na dann, gute Nacht.

SEWANEE:
Nacht. Danke für das Gespräch. Ehrlich.

Sewanee musste unwillkürlich lächeln. Die Tränen waren versiegt. Der Tee war getrunken. Sie rutschte vom Sofa und ging in ihr Schlafzimmer. Sie legte ihr Handy auf den Nachttisch, kroch wieder ins Bett und hoffte, dass es Blah gut gehen würde, dass sie einschlafen würde, dass sie *sie* schlafen lassen würde. Sie holte tief Luft, um sich zu beruhigen. Sie wollte die Augen schließen und an Brock denken, nicht an ihre Großmutter. Aber bevor sie es tun konnte, leuchtete ihr Handy auf, und dieses Oh-nein-Gefühl machte sich wieder in ihrer Magengegend breit. Sie riss es hoch.

Eine Sprachnachricht.

Von Brock.

Sie drückte auf Play.

Seine Stimme klang nach frühem Morgen. Sie war weich, als wäre er nah genug, um ein Flüstern zu rechtfertigen. Es gab keine Vorrede. Er las einfach.

Sie erkannte es sofort. Es war »Gute Nacht, lieber Mond«.

In dem großen grünen Zimmer

War ein schwarzes Telefon …

Jetzt schloss sie die Augen. Ihr Kopf ruhte auf ihrem Kissen, und ihr Telefon ruhte auf ihrer Brust. Sie hörte zu.

Nachdem er den letzten Refrain gesprochen hatte, folgte ein Moment der Stille. Sie wartete darauf, dass er noch etwas sagte. Sie wollte, dass er noch etwas sagte. Sich verabschiedete vielleicht. Kicherte vielleicht. Sie wollte mehr.

Aber es kam nichts mehr. Die Aufnahme war zu Ende. In einem Anflug von Gier spielte sie mit dem Gedanken, alles noch einmal anzuhören. Aber sie rührte sich nicht. Es war nicht nötig. Sie war zufrieden. Jenseits von zufrieden. Jenseits von »Gute Nacht, lieber Mond«.

Sie schrieb:

Du.

Er antwortete:

Wieder. Du.

***

6. März

SEWANEE:
In welcher Zeitzone bist du?

BROCK:
Ostküstenzeit.
?

SEWANEE:
Damit ich das nächste Mal, wenn ich eine existenzielle Insomnie-Krise habe, meine Nachrichten besser timen kann.

BROCK:
Insomnie: die römische Gottheit des nächtlichen Gedankens.
Ich bin selbst ein Akolyth.

SEWANEE:
Und von wo genau in der Ostküstenzeit stammt der Akolyth?

BROCK:
Das neueste York.
Und von wo ... stammt ... eure Heiligkeit?

SEWANEE:
Lol L.A.

BROCK:
So nah!

SEWANEE:
Nur wenn Los Angeles noch immer gleich über der 96. Straße ist.
(Spaß beiseite: Ich habe die Gutenachtgeschichte gestern genossen.)

BROCK:
(Spaß beiseite, gern geschehen)
L.A., ach ja? Interessant.

SEWANEE:
Ist das erste Mal in der Geschichte der Menschheit, dass ein New Yorker das sagt.

BROCK:
Ich muss mich lieb Kind machen, werde in ein paar Tagen dort sein.

SEWANEE:
Oh! Moment mal, für die Audies???

BROCK:
PETE, NEIN.

SEWANEE:
Hm.

BROCK:
Hm?

SEWANEE:
Nur hm.

BROCK:
Hm zurück.

Von: Brock McNight
An: Westholme, Sarah
Datum: 7. März, 1:57 Uhr
Betreff: RE: CASANOVA, LLC – und hallo!

Hallo!

Also, mein akolythisches Selbst hat nachgedacht. Ich weiß, wie du dazu stehst, über dieses Tele-Dingsda mit mir zu reden. Das hab ich verstanden. Neuer Gedanke: Wir reden nicht.

Wir treffen uns. Unsere Optionen, wie ich sie sehe:

Wir treffen uns persönlich. Dann werden wir:

1. a. weitergehen.
   b. stehen bleiben.
   c. sprechen und alles vermasseln.

Und dann werden wir:

2. beschließen, uns nie wiederzusehen, und:
   a. zu den Textnachrichten zurückkehren ODER
   b. uns berühren, um uns zu vergewissern, dass wir echt sind, und uns dann nie wiedersehen.

3. beschließen, uns wiederzusehen, und zwar:
   a. gleich dort an Ort und Stelle.
   b. ein andermal.

Wenn die Antwort 3.a ist, dann werden wir:
i. das Reden einfügen oder
ii. uns noch eine Weile anstarren.

Was ist denn das Schlimmste, was passieren könnte? Alles bleibt, wie es ist. Wir stellen das Projekt fertig, natürlich, bleiben professionell, natürlich, bleiben höflich, mehr als natürlich, und so weiter und so fort natürlich.

Wir haben tonnenweise Fragen aneinander. Willst du keine Antworten?

Wir haben die Chance, diese Sache zu Bett zu bringen. Was immer für ein Bett das ist. Vielleicht ist es ein Freunde-Bett. Das ist okay. Falls es ein Etagenbett ist, kannst du das obere haben.

Ok. Die Insomnie hat gesprochen.

Ich.

Sewanee war in einer Tonkabine, lange nachdem sich all die anderen geleert hatten. Sie versuchte, mit ihren Aufnahmen weiterzukommen und nicht an Brocks letzte Mail zu denken – beides erfolglos –, als auf ihrem Telefon ein Anruf aufleuchtete.

Zögernd nahm sie ab. »Blah?«

»Püppchen!«

»Alles in Ordnung?«

»Goldrichtig! Was hast du heute vor?«

»Nur ein paar Aufnahmen.« Sewanee stand auf, nahm ihre Kopfhörer ab und öffnete die Tür einen Spaltbreit, um etwas Luft hereinzulassen. »Wie fühlst du dich?«

»Oh, quietschfidel!«

Irgendetwas an Blahs fröhlichem Ton machte Sewanee misstrauisch. Goldrichtig. Quietschfidel. Sie versuchte es noch einmal: »Bist du sicher, dass alles okay ist?«

»Kann eine alte Dame nicht ihre Enkelin anrufen? Ist das

jetzt ein Verbrechen?« Da war irgendetwas in ihrer Stimme, genau unter dem neckenden Ton, das Sewanee gar nicht gefiel. Sewanee spürte den Sog eines bevorstehenden Gesprächs. Eine Pause trat ein, während sie beide darauf warteten, dass die andere den Anfang machte.

Schließlich sagte Blah: »Hast du in letzter Zeit irgendwelche guten Bücher gelesen?«

»Soll das witzig sein?«

»Ich habe dich nicht lachen hören, also nein.«

Was Sewanee aufrichtig zum Lachen brachte, was wiederum Blah zum Lachen brachte. Aber als das Lachen verebbte, war die seltsame Unterströmung noch immer da. Also fragte Sewanee: »Erinnerst du dich noch, dass du mich gestern Nacht angerufen hast?«

Blah seufzte. »Nein. Na ja, irgendwie. Verdammt noch mal. Es tut mir leid, Püppchen.«

»Es muss dir nicht leidtun.«

»Sag mir, was passiert ist. Ich will es wissen.« Aber sie klang, als ob sie es nicht wissen wollte, nicht wirklich.

Sewanee verließ die Tonkabine. Sie brauchte Platz zum Atmen, zum Nachdenken, zum Reden. »Du warst aufgelöst und frustriert. Du hast gedacht, du bist für irgendwas spät dran. Du dachtest, ich sei Bitsy.«

»Scheiße«, sagte BlahBlah leise.

Sewanee setzte sich auf den Boden, mit dem Rücken an die Außenwand der Tonkabine gelehnt, und zog die Knie bis zur Brust an. »Ist es dir bewusst, wenn …? Weißt du es, wenn es passiert?«

»Ich hab keinen blassen Schimmer. Es gibt irgendeine Art Davor und Danach, aber die Mitte? Schwarz wie die Nacht.« Sie stieß einen Atemzug aus. »Ich hasse das, Püppchen. Ich brauche ein Rezept für Idiotenpillen.«

Sewanee schnaubte spöttisch. »Ich glaube nicht, dass die so heißen.«

»Na ja, das ist das Nachahmerpräparat.«

Darüber mussten sie wieder beide kichern. Dann trat eine solch ausgedehnte Pause ein, dass Sewanee sich sicher war, sie hätte Blah verloren. Dass ihre Großmutter als Nächstes sagen würde: Hast du Mitzis Facelift gesehen?

Stattdessen sagte sie: »Betty Lou McCarthy hat unten im Tal gelebt.«

Verdammt. Sewanee hasste es, recht zu haben. »Wer ist das denn?«

»Eine Schulfreundin. Und wenn ich draußen bei ihr war, wenn der Nebel hereinrollte ... bin ich nirgends mehr hingegangen. Das ist immer im Handumdrehen passiert. Als ob Gott Bratensoße über alles gießen würde.«

Vielleicht hatte sie unrecht. Vielleicht war Blah gar nicht so weit abgedriftet, wie sie gedacht hatte.

»Man konnte kaum die Hand vor den Augen sehen. Und die Umrisse der Dinge, von denen man wusste, dass sie dort draußen waren – die alte Eiche, der Briefkasten, der Truck ihres Daddys –, diese ganzen vertrauten Dinge wurden ... unheimlich. Sie bewegten sich. Waren nicht dort, wo sie sein sollten.«

Sewanee wagte es nicht, sie zu unterbrechen.

»So ähnlich fühlt es sich an, wenn es anfängt. Dann tauchen allmählich Leute aus diesem Nebel auf. Manche erkenne ich, manche nicht. Alles ... verschiebt sich.«

»Ich kann mir das gar nicht vorstellen.«

»Es ist irgendwie so, als ob man auf einer Bühne ist und eine große Tanznummer aufführt. Bühnenarbeiter bauen eine Kulisse auf und eine andere ab. Ein Schreibtisch wird ruck, zuck auf Rädern hereingerollt, ein Getränkespender verschwindet, und jetzt ist da eine Tür, und herein kommt Gene, und wir steppen in einem Bürogebäude anstatt in einem Diner.«

»Gott«, murmelte Sewanee leise, bemüht, diesen Moment der Klarheit nicht zu unterbrechen.

»Und dann … na ja, äh … Wo zum Teufel war ich … Tanzen, richtig?«

Sewanee schluckte. »Du hast davon geredet, wie sich alles um dich herum verschiebt, wie sich das in deinem Kopf anfühlt? Wolltest du noch etwas anderes dazu sagen?«

»Ach, ich schwafele nur.« Blah räusperte sich. »Jedenfalls, was ich damit sagen will, Püppchen, ist …« Am anderen Ende der Leitung hörte Sewanee Papier rascheln. »Ich denke, ich werde mehr Hilfe brauchen. Dass es vielleicht Zeit sein könnte, den nächsten Schritt zu tun. Bevor ich nicht mehr weiß, was dieser Schritt ist.«

Sewanee hatte nicht gewusst, dass es möglich war, Erleichterung und Schock im selben Moment zu verspüren. Sie beugte sich vor. »Du musst dir über nichts davon den Kopf zerbrechen. Bald wirst du ein anderes Zuhause haben. *Im Seasons.* Du wirst gleich den Flur hinunter sein, auf der Demenzstation, okay? Mehr Hilfe, wenn du sie brauchst, aber du wirst immer noch Mitzi und Birdie und Amanda und natürlich mich haben. Du wirst mich haben, ob es dir gefällt oder nicht«, witzelte sie.

Eine aufgeladene Art Stille baute sich zwischen ihnen auf, es war wie der Moment, unmittelbar nachdem der Strom ausgefallen ist, während man darauf wartet, dass er wiederkommt. Sewanee hörte wieder das Papier rascheln.

»Hör zu, Püppchen. Ich bin dir dankbarer, als du je wissen wirst. Und ich liebe dich so sehr. Und ich will, dass du etwas für mich tust.«

»Alles.«

»Versprich es mir.«

»Ich verspreche es. Alles.«

»Gut. Wenn der nächste Schritt kommt, sollst du mich nicht mehr besuchen. Du …«

Sewanee zuckte zusammen. »Was redest du denn da …?«

»Lass mich ausreden. Keine Besuche. Keine Anrufe. Du sollst nichts damit zu tun haben.«

»Womit?«

»Mit meinem Ende.«

Alles Blut schoss Sewanee in den Kopf. »Ich komme vorbei. Du wirst mir das ins Gesicht sagen …«

»Nein! Nein, ich habe darüber nachgedacht, habe das alles genau durchdacht. Ich habe es aufgeschrieben, damit ich es nicht vergesse.« Das Papier raschelte wieder in der Nähe des Telefons. »Ich habe mich entschieden. So wird es gemacht. Und jetzt genug von alledem. Ich will dir von Birdie erzählen.«

»Ich will nichts von der verdammten Birdie hören, was redest du denn da …?«

»Wir werden über meine Entscheidung nicht diskutieren.« Blahs Stimme brach, und Sewanees Auge füllte sich mit Tränen, als ob sie sich einen Körper teilten. »Das Ende ist immer elend, und ich werde einen Teufel tun und zulassen, dass du mich als ein Häuflein Elend in Erinnerung behältst.«

Sewanee war aufgesprungen. »Das ist *nicht*, wie ich dich in Erinnerung behalten werde! Ich werde dich in Erinnerung behalten, wie du am Pool sitzt und in dem Olds herumkurvst und Kleider anprobierst und rauchst und trinkst und fluchst und lachst und wegen Mitzi die Augen verdrehst.«

»Nein, glaub mir. Du wirst das Ende in Erinnerung behalten.«

»Hör auf, *das Ende* zu sagen!«, brüllte Sewanee. »Hör auf, vom *Ende* zu reden! Halt den Mund!«

»Sag deiner Großmutter nicht, dass sie den Mund halten soll!«, spie Blah aus.

»Halt den Mund! Halt den Mund! Halt den Mund!«

Nach einem Schweigen, bei dem Sewanee das Gefühl hatte, als wären all ihre Nervenenden in einen Mixer geworfen worden, lachte Blah. Und lachte weiter. Dann fing Blah an zu weinen. Das zu hören und sie nicht in den Arm nehmen zu können, war für Sewanee fast unerträglich. Schließlich begann Blah, wieder zu sprechen. »Es ist so traurig, Püppchen. Zwing uns nicht, Abschied zu nehmen. Ich kann das nicht ertragen. Das musst du verstehen. Lass das Publikum lachend zurück, erinnerst du dich? Bitte.«

Dicke Tränen kullerten Sewanee über die Wange. »Du könntest mich um alles bitten. Buchstäblich alles, nur nicht das.«

»Püppchen. Bitte.«

Drei verschiedene Optionen schossen Sewanee in den Kopf:

Ihr sagen, was sie hören will.

Sich mit ihr streiten, bis sie vergisst, worum sie gebeten hat.

Und Henry, der ihr sagte, sie würde schon sehen. Dass sie es gern übernehmen könne, sich um Blah zu kümmern, aber sie würde schon sehen.

Sewanee musste all die Teile von sich einsammeln, die abgesplittert waren, bevor sie wieder sprechen konnte. »Ich kann das nicht«, sagte sie. »Aber ich werde es tun.«

So ungern Sewanee es auch zugeben wollte, hatte Blah doch irgendwie recht. Durfte ein Mensch nicht selbst entscheiden, wie er in Erinnerung bleiben wollte? Und war sie es ihrer Großmutter nicht schuldig, diesen Wunsch zu respektieren? Was zum Teufel gab es denn letztendlich zurückzulassen, außer Erinnerungen?

Sie entschied, ihr Versprechen zu halten, solange Blah sich erinnern und sie darauf festnageln konnte. Sie wusste, dass das irgendwann nicht mehr der Fall sein würde, und dann würde Sewanee tun, was immer sie für das Richtige hielt. Das war nur fair. Für sie beide.

Blah stieß einen Atemzug aus. »Ich liebe dich, Püppchen«, sagte sie. Die Worte hallten durch Sewanee, als wären sie vom Gipfel eines Berges gerufen worden.

»Ich will dich sehen«, murmelte Sewanee.

»Wer hält dich auf?«

Sewanee ließ sich wieder auf den Boden sinken, und ein ersticktes Lachen entfuhr ihr. »Ich schwöre bei Gott.« Sie schüttelte erschöpft den Kopf und zitierte Blahs Lieblingsstelle aus den *Honeymooners*. »Eines Tages, Alice, wirst du rums, wums zum Mond fliegen.«

»Ah, Jackie Gleason, der war heiß, damals in den Fünfzigern. Habe ich dir je meine Jackie-Gleason-Geschichte erzählt?«

Sewanee lächelte. Sie liebte diese Geschichte. »Nein.«

Blah erzählte sie ihr. Dann fragte sie: »Kommst du diese Woche zur Happy Hour?«

»Bin mir noch nicht sicher. Aber wir hatten doch bereits entschieden, dass ich mich bei dir für die Audies fertig mache. Gilt das immer noch? Der Veranstaltungsort ist gleich um die Ecke.«

»Ooh, wann ist das denn?«

»Mittwochabend.«

»Was ist heute?«

»Sonntag.«

»Und wann ist die Veranstaltung?«

»In drei Tagen. Mittwochabend.«

»Möchte wetten, das hast du mir schon gesagt.«

»Ein paar hundertmal.«

»Ein paar hundertmal nur? Vielleicht geht es aufwärts mit mir. Wir sprechen uns morgen. Liebe dich.«

»Liebe dich zu Tode.«

»Hey, hetz mich nicht.«

Sie lachten beide, und dann fiel Sewanee etwas ein. »Warte, was wolltest du mir von Birdie erzählen?«

»Hä?«

»Du hast gesagt, du wolltest über Birdie reden.«

Blah schnalzte mit der Zunge. »Ach ja, richtig. Sie ist gestorben.«

»Was?!«

»Gott segne sie.«

Sewanee wollte nicht an ihren Worten zweifeln, aber sie fragte trotzdem: »Bist du sicher?«

»Mein Verstand bringt tote Leute ins Leben zurück, Püppchen, nicht umgekehrt.«

»*Birdie*, nicht Mitzi?«

»Mitzi? Mitzi wird die Erde überleben.«

»Wann?«

»O Gott, was ist heute? Gestern vielleicht.«

»Wie?«

»Friedlich eingeschlafen offenbar. Die Glückliche.«

»O mein Gott.«

»Na ja, sie war ja schon alt.«

»*So* alt nun auch wieder nicht!«

»Lass dich nicht bescheißen, sie hat viel machen lassen. Püppchen, dieses neue Mädchen ist gekommen, ich muss zum Abendessen gehen.«

»Okay, okay, geh nur, ich liebe dich.«

»Ich dich auch, Püppchen.« Sie machte Kussgeräusche in den Hörer und legte auf.

Sewanee blieb dort sitzen, auf dem Boden, gegen die Tonkabine gelehnt.

Dann fing sie wieder zu weinen an. Sie weinte um sich selbst, um Blah auch, aber hauptsächlich, schien es, um eine Frau, deren größte Leistung ein Dip aus zwei Zutaten war, den ihre Jungen vor vierzig Jahren gemocht hatten. Warum hatte das seine Klauen so tief in Sewanee geschlagen? Die absolute Herzlosigkeit, mit der ein unscheinbares Leben so sang- und klanglos endete.

Sie musste aufhören. Sie zwang sich aufzuhören. Sie durfte nicht weinen; sie musste aufnehmen. Wenn sie noch länger weinte, würde sie eine Stunde warten müssen, bis ihre Stimme wieder klar war. Sie hatte keine Stunde. Sie hatte keine Zeit zu verlieren.

Zitternd stand sie auf und nahm ihr Handy. Sie rief ihre Nachrichten auf, scrollte hinunter zu Brock, der gleich als Zweiter nach Adaku stand, da Adaku ihr geschrieben hatte, während sie telefonierte.

ADAKU:

Okay, Update: Sie konzentrieren sich im Moment darauf, den Deal mit dem männlichen Hauptdarsteller unter Dach und Fach zu bringen. Überraschung, Überraschung. Aber dann werden sie sich um deine Rolle kümmern und hoffentlich Anfang nächster Woche ein Angebot schicken. Ist es okay, wenn Manse das für dich regelt?

Sewanee antwortete mit einem Daumen-hoch-Zeichen und kehrte zurück zu ihrem Verlauf mit Brock.

SEWANEE:

Also ... Ich habe dein Menü bekommen.
Entschuldige, deine Mail.
Wann genau bist du in L.A.?

BROCK:

Ah, ja, wäre gut gewesen, diese Info zu ergänzen.
Ankunft frühmorgens am 10., Abflug spätvormittags am 11.

SEWANEE:

???

BROCK:

Ich weiß. Wünschte, ich könnte länger bleiben, aber mein Terminplan für Aufnahmen hier drüben ist die Hölle. Ich habe in L. A. zwei Prioritäten: Meetings am 10. (beinhalten leider ein Dinner) und dich jederzeit danach zu treffen.
Oops. Hab außerdem am 11. ein Frühstücksmeeting.

SEWANEE:

Also was, wir treffen uns um Mitternacht?
Wer bin ich, Aschenbrödel?

BROCK:

Sagen wir um elf. Will keine Märchenprinz-Erwartungen.
Im Ernst, es tut mir SO leid.

SEWANEE:

Schon okay. War schließlich eine Last-minute-Idee. Treffen wir uns am 10. um 11 Uhr abends bei Miguel's in Burbank.

BROCK:
Lass mich kurz in meinen Kalender schauen.

SEWANEE:
Ich schwöre bei Pete.

BROCK:
War nur 'n Witz, ich werde da sein.

SEWANEE:
Ich werde von den Audies kommen, könnte
mich also ein bisschen verspäten.

BROCK:
Bring meine ganzen Preise mit.

SEWANEE:
Tut mir leid, ich werde meine eigenen kaum
wegschleppen können.
Ich werde die in dem Ballkleid sein.

BROCK:
Damit sind wir schon zwei.

Siebenundvierzig Minuten später:

SEWANEE:
Ziehen wir das wirklich durch?

BROCK:
Wir ziehen das wirklich durch.

Sie war spät dran. Die Spülmaschine im Studio hatte beschlossen, ausgerechnet an diesem Nachmittag zu streiken, und der Verkehr war ungewöhnlich dicht gewesen. Sie hatte vorgehabt, mit Blah zu Abend zu essen, bevor sie sich für das Event fertig machte, aber sie hatte das Abendessen verpasst, und als sie endlich ankam, hatte sie weniger als eine Stunde, um sich in Schale zu schmeißen. Sie war zerzaust und abgehetzt und konnte nicht aufhören, darüber nachzudenken, dass sie in fünf Stunden Brock treffen würde.

Sie stand an Blahs Waschbecken zum Spiegel geneigt. Blah stand hinter ihr, gegen die Schiebetür des kleinen Wandschranks gelehnt, wo Sewanees Ballkleid hing.

»Verdammtes Neon«, brummelte Blah. »Der liebe Gott hat Make-up nicht dafür vorgesehen, dass es unter Neon aufgetragen wird.«

»Ich komme schon klar. Muss ja nicht kamerareif sein.«

»Was für einen Lippenstift hast du?«

Sewanee kramte in ihrer Tasche und reichte ihn ihr. Blah inspizierte ihn und nickte. Sie sagten einstimmig: »Er bringt das Violett des Kleids zur Geltung.«

Als kleines Mädchen hatte Sewanee oft zugesehen, wie Blah-Blah sich schminkte, an ihrem Frisiertisch in ihrem Zimmer in Bitsys Haus. Marilyn war eine Mascara-und-Labello-Mom gewesen. Ein Hauch von pflaumenblauem Lidschatten zu besonderen Anlässen. Blah hingegen verließ das Haus nie ohne Make-up. Von den Visagistinnen im Studio hatte sie die Kunst des Schminkens gelernt und sie an Sewanee weitergegeben, so wie andere Großmütter Rezepte weitergaben.

Sie gab sich der Erinnerung an das lächelnde Gesicht ihrer Großmutter neben ihrem im Spiegel hin. An den Geruch von Nikotinfingern an ihrem Kinn und Pfefferminzbonbons in Blahs Mund. Blah, die ihr mit einem Rougepinsel auf die Nase klopfte und sagte: »Püppchen.« Wie eine Salbung. Eine Krönung. Ein Fluch?

Blah knurrte und entfernte sich. »Willst du einen Mallomar?«

»Nein danke.«

Während Sewanee den Lippenstift auftrug, hörte sie Blah murmeln: »Was in aller Welt soll das denn …?«, und Sewanee steckte den Kopf ins Zimmer. Blah stand neben ihrem Bett und starrte auf den Nachttisch.

»Was denn?«

»Sie sind weg.«

»Wahrscheinlich hast du sie gegessen.«

»Zum Glück ist nicht Sommer. Ich kann mich immer noch eindecken.«

Sewanee ging zurück zum Spiegel. »Das habe ich nie verstanden.«

»Sie versenden sie nicht in den Sommermonaten. Nestlé hat befürchtet, die Schokolade würde schmelzen. Es gab ja nicht wie heute Kühltrucks.«

»Aber das ist lange her.«

»Über hundert Jahre. Kannst du das glauben? Diese Cookies gibt es länger als mich. Aber im Sommer kann man sie noch immer nicht kriegen. Inzwischen glaube ich, dass das ein Marketingtrick ist. Angebot und Nachfrage. Verdammte Erpresser. Weißt du, dass sie sie in Kanada machen, man sie in Kanada aber nicht kriegen kann? Da haben sie dieses andere Zeug namens Whippet. Ist angeblich das Gleiche, aber das glaube ich nicht. Ich glaube, sie füllen sie sogar mit irgendeiner Marmelade. Diese Dreckskerle.«

Sewanee ging hinüber und stellte sich neben Blah. »Weißt du, für jemanden, der dabei ist, plemplem zu werden, ist es erstaunlich, woran du dich erinnerst.«

»Püppchen, hier geht es um die Mallomars. Die eine wahre

Liebe meines Lebens. Abgesehen von dir.« Blah wandte sich zu ihr um. »Also, lass dich ansehen! Perfekt.« Und doch rieb sie gleich darauf mit einem gekrümmten Finger unter Swans rechtem Auge, genau an der Wimpernlinie. »Du vergisst immer das Überblenden.«

»Mit einem Auge habe ich jetzt nur noch die halbe Sicht.«

Blah schnaubte. »Du bist hinreißend, Püppchen. Das hinreißendste Mädchen, das ich kenne.«

Sewanee stöhnte theatralisch auf, während sie zurück zum Wandschrank ging. Sie nahm das Kleid vom Bügel und schlüpfte hinein. Sie befestigte ihre Augenklappe über ihrer Hochsteckfrisur und überprüfte ihr Erscheinungsbild noch einmal gründlich im Spiegel. Nicht schlecht. Wenn sie ehrlich war, war die Preisverleihung nicht das, wofür sie sich heute Abend in Schale warf. Sewanee versuchte, an ihrer Nervosität vorbeizuatmen. Und an der Spanx-Unterwäsche.

»Wo sind meine Mallomars?«, hörte sie von der anderen Seite der Wand.

»Du hast sie gegessen«, wiederholte Sewanee und ging wieder hinüber. »Wir werden morgen Nachschub besorgen. Vergiss nicht, draußen ist es noch immer kalt, das heißt …«

Blah schüttelte den Kopf. »Sie waren genau hier!« Sie zeigte auf den Nachttisch. Ihre Stimme war ängstlich geworden. »Jemand hat sie gestohlen! Ich mag die neue Schwester hier nicht. Sie kommt herein, wann immer ihr danach ist, und beobachtet mich. Ich möchte wetten, sie hat die Mallomars gestohlen.«

»Sie hat nicht gestohlen …«

»Ich will nach Hause.«

Sewanee nahm die Hände ihrer Großmutter und versuchte, ihren Blick aufzufangen. »Blah, du bist zu Hause. Das hier ist dein Zuhause. Und du hast ein wundervolles Zuhause. Alle hier sorgen sich um dich. Du hast nur vergessen, dass du deine Marshmallow-Cookies aufgegessen hast, das ist alles.«

Blah beruhigte sich, zeigte aber noch immer auf den Nachttisch. »Ich bewahre sie genau dort auf.«

»Ich weiß, aber …« Sewanee sah in die Richtung, in die Blah zeigte. Dort lag ein glänzender DIN-A4-Ordner mit Stockfotos lachender älterer Leute auf dem Deckel. Darüber die Worte: SUNNYSIDE – EINE BESSERE PFLEGELÖSUNG. Sie wurde still. »Wo kommt das denn her?«

Aber Blah war auf dem Weg zu ihrer Kochnische, während sie vor sich hin murmelte: »Wo sind sie denn nur?«

Sewanee nahm den Ordner und schlug ihn auf. Darin waren Seiten mit Informationen und Statistiken, Marketingmaterialien für – wie jetzt offensichtlich war – eine alternative Wohneinrichtung. Verwirrt klappte sie den Ordner zu. Eine Vorahnung stieg in ihr auf. Und dann landete ihr Blick auf dem dunklen fett gedruckten Schriftzug rechts unten auf dem idyllischen Titelbild: MEDICAID AKZEPTIERT.

»War Dad hier?«, fragte sie wütend.

Blah gab keine Antwort. Sie hatte sich in ihren Schaukelstuhl gesetzt und war still geworden.

Es klopfte an der offenen Tür. »Hallo? Ich bins noch mal. Ich habe etwas vergessen, aber ich habe dir auch …«

Henry trat ins Zimmer und blieb wie angewurzelt stehen. »Oh. Hi.« Er hielt eine vertraute gelbe Schachtel hoch. »Ich habe ihren letzten Mallomar gegessen, also habe ich welche nachgekauft.«

Sewanee hielt den Ordner hoch. »Oh. Hi. Willst du mir das hier erklären?« Ihre Stimme war bewundernswert ruhig, fand sie.

Henry sah, was sie in der Hand hielt, holte Luft. »Optionen.«

»Optionen?!« Schon war ihre Stimme nicht mehr bewundernswert ruhig.

Er seufzte und schüttelte den Kopf. »Kann ich das wiederhaben? Bitte?«

»Nein, du kannst es nicht wiederhaben. Bitte, danke oder sonst irgendwas.«

»Sewanee, du hast kein Recht ...«

»*Ich* habe kein Recht? Wovon redest du denn? Ich habe jedes Recht. Ich bezahle das hier!«

Henry wies mit einer Kopfbewegung auf seine Mutter. »Sie will umziehen.«

»Sie will – *was*?!«

»Wir haben darüber geredet. Sie freut sich darauf umzuziehen.«

Sewanee schnaubte spöttisch. »Und ich dachte, es sei wegen der Mallomars. Jetzt weiß ich, warum sie wirklich so aufgelöst ist!«

Er verdrehte die Augen, verdrehte allen Ernstes vor ihr die Augen. »Ich tue nur, was für alle Beteiligten, dich eingeschlossen, am besten ist. Auch wenn du zu stur bist, um das zu sehen.«

Während er redete, wandte Sewanee ihre Aufmerksamkeit Blah zu und sagte über ihn hinweg: »Was hat er zu dir gesagt? Was hat er dir erzählt?«

Ihre Großmutter starrte mit leerem Blick zu ihr zurück und schüttelte den Kopf, ganz leicht, es sah aus wie ein Zittern. Sie zeigte auf die Schachtel, die Henry in der Hand hielt. »Da sind sie ja!«

Sewanee ging hinüber ans Fenster. Es war mit zusätzlichen Sicherheitsriegeln verschlossen, sodass es normalerweise schwer zu öffnen war. Aber Wut ist eine treibende Kraft, und binnen weniger Momente hatte Sewanee es geschafft, und der Sunnyside-Ordner war hinausgeflogen.

Henry schnaubte. »Dein Hang zur Theatralik ändert überhaupt nichts, das ist dir schon klar, oder?«

Sie marschierte zu ihm hinüber. In ihren High Heels stand sie ihm auf Augenhöhe gegenüber. »Halt du dich da raus. Ich habe dir gesagt, ich kümmere mich darum«, sagte sie mit ihrer allerleisesten Stimme.

»Du hast mir auch gesagt, dass ich sie besuchen soll.« Diese Selbstgefälligkeit widerte sie an.

»Damit hilfst du niemandem außer dir selbst. Alles, was du erreicht hast, ist, sie zu verwirren. Sie zu verletzen. Mich zu verletzen«, zischte sie. »Kapierst du das nicht? Sorgst du dich denn gar nicht?!« Diesen letzten Teil schrie sie.

Henry antwortete mit seiner geduldigen Professorenstimme: »Mein Problem ist, dass ich mich zu sehr sorge. Und ich werde nicht zusehen, wie du dir das antust. Oder ihr.«

»Was tue ich mir denn an? Mich um sie kümmern? Sie beschützen? Sie lieben?«

»Auf Kosten deiner eigenen Zukunft! Das ist eine Verschwendung deines Geldes, und wofür? Für meine Mutter, um die ich mich mehr sorge, als du weißt, die aber den Unterschied zwischen Sunnyside und Seasons nicht bemerken wird. Sie wird denken, dass es dasselbe ist, weil sie beide mit S anfangen.«

Sewanee nahm sich einen Moment Zeit, um sich zu sammeln. Um erwachsener zu sein. Um den Drang, ihm eine Ohrfeige zu verpassen, zu unterdrücken. »Du findest das witzig? Sie sitzt genau dort, sie kann dich hören. Gott …« Sie stöhnte auf. »Das ist genau der Grund, weshalb ich diese Entscheidung ohne dich treffe.«

»Und wir wissen ja alle, wie gut das klappt, wenn du Entscheidungen ohne Rücksicht auf deine Zukunft triffst.«

Das Knacken in ihr erfolgte prompt, als wäre er auf einen Zweig getreten. »ES WAR EIN UNFALL! UND ICH GEBE

MIR AN JEDEM VERDAMMTEN TAG SELBST DIE SCHULD DARAN! GEHTS DIR JETZT BESSER?«, schrie sie mit einem Teil ihrer Stimme, den sie seit Jahren nicht mehr benutzt hatte. Sie konnte sich nicht einmal sicher sein, ob er *diese* Entscheidung meinte, er schien jede Entscheidung zu hassen, die sie je getroffen hatte, jede einzelne, aus der sie ihn ausgeschlossen hatte, aber es war egal. All die Reue, die in ihr schlummerte, zusammengerollt im tiefsten Winkel ihres Herzens, konnte er mit der leisesten Provokation wachrufen.

Henry wich deutlich sichtbar zurück. »Das ist nicht, was ich …«

Sie baute sich vor ihm auf. »Als du entschieden hast, deine Studentin zu vögeln, wen hast *du* da konsultiert? Wie sehr hast du an die Zukunft gedacht? Hast du an irgendjemand anders gedacht als dein selbstsüchtiges, selbstbesessenes …« – sie spie es ihm förmlich ins Gesicht – »… Selbst? Hat diese Entscheidung für dich gut geklappt, Dad? Ich habe nur mir selbst Narben zugefügt. Wie vielen Leuten hast du Narben zugefügt?«

Er schwieg.

Sie wusste, dass er noch nie so hart getroffen worden war, mit Sicherheit nicht von ihr. Und es machte sie noch wütender, dass die Verletztheit, die sich auf seinem Gesicht abzeichnete, dafür sorgte, dass sie ihn halten und mit ihm weinen wollte. Was war das nur zwischen ihnen beiden?

Sie hatte keine Zeit für das hier. Sie musste zu den Audies. Sie musste zu Brock. Sie ließ Henry stehen, suchte ihre Handtasche, ihr Handy, ihre Kontrolle zusammen und redete dabei die ganze Zeit: »Wenn du auf die Tour weitermachst, werde ich dich nie wieder in meine Nähe lassen. *Nie wieder*.« Sie ging zu ihm zurück und riss ihm die Mallomars aus den Händen. »Und wag es nicht noch mal, ihre Cookies zu essen!« Sie ging hinüber zu Blah und reichte sie ihr.

Blah lächelte, als würde sie ein Foto einer lange verschollenen Freundin sehen. »Ich wusste doch, dass sie irgendwo hier sein müssen.«

»Ich liebe dich, Blah, bis morgen.« Sie ging an ihrem Vater vorbei, ohne ihn zu beachten. Als sie die Tür erreichte, sagte er ihren Namen, und seine Stimme brach. Sie blieb stehen. Sie wollte sich noch einmal zu ihm umdrehen, aber sie befürchtete, wenn sie das tat, dann würde sie zusammenbrechen. Also sagte sie in den Flur: »Das hier ist nicht eine der schlechten Entscheidungen, Dad.«

Während sie das Zimmer verließ, hörte sie BlahBlah zitternd, mit dem stärksten Tennessee-Näseln, das sie je von ihr gehört hatte, sagen: »Na ja. Sind wir nicht ein schönes Paar?«

Die Audies-Zeremonie fand in einem großen Filmtheater statt, keine Meile vom Seasons entfernt, und doch hatte Henry es geschafft, Sewanees Orientierungssinn außer Kraft zu setzen. Wütend vor sich hin murmelnd, marschierte sie im Laufschritt zu dem Event, nur um zwanzig Minuten später aufzusehen und sich in einer Wohngegend wiederzufinden. Sie holte ihr Handy aus der Tasche des Ballkleids und rief einen Stadtplan auf. Nach noch einer falschen Wegbeschreibung, die sie zum Parkplatz eines Lebensmittelgeschäfts führte, erreichte sie endlich das Kino.

Sie hatte den Empfang vorher verpasst. Sie hatte den Empfang auf keinen Fall verpassen wollen. Ein doppelter Wodka Soda hätte auf jeden Fall geholfen, das Pochen ihrer Füße in ihren Heels und den Stress zu betäuben. Aber die Leute wurden bereits in den Zuschauerraum geleitet, und sie wurde in den Strom von Umarmungen, Wangenküssen und Händeschütteln gerissen. Sobald sie drinnen war, wurde sie aus der Menge herausgefischt und zur ersten Reihe geführt, wo die anderen Laudatoren saßen.

Sie konnte sich nicht auf die Zeremonie konzentrieren. Hatte keine Ahnung, was los war, wer sprach, wer gewann, nichts. Sie hörte, wie ihr Name als eine der Nominierten in ihrer Kategorie verlesen wurde, und klatschte benommen, als jemand anders gewann. Etwa in der Mitte der Zeremonie (soweit sie sagen konnte) beugte sich Alice Dunlop, die neben ihr saß, zu ihr herüber, flüsterte: »Ich glaube, du bist dran«, und wies mit dem Kopf zu einem Eventkoordinator, der in den Kulissen stand und Sewanee zuwinkte.

»Danke«, murmelte Sewanee, blieb aber noch ein paar Sekunden länger sitzen. Dann, als das Winken des Koordinators hektischer wurde, drang es schließlich zu ihr durch, und Sewanee stand auf und stolperte prompt über den vorderen Saum ihres Kleids. Alice streckte eine Hand aus, um sie aufzufangen, aber Sewanee fand ihr Gleichgewicht wieder und eilte hinter die Bühne.

Sobald sie dort angekommen war, funktionierte automatisch, was sie in ihrer erstklassigen Ausbildung gelernt hatte. Sie atmete tief durch, sah zu, wie der Koordinator mit fünf Fingern den Countdown herunterzählte.

Sie trat ans Podium wie die Teilnehmerin eines Schönheitswettbewerbs, wartete kurz den Applaus ab und las dann mit würdevoller Autorität von dem klaren Teleprompter zu ihrer Linken ab, wobei sie sicherstellte, dass sie sich an die rechte Seite des Saals wandte, wann immer es möglich war. Sie war ein Profi.

»Jedes Jahr würdigt dieses Gremium den Beitrag einer Person zur Welt des Hörbuch-Geschichtenerzählens. Dieses Jahr wurde mir die große Ehre – so bittersüß sie auch sein mag – zuteil, den Preis für ihr Lebenswerk posthum an June French zu verleihen.« Das Publikum applaudierte, und Sewanee fiel auf dem Podium mit ein.

»June war Bestsellerautorin und mehrfache RITA-Preisträgerin. Sie hat ihren ersten Roman im Alter von siebenundzwanzig Jahren an Harlequin verkauft. Letztes Jahr verstarb sie bedauerlicherweise im allzu frühen Alter von sechsundsechzig Jahren. Während dieser Jahre war sie eine unserer produktivsten Autorinnen, die achtundsiebzig Romane verfasste und weltweit über sechsundfünfzig Millionen Exemplare in dreiundzwanzig Sprachen verkaufte. In den letzten sieben Jahren ihres Lebens wurde June zu einer Pionierin der Hörbuchbranche. Sie war Produzentin, Unternehmerin und eine kreative Kraft, die die Grenzen des Genres, der Produktion und, ja, der Verkaufszahlen sprengte. Viele der in diesem Saal Anwesenden haben von ihrer Arbeit profitiert. Nach ihrer Arbeit mit Hörbüchern gefragt, erklärte June in einem inzwischen legendären Interview mit der *Cosmopolitan*: ›Die menschliche Stimme ist der Faden, der eine Seele mit einer anderen verbindet. Sie ist so ursprünglich wie das Murmeln deiner Mutter, während sie dich an ihrer Brust stillte, und so mächtig wie die anerkennenden Worte deines Vaters. Sie ist das Vehikel allen menschlichen Ausdrucks. Sie ist so elementar wie das Leben selbst, da sie uns hilft, zu lieben und geliebt zu werden.‹ June liebte Hörbücher, sie liebte uns, und heute Abend wollen wir sie ehren. Die Person, die diesen Preis in ihrem Namen entgegennehmen wird, ist die, die sie am besten gekannt hat, ihr Neffe. Lassen Sie uns ihn heute Abend hier in unserer Community mit der gleichen Liebe begrüßen, die June uns allen entgegengebracht hat.«

Sewanee trat vom Podium zurück und klatschte zusammen mit dem Publikum, suchte den Saal mit den Augen ab. Sie sah niemanden auf die Bühne zukommen. Der Applaus verebbte, und ein leises Kichern war im Saal zu hören, während das Publikum begann, nach ihm Ausschau zu halten. Irgendjemand rief etwas aus dem hinteren Teil des Saals. »Wie bitte?«, rief Sewanee.

»Er ist auf der Toilette«, kam die gedämpfte Antwort.

Die Menge lachte. Sewanee kicherte und zuckte die Schultern. »Nun ja, in der Zwischenzeit«, sagte sie, stützte sich mit einem Ellenbogen auf das Rednerpult und beugte sich zum Mikrofon hinunter, »würde der Besitzer des weißen Toyota Corolla bitte zum Securityschalter kommen? Ihr Hörbuch läuft noch immer.« Die Menge kicherte. Sie improvisierte weiter. »Hey, wie viele Sprecher braucht man, um eine Glühbirne einzuschrauben?« Sie hielt sich eine Hand ans Ohr, und das Publikum rief: »Wie viele?!«

»Zwei. Einen, der es tut, und einen, der Ihnen sagt, dass er einmal ein Siebzigstundenhörbuch über die Geschichte der Glühbirne gesprochen hat, und Sie fragt, ob Sie wussten, dass Thomas Edison …« Sewanee ließ den Kopf auf die Brust sinken und schnarchte. Das Publikum stöhnte vor Lachen. »Einen, der es tut, und alle anderen, um zu sagen, wir sollten Tantiemen dafür kriegen.« Bei diesen Worten klatschte das Publikum Beifall. Sie verzog theatralisch das Gesicht. »Okay, jetzt muss *ich* zur Toilette!« Lautes Gelächter. »Nein, im Ernst!« Noch lauteres Gelächter. »Die Macht der Suggestion …«

»Hier kommt er!«, rief jemand von hinten.

Ein schlanker Schatten kam von hinten quer durch den Saal gesprintet. Die Menge jubelte, und Sewanee fiel mit ein, sah zu, wie er die Bühne erreichte, den Kopf gesenkt, und die Treppe hochsprang. Er wandte sich zu der Menge um, sah mit gespieltem Entsetzen auf seinen Hosenschlitz und tat so, als würde er ihn rasch zuziehen. Die Menge johlte, und er machte eine kleine, spöttische, selbstironische Verbeugung. Er wandte sich um, ging genau aufs Podium, auf sie, zu, und das Scheinwerferlicht erhellte sein Gesicht. Ihre Blicke trafen sich.

Und sie waren in so was wie einem Autounfall.

Glas zersplitterte, Blech zerbarst, sie wurden herumgeschleudert, immer und immer wieder. Wie eine Roulettekugel.

Seine Schritte verlangsamten sich, und ihr Herz schwoll an. Er trat auf sie zu, wie er es in der Suite in Las Vegas getan hatte.

Bewusst.

Machtvoll.

Unausweichlich.

VIERTER TEIL

Es ist an der Zeit für Schriftsteller zuzugeben, dass nichts auf dieser Welt irgendeinen Sinn hat.

Anton Tschechow, Brief an Maria Kiseljowa,
14. Januar 1887

Stellen Sie einfach sicher, dass es spätestens in der Mitte irgendeine Art Sex gibt. Ein Leser wird Ihnen nur begrenzt lange folgen.

June French in *Cosmopolitan*

Kapitel 10

Eingeschneit

Nick und Sewanee waren nicht in der Suite geblieben.

Anfangs war sie zufrieden, genoss ihr Gespräch in ihrer kleinen Schneekugel. Dann hatte sie entschieden, ihm die Suite zu zeigen, und Nick ging so dicht hinter ihr, dass sie seinen Atem hören konnte. Aber als sie ihr Schlafzimmer betreten hatten und er seine beiden Hände flach aufs Bett gelegt und fest draufgedrückt hatte, wie um es zu testen, machte sie auf dem Absatz kehrt und ging zurück in die Sicherheit des Wohnzimmers.

Als er sich wieder zu ihr gesellte, die Hände beiläufig in die Hosentaschen gesteckt, völlig unbekümmert, erklärte sie, dass sie zum Club hinuntergehen wollte.

Obwohl jede Menge Schmetterlinge in ihrem Bauch umherflogen, tat sie ihr Bestes, um es nach einer guten Idee aussehen zu lassen. Dort gab es einen Tisch, der auf sie beide wartete. Sie war seit Jahren in keinem Club mehr gewesen. Und nun war sie schon mal dafür gekleidet. Warum die Gelegenheit verstreichen lassen? Nach einem kleinen Missverständnis zwischen ihnen darüber, ob Nick ihr Gesellschaft leisten durfte (natürlich durfte er das; na ja, es hatte so geklungen, als ob sie allein gehen wollte; oh, das wollte sie auf keinen Fall), verließen sie schweigend die Suite, warteten schweigend auf den Aufzug, stiegen schweigend in den Aufzug, stiegen in der falschen Etage aus, stiegen wieder in den Aufzug, lachten, um das Schweigen zu brechen, stiegen in der richtigen Etage aus, fanden den unscheinbaren Eingang zum Club, sprachen mit dem Angestellten am Empfang und wurden durch die dreigeschossige, an ein Lagerhaus erinnernde Bar zu einer niedrigen, mit silbernem Samt bezogenen hufeisenförmigen Sitzbank geführt, mit einem Glastisch, auf dem eine Flasche Wodka in einem Eiskübel stand, umgeben von verschiedenen Shakern.

Sie hatten einander gegenüber Platz genommen.

Das Kondenswasser, das an dem Eiskübel hinunterrann, erinnerte sie an den Schweiß, den sie in ihrem Kreuz hinunterrinnen spürte. Die Lichter waren gedämpft und leicht violett. Hin und wieder ein Strobe-Effekt. Es war noch früh, für Club-Maßstäbe zumindest, und die Tanzfläche hinter dem Tisch nur halb voll. Was durch den Raum dröhnte, kam Sewanee nicht so sehr wie Musik vor, sondern eher wie eine Abfolge von Rhythmen mit ein bisschen Gekreische dazwischen. Aber es drang in ihren Körper ein und hämmerte in ihrer Brust.

Ihr wurde bewusst, dass sie Nick nicht ein einziges Mal angesehen hatte, seit sie sich gesetzt hatten. Sie sah auf, und er sah sie an. Er lächelte und zog die Augenbrauen hoch, als wollte er sagen, *na*? Sie konnte nicht anders; sie kicherte ein wenig und zuckte die Schultern, während die Schmetterlinge noch immer flatterten.

Er zeigte auf die Wodkaflasche, und sie nickte begeistert. Er machte sich an die Arbeit, füllte eines der Gläser mit Eis, goss etwas Wodka hinein und zeigte auf die verschiedenen Shaker. Er schien erleichtert, etwas zu tun zu haben. Sewanee zeigte auf das Sodawasser. Er kam ihrem Wunsch nach, drückte außerdem ein Stück Limone darüber aus. Er reichte ihr das Glas, und sie hauchte einen Dank. Er machte sich selbst den gleichen Drink, und dann streckte er einen Arm über die Rückenlehne der Sitzbank aus, schlug die Beine übereinander und starrte auf die Menge.

Was zum Teufel tun wie hier?, dachte sie.

Sie nahm einen kräftigen Schluck von ihrem Drink, wollte ihn absetzen, fing seinen Blick auf, lächelte angespannt, führte den Drink wieder an den Mund und leerte ihn. Dann setzte sie das Glas ab. Er sah wieder auf die Menge, also tat sie es ihm gleich.

Eine Kellnerin tauchte neben Nick auf. Sie legte ihm eine Hand auf die Schulter und beugte sich zu seinem Ohr hinunter, sodass ihre Brüste förmlich aus ihrem Dekolleté quollen.

Sewanee dachte, echt jetzt? Ich bin genau hier. Aber dann überlegte sie, wie viel Platz tatsächlich zwischen ihnen war. Sie war so weit entfernt von ihm, wie es die Sitzbank zuließ.

Nick legte den Kopf zurück und sah Sewanee an. Er hob eine Hand, winkte sie zu sich.

Gott, diese Hand. Diese Finger.

Sie begann, um das Hufeisen zu rutschen, aber ihr Kleid verhedderte sich um ihre Schenkel. Sie änderte ihre Taktik, machte kleine Hüpfer, wie ein Frosch, der versucht, sich zwischen Seerosenblättern seitwärts fortzubewegen. Schließlich kam sie an.

Er neigte den Kopf so nah zu ihrem Ohr, dass sie nicht sagen konnte, ob es sein Atem oder seine Lippen waren, was sie berührte. Wie auch immer, ein Schauder durchlief sie. »Sie sagt, wir können eine Flasche Champagner haben, wenn wir wollen. Dass sie inbegriffen ist.«

Sie lehnten sich zurück, und sie sah in seine Augen. Sein Blick glitt zu ihrem Mund. Alles, was sie sagte, war: »Oooh«, denn das war ein Laut, der ihre Lippen zu einem Schmollmund verzog. Er wandte sich wieder zu der jetzt aufrecht stehenden Kellnerin um und nickte. Sie entfernte sich, und sie waren wieder allein, klebten seitlich aneinander. Er drehte sich wieder zu ihrem Ohr um. »Ich glaube, ich bin zu alt für das hier.«

Sie lachte und brüllte zurück: »Ich auch.«

Seine Augen waren strahlend. Sie sah, wie er sie musterte, ihren Mund, ihr Kinn und ihre Wangen und ihren Hals und ihre Brust. Als würde er sich alles genau einprägen. Sie für eine künftige Erkundung abscannen. Er beugte sich vor, nahm seinen Drink und trank einen Schluck, ohne den Blick von ihr abzuwenden. Dann war er wieder an ihrem Ohr. »Wirst du tanzen?«

Sie schüttelte den Kopf und führte ihre Lippen zu *seinem* Ohr, genoss die Genugtuung, die sie empfand, als sie sah, wie eine Gänsehaut an der Seite seines Halses hinunterlief. »Bittest du mich darum?«

»Ja.«

»Leistest du mir auf der Tanzfläche Gesellschaft?«

»Nein.«

»Oh, ich soll allein tanzen?«

»Na ja, wenn du darauf bestehst, komme ich mit.«

»Ich würde dieses großzügige Angebot ja gern annehmen, aber ich kann zu diesem Krach nicht tanzen. Sind das tatsächlich Songs?«

Als hätte der DJ sie gehört, wechselte die Musik zu einem Club-Remix von Phil Collins' »In the Air Tonight«. Nick legte den Kopf schräg: Was hast du gesagt?

Der Fehdehandschuh war hingeworfen. Er schwang die Knie zur Seite, um sie vorbeizulassen, und streckte die Hand aus. Sie ergriff sie und stemmte sich hoch. Sie ging nicht gleich vorbei, sondern blieb vor ihm stehen. Ihr Innehalten ließ ihn aufblicken, und sie sah auf ihn hinunter, ihre Hand noch immer in seiner. Eine zeitlose Konstellation: die Dame und ihr edler Ritter. Zeitlos, klar und entspannt und richtig. Ein Verständnis ihrer jeweiligen Rolle in diesem ewigen Tanz, das instinktive Wissen, wann man führen und wann man folgen sollte.

Sie ging auf die Tanzfläche, und er wandte den Blick nie von ihr ab, nicht für eine Sekunde.

Sie begann zu tanzen.

Es hätte unbeholfen sein sollen. Sie war völlig aus der Übung. Ein gut erhaltener Oldtimer, der zu lange in der Garage gestanden hatte, die Batterie leer. Aber die Musik war der Zündschlüssel, und zu ihrer Verblüffung sprang der Motor an. Sie begann, sich zu bewegen. Richtig zu bewegen. Das Verlangen in Nicks Augen verbrannte den letzten Rest Unsicherheit, der vielleicht noch da war, und die Schmetterlinge kamen endlich zur Ruhe. Sie hatte keine Ahnung, warum er so auf sie stand, aber er tat es, und das war befreiend. Befreiend von etwas. Für etwas.

Sie versenkte sich in sich selbst, ihre Bewegungen wurden klein, intim, privat. In solchen Situationen, wo andere Frauen vielleicht offener waren, hatte sie immer festgestellt, dass versteckte Operationen die besten Ergebnisse erzielten. Gib ihm nur genug, um den Rest zu erraten. Bring einen Mann dazu, seine Fantasie zu benutzen, dann kann er gar nicht anders, als neugierig zu sein. Sie brauchten nicht die explizite Version. Was sie wollten, war *Pictionary*. Und sie wusste, wie man zeichnete.

Als die Kellnerin mit einem Eiskübel mit Champagner wiederkam und ihn vor Nick auf den Tisch stellte, verlagerte er seine Haltung, um Sewanee an ihr vorbei weiter zu beobachten, und hatte sie sich je mächtiger gefühlt? Hatte sie?

Die Art seines Blicks veränderte sich. Vom Zusehen zum Nachdenken. Ein Geheimnis zupfte an seinen Lippen. Mit dem Daumen der rechten Hand drehte er den Ring an seinem Mittelfinger.

Der Song endete nicht wirklich, sondern ging in etwas anderes über, wurde wieder undefinierbarer Krach.

Sie hörte auf, sich zu bewegen, stand nur da, und die Leute machten einen Bogen um sie, als wäre sie ein verschütteter Drink.

Nicks Grinsen zog sie zu ihm hin. Während sie von der Tanzfläche schwebte, begann ein Strobe-Licht zu pulsieren. Sie sah zu, wie es sich auf ihm brach. Sie konnte sich nur vorstellen, wie sie aussehen musste, während sie sich ruckartig, hüpfend auf ihn zubewegte. Anstatt die Knie zur Seite zu schwingen, spreizte er sie diesmal einfach. Sie schlüpfte dazwischen, und die Außenseiten ihrer Beine küssten die Innenseiten seiner. Seine Hände blieben auf seinen Schenkeln. Sie sah, wie sie den Stoff umklammerten.

Wieder sahen sie sich an.

Er hatte eine absolut entzückende Miene aufgesetzt, als er etwas sagte, was sie über die hämmernde Musik nicht hören konnte.

»Was?«, brüllte sie.

Er lachte. Schüttelte den Kopf. Brüllte entnervt zurück: »Ich habe gesagt, ich vermisse es, mit dir zu reden!«

Sie lachte, neigte den Kopf, ließ die Hände auf seine Schultern sinken, um sich abzustützen. Kichernd hob er selbst die Hände, umfasste ihren Nacken. Seine Finger glitten durch ihre feinen Härchen dort, und seine Wange glitt an ihrer entlang, bis sein Mund wieder an ihrem Ohr war. »Möchtest du Champagner?«

Ihre Wange berührte noch immer seine, als sie sich zu seinem Ohr umwandte und schlicht »Nein« sagte. Dann nahm sie sein Ohrläppchen in den Mund.

Zur Antwort raffte er ihre Haare zusammen.

Sie bog sich zurück, nahm seine Hände und zog ihn mit sich hoch. Als sie ihn vom Tisch wegführte, bemerkte sie eine Gruppe junger Frauen, die steif am Rand der Tanzfläche standen. Sie wirkten seltsam verloren. Dingis, die in einer steigenden Flut schaukelten. Ihre Kleider zu kurz, die Heels zu hoch, die Haare zu glänzend. Eine verlagerte immer wieder ihre Haltung, bereute offensichtlich schon jetzt die Auswahl ihrer Schuhe; eine andere, in dem kürzesten Kleid von allen, zog es immer wieder nach unten, womit sie nur noch mehr Aufmerksamkeit auf genau das lenkte, was sie zu schützen versuchte. Die Haie begannen zu kreisen.

Sie ließ Nicks Hand los und ging zu ihnen hinüber. Sie zeigte auf ihren Tisch, auf die fast volle Flasche Wodka, auf den ungeöffneten Champagner. Sie fing den Blick der Kellnerin auf und zeigte auf die Mädchen, dann wieder auf den Tisch. Die Kellnerin nickte. Die Mädchen starrten sie mit offenem Mund an. Eine zog sie zu einer Umarmung an sich. Eine andere hüpfte auf und ab, die Hände an die Brust gelegt, und ging fast zu Boden, als sie auf ihren Stilettos umknickte.

Sie verließen den Club, aber auf dem Weg zum Aufzug nahm Nick auf einmal ihre Hand und führte sie in einen Vorraum, durch eine gläserne Doppeltür, und hinaus ins Freie. Der Schwall kalter, nach Schnee riechender Luft, die ihnen entgegenschlug, erzeugte in Sewanee einen Adrenalinstoß, und sie stöhnte auf, aber das Geräusch wurde rasch erstickt von Nicks Händen, die ihr Gesicht umfassten, seinem Mund, der ihren nahm, seinem Körper, der sie nach hinten schob, bis sie mit dem Hintern gegen eine eisige Wand stieß. Sie verschmolz damit, während sein Körper mit ihrem verschmolz.

Sie erinnerte sich, dass sie auf einem öffentlichen Gehweg waren, als sie das unmissverständliche Gejohle einer Rotte Jungs hörte. Nick unterbrach den Kuss, nahm die Hände von ihrem Gesicht und legte sie an die Wand hinter ihr, schirmte sie ab. Sie verbarg den Kopf an seiner Brust, während er gutmütig knurrte: »Verpisst euch, ja?«

Das Gewieher verhallte, und Sewanee kicherte in sein

Hemd. Sie sah wieder hoch und über seine Schulter. Schwaden von Atemluft trugen ihre Worte: »Das musst du sehen.«

Er wandte den Kopf um. »Mein Gott.« Er stieß sich von ihr ab, lehnte sich mit dem Rücken gegen die Wand, sodass sie nebeneinanderstanden, mit Blick auf den Strip, genau über dem kleinen See, wo die Gondeln parkten. Es gab eine Brücke und die Nachbildung des Markusturms, des Campanile. Die Lichter des Mirage und des Treasure Island auf der anderen Seite des Las Vegas Boulevard. Schnee fiel noch immer über der Szenerie, wenn auch inzwischen spärlicher.

Sie fröstelte, und Nick schob einen Arm hinter ihren Rücken und zog sie vor sich, damit sie sich an seinen Körper schmiegen konnte. Er strich ihr das Haar aus dem Nacken und küsste dann, sanft wie der Schnee, ihre entblößte Haut. Seine Finger glitten über ihr Schlüsselbein und die Vertiefung darunter. Das Geräusch, das sie machte, war völlig neu für sie. »Ich verstehe das nicht«, murmelte er. »Ich verstehe nicht, wie das hier passiert ist. Wie alles mit dir so magisch sein kann.«

»Ich. Weiß. Es. Nicht«, stieß Sewanee hervor. Er hob ihr Kinn an, führte ihre Lippen wieder zu seinen und küsste sie auf Arten, die sie entweder längst vergessen oder einfach noch nie erlebt hatte.

Schließlich gelang es ihr, ihre Gedanken in Worte zu fassen. »Wir müssen gehen.«

»Ja.«

»Jetzt.«

»Einverstanden.«

Sie rührten sich nicht.

»Jederzeit.«

»Ich brauche eine Minute.«

Als er ihre Verwirrung spürte, lehnte er sich ganz sanft an sie. Sie grinste und presste sich auffordernd an ihn. Tat es wieder.

»Das ist keine Hilfe.« Er grinste zurück. Sie tat es noch einmal. Er schob sie ein Stück von sich weg. »Na schön. Ich sage dir, was wir tun müssen. Denn man kann mir nicht trauen, dass ich aufhören werde, dich zu berühren. Geh du schon mal vor. Ich komme gleich hoch.«

»Mir scheint, du bist schon hochgekommen …«

»Mein Gott, du kennst wohl keine Gnade, oder?«

Zur Bestätigung drückte sie sich noch einmal an ihn.

»Hexe«, zischte er und sprang lachend zur Seite. »Geh schon.«

Sie entfernte sich einen Schritt, dann wandte sie sich noch einmal um. »3524.«

»Ich weiß.«

Als sie die Tür öffnete, warf sie noch einmal einen Blick zurück und sagte: »Hast du deinen Schlüssel?«

»Besorgt, ich könnte nicht auftauchen?«

Ganz ehrlich? Ja. Sie war besorgt, dass sie ihn sich irgendwie nur eingebildet hatte. Dass sie wieder hineingehen würde und das alles ebenso magisch verschwinden würde, wie es aufgetaucht war. Aber Nick sagte: »Wir sehen uns in fünf Minuten.«

Sewanee stand vor dem Fenster im Wohnzimmer, als sie hörte, wie die Schlüsselkarte das Schloss öffnete. Sie schnellte herum, und in dem Moment, in dem Nick mit dieser wohltuenden Energie, die er hatte, zur Tür hereinkam, nahm sie ihre Augenklappe ab.

Dass er keine Reaktion zeigte, bestätigte sie nur in ihrer Entscheidung.

Sie verschränkte die Hände hinter dem Rücken und lehnte sich gegen das Fenster, stellte einen Fuß vor den anderen. Der Inbegriff von lässig.

Er grinste sie an, im vollen Bewusstsein dessen, was sie tat. »Stehst du bequem?«

Sie grinste zurück. Als er ins Wohnzimmer trat, zog er sein Jackett aus, legte es über die Rückenlehne der Couch. Er lockerte seine Krawatte, nahm sie ganz ab, warf sie auf das Jackett. Knöpfte die ersten drei Knöpfe seines Hemds auf. Die Beleuchtung im Raum war gedämpft, aber die Neonlichter, die durch die Fenster hereindrangen, betonten den gemächlichen Striptease. Er begann, die Ärmel hochzukrempeln. Langsam, mit der ganzen Eile eines Sadisten. Er schüttelte leicht den Kopf. »Was werde ich jetzt mit dir machen?«

Seine Stimme hatte einen knirschenden Ton angenommen, gegen den sie, wie sie feststellte, überhaupt nichts einzuwenden hatte.

»Was gefällt dir denn?«, fragte er, während seine Augen ihres fanden.

»Alles?«

»Klingt für mich gut. Und wo soll ich dann anfangen?« Er war mit seinen Ärmeln fertig und stemmte die Hände in die Hüften. »Weißt du, was ich will? In genau diesem Moment James Bond sein. Nicht über den nächsten Schritt nachdenken müssen. Der Mann ist immer einfach da.« Er schnippte mit den Fingern. Sewanee lächelte. »Keine Sorge, sobald wir uns annähern, komme ich schon klar. Es ist nur dieser erste … du weißt schon. Schritt.«

Sie lachte. Was sie betraf, konnte er überall anfangen. Sie war ein Büfett. Nimm dir ein bisschen was von allem! Fang mit dem Dessert an! Wen kümmert es? Sie musste irgendetwas sagen, denn er wartete. Aber was?

Und dann wusste sie es.

»Ich habe eine Frage.«

»Oh, keine Sorge«, sagte er. »Ich bin getestet.«

Gott, daran hatte sie gar nicht gedacht. Was war denn los mit ihr? Sie fühlte sich, als sei das Büfett geschlossen worden, kaum dass sie es erreicht hatte.

»Und ich habe ein Kondom. Ein paar.«

Die Türen gingen wieder auf, nur für sie. Sie holte einmal Luft. »Nicht das, was ich fragen wollte, aber gut zu wissen.«

»Stell deine Frage. Ich liebe deine Fragen.«

Sie schluckte. »Als ich getanzt habe. Du hast mich beobachtet. Und ich glaube, du hast etwas gedacht. Habe ich recht?«

Die leichte Verlegenheit der letzten paar Augenblicke verpuffte. Das Zimmer wurde warm. Er starrte sie an. »Ja.«

»Über mich?«

»Ja.«

»Über etwas, was du mit mir tun wolltest?«

Er zögerte einen Atemzug lang. »Ja.« Es war offensichtlich, dass er ihr Schweigen als Verlegenheit auffasste, denn er nahm ihre Frage vorweg: »Würdest du gern hören, was ich gedacht habe?«

»Nein.« Er schien leicht enttäuscht. »Nein, ich will es nicht hören. Ich will, dass du es tust.«

Nick wurde still. »Alice.« *Alice?* Sie musste sich in Erinnerung rufen, wer sie war. »Würdest du nicht gern wissen …?«

»Nein.«

»Du willst nicht wissen …«

»Tu. Es. Mit. Mir.« Ihre Stimme ging mit jedem Wort eine sinnliche Treppe hinunter.

Er atmete tief ein. Atmete noch tiefer aus. »Oh, verdammt.« Er schätzte sie ab. »Sag jederzeit stopp, und ich höre auf.«

»Ich vertraue dir.« Gott wusste, warum, aber so war es.

Nachdenklich glitt er mit der Zunge über seine Unterlippe und wies mit dem Kinn auf die untere Hälfte ihres Kleids. »Trägst du darunter irgendetwas?«

Ein Lächeln huschte über ihr Gesicht. »Wofür hältst du mich denn?«

Er erwiderte ihr Lächeln. »Ich verurteile dich nicht. Ich muss mir nur … über die Sachlage klar werden.«

»Die Sachlage? Ja, ich trage etwas darunter.«

Sein Blick glühte. »Was?«

Sewanee zögerte. Sie war sich nicht sicher, ob sie sich erinnerte. »Äh. Einen Tanga.«

»Was für einen?«

»Schwarz. Spitzen.«

»Super.«

»Nicht wirklich.«

»Zieh ihn aus.«

Sie zögerte wieder. »Einfach so?«

Er legte den Kopf schräg. »Es sei denn, du willst aufhören?«

Zur Antwort glitt sie mit den Fingern langsam an den Seiten ihrer Schenkel nach oben, schob ihr Kleid hoch genug, dass sie die seitlichen Ränder ihres Tangas erreichen konnte, aber nicht genug, um irgendetwas jenseits des Punktes zu entblößen, an dem ihre Beine zusammenkamen. Sie sah zu, wie er sie beobachtete, während sie den Tanga langsam abstreifte, überzeugt, dass sie dieses Bild von ihm nie vergessen würde, wie er – groß, kräftig, vollständig angezogen, in Hemdsärmeln – auf dem weißen Marmorboden stand, erhellt von gefiltertem Neon.

»Kann ich davon ausgehen, dass dein … Zustand … noch immer unserer Flasche Wein ähnelt?«

Sie zog den Tanga bis zu den Knien hinunter und ließ ihn dann auf den Boden fallen. »Sachlage. Zustand.« Sie rührte sich nicht. Sie wartete auf eine Anweisung.

»Nicht die Art Umschreibung, die man in deinen Büchern findet? Kick ihn mir zu.«

Sie zögerte nur einen Moment, bevor sie es tat. »Ich habe

dir doch gesagt, wir verwenden keine blumigen Umschreibungen mehr.«

»Richtig, entschuldige, hatte ich vergessen.« Er hob den Tanga auf. Umklammerte ihn mit der Faust. »Nass.«

Sie konnte nicht sprechen. Die Worte hatten sie verlassen.

Er steckte den Tanga in seine Brusttasche. Dann, als sei es seine Absicht, sie zu quälen, führte er die rechte Hand an seinen Mund und leckte über den oberen Rand des Rings an seinem Mittelfinger. Ohne den Blick je von ihr abzuwenden, zog er den Ring ab und steckte ihn zu ihrem Slip in die Hemdtasche. »Ich würde dich gern bitten, deine Beine zu spreizen.«

Sie tat es.

Er trat auf sie zu. Sie lehnte sich ins Fenster.

Als er vor ihr stand, legte sie den Kopf in den Nacken, um ihn zu betrachten. Er trat noch näher. Sein rechtes Bein fand seinen Platz zwischen ihren gespreizten Beinen.

Er schob seine jetzt unberingte Hand zwischen ihre Beine, unter ihr Kleid, glitt mit den Knöcheln an ihrem linken Innenschenkel hoch und weiter nach oben, bis sein Mittelfinger, ohne innezuhalten, mühelos in sie eindrang.

Sie atmete ein.

Er atmete aus.

Sie krampfte sich zusammen.

Er krümmte den Finger.

Sie wimmerte.

Er schlug mit der linken Hand flach an das Fenster neben ihrem Kopf.

Sie zog ihn an sich.

Er presste seine Brust an ihre.

Sie presste die Lippen an seinen Hals.

Er rieb sich an ihrer Hüfte. Einmal.

Sie umklammerte sein Gesäß.

Er trat zurück.

Sie ließ es nicht zu.

Er fluchte.

Sie wand sich.

Er drehte sein Handgelenk herum, brachte den Handballen genau dorthin, wo sie es brauchte.

Und sie explodierte.

Unter normalen Umständen wäre das hier zu schnell, zu fremd, zu unangemessen gewesen, außerdem zu peinlich, nicht so, wie es *sein sollte*. Und doch wurde irgendwie – ohne dass sie wusste, wie genau – etwas, das so wenig zu sein schien, so viel. All die Arten, auf die das hier falsch war, machten es genau richtig.

Aber jetzt war in alledem kein Sinn zu erkennen. Jetzt war sie jenseits ihrer selbst. Jenseits des Bewusstseins. Jenseits der Fähigkeit, alles zu erfassen, was passierte.

Die Sirene, die fünfunddreißig Stockwerke weiter unten heulte. Das blaue Licht, das auf seinem Hemd pulsierte. Sein Eau de Cologne. Der raue Stoff seiner Hose unter ihren Handflächen, als sie ihn gedankenlos knetete, ihn vorandrängte. Seine Innenschenkel, die ihr Bein umklammerten. Die Hitze in der Suite, die unnötigerweise anstieg. Wie sie seinen Namen in seinen Nacken stöhnte. Wie sie seine Härte an ihrer Hüfte spürte. Wie sein Kopf auf ihre Schulter sank, als er sich ergab. Dieses Stöhnen. Ihr Keuchen. Sein Zittern. Wie sie langsam im Slalom zur Erde kreiselten, wie Blätter.

Das Bewusstsein kehrte so wieder, wie ein Sonnenaufgang das Licht zur Erde zurückbrachte. Ein Ächzen, ein Seufzen, ein Schaudern, ein Lachen, eine Entschuldigung, ein *Machst du Witze?*, ein Versprechen, es nächstes Mal langsamer anzugehen, ein *Solange nächstes Mal genau jetzt ist*, ein Kichern, ein Entheddern, ein Loslassen, ein *Gott, du treibst mich in den Wahnsinn*, ein ersticktes *Und du mich erst*.

Ein Schritt zurück.

Ein langer Blick.

Ein Schlucken.

Noch ein Schlucken.

Ein Schritt vor.

Ein Kuss.

Mehr.

Kapitel 11

Die Enthüllung

Sewanee streckte Nick den gläsernen Preis entgegen, und er trat eben noch rechtzeitig zu ihr, um zu verhindern, dass er zu Boden fiel. Seine Hand umfasste ihren Ellenbogen, und er beugte sich vor, um ihr einen branchenüblichen Wangenkuss zu geben. Sein Kiefer an ihrem sorgte dafür, dass ihre Knie fast unter ihr nachgaben. Er lehnte sich zurück, ließ sich einen langen Moment Zeit, um ihr ins Auge zu starren, und in dieser Sekunde der Unendlichkeit spielte sich alles zwischen ihnen ab: Verwirrung, Schock, Ehrfurcht, Glück, Verrat – jedes verdammte Gefühl –, und dann wandte er, Nick, Nick, Nick, sich zum Podium um, und sie, Sewanee, blieb wie angewurzelt stehen, voller Angst, wenn sie sich auch nur einen Zentimeter bewegte, würde sie untergehen. Sie starrte ihn an. Unter normalen Umständen wäre es einfach angemessen, das zu tun. Dem Preisträger die volle Aufmerksamkeit zu widmen. Unter diesen Umständen hatte sie keine andere Wahl.

Während der Applaus verebbte, ergriff er das Wort. »Entschuldigung, Entschuldigung«, murmelte er ins Mikrofon, mit diesem allzu vertrauten irischen Trällern. »Meine Tante hätte an meiner abgrundtiefen Beschämung hier ihre Freude gehabt.« Er lachte, der Saal lachte mit ihm, und er räusperte sich. »Zuallererst muss ich mich bei Ihnen dafür bedanken, dass Sie sie …« Er brach unvermittelt ab … schluckte … holte Luft. Die Zuschauer dachten bestimmt, dass das Zögern seinen Emotionen geschuldet war. Sie lagen richtiger, als sie ahnten. »… mit diesem Preis geehrt haben. Sie hätte sich so über diesen Abend gefreut, darüber, von denjenigen unter Ihnen gefeiert zu werden, die ihren Worten eine solch wunderschöne Stimme verliehen haben.« Er starrte hinunter auf den Preis. »Sie wäre entzückt von dem hier, das kann ich Ihnen versichern. Sie hat Hörbücher geliebt. Sie hat das Verschmelzen von Text und Performance geliebt. Und sie hatte Ehrfurcht vor Ihnen allen. Vor allem vor denjenigen unter Ihnen, die ihre Figuren, ihre Kämpfe, ihr wohlverdientes Happy End zum Leben erweckt haben. Ihnen gehört ihre ewige Dankbarkeit.« Er schätzte die Menge ab. »Und auch meine. Cheers.«

Er hielt den Preis noch einmal hoch und grinste, dieses Harrison-Ford-Grinsen, dieses Rammbock-Grinsen. Er wandte sich um, um Sewanees Arm zu nehmen, wie es üblich war, aber sie entfernte sich bereits, den Kopf gesenkt.

Er folgte ihr in die Kulissen, wie er ihr durch die Suite gefolgt war, und der Moderator eilte auf seinem Weg zur Bühne an ihnen vorbei. Ein paar Leute murmelten Glückwünsche, ihr Beileid, und Nick murmelte seinen Dank. Auch Mark war da und wartete auf seinen Auftritt. Er drückte Sewanees Arm: »Gute Rettungsaktion, Swan.« Sie lächelte reflexartig und ging weiter, dann spürte sie auf einmal eine andere Hand auf ihrem Arm, und schließlich gestand sie sich ein, dass es hier kein Entrinnen gab.

Also blieb sie stehen, holte tief Luft und wandte sich zu ihm um.

Sein verwirrter Blick saugte ihre Gestalt in sich auf. Er machte den Mund immer wieder auf und zu, wie ein Fisch auf dem Trockenen.

Zwei Dinge waren ihr bewusst: Sie hatten einander ungefähr eine Million Dinge zu sagen, und sie waren in den Kulissen eines Filmtheaters. Was sollte sie sagen? Wo sollte sie anfangen?

»Hi«, war alles, was sie zustande brachte. Aber wenigstens sagte sie es leise.

Er lachte schallend auf. »Hi?!«

Es war zu laut. Nicht laut unter normalen Umständen, aber eindeutig laut für den Bereich hinter der Bühne. Irgendjemand zischte sie an.

»Wie geht es dir?«, sagte sie. Das war hirnverbrannt, aber wenigstens war es leise.

»Wie zum Teufel kommst …?«, begann Nick, aber der Bühnenmeister zischte schon wieder. Nick verdrehte entnervt die Augen, nahm sie beim Arm und führte sie zum nächstgelegenen Ausgang. Sie stürmten in einen Flur, und er lotste sie – wie er sie einst hinaus in den fallenden Schnee gelotst hatte – in die leere Lobby. Vor der Bar blieben sie stehen.

Nachdem sie ihn eine Weile nur angestarrt hatte, musste Sewanee irgendetwas sagen. Egal was. Was herauskam, war: »Überraschung!« Und dann lachte sie.

Er lachte ebenfalls. »Ich habe diesen trockenen Humor vermisst, Alice.«

Eine Stimme ertönte hinter ihnen: »Swan?« Sie kniff ihr Auge zusammen. »Alles in Ordnung?« Mark betrat das Foyer. Sie fing seinen besorgten, gestressten Blick auf. Er sollte jeden Moment auf die Bühne gehen, aber sie war von einem Mann, den Mark nicht kannte, förmlich aus den Kulissen geschleift worden.

»Ja«, stieß sie aus. »Alles gut. Danke. Geh wieder rein, nicht dass du dein Stichwort verpasst.« Ihre Stimme klang ruhig und beherrscht, also warf Mark nur noch einen misstrauischen Blick auf Nick und ging zur Tür.

»Was war das eben mit Swan?«, fragte Nick, die Stirn auf eine Art gefurcht, die Sewanee nicht gefiel. »Spitzname?«

Sewanee schluckte. »Nein. Das ist mein Name.«

»Was?«

»Swan.«

»Wie … der Vogel?«

»Sewanee, um genau zu sein.«

»Und wer ist Alice?«

»Es gibt keine Alice. Na ja, es *gibt* eine Alice, aber ich bin Sewanee Chester.«

»Bist du …? Aber du bist Romance-Lektorin?«

»Nein.«

»Ist Alice die …? Moment mal. Du hast keinen Akzent, warum hast du keinen Akzent?«

»Weil ich keinen Akzent habe.«

Das passierte alles zu schnell. Sie wusste nicht, wie es sonst passieren könnte, aber ihr Mund antwortete, noch bevor ihre Ohren irgendetwas hörten, und sie konnte dem Gespräch kaum folgen.

Er wich einen Schritt zurück und sah sie mit schräg gelegtem Kopf an. »Bist du Soziopathin?«

»Nein.«

»Pathologische Lügnerin?«

»Nein!«, stöhnte Sewanee. »Ich bin Schauspielerin.«

»Kann nicht behaupten, dass ich den Unterschied sehe.« Er grinste nachsichtig, ein wenig mitleidig, eine Spur wehmütig.

Sewanee holte tief Luft, versuchte, sich zu sammeln. Sie war sich der Barleute überdeutlich bewusst, die zusammenpackten, während sie so taten, als wären sie nicht gefesselt von diesem Schauspiel.

»Na ja«, fuhr er fort, während er einen Atemzug ausstieß. »Eins muss ich dir lassen … Sewanee, richtig? Du warst wundervoll überzeugend.«

Sie schloss ihr Auge. »Okay, bitte – du musst es mich erklären lassen.« Sie schlug ihr Auge auf. »Bitte.«

Nick stützte einen Ellenbogen auf die Bar. »Ich bin ganz Ohr.«

Kaum war ihr das Wort erteilt, erstarrte Sewanee. Sie wusste nicht, wo sie anfangen sollte. Wie sie anfangen sollte.

Nick musterte sie. »Also, warum das Lügentheater?« Er drehte einen Finger im Kreis. »Uuuuund Action.«

Sie stampfte entnervt auf, warf den Kopf zurück und sagte, ein bisschen zu laut, an die Decke: »Weil ich einen schlechten Tag hatte!« Sie atmete einmal tief durch, um sich in den Griff zu bekommen, und fuhr dann fort: »Weil irgendein Typ in einer Bar mich angesprochen hat. Weil es nur ein einziger Drink sein sollte.« Jetzt, wo sie angefangen hatte, sprudelte alles aus ihr hervor. »Ich habe mich schrecklich damit gefühlt, Nick. Sobald wir zum Dinner gegangen sind, habe ich gedacht, sag ihm die Wahrheit, aber du würdest nach dem Essen ja sowieso gleich abreisen und … und …« Sie seufzte. »Ich wollte mich schützen. Vielleicht ging es darum. Ich weiß es nicht genau, aber eigentlich spielt doch auch keine Rolle, warum ich es getan habe. Ich hätte es einfach nicht tun sollen, und es tut mir leid.« Sie sah ihm in die Augen, sah wirklich tief hinein. »Es tut mir sehr leid, und bitte glaub mir, dass das, was als Lüge begonnen hat, nicht als eine geendet hat.«

Er starrte sie nur an.

Außerstande, seinem Blick standzuhalten, sah sie auf ihre Schuhe. »Na los. Spucks schon aus. Ich habe es verdient.«

»Wie konntest du …?« Er brach ab, und während ihr das Herz bis zum Hals schlug, sah Sewanee auf. »Das alles aufrechterhalten, die ganze Zeit?« Aufrichtige Ehrfurcht schwang in seiner Stimme mit. »Ich meine … die *ganze* Zeit.«

Sie machte den Mund auf, um noch mehr zu erklären, aber er begann zu klatschen. »Eine Lektorin aus Texas namens Alice. Brillant!« Dann zuckte er die Schultern. »Und, ja, ich verstehe das. Vegas.« Er zeigte zur Bar. »Willst du einen Drink?«

»Bist du …? Du bist nicht wütend?«

»Wütend? Ich will Unterricht bei dir nehmen.«

»Das … das ist alles?«

»Na ja, das und …« Sein Blick glitt an ihrem Körper hinunter. »Das ist ein wunderschönes Kleid.« Er wandte sich zur Bar um, hob die Stimme. »Kumpel! Bevor du hier alles zusammenpackst, darf ich dich kurz stören für einen …?« Er wandte sich mit einem verschwörerischen Lächeln zu Sewanee um. »Wodka Soda, richtig?« Als sie ihn mit offenem Mund anstarrte, sagte er zu dem Barmann: »Zwei Wodka Soda, bitte.« Er wandte sich wieder zu ihr um, stützte wieder einen Ellenbogen auf die Bar. »Und, wie es dir ergangen?«

»Können wir …? Ich habe hundert Fragen an *dich*, June Frenchs *Neffen*, die ich gern …«

»Ah, na klar, ja, schieß los.«

Sie begann zu vibrieren. Ein pulsierendes Vibrieren. Bevor sie darüber nachgrübeln konnte, wie es möglich war, dass er diese Wirkung auf sie hatte, wurde ihr bewusst, dass das Vibrieren echt war und aus der rechten Tasche ihres Ballkleids kam. Sie kramte ihr Handy hervor, um den Anruf abzulehnen, in der Annahme, dass es Mark war, der sich nach ihr erkundigen wollte, nur um auf dem Display zu sehen: SEASONS.

»D-da muss ich …«

»Schon gut. Ich werde warten. Und dieses Kleid bewundern.«

Aufgewühlt, den Blick noch immer auf ihn geheftet, hielt sie sich das Telefon ans Ohr. »Hallo? Was?« Sie schnellte von ihm weg, wandte ihre ganze Aufmerksamkeit dem Anruf zu. »Wann denn? Ich war doch eben erst da! Ich komme sofort. Nein, ich bin gleich da, unternehmen Sie nichts.« Sie ließ das

Telefon sinken, aber statt sich zu rühren, stand sie einfach nur da, ließ es an ihrer Hüfte baumeln.

Nick richtete sich auf. »Alles in Ordnung?«

»Es ist wegen meiner Großmutter.« Sewanee sah ihn mit einer hochgezogenen Augenbraue an. Hörte sich sagen: »Sie hat versucht, sich umzubringen. Ich muss los. O mein Gott.« Sie wollte sich in Bewegung setzen, erstarrte aber gleich wieder.

»Was kann ich tun?«, fragte er besorgt.

»Ich weiß nicht. Nichts. Es tut mir leid, ich … ich muss los.« Sie ging zum Haupteingang hinaus, dicht gefolgt von Nick. Ein Taxi stand in einer Wartezone. Nick riss die Tür auf, und sie ließ sich auf den Rücksitz fallen. Er sprang hinter ihr hinein, sie sagte dem Fahrer, wohin es ging und dass es ein Notfall war, und Minuten später sprang Sewanee hinaus, noch bevor der Wagen völlig zum Stillstand gekommen war. Nick gab dem Fahrer Geld und rannte ihr hinterher.

Sie war bereits durch die Eingangstür verschwunden, als Nick ihr nachrief: »Ich warte in der Lobby!«

Sie hörte die Worte, stürmte aber bereits die Flure hinunter, die zu Blah führten.

Sewanee stürzte ins Zimmer ihrer Großmutter. Drei Leute standen um ihr Bett. »Wo ist sie?«, wollte Sewanee wissen.

Alle drei wandten sich zu ihr um und traten beiseite, sodass Blahs gebrechliche Gestalt zum Vorschein kam, die zusammengesackt dasaß, das Nachthemd um ihre dünnen, geäderten Schenkel verheddert. »Blah.« Sewanee eilte zu ihr. »Es ist alles gut, ich bin hier.« Sie versuchte, den Blick ihrer Großmutter aufzufangen, aber Blahs Augen waren glasig und vor Angst geweitet, ihr Blick irrlichterte durch den Raum. »Was ist passiert?«, fragte Sewanee, um einen festen Ton bemüht.

»Sie ist …«, begann eine junge Schwester und räusperte sich. »Sie war aufgeregt, hat gesagt, die Leute sollen verschwinden, aber es war niemand da. Dann wollte sie gehen und den Film sehen. Und das schien sie zu beruhigen. Aber als er vorbei war …«

»Bevor er vorbei war«, warf die ältere Frau ein.

Die Schwester – die, wie Sewanee an ihrem Namensschild ablesen konnte, Gina hieß – nickte. »Bevor er vorbei war, fing sie Gespräche mit imaginären Leuten an …«

»Was hat sie gesagt?«, fragte Sewanee.

»Dinge wie: ›Du bist immer so‹ und ›Lass mich allein‹. Also habe ich sie zurück zu ihrem Zimmer gebracht, habe ihr ins Bett geholfen, und dann bin ich zu Carlos gegangen, um mit ihm über Medikamente für sie zu …«

Carlos warf ein: »Ich habe ihre übliche Dosis Ativan vorgeschlagen.«

»Und?«

»Ich habe das Ativan geholt«, fuhr Gina fort, »bin zurück zu ihrem Zimmer gegangen und …« Sie zeigte zum Fenster. »Sie war halb draußen.«

»Wie zum Teufel hat sie denn …?« Aber Sewanee brach ab. Das Fenster war offen gewesen. Weil sie selbst es geöffnet hatte.

Weil sie es nicht wieder geschlossen hatte.

Das hier war ihre Schuld.

»Ich habe nach Carlos gerufen. Wir haben sie zurückgezerrt, und das war der Moment, als das Schreien anfing.« Sewanee bemerkte, dass Gina ihren rechten Unterarm mit der linken Hand hielt. Als Sewanee fragend auf den verbundenen Arm blickte, sagte Gina: »Sie hat mich gekratzt. Nur ein Kratzer, kein Problem.«

Taumelnd wandte sich Sewanee wieder zu Blah um. Sie

wirkte völlig orientierungslos. Ihr Mund hing schlaff herunter, und ihre Haare standen in alle Himmelsrichtungen vom Kopf ab wie nach einer Kissenschlacht.

»Blah?« Sewanee streckte eine Hand nach ihrer aus. »Alles ist gut. Ich bin hier.«

Der Blick ihrer Großmutter traf auf Sewanees Gesicht, und ihre Augen weiteten sich. Sewanee lächelte, versuchte, Vertrautheit und Normalität zu schaffen. Aber dann sagte Blah: »Wer sind Sie?«

Sewanee drückte ihre Hand. »Sewanee.«

Blah zog ihre Hand zurück. »Gehen Sie weg von mir.«

Sewanee ergriff sie wieder. »Blah, bitte, ich bins, Püppchen …«

Blah riss ihre Hand zurück. »Nein!« Ihre Stimme war rau und panisch. »Fassen Sie mich nicht an!« Sewanee beugte sich vor, Blah wich noch weiter zurück, woraufhin Sewanee verzweifelt flehte: »Ich bin Henrys Tochter, deine Enkelin …«

»Hilfe!«, schrie Blah. »Jemand muss mir helfen!«

Sewanee spürte Carlos' Hand auf ihrer Schulter, die sie sanft zurückschob. Sie schüttelte sie ab. »BlahBlah!«, rief Sewanee.

Inzwischen schlug Blah wild um sich, versuchte wegzukommen, aufzustehen, davonzulaufen. Gina hielt sie an einer Schulter fest.

Die ältere Pflegerin sagte: »Vielleicht müssen wir einen Krankenwagen rufen.«

Sewanee änderte ihre Taktik. Sie machte beschwichtigende Geräusche und sagte mit ihrer sanftesten Stimme: »Du bist meine Großmutter, und ich liebe dich, und du bist in Sicherheit, und es ist alles in Ordnung.«

»AAAHHHHHHH!« Inzwischen schrie sie wie am Spieß.

»Okay, Barbara, okay, ganz ruhig«, murmelte Carlos und hielt sie an der anderen Schulter fest.

Sewanee unternahm einen letzten Versuch. Sie konnte nicht anders. Sie nahm Blahs Gesicht in ihre Hände, sah ihr in die Augen, als könnte sie durch schiere Willenskraft zu ihr durchdringen. »BlahBlah, hör zu …«

Blah spuckte ihr ins Gesicht.

Sewanee war wie gelähmt.

»Sie sind nicht meine Enkelin! Meine Enkelin ist schön!«

»Blah …«

»MONSTER!!!«

Sewanee konnte sich nicht erinnern, das Zimmer verlassen zu haben. Sie wusste nicht, wie sie ins Erdgeschoss und nach draußen gegangen war, wo sie auf den Knien im Gras hockte, so heftig schluchzend, dass sie keine Luft mehr bekam. Sie fühlte sich schwach und schwindelig und wund, alles auf einmal. Sie fühlte sich, als hätte sie Feuer gefangen. Die Geräusche, die sie ausstieß, waren das archaische Wimmern der tödlich Verwundeten. Ihre Stirn grub sich in das schlammige Gras, und sie zog es in Klumpen heraus. Sie umklammerte ihren Kopf und rieb den Schlamm in ihre Kopfhaut. Schließlich verebbten die Geräusche, und alles, was noch übrig war, war ein leises Würgen. Und die Hand auf ihrem Rücken.

Die Hand. Auf ihrem Rücken. Die sich nicht bewegte, die nicht beschwichtigte, nicht tätschelte. Nur dort ruhte. Ihre ganze Spannweite eingebettet zwischen Sewanees Schulterblättern.

Als sie wieder zu sich kam, wunderte sie sich, sich auf Nicks Schoß zusammengerollt wiederzufinden. Sie saßen auf einer Bank im Garten, derselben, auf der sie mit Amanda gesessen hatte. Sie schlug ihr Auge auf, und durch den verschwommenen Schleier konnte sie sehen, dass die Brust seines Smokinghemds schmutzig war, nass und verschmiert von Resten von Mascara, Erde, Lippenstift und Make-up. Es sah aus wie ein Tatort. Sie konnte sich kaum vorstellen, wie sie selbst aussehen musste. Und sie konnte auch seinen Blick nicht erwidern. »Es tut mir so leid«, stieß sie hervor.

»Schscht.« Er legte ihr eine Hand seitlich an den Kopf und lehnte ihn an seine Schulter. Sein Jackett fühlte sich weich und trocken an.

»Das war …«, begann sie. Und dann, zu sich selbst: »O Gott.« Dann wieder an Nick gewandt: »Du musst nicht bleiben, es geht mir jetzt gut …«

»Red keinen Quatsch«, murmelte er, sein Ton beruhigend trotz des kleinen Tadels. »Ich gehe nirgends hin.«

Also ließ sie sich von ihm halten. Sie schlang einen Arm über seiner Brust hoch und um seine andere Schulter, kuschelte sich näher an ihn. Sie ließ seine Finger mit ihrem Haaransatz spielen, fand Trost in dem gleichmäßigen Schlagen seines Herzens.

Nach einer Ewigkeit, als sie das Gefühl hatte, wieder zu halbwegs bei sich zu sein, blieb sie mit dem berauschenden, leicht bekifften Gefühl zurück, das extremes Schluchzen hervorruft. Sie wollte reden, war sich aber nicht sicher, ob sie zu zusammenhängenden Sätzen imstande war. Sie holte tief Luft und murmelte: »Junes Neffe, so, so. Kein Wunder, dass du die Romance-Version so gut beherrscht hast.«

Sie spürte sein Kichern wie ein Donnergrollen in seiner Brust. »Ich hätte auch ein klein wenig aufrichtiger sein können.«

»Dein Name ist aber schon Nick, oder?«

»Ja, *mir* hat vorher keiner gesagt, dass wir uns Namen *ausdenken.*« Sie hörte das Necken in seiner Stimme. »Aber ich hätte mich nicht dumm stellen sollen.«

»Warum hast du es dann getan? Das musstest du nicht. Du

hattest doch eine günstige Gelegenheit. ›Ich bin Romance-Lektorin‹, habe ich gesagt. ›Oh, was für ein Zufall‹, hättest du erwidern können. ›Meine Tante hat das Genre im Grunde erfunden, vielleicht haben Sie von ihr gehört?‹«

»Stimmt. Das hätte ich sagen können.« Er schwieg einen Moment. »Was hättest du dann erwidert?«

Sewanee dachte einen Moment nach. »Ich weiß nicht. Vielleicht … vielleicht hätte ich die Gelegenheit ergriffen, um reinen Tisch zu machen. Du wärst nicht mehr irgendein Typ in einer Bar gewesen.«

»Also *war* ich für dich irgendein Typ in einer Bar.«

Sie wagte es, den Kopf zu heben. Er hatte ein schmollendes Lächeln aufgesetzt, vermutlich wegen des absoluten Desasters, das ihr Gesicht war. Sie wollte es eben wieder im Schutz seines Jacketts verbergen, aber er legte eine Hand an ihr Kinn und hielt ihren Kopf aufrecht. Er blickte ihr tief in ihr Auge. »Ich glaube, wir wollten beide etwas Kurzes, Schnelles«, murmelte er. »Das war die Fantasie, oder?«

Das Wort »Fantasie« entfachte eine schlummernde Glut in ihr.

Brock McNight.

Sie richtete sich auf. »Wie spät ist es?« Sie tastete in ihrer Tasche herum.

»Vermutlich zehn oder so«, antwortete Nick, aber Sewanee hatte ihr Handy bereits in der Hand. Halb elf. Halb elf! Sie hatte eine ganze Stunde lang geweint? Sie stand zitternd auf, hielt sich an Nicks Schulter fest. »Ich muss kurz telefonieren.«

»Natürlich.« Vermutlich dachte er, dass sie ihre Familie anrufen musste, und das musste sie auch. Das musste sie. Aber zuerst das hier.

Sie entfernte sich etwa zwanzig Schritte von ihm. Sie rief ihren Chatverlauf mit Brock auf und begann zu tippen: Es tut mir so leid. Du wirst es nicht glauben, aber ein familiärer Notfall ... Sie hielt kurz inne. Löschte. Fing noch einmal von vorn an. Ich hatte einen Notfall, und es tut mir leid, dass ich mich erst so superspät melde, aber ich werde nicht ...

Alles fühlte sich unangebracht an. Sie schuldete ihm mehr als eine Textnachricht. Er würde Fragen haben, und sie wollte sie beantworten. Sie wollte seine Stimme hören, und, was noch wichtiger war, sie wollte, dass er ihre hörte. Dass er hörte, wie leid es ihr tat. Dass sie nicht kalte Füße bekam. Dass es eine Frage des Timings war, sonst nichts. Nach all diesen Monaten *wollte* sie endlich mit ihm reden.

Also holte sie tief Luft, um sich zu beruhigen, und rief kurzerhand an. Sie hielt sich das Handy ans Ohr.

Erstes Klingeln.

Zweites Klingeln.

Auch im Garten war ein Klingeln zu hören.

Drittes Klingeln.

Wieder im Garten. Ärgerlich.

Sie hielt sich das freie Ohr zu und sah sich um. Sie sah, wie Nick aufstand, sich von ihr abwandte und an sein Handy ging.

Auf ihrem Handy nahm Brock endlich ab. »Sarah?« Diese vertraute Tiefe, gebranntes Karamell, achtzigtausend Downloads und mehr.

Erleichtert sagte Sewanee: »Ja, hi.«

»Hallo.« Seine Stimme kam durch ihr Telefon.

Und gleichzeitig auch durch die Nachtluft.

Er fuhr fort: »Ich bin froh, dass du angerufen hast. Ich werde mich vielleicht ein bisschen verspäten.«

Seine Stimme war in Stereo.

»Es ist etwas dazwischengekommen. Ich erkläre es dir, wenn ich dich sehe.«

Wieder stereo.

Ihr Auge starrte gebannt auf Nicks Hinterkopf, während sie noch einmal, in Stereo, hörte: »Hast du mich gehört?«

Schließlich kam ihr ein Wort über die Lippen. »Brock?«

Wieder. Stereo: »Ja?«

Gleich darauf sagte sie ins Telefon: »Nick?«

Prompt antwortete er ins Telefon: »Ja?«

Schweigen. Ohrenbetäubendes Schweigen.

Dann, schließlich, brüllte sie über den Innenhof: »Was zum Teufel ist hier los?«

Kapitel 12

Die Abrechnung

Nick fuhr herum.

Sie starrten sich an.

Sie ließen ihre Handys sinken.

Nick fand als Erster die Sprache wieder. »Ach du heilige Scheiße«, sagte er.

Sewanee hatte einen ganzen Kipplaster voller Vorwürfe, die sie ihm vor die Füße kippen wollte, aber die Hydraulik war offenbar defekt.

Nick sagte noch einmal: »Ach du heilige Scheiße!«

Dann grinste er. Er grinste, warf den Kopf zurück und lachte schallend auf. Er faltete die Hände vor der Brust und lachte. Er umklammerte seinen Kopf und schwang herum und vollführte ein kleines Tänzchen.

Dann trat er auf sie zu, seine Augen funkelnd wie am Weihnachtsmorgen. Als ob das Geschenk seiner Träume ausgepackt zu seinen Füßen läge.

Sie wich zurück.

Er erstarrte.

Sie sah ihn aus dem Augenwinkel an, ein Hund, der einen Knochen bewacht.

Nicks Lächeln schwand ein wenig. »Was ist?«

»Was ist?«, sagte sie ungläubig. »Das fragst du nicht wirklich, oder?! Wer *bist* du?«

Sewanee sah zu, wie er versuchte, das Lächeln zu dimmen, der Situation die Nüchternheit zu geben, die sie brauchte.

Allerdings ließ ihn das so aussehen, als hätte er einen sauren Drops im Mund. »Ich bin ich. Nick!« Er schaffte es nicht. Das Lächeln kehrte mit aller Wucht zurück. Und ein Lachen noch dazu. »Siehst du nicht, wie unglaublich …?«

Ihr Finger schoss hoch. »Augenblick. Stopp. Ich hab jede Menge Fragen.«

Er breitete die Arme aus. »Ich bin ganz Ohr.«

Sewanee holte tief Luft. »Du bist June Frenchs Neffe?«

»Ja!«

»Und?«

Er nickte. »Ja. Und ich bin auch Brock McNight.« Er sagte es mit Brocks Stimme.

»Was?«

Er sagte es noch einmal, wieder mit Brocks Stimme. »Und ich bin auch Brock Mc…«

»Nein, nein, nein, nein, nein, nein, tu das nicht.«

»Okay.« Er hob die Arme, streckte sie nach ihr aus. »Und du bist Sewanee Chester. Und Sarah Westholme.« Es war keine Frage. »Fantastisch. Schön, euch beide kennenzulernen.« Er zeigte zu der Bank, steif, als würde sein Arm nicht zu ihm gehören. »Wollen wir uns setzen?«

Sie rührte sich nicht.

»Oder wir könnten stehen. Stehen ist gut.« Er beobachtete sie, wartete auf ein Signal.

Sie setzte sich.

Nick setzte sich vorsichtig ans andere Ende. Er zeigte auf den großen Abstand zwischen ihnen. »Also, hier ist genug Platz für uns alle vier.« Als sie nichts erwiderte, sagte er: »Okay, der Witz kam zu früh.«

»Du hättest ein klein wenig aufrichtiger sein können«, sagte sie angespannt.

Er schüttelte sacht den Kopf. »Ja, lass uns das alles aufklären. Erstens: Ich arbeite nicht für ein Venture-Capital-Unternehmen. Das ist mein Dad, mein leiblicher Dad, er macht das.«

»Und der Akzent?«

»Na ja.« Bei den nächsten Worten rollte er das R etwas mehr. »Ich neige dazu, ihn ein bisschen zu verdichten, wenn ich jemanden kennenlernen will. Frauen lieben einen guten Akzent, weißt du.«

Sie stützte den Kopf in die Hände. »O mein Gott.«

Er gab das dunkle Grollen auf. »Entschuldige, ich bin nur aufrichtig.«

Sie atmete scharf ein. »Okay. Okay.« Sie atmete aus. »Warum ich gelogen habe, weiß ich.« Sie sah ihn an. »Aber warum du?«

Er breitete die Arme aus. »Anders als du habe ich keine Karriere unter meinem eigenen Namen. Ich bin nur ein Pseudonym. Ein Geist. Wenn ich sage, dass ich Sprecher bin, wollen die Leute – Frauen – wissen, was es von mir zu hören gibt. Und was soll ich dann sagen? Soll ich mich als stimmlicher Pornostar outen?«

Sewanee versuchte noch immer, sich durch diese Berge von Informationen einen Weg zu bahnen. »Das heißt, die Brock-McNight-Stimme ist …?«

»Fake. Sie ist ganz und gar aufgesetzt.« Er seufzte. »Das ist eine lange Geschichte.«

»Gib mir die Kurzfassung.«

»Als die Band zerbrach, fing ich an, Hörbücher zu sprechen. Einer von Junes Freunden gab mir eine Chance …«

»Die Band ist echt?«

Endlich schien er das Ausmaß ihrer Verwirrung, ihrer Zurückhaltung, ihres Misstrauens zu begreifen. Sie zweifelte an allem, nicht nur an ihrer Nacht in Vegas, sondern auch an ihrer Korrespondenz. Er rutschte auf der Bank ein Stück näher an sie heran. Vorsichtig. Zögernd. Sie wich nicht zurück, aber sie versteifte sich und verschränkte die Arme vor der Brust. Er näherte sich nicht weiter. »Alles – jede einzelne Sache, die ich dir geschrieben habe – war echt. Das war ich. Nur unter anderem Namen. Um genau zu sein, der Bandkumpel, mein bester Freund? Das ist Jason, der Produzent von *Casanova*.«

Sewanee riss die Hände hoch. »Na klar, warum nicht? Und die Cocktailkellnerin in Vegas war deine Schwester.« Sie sah zu Boden, aber sie konnte spüren, wie er sie beäugte.

Wenn alles echt war, warum fühlte sie sich dann belogen?

Dieser Abend war schon jetzt zu viel gewesen. Das hier war offiziell der letzte Tropfen, obwohl sie hätte schwören können, dass das Fass längst übergelaufen war.

Nick redete wieder. »Das hier ist richtig gut, das ist dir schon klar, oder? Es ist umwerfend. Lach doch mal, Darling, es ist witzig.« Diese letzten Worte waren von einem sanften Kichern untermalt. Er streckte eine Hand aus, um sie tröstlich auf ihr Knie zu legen.

Aber sie war nicht bereit für Zärtlichkeiten. Sie war wütend. Die Tatsache, dass er das hier witzig fand, bewies doch ganz klar, dass er nicht annähernd so viel Interesse an irgendeiner ihrer zwei Versionen hatte wie sie an seinen beiden.

Außerdem war sie von Spucke und Schlamm und Make-up und Tränen verschmiert, während er wie James Bond aussah.

Sie stand auf. »Es ist nicht witzig, sondern lächerlich. Ich bin fertig. Es reicht. Ich habe echte Sorgen, echte Probleme. Meine Großmutter ist dort drin und versucht, sich umzubringen, mein Vater ist ein Arschloch, und … ich habe heute Abend verloren! Ich wurde in einer *einzigen* Kategorie nominiert, und ich habe verloren, und das ist mir nicht mehr passiert, seit ich angefangen habe, Hörbücher zu sprechen, ich weiß nicht, was das zu bedeuten hat, falls es überhaupt etwas zu bedeuten hat, aber es ist vermutlich nichts Gutes, und ich muss einfach … Gute Nacht.«

»Oh, ich bitte dich!«, rief Nick ihr nach, seine Stimme noch immer voller Heiterkeit. »Lauf nicht weg! Sewanee!«

Sie verschwand ins Seasons.

»Du rauchst?«

Es war nicht, was sie eigentlich hatte sagen wollen, aber der Anblick von Nick, der auf der Bank auf dem Rücken lag und träge eine Zigarette an die Lippen führte, sorgte dafür, dass ihr alles andere, was sie sich zurechtgelegt hatte, entglitt.

Er zuckte zusammen, als sie plötzlich wieder vor ihm stand, und setzte sich rasch auf, drückte die Zigarette aus. Er hatte die Fliege abgenommen und den Kragen aufgeknöpft. Er hatte kein Recht, so gut auszusehen.

»Nicht seit der Highschool«, antwortete er verlegen, »aber ich … Die letzten paar Monate … waren hart.« In diesem ganzen Durcheinander hatte sie völlig vergessen, dass seine Tante – der er offensichtlich nahestand – gestorben war. Sie kehrte zurück zu der Bank, setzte sich aber nicht.

Welpenaugen starrten zu ihr hoch. »Du bist zurückgekommen.«

Sie schluckte. »Ich bin total neben der Spur, und ich weiß nicht, wie viel ich im Moment verkraften kann, aber ich weiß, dass ich nicht einfach so weggehen will.«

»Das ist sehr lobenswert. Sehr erwachsen.«

Sewanee tat die Bemerkung mit einem Schulterzucken ab. »Ich neige dazu, in allem eine Katastrophe zu sehen. Mein Vater würde dir sagen, dass ich einen Hang zur Theatralik habe.«

Nick zuckte die Schultern. »Du bist leidenschaftlich.«

Ihr Gesicht glühte bei diesen Worten, weil er mit seiner

beiläufigen Feststellung so richtiglag. Und so falsch. Sie war nicht leidenschaftlich, nicht wirklich. Nur bei ihm war sie es gewesen.

Sie nahm ihren Verstand zusammen. »Ich will wissen, warum du das hier gut findest. Warum du es umwerfend findest.«

Er schlug sich auf die Knie. »Das sage ich dir sehr gern!« Er sprang auf, was dazu führte, dass sie einander viel zu nah gegenüberstanden, aber Sewanee würde sich nicht lächerlich machen, indem sie vor ihm zurückwich. Stattdessen hielt sie seinem Blick tapfer stand. »Denn in welcher Welt könntest du dir vorstellen, dass dir das passiert?«

»In keiner! Das hier gehört in eines von Junes Büchern.«

»Ganz genau! Aber trotzdem ist es echt!«

»Findest du?«

»Ja!«

»Was genau ist echt?«

»Das hier! Das alles.« Er breitete die Arme aus, umspannte das ganze Universum. »Wir können uns so glücklich schätzen.«

»Wieso das denn?«

»Weil ich wochenlang ein Häuflein Elend war.« Die Aufregung in seiner Stimme ließ die Worte aus ihm hervorsprudeln. »Ich, Nick, konnte nicht aufhören, an diese Frau aus Vegas zu denken. An dich, das Alice-Du. Aber ich war völlig durcheinander. Warum? Weil ich, Brock, diese Gefühle, *echte* Gefühle, für dich hatte, das Sarah-Du. Also standen das Nick-Ich und das Brock-Ich gewissermaßen im Widerstreit, da wir diese Gefühle für zwei verschiedene Frauen hatten. Aber nun stellt sich heraus, sie sind beide du! Das Sewanee-Du! Verstehst du denn nicht? Das ist …«

Als ihm die Puste ausging, sah sie ihn mit schräg gelegtem

Kopf an. *Was ist das hier?* Sie hatte keine Ahnung. Sie wusste nicht einmal, was er eben gesagt hatte. Aber sie konnte sich die Rosinen herauspicken … Er hatte gesagt, wie sehr er sie mochte. All die Frauen, die sie war.

Er seufzte und hielt ihr die Hand hin. Sie standen so nah voreinander, dass er dabei den Ellenbogen an seine Seite klemmen musste. »Hi. Mein Name ist Nick. Nick Sullivan. Ich bin Sprecher von Romance-Büchern. Freut mich, Sie kennenzulernen. Und Sie sind?«

Sie sah auf seine Hand, die Hand, die so viel herumgekommen war. Sie schluckte den Köder. »Sewanee Chester.«

Er schüttelte ihre Hand sanft und ließ danach einfach nicht los, hielt sie fest. »Ich bin sicher, die Antwort ist Nein, aber ich möchte es nicht versäumen, wenigstens anzubieten, unser Date heute Abend zu retten. Hättest du gern etwas zu essen? Einen Drink? Einen Last Word vielleicht?«

Sie kicherte leise. »So wundervoll das auch klingt …«

Er tätschelte ihre Hand mit seiner anderen. »Ich verstehe schon. Es war … ein langer Abend.«

Sie nickte. »Ich brauche etwas Zeit.«

Nick ließ los. »Das verstehe ich. Schick mir eine Nachricht, wenn du bereit zum Reden bist.«

Er hatte keinen Zweifel, dass das passieren würde. In Nicks Augen war das hier nur ein lustiger Hubbel auf der Straße.

Was war also ihr Problem? Ja, sie war innerlich leer und erschöpft und völlig durcheinander, aber warum hatte sie das Gefühl, irgendetwas Entscheidendes zu übersehen? Es war, als würde sie versuchen, ihren Wagen in einem Parkhaus zu finden. War er gestohlen worden? Wurde er abgeschleppt? War sie auf der falschen Ebene? War sie überhaupt mit dem Wagen unterwegs gewesen?

Sie lächelte zögernd und trat einen Schritt zurück. Sie winkte ihm kurz zu, was er erwiderte, und dann wandte sie sich ab und ging zurück ins Seasons.

»Warum warst du in Las Vegas?«

Diesmal war sie nicht so lange weg gewesen wie vorher, sie holte Nick ein, als er eben den Garten verließ und dabei das Telefon in seiner Hand durchscrollte.

Er zuckte zusammen, und dann lachte er. »Ist das ein Witz? Machst du einen Witz?« Aber er musste das Misstrauen in ihrer Miene gesehen haben, denn er wurde prompt ernst. »Für den Kongress.«

»Warum?«

»June hätte eigentlich dort sein sollen, und als sie ... als sie starb, wollte ihr Verleger – der Verleger ihrer Backlist – eine Art Gedenkfeier daraus machen. Es schien richtig, das für ihre Fans zu tun. Sie könnten vorbeikommen, ihr die letzte Ehre erweisen, eine Limited-Edition-Postkarte ihrer Originalcover bekommen.« Dann ergänzte er: »Sie war wie eine Mum für mich.«

»Aber warum bist du ausgerechnet im Venetian abgestiegen?«

»June hatte das Zimmer gebucht. Wegen *Casanova*. Es war Recherche.«

Es war fast zu plausibel. Warum glaubte sie ihm nicht? Nichts von alledem?

»Warst du als Brock McNight auf dem Kongress?«

Er blickte entsetzt. »Gott, nein! Ich tue nichts als Brock McNight.«

»Das heißt, du wusstest nicht, dass ich dort war?«

Er blinzelte sie an. »Ich wusste nicht, wer du bist, wie hätte ich denn dann wissen können, dass du dort warst?«

»Ich meine«, sagte Sewanee, während sie allmählich in

Fahrt kam, ohne genau zu verstehen, *warum*, »du hast nicht zufällig gesehen, wie ich eine Podiumsdiskussion zu Hörbüchern moderiert habe, wie ich einen Hörbuchstand betreut habe?«

Er blickte noch verwirrter. »Nein! Mit Sicherheit nicht. Ich pfeife auf Hörbücher! Sewanee … ich kenne dich nicht. Ich weiß nicht einmal, wie man deinen hinreißenden Namen buchstabiert.«

»Du hast noch nie von der Sprecherin mit der Augenklappe gehört?«

»Nein, verdammt!« Sie konnte sehen, dass er versuchte, aus ihr schlau zu werden. Als ob, wenn er sie nur eindringlich genug ansah, ihr Kopf sich vielleicht öffnen würde und er einen Blick hineinwerfen könnte. »Warum bezweifelst du, dass ich nicht gewusst habe, wer du bist?«

Sie schüttelte den Kopf. »Du erwartest allen Ernstes, dass ich glaube, dass du rein zufällig …« Sie war kurz davor, wieder zu weinen.

»Was ist?« Er streckte eine Hand nach ihr aus, aber sie wich zurück.

Sie fand ihre Stimme wieder. »Warum hast du mich in dieser Bar angesprochen?«

»Warum *in dieser Bar*?«

»Nein. Warum *mich*?«

Sie beobachtete, wie seine Miene ausdruckslos wurde. Zum ersten Mal an diesem Abend sah er endlich so ernüchtert aus, wie sie sich fühlte. »Oh. Ja, okay. Es ist nicht … Es ist ziemlich idiotisch.«

»Du dachtest, ich bin leicht zu haben?«

»Was? Nein …«

»Dass das Mädchen mit der Augenklappe dankbar ist?«

Nicks Augen gingen flatternd zu, und er fuhr sich mit einer

Hand an die Brust. »Nein. Jetzt brichst du mir das Herz. Wie kannst du so von dir selbst denken?«

Sewanee antwortete schlicht: »Weil ich schon früher aus Mitleid angemacht wurde.«

»Das war nicht der Grund. *Überhaupt* nicht. Mein *Gott.*«

»Was denn dann?« Er hatte keine schnelle Antwort parat. »Nick?«

»Mein liebes Mädchen …«

»Hör auf.« Sie machte sich auf die Wahrheit gefasst. Eine Weile sagte er nichts. »Schon gut, gib einfach zu, dass es aus Mitleid …«

Nick riss die Arme auseinander und ging ein paar Schritte. Dann wandte er sich ihr wieder zu. »Du willst also wirklich … na schön.« Er stieß einen entnervten Seufzer aus. »Du hattest mit Adaku Obi zusammengesessen. Okay? Deswegen bin ich auf dich zugekommen.« Er zuckte die Schultern. »Dachte, am besten stelle ich mich gut mit der Freundin. Ich nahm an, du wärst so was wie der Bodyguard, also …« Er holte tief Luft, weitete die Augen, schüttelte den Kopf. »So einfach war das.«

So einfach.

Sewanee wandte sich ab und ging weg.

»Es tut mir leid«, sagte er, und die Nähe seiner Stimme verriet ihr, dass er ihr folgte. »Du hast mich gefragt, und ich habe dir die Wahrheit gesagt. Ich will dich nicht – ich *kann* dich nicht länger über irgendetwas belügen. Egal, wie die Konsequenzen aussehen.«

Sie schwieg.

Er fuhr fort. »Aber auch wenn es so angefangen hat, hat es eindeutig nicht so geendet.«

Sewanee schoss zurück. »Genau. Weil sie nicht zum Tisch zurückgekommen ist, richtig?« Sie war eine Idiotin. Eine solch erbärmliche Idiotin. Sie hatte sich gefragt, was dieser Typ in ihr sah, dabei war es offensichtlich gewesen, und sie war *so* blind gewesen. Willentlich blind.

Sie betraten wieder das Gebäude. Sie durchquerten die um diese Zeit leere Lobby, um auf die Straße zu gelangen. Sewanees Blick war auf den Ausgang vor ihr geheftet. Sie musste hier raus.

»Bevor du zum, was ist es jetzt, dritten Mal gehst …?« Nick versuchte, die Anspannung zu lösen, aber mit Humor erreichte er sie gerade nicht. »Bitte denk über das hier nach: Wie es begonnen hat, spielt keine Rolle. Wirklich nicht! Denn erinnerst du dich noch, wie du diese Nachricht von deiner Freundin bekommen hast, dass sie es nicht zum Dinner schafft?« Sewanee hob eine Hand, um ihn zum Schweigen zu bringen. Diese Nachricht war Fake gewesen, eine ihrer Lügen.

Nick ignorierte ihre Hand. »Habe ich dich da verlassen? Bin ich weggegangen? Nein! Ich habe um die Rechnung gebeten und bin mit dir zum Dinner gegangen, weil ich es wollte, weil ich zu dem Zeitpunkt mit *dir* zusammen sein wollte!«

»Weil ich das war, was noch übrig war!«

Sewanee eilte durch die Tür auf die Straße, sah, dass ein Taxi vorfuhr, und hob die Hand. Sie wollte entkommen, und das hier war der schnellstmögliche Weg. »Ich kann das nicht. Ich brauche etwas Zeit zum … Es ist zu viel, es ist, es ist …« In dem Moment, als sie das Taxi erreichte, ging die Tür des Wagens auf.

»Swan!«, krächzte Mitzi und stemmte sich heraus. »Du siehst ja aus wie ein Haufen Essensreste. Wie etwas, das jemand von seinem Teller gekratzt hat. Aber das Kleid ist hübsch.«

»Danke«, murmelte sie.

Während der Fahrer ihren Rollator um den Wagen herum brachte, stützte Mitzi sich auf Sewanee, und ihr Blick landete auf Nick. »Ja, hallo, wen haben wir denn da?«

Sewanee fing den Blick des Fahrers auf. »Sind Sie frei?«

»Na klar, steigen Sie ein.«

»Sewanee …«, begann Nick, aber Sewanee warf ihm einen Blick zu, der Glas hätte zerschneiden können. Sie wandte sich wieder an Mitzi, die inzwischen an ihrem Rollator lehnte.

»Wir sehen uns am Freitag, Mitzi.«

Mitzi musterte Nick von Kopf bis Fuß. »Bring mit, was immer das hier ist.«

Sewanee schlüpfte in das Taxi und knallte die Tür zu. Nick stürzte ans Fenster und sagte durch die Scheibe: »Hatte ich vielleicht mehr als einen Drink geplant? Hatte ich irgendetwas über das Dinner hinaus geplant? Ich war im Begriff abzureisen! Hatte ich den Schnee geplant?!«

Sewanee nannte dem Fahrer die Adresse, und das Taxi setzte sich in Bewegung. Nick schlug mit einer Hand aufs Dach. »Sewanee! Ich bitte dich!« Aber Sewanee drängte den Fahrer weiterzufahren.

Sie wandte sich um und sah zu, wie er die Hände in die Hüften stemmte und rief: »Was muss ich tun?« Dann wandte er seine Aufmerksamkeit Mitzi zu, die an seinem Jackett zupfte.

»Also. Sind Sie Single?«

Kapitel 13

Die Pause

Der Wecker zeigte 3.15 Uhr morgens. Sewanee hätte schwören können, dass es mindestens fünfundvierzig Minuten her war, seit sie zuletzt hingesehen hatte.

Es waren zwölf gewesen.

Gedanken schwirrten durch ihren Kopf wie Kolibris.

Er bemitleidete sie nicht. Oder? Nein, ganz sicher nicht. Die Art, wie er zu ihr gewesen war, seine Berührungen, seine Fürsorge, seine Entschlossenheit. Nichts von alledem hatte sich wie Mitleid angefühlt. Sie kannte den Unterschied.

Aber sie war nicht seine erste Wahl gewesen. Er hatte Adaku gewollt. Sie selbst war ein Trostpreis gewesen.

Und was war mit ihrem Abschied in Vegas? Warum hatte er ihr nicht seine Nummer gegeben? Warum hatte er sie nicht nach ihrer gefragt?

Sie rollte sich herum. Drückte ihr Kissen fest an sich. Schloss ihr Auge.

Bilder von ihnen beiden, zusammen, fluteten herein.

Wie sie ihm hinterher in der Badewanne gegenübersaß.

Die Textur seiner Haut, glitschig vom Wasser.

Ihre Finger, die über die Vertiefung seiner Kehle glitten.

Sie warf sich herum, hoffte, ihre Gedanken auf der anderen Seite zurückzulassen. Aber die Worte, die sie gewechselt hatten, verfolgten sie wie spöttische Geister.

Er hatte gesagt: *Ich würde das hier ja gern fortsetzen, aber …*

Sie hatte gesagt: *Nein, natürlich.*

Er hatte gesagt: *Vermutlich ist es besser, es dabei zu belassen.*

Und sie, erdrückt von der Last ihrer Lügen, konnte ihm nur beipflichten.

Dann hatte er ihre Narbe berührt. Schlicht, ungezwungen, natürlich.

Dann hatte Blah geschrien: Monster.

Sie schlug ihr Auge auf. 3.18 Uhr. Unglaublich.

Sie rollte sich noch einmal herum, griff zwanghaft nach ihrem Handy, aber da war keine neue Nachricht seit der, die Carlos vor Stunden geschickt hatte: Blahs Zustand hatte sich stabilisiert, sie hatten sie nicht ins Krankenhaus bringen müssen. Aber sie würden das Ativan noch ein paar Tage länger beibehalten. Vermutlich war es das Beste, wenn Sewanee ihr ein bisschen Raum ließ.

Auch keine Nachricht von »Brock«.

Wie sollte sie darüber hinwegkommen, jemandes – Gott, sie hatte den Ausdruck gehasst, seit sie ihn das erste Mal von irgendeinem Großmaul auf der Junior High gehört hatte – Notnagel zu sein?

Aber so war es nicht gewesen. Notnagel war nicht einmal der richtige Begriff. Sie war benutzt worden. Das war passiert. Sie war benutzt worden von einem Mann, der genau wusste, was er tat. Er war der verdammte Brock McNight. Er war ihr wie ein Held aus einem Romance-Buch erschienen, weil er genau das war. Aber sie? Sie war leider nur allzu echt.

Bis auf das Lügen.

»Du musst zusehen, dass du etwas Schlaf bekommst«, schalt sie sich wie ein Elternteil. Sie stöhnte laut auf, rollte sich ein letztes Mal herum, presste ihr Auge fest zusammen und weigerte sich, es wieder aufzuschlagen.

3.19 Uhr.

Verdammt.

Als Sewanee das Klopfen zum ersten Mal hörte, klang es wie Kirchenglocken in dem Traum, den sie hatte. Eine fremde Stadt, Frühlingssonne, ein vages Gefühl von Beklommenheit, als ob sie für irgendetwas, an das sie sich nicht erinnern konnte, spät dran war. Aber Kirchenglocken sollten nicht so dumpf, so schwerfällig klingen.

Sie schlug ihr Auge auf, blickte in die Stille. Wartete. Das Klopfen kam wieder. Diesmal eher ein Hämmern.

Adaku! Die Fahrt zum Flughafen!

Sie sprang aus dem Bett, stolperte über ihre Handtasche vom Abend zuvor und stürzte zur Tür.

Die Sonne strahlte hell hinter Adakus neuem, militärisch kurzen Afro. »Morgen!«

Sewanee hob eine Hand, um ihr Auge vor der Sonne zu schützen. »Was gibts?«, krächzte sie.

Adaku fasste ihre Verwirrung falsch auf. Sie grinste und flüsterte laut: »Störe ich?«

»Was?« Die Nacht rauschte wie ein Schnellzug an ihr vorbei. »Oh. Nein. Überhaupt nicht.«

Adaku schien enttäuscht. »Och. Warum?«

Sewanee versuchte, Worte zu formen, aber sie konnte nicht. Sie stand einfach nur da. Sprachlos. Reglos.

»O Süße«, murmelte Adaku. »Okay, okay! Drinnen!«

Adaku setzte Sewanee auf die Couch, wuselte eine Minute in der Küche herum, und dann stand ein Glas Wasser vor ihr. Auf Adakus Befehl hin trank sie, und wieder eine Minute später stand eine Tasse Kaffee vor ihr, und ihre Füße lagen in Adakus Schoß, und Adaku sagte: »Was ist passiert?«, und Sewanee erzählte es ihr. Alles.

Sie waren bei ihrer zweiten Tasse Kaffee, bis sie fertig war. Es war traurig und noch immer surreal, aber nicht mehr ganz so schrecklich, wie es ihr gestern noch erschienen war.

»Das mit BlahBlah tut mir so leid«, sagte Adaku.

»Wenigstens wird sie sich nicht daran erinnern.«

Adaku stieß ein bittersüßes Kichern aus. »Stimmt. Brock hingegen, oder sollte ich sagen, Nick …«

Sewanee hob eine Hand. »Ich will nicht über ihn reden. Über keinen der beiden.«

Adaku ließ nicht locker. »Okay, aber, ich meine, aus meiner Sicht erscheint das einfach total … durchgeknallt.« Dieses letzte Wort platzte wie ein ausgelassenes Lachen aus ihr hervor. »One-Night-Stand entpuppt sich als ungeahnte Korrespondenz! Das ist so Romance …«

»Eher schlechte Fantasy«, unterbrach Sewanee sie, stand auf und schlenderte in die Küche. »Romantisiere es nicht. Es ist grauenhaft. Demütigend. Es ist …« Sie entdeckte eine weiße Papiertüte auf dem Tresen. »Hast du mir etwa einen Frühstücksburrito aus Beachwood mitgebracht?«

»Hab ich«, antwortete Adaku aus dem Wohnzimmer.

»Oooh, danke.« Sie riss die Tüte auf. »Wo ist deiner?«

»Nicht für mich. Der einzige Teil eines Burritos, den ich im Moment essen kann, ist das Papier, in das er gewickelt ist.«

Sewanee legte den Burrito in die Mikrowelle, schüttelte den Kopf und redete aus der Küche weiter. »Vermutlich sollte ich das auch nicht essen, oder? Oh, du wärst stolz auf mich, ich habe letzte Woche angefangen, Liegestütze zu machen. Ich meine, ich nehme an, sie werden mir einen Trainer geben, aber zum Glück muss ich nicht mit dir in dieses Survival-Camp fahren. Das würde ich nicht überleben …« Sie stöhnte auf, schlug sich die Hand vor den Mund. »O mein Gott, Adaku, ich bin eine solche Idiotin. Ich habe gestern Abend meinen Wagen beim Seasons stehen lassen. Verdammt! Ich rufe uns ein Taxi, es tut mir so leid …«

Sie schnellte herum, und Adaku, die zur Küchentür gekommen war, sagte: »Du hast die Rolle nicht gekriegt.«

Die Mikrowelle piepste, aber Sewanee rührte sich nicht. Als wäre auf sie geschossen worden, die Verblüffung über den Aufprall aber dem Schmerz der Kugel vorausgegangen.

»Es tut mir so leid, Swan. Ich kann es noch immer nicht glauben.« Adaku blickte zerknirscht.

Sewanee wandte sich wieder zu der Mikrowelle um. Öffnete die Tür. Holte den Burrito heraus. Nahm einen großen Bissen. Sie aß weiter, bis Adaku sagte: »Was kann ich tun? Sprich mit mir.«

Sewanee schluckte, sagte matt: »Wann hast du es …?«

»Gestern. Ich wollte es dir nicht vor deinem großen Abend sagen. Aber ich fahre weg und wollte persönlich vorbeikommen und …« Sie brach ab.

Nach einem angespannten Moment nahm Sewanee noch einen Bissen. »Schon gut. Danke, dass du es mir gesagt hast. Ich gehe mich fertig machen.«

»Nein, Swan, du fährst mich nicht zum Flughafen, das ist lächerlich.«

»Oh, doch, das tue ich!« Sie nahm einen entschlossenen Bissen. »Ich habe dir gesagt, ich bringe dich hin, und das werde ich tun.« Sie nahm den Rest des Burritos mit, als sie die Küche verließ.

Adaku folgte ihr ins Wohnzimmer. »Ich habe dein Vorsprechen gesehen. Es war so gut, Swan! Es war mehr als gut.« Sewanee kicherte spöttisch. »Wirklich! Sie haben nur entschieden …«

»Einen anderen Weg zu gehen?« Sewanee versuchte nicht, die Bitterkeit in ihrer Stimme zu verbergen. Es war die klassische Abfuhr von Hollywood.

»Colin wollte dich«, sagte Adaku beschwichtigend, »aber das Studio – alle fanden, du warst unglaublich. Wirklich brillant, haben sie gesagt.«

Sie suchte nach ihrem Handy, nahm noch einen Bissen und fragte: »Wer hat die Rolle gekriegt?«

»Swan.«

»Was? Eine Berühmtheit, die sie auf hässlich trimmen werden, anstatt irgendeine Unbekannte, die es schon ist?«

»Sewanee …«

»Ich kann die Oscar-Kampagne für das beste Make-up schon vor mir sehen …«

»Es hatte nichts zu tun mit …«

»Wer hat die Rolle gekriegt, Ada?«

Adaku seufzte. »Sie haben dieses Mädchen gefunden. Amber Irgendwas. Sie ist ein YouTube-Promi, Influencerin, TikTok-Sternchen, was weiß ich. Als sie siebzehn war, wurde ihr der Arm von einem Hai abgebissen.«

Sewanee würgte den letzten Rest ihres Burritos hinunter. »Fehlender Arm schlägt fehlendes Auge.« Sie schnippte spöttisch mit den Fingern. »Jedes Mal.«

Adaku schüttelte den Kopf. »Nein. Hier geht es um Follower. Sie hat um die vierzig Millionen Follower. Sie hat eine Meditations-App und Kochbücher und den ganzen Scheiß. Aber sie wollten dich!«

Sewanee konnte sich nicht mehr beherrschen. »Und was ist aus ›Ich kann das deichseln‹ geworden? Was ist aus ›Starpower, Süße‹ geworden?«

Adaku streckte die Hand aus. »Ich habe es versucht, wirklich. Ich war genauso sauer wie du, glaub mir. Aber wir werden etwas anderes finden. Etwas Besseres! Jetzt sitzt du wieder im Sattel! Es war nur ein einziges Vorsprechen. Das ist aus einem Grund passiert, okay? Alles ist vorbestimmt. Du wirst schon sehen.«

Es gab bei jedem Streit einen Moment, an dem er enden könnte. Nichts Unumkehrbares war gesagt worden, keine Grenze war überschritten worden.

Sewanee stürmte über die Grenze. Sie ruderte mit den Armen durch die Luft wie einer dieser aufblasbaren Schlauchmänner vor einem Autohaus. »Hör auf! Halt einfach den Mund! Alles passiert aus einem Grund?! Weißt du, wann ich das letzte Mal dachte, alles passiert aus einem Grund? Als ich zwei verdammte Augen hatte! Alles ist vorbestimmt?! War *das hier* vorbestimmt?« Sie stach so schnell, so hart mit einem Finger nach ihrem Auge, dass sie keine Zeit hatte, sich zu erinnern, dass sie ihre Augenklappe nicht trug. Sie traf ihre vernarbte Augenhöhle, und die Schmerzwelle sorgte dafür, dass sie sich vornüberkrümmte und den Kopf hochriss.

»Swan!«

Sie spürte, wie Adaku auf sie zustürzte, und sie schubste sie zurück, ein einziger harter Stoß gegen, wie sie vermutete, ihre Hüfte. »Lass mich!« Sie berührte sanft ihr Gesicht. Sah Blut an ihren Fingerspitzen.

»Du blutest ja«, stöhnte Adaku.

Das Blut strömte nicht. Die Narbe war längst verheilt, sie konnte sich nicht wieder geöffnet haben. Sie musste mit dem Fingernagel daran hängen geblieben sein. Es gab einen rationalen Teil ihres Gehirns, der noch immer funktionierte, der das alles logisch verarbeiten konnte. Aber der andere Teil ging in einer Endlosschleife immer wieder die Ungerechtigkeit all der beschissenen Dinge durch, die passiert waren, und ihre Unfähigkeit, sie zu akzeptieren, weil sie gar nicht erst hätten passieren sollen. Nicht ihr. Nie, nicht ein einziges Mal, hatte sie gedacht: ich Ärmste; aber sie konnte nicht umhin zu denken: warum ich?

Sie stürzte zurück in die Küche, zum Gefrierfach, riss die Tür auf, schnappte sich eine Handvoll Eis und klatschte es sich ins Gesicht, während sie die ganze Zeit murmelte: »Das habe ich alles nur dir zu verdanken. *Du* willst, dass ich wieder spiele. *Du* willst, dass ich wieder ganz bin. *Du* willst, dass ich gewinne. Denn wenn das alles nicht klappt, dann würdest du zugeben müssen, dass *nichts* aus einem verdammten Grund passiert.«

»Swan …«

Na toll, Adaku weinte. Na ja, Sewanee weinte auch. Sie brauchte einen Moment, um es zu begreifen, mit dem Eis, das anfing, über ihre Wange zu sickern, aber dieses Engegefühl in ihrer Brust, dass sie Adaku unscharf sah und unfähig war, einen vollen Atemzug zu tun? Das waren Tränen. Und die machten sie wütend.

»Du kannst das nicht in Ordnung bringen. Du wirst das nicht besser machen. Egal, wie viel Positiv-denken-Scheiß du laberst.«

Adaku trat auf sie zu. »Sag mir, was ich tun soll.«

Sewanee stellte sich genau vor sie hin, Zehenspitzen an Zehenspitzen, und schrie: »Lass mich die Welt und das, was sie mir angetan hat, hassen!« Als sie Adakus erschrockene Miene sah, trat sie zur Seite und schluchzte: »Und geh! Bitte!«

Sie weinte zu heftig, um Adakus Schluchzer, ihre Schritte, die sich entfernten, zu hören. Alles, was sie hörte, war die Haustür, die keine Minute später leise zuging. Sie schaffte es eben noch rechtzeitig zur Spüle, dann übergab sie sich.

Sie wusste nicht, wie lange sie dort am Tresen stand und die Aussicht über die Stadt betrachtete, während sie langsam wieder zu sich kam. Sie wusste nur, dass sie keine Ahnung hatte, was sie als Nächstes tun sollte.

Sie drehte den Wasserhahn auf und spülte ihren Schmerz den Ausguss hinunter. Dabei musste sie sich um ein Haar erneut übergeben.

Tee. Sie sollte etwas Flüssigkeit zu sich nehmen. Ein machbarer erster Schritt.

Sie öffnete einen Küchenschrank und griff nach dem Tea-for-one-Set, das ihre Mom ihr geschenkt hatte.

Der Moment, in dem es ihr aus den Händen glitt und auf dem Fliesenboden in mindestens eine Million Teile zerschellte, die sie noch Monate später finden würde, fühlte sich im Nachhinein vorbestimmt an.

Sie stand noch immer da.

Was willst du tun, Swan?, dachte sie. Sollte sie wenigstens die größeren Scherben aufheben? Sollte sie einen Besen holen? Sollte sie versuchen, wieder zu weinen? Sollte sie sich die Kehle wund schreien?

Letztendlich tat sie nichts von alledem. Stattdessen ging sie. Sie verließ die Küche. Sie trat auf ein paar Scherben, das Knirschen hatte keinen spürbaren Effekt. Sie ging in ihr Schlafzimmer, schnappte sich eine Reisetasche aus dem Wandschrank, nahm wahllos ein paar Kleidungsstücke und warf sie hinein, zog den Reißverschluss zu, ging zurück ins Wohnzimmer, nahm ihr Handy, bestellte sich ein Taxi, warf einen letzten Blick auf die Scherben und sagte laut: »Ich will meine Mom.«

Während der Wagen zum Flughafen fuhr, saß Sewanee auf der Rückbank und starrte aus dem Fenster. Sie fühlte sich gut mit ihrer spontanen Entscheidung. Erleichterung durchflutete sie. Das hier war notwendig.

Und es war auch aufregend. Sie hatte so etwas noch nie getan, einfach zum Telefon zu greifen und den billigsten Platz auf dem nächstbesten Flug zu buchen, während sie bereits auf der Rückbank eines Taxis zum Flughafen saß. Das Ziel war egal gewesen, aber als sie ihrer Mom eine Nachricht geschickt hatte, um zu erfahren, wo sie in den nächsten Tagen sein würde, und ihre Mom »Venedig« geantwortet hatte … na ja. Vielleicht waren ein paar Dinge doch vorbestimmt.

Ihr Handy piepste, aber sie wollte sich nicht damit befassen. »Brock« hatte jetzt schon ein paarmal geschrieben, doch sie hatte seine Nachrichten nicht gelesen. Sie würde jetzt nach Italien fliegen. Aber sie hatte auch Amanda geschrieben, um ihr Bescheid zu geben, dass sie für eine Weile nicht erreichbar sein würde, und dass sie Henry anrufen sollte, falls Blah irgendetwas brauchte. Was, wenn das ihre Antwort war?

Sewanee sah auf ihr Handy.

Scheiße. Jason.

Sie überflog die E-Mail:

Hey Sarah!

Noch zwei letzte Folgen, Skripte im Anhang! Da das hier die Szenen sind, in denen es zwischen den beiden zum Höhepunkt kommt, denke ich, sie sollten im Duett aufgeführt werden – so, dass ihr eure Zeilen im Wechsel voreinander lest. Also würde ich gern einen Termin vereinbaren, an dem du und Brock euch zusammenschaltet, um sie gemeinsam aufzunehmen.

Nein, Nein und nochmals nein.

Der Fahrer hatte an der Bordsteinkante gehalten und stieg aus, um ihre Tasche zu holen. Sie tippte rasch.

Bin nicht erreichbar. Frag Nick.

Sie drückte auf Senden, schaltete ihr Handy aus, stieg aus, bedankte sich bei dem Fahrer, schnappte sich ihre Tasche und ging in den Terminal.

Nächster Halt: Venedig. Diesmal das echte.

FÜNFTER TEIL

Charakter ist Schicksal.

Heraklit

Nehmen Sie einen Schwachpunkt, irgendeinen Schwachpunkt. Führen Sie ihn gleich zu Beginn ein. Lassen Sie ihn der Figur in der Mitte des Romans auflauern. Dann schlägt er zu. Im nächsten Moment kommt es zu Kampf oder Flucht. Das ist der Job. Machen Sie es nicht unnötig kompliziert.

June French in *Cosmopolitan*

Kapitel 14

Die Zuflucht

Das Erste, was Sewanee sah, als sie die »Pensione« betrat, die ihre Mutter für sie gebucht hatte, waren Marilyn und Stu, die in zwei dick gepolsterten Clubsesseln in der Lobby saßen. Sie strahlten und rissen die Hände in die Luft.

»Da ist sie!«, rief ihre Mutter und sprang auf.

»Schön, dass du vorbeischaust. Bist du gekommen, um dir eine Tasse Zucker zu borgen?«, witzelte Stu und erhob sich ebenfalls ächzend.

Sewanee spürte, wie sich der hintere Teil ihres Auges vor Tränen anspannte. Marilyn sah so gut aus. So glücklich. Ihre von silbrigen Strähnchen durchzogenen braunen Locken fielen ihr genau bis unters Kinn, ihr Gesicht war sonnengebräunt, und ihre blauen Augen strahlten. Sie war schon immer eine schlanke Frau gewesen, aber jetzt war sie durchtrainiert. Kräftig vom Laufen über Pflastersteine, vom Wandern durch Burgruinen und Gebirge. Sie war fünfundsechzig, und sie war nie schöner gewesen.

Während sie sich umarmten, flüsterte Marilyn Sewanee ins Ohr: »Was verschafft uns das Vergnügen?« Sie lehnte sich zurück, sah ihrer Tochter tief ins Auge. »Wieder zu hart gearbeitet?«

Sewanee löste sich mit einem Schulterzucken von ihrer Mutter und murmelte: »Immer«, bevor sie die Arme nach Stu ausstreckte. Sie war ihm erst zweimal begegnet, aber binnen fünf Minuten hatte sie ihn geliebt.

Sie trat einen Schritt zurück und sah, dass Marilyn sie beäugte. »Aber da ist noch eine andere Sache?«

»Da sind noch ein paar andere Sachen.«
Ihre Mutter zog die Augenbrauen hoch.
Sewanee holte einmal Luft. »Dad.«
»Na ja, wann ist er denn nicht …?«
»Und Adaku.«
»*Ada?* Warum …?«
»Und Blah.«
»Oh, nein.«
»Und Schauspielerei. Und Roboter. Und Mark, der sein Haus verkauft. Und es gibt einen Jungen. Der zwei Jungen ist, die derselbe Junge sind.« Sewanee holte noch einmal tief Luft.
Marilyn reichte Stu eine der Schlüsselkarten zu Sewanees Zimmer. »Mein Schatz, würdest du …?«
»Aber klar doch«, sagte Stu, nahm Sewanees Reisetasche und entfernte sich lächelnd. Der entspannte, unkomplizierte, großzügige Stu.
Marilyn hakte sich bei ihrer Tochter unter und führte sie auf den Patio des Hotels. Sie bestellte ihnen in halbwegs akzeptablem Touristen-Italienisch zwei Aperol Spritz und bedankte sich bei dem Kellner für die Schale Oliven und das Körbchen mit Brotsticks, die er auf den Tisch stellte.
»Fangen wir mit dem Jungen an«, sagte sie entschieden. Während Sewanee ihr die ganze schmutzige Geschichte erzählte, verwandelte sich Marilyns Miene von leichter Verblüffung zu tränenfeuchter Süße zu Schock und schließlich – sehr zu Sewanees Bestürzung – zu hemmungslosem Lachen.
Sewanee hielt in ihrem Bericht inne und funkelte sie an. »Mom.«
Kichernd schwenkte Marilyn ihre Serviette vor ihrem Gesicht. Sie versuchte tapfer, »es tut mir leid« zu sagen, aber die Worte purzelten in ihrem Gelächter durcheinander wie Turnschuhe in einem Trockner.

»Warum finden das eigentlich alle so witzig?«, knurrte Sewanee, während sie nach ihrem Drink griff und darauf wartete, dass ihre Mom fertig war.

»Weil es wie im Film ist!«, rief Marilyn, wischte sich übers Gesicht und schob sich ihre Brille ins Haar. »Das ist einfach so …« Und dann prustete sie wieder los und krümmte sich vor Lachen.

»Na schön, weißt du, was …?« Aber es gab nichts zu sagen, keine leere Drohung, die sie ausstoßen könnte. Die Reaktion ihrer Mutter – genau wie Nicks, genau wie Adakus – ärgerte und demütigte sie zugleich. Sie zwang sie, alles noch einmal zu überdenken. Es schmerzte noch immer. Aber offensichtlich gab es noch eine andere Seite. Marilyn sah es. Nick sah es. Adaku sah es. Und vielleicht, vielleicht, auf eine gewisse Weise, vielleicht war es ja doch ein klein wenig witzig. Vielleicht.

Marilyn kriegte sich wieder ein, tupfte sich mit ihrer Serviette die Augen. »Es tut mir leid, Swanling. Wirklich.« Einen Moment saßen sie schweigend da und nippten beide an ihrem Spritz. Dann fuhr Marilyn mit sanfter Stimme fort: »Und was ist mit deiner Großmutter los?«

Sewanee erklärte ihr alles. Blahs derzeitiger Zustand, der notwendige Umzug, die Unmenge an Geld, die sie bereit war auszugeben, und warum Sewanee das Gefühl hatte, dass es wichtig war, Blah in einem vertrauten Umfeld mit vertrauten Leuten zu belassen, was immer es kostete.

»Natürlich«, warf Marilyn am Ende rasch ein, als sei dies eine offensichtliche Schlussfolgerung, was irgendetwas in Sewanee bestätigte, von dem sie gar nicht gewusst hatte, dass es einer Bestätigung bedurfte. »Da ist Henry doch sicher auf deiner Seite?«

Sewanee beugte sich über den Tisch vor. »Nicht einmal annähernd, Mom. Er nimmt es Blah übel, dass sie überhaupt erst ins Seasons gezogen ist. Er nimmt ihr übel, dass sie ihre Ersparnisse aufbraucht, um dort zu wohnen. Er nimmt ihr übel, dass sie ihm nie zuhört. Und was das Schlimmste ist, ich dachte, dass er begeistert sein würde, dass ich für alles aufkommen will. Das muss ihn doch eigentlich entlasten und ihn von dem ganzen Groll befreien, ihm die Gelegenheit geben, seine Tochter wertzuschätzen, seine Tochter vielleicht sogar, ich weiß nicht, zu *lieben*?!«

Marilyn kicherte traurig. »Oh, Schatz. Das hätte niemals geklappt.« Sie nahm einen Schluck von ihrem Spritz, fischte die Orangenscheibe heraus und aß sie genüsslich.

»Ich verstehe ihn nicht. Es ist geradezu, als ob er eifersüchtig auf mich ist oder so. Was verrückt ist, aber so fühlt es sich an.«

»Na ja. Es heißt, dass Eifersucht auf links gedrehte Bewunderung ist.«

»Mom …«

»Vermutlich ist er wirklich eifersüchtig. Er ist auf jeden Fall voller Groll. Aber das hat nichts damit zu tun, dass du seine Tochter bist oder ich seine Ex-Frau oder Blah seine Mutter oder auch nur diese kleine Kelly-Studentin, die ja auch irgendetwas für ihn ist.« Die Orangenschale baumelte zwischen ihren Fingern. »Wir sind alle Frauen. Und es tut mir leid, das zu sagen, aber das ist das eigentliche Problem deines Vaters.«

»Wieso das denn?«

Marilyn beugte sich vor, warf die Orangenschale auf ihren Teller. Sie stützte das Kinn in die Hände und schwieg einen Moment nachdenklich. »Dein Vater hat einmal etwas geliebt. Nicht jemanden, etwas: New York City. Und als sein Vater starb, da verließ er seine *Liebe*, um seiner Mutter zu helfen. Um von seiner Mutter geliebt zu werden? Um das Richtige zu tun? Ich weiß nicht genau, warum. Er wollte sich vielleicht einfach nützlich fühlen, doch letztendlich fühlte er sich nutzlos. Sie hat ihn nicht absichtlich schlecht behandelt, aber … Barbara war eben Barbara.« Marilyn zuckte die Schultern. »Henry fühlte sich zurückgewiesen, dabei hatte er alles aufgegeben, um ihr zu helfen. Er war verletzt. Er ist *noch immer* verletzt.«

Marilyn schwieg eine Weile. »Unterm Strich ist es so, denke ich: Dein Vater hat sich nie *wertgeschätzt* gefühlt. Das männliche Codewort für: sich geliebt fühlen. Und bedauerlicherweise ist Henry ein Mann, für den Liebe immer eine Frage war, keine Antwort. Es hat mit Barbara angefangen und bei jeder Frau, die je seinen Weg gekreuzt hat, Metastasen gebildet. Nicht dass er je *Wertschätzung erbitten* würde, Gott behüte. Was deinen Vater betrifft, sollen Frauen intuitiv spüren, was er braucht.«

Marilyn lehnte sich seufzend zurück. »Das heißt, nimm diese ganze Verletztheit und diesen ganzen Groll, schweigend erduldet, lass es jahrzehntelang köcheln, dann ist es irgendwann zu Wut destilliert.« Sie sah hinaus auf den Kanal neben ihnen, das Wasser nah genug, um spätnachmittägliche Kräuselwellen auf ihr Gesicht zu werfen. »Das ist, was ich so schwer fand, Swan. Ich wusste nicht, wie ich einen wütenden Mann lieben sollte, der so tat, als sei alles in Ordnung mit ihm.« Als Sewanee etwas erwidern wollte, hob sie eine Hand, die linke, unberingte. »Wir hatten ein gutes Leben zusammen. Das Leben ist nie nur schwer oder nur leicht, sondern es hat viele Facetten. Aber ich glaube, ich war sein Trostpreis. Und wenn ich eines gelernt habe, Swan, dann das: Sei niemals der Trostpreis.«

Wie könnte Sewanee nicht an Nick denken, als Marilyn das sagte? Erklärte das hier nicht, wie sie ihm gegenüber empfand? Doch dann ergänzte Marilyn: »Vor allem nicht dein eigener«, was Sewanees Kopf herumschnellen ließ.

Schweigend nahm sie sich eine Olive und spülte sie mit

einem Schluck Spritz hinunter. Das Salz und das Öl und der Alkohol und die Bitterkeit und die Perlen des Prosecco rüttelten sie durch und schienen ihr Gleichgewicht prompt wiederherzustellen. Die Italiener wissen, wie man lebt, dachte sie geistesabwesend. Sie wägte ihre Worte ab, während sie kaute. »Alles fühlt sich wie ein Fake an, Mom. Als ob das hier gar nicht mein Leben ist. Als ob ich mein Leben *spiele*. Als ob ich das Leben von jemand anders spiele, während ich darauf warte, mein eigenes zurückzubekommen.« Sie schluckte. »Und dann habe ich versucht, es zurückzubekommen, weil …« – sie verdrehte die Augen – »… Adaku dachte, das könnte ich, aber wie sich gezeigt hat, kann ich das nicht.«

Marilyn blinzelte, versuchte, dieses Puzzle zusammenzusetzen. »Was hat Ada denn getan, um …?«

»Sie *bedrängt* mich. Sie ist so gnadenlos optimistisch und versteht nicht, warum ich nicht …« – sie schnippte mit den Fingern – »… längst über alles hinweg bin und nach vorn blicke. Aber das mache ich doch! Doch ich gehe dabei meinen eigenen Weg.«

Sewanee wartete darauf zu hören, dass ihre Mutter ihr recht gab. Marilyn nahm noch einen Schluck von ihrem Spritz und sagte: »Na ja, diese Dinge brauchen eben Zeit.«

»Genau.« Erleichtert griff Sewanee nach ihrem Drink.

»Aber kann es vielleicht sein«, begann Marilyn, und Sewanee stellte ihr Glas wieder ab, »dass du dir selbst *im Weg stehst* und das damit verwechselst, dass du *deinen eigenen Weg gehst*?«

»Gibst du Adaku etwa recht?«

»Ich glaube nicht. Ich sage nur, hinterfrage dich selbst.«

»Meinst du nicht, dass ich das getan habe? Dass ich das tue?«

Die unausgesprochene Antwort ihrer Mutter zu sehen,

deren Bedürfnis, sie nicht zu verletzen, mit ihrem Verlangen rang, die Wahrheit zu sagen, ließ sie prompt zu weinen anfangen. Sewanee wischte sich verstohlen über die Wange, drehte sich von den Leuten auf dem Patio weg. »Ich wollte mein Leben, und es wollte mich. Und jetzt hat mein Leben mich in die Scheiße geritten, aber ich will es noch immer.«

Marilyn beugte sich vor und nahm ihre Hand. »Natürlich willst du es. Aber wenn ich ganz ehrlich bin – ich glaube, alle um dich herum warten darauf, dass du dich so akzeptierst, wie du jetzt bist, damit wir es auch tun können. Und das Vertrackte dabei ist, du wartest darauf, dass alle anderen dich so annehmen, wie du jetzt bist, damit du dich selbst annehmen kannst, und entschuldige, Schatz, aber du bist am Zug. Du musst den ersten Schritt tun.«

Sewanee ließ den Kopf hängen, war physisch außerstande, sich unter dem Gewicht der Worte ihrer Mutter aufrecht zu halten. Sie wusste, dass sie etwas erwidern sollte. Aber das blieb ihr erspart, weil Marilyn sich vorbeugte und ihre Brille zurechtrückte. »Du hast ein graues Haar!«

Sewanees Kopf schnellte hoch. »Was? Wo?!«

»Genau am Scheitel.«

»Reiß es aus!«

Marilyn kicherte und lehnte sich zurück. »Ohhhh, nein! Nein.« Sie stand auf. »Du wirst das dort lassen. Du bist eine Tigerin, und du hast dir diesen Streifen verdient.« Sie beugte sich hinunter, küsste Sewanee auf den Kopf, genau dort, wo dieser Streifen gewachsen war. »Ich denke, du solltest dich ausruhen. Nimm dir ein paar Stunden Zeit, und wir kommen um sieben wieder, um mit dir essen zu gehen.« Marilyns Blick huschte zur Lobby, und jetzt sah Sewanee, dass Stu dort in einem Sessel Platz genommen hatte und in einem Buch las. »Eine entzückende kleine Trattoria. Und morgen Abend geht es hoffentlich in ein tolles Lokal, Stu versucht, eine Reservierung für uns zu kriegen, aber das ist einer dieser Läden, die ein halbes Jahr im Voraus ausgebucht sind.« Sie zuckte die Schultern. »Wenn es nicht klappt, na ja, dann müssen wir eben an den Kanälen entlangschlendern und Gelato essen.«

»*Quelle horreur*«, murmelte Sewanee.

Ihre Mutter machte eine formvollendete italienische Geste, Fingerspitzen nach oben und aneinandergelegt, eine Knoblauchzehe. »*Che orrore*«, betonte sie. Sie zwinkerte und wickelte sich ihren Paschminaschal fester um die Schultern. »*Ciao, bella!*«

Um sieben Uhr, nach einem so tiefen Nickerchen, als wäre sie für eine Operation in Narkose versetzt worden, traf Sewanee ihre Mutter und Stu in der Lobby, und sie verließen die Pensione. Die abendliche Luft war warm für März, und sie gingen zu Fuß zu einem malerischen Restaurant und schlüpften an einen beengten Ecktisch. Der Geruch von Knoblauch und Weinkorken umfing Sewanee, das Gefühl von weißem Leinen unter ihren Fingerspitzen tröstete sie, der Geschmack von Barolo beruhigte sie. Sie lehnte sich mit der Schulter an die holzgetäfelte Wand und sah zu, wie das Kerzenlicht in den Augen ihrer Mutter und über Stus fachmännischer Hand flackerte, während er Teller mit dem Fischrisotto des Hauses anrichtete. Köstlicher Duft driftete durch das Restaurant, es war laut und behaglich.

Als ihre Teller abgeräumt waren und sie köstliche Affogatos gehabt hatten, zwängten sie sich an den Tischen vorbei und schlüpften wieder hinaus in die nun kühle Nacht.

Marilyn und Stu bestanden darauf, Sewanee zurück zu ihrer Pensione zu begleiten. Im labyrinthischen Venedig konnte man sich leicht verlaufen, das war eine Tatsache, und sie hatte keine

Ahnung, wo sie waren. Sie bogen erst nach links ab, dann scharf nach rechts, gingen eine Gasse hinunter, die schmaler als ein Wohnungsflur war, ein paar winzige Stufen hinunter, unter irgendwelchen willkürlich angeordneten und wunderschönen Holzbalken hindurch, und dann waren sie auf einmal da: wieder an der Gartenpforte der Pensione.

Noch verblüffter war sie über die Gestalt, die etwa zehn Schritte vor ihnen im Schatten stand.

Sie blieb stehen. Starrte ihn an. »Was machst du denn hier?«

Nick breitete die Arme aus. »Ich rutsche auf den Knien, wie für Romance vorgesehen.«

Er sah völlig erledigt aus. Er hatte nur einen Rucksack bei sich, seine Haare standen in alle Himmelsrichtungen ab, und er hatte sich offensichtlich seit Tagen nicht rasiert. Er trug eine schwarze Jogginghose, einen grauen Trinity-College-Dublin-Hoodie und eine Brille. Sie hatte gar nicht gewusst, dass er eine Brille trug. Er sah ziemlich elend aus, und sie konnte nicht glauben, wie sehr sie sich zu ihm hingezogen fühlte. So würde er an einem Sonntagmorgen aussehen, wenn er es längst hinter sich gelassen hatte, eine Frau beeindrucken zu wollen. Er war verführerisch in einem Anzug, er war hinreißend in einem Smoking, aber in diesem Aufzug war er regelrecht gefährlich.

»Wie hast du mich gefunden?«

»Mark. Nachdem du Jason die Mail geschickt hast, hat er mich angerufen und gesagt: ›Was hast du angestellt?‹ Du hast auf keine meiner Nachrichten geantwortet, also hat Jason mir gesagt, ich soll es bei Mark versuchen. Ich bin zum Studio gefahren, und nachdem ich erklärt hatte, wer ich bin, hat Mark auch gesagt: ›Was hast du angestellt?‹ Er hat mich eine Stunde lang in die Mangel genommen, bevor er mir gesagt hat, wo du bist.«

Sie wickelte sich fester in ihren Pullover.

»Können wir reden?«

Sewanee drehte sich leicht zur Seite, und sein Blick huschte zu den beiden, die hinter ihr standen. Sie wollte sie schon vorstellen, aber ihre Mutter kam ihr zuvor. »Hallo, ich bin Marilyn, die Mutter.« Sie blickte für Sewanees Geschmack viel zu entzückt. »Und das hier ist mein Partner, Stu Hart.«

Nick schüttelte Stus ausgestreckte Hand. »Freut mich.« Dann ergriff er Marilyns Hand. »Ma'am, ich bin Nicholas Sullivan, und ich hatte ein kleines Missverständnis mit Ihrer Tochter, also bin ich jetzt hier, um alles zu klären.«

Marilyn hielt seinem Blick stand. »Na dann! Willkommen in Venedig, Nick. Oder sollte ich sagen, Brock?«

»Mom.«

»Sie hat mir alles erzählt. Ich habe noch nie so heftig gelacht ...«

»Mom!«

»Wo sind Sie abgestiegen?« Sie sah ihre Tochter nicht an, während sie sagte: »Swanling, wie wärs, wenn du dich erkundigst, ob sie hier ein freies Zimmer haben?«

»Ehrlich gesagt habe ich dort drüben etwas gefunden.« Nick wies nach rechts, dachte kurz nach und wies dann nach links. »Oder vielleicht dort. Aber trotzdem danke.«

»Wir wohnen auf dem Schiff, aber ich wollte, dass Swan in die Stadt eintauchen kann, also haben wir sie hier untergebracht. Ihr erstes Mal in Venedig und so weiter.«

Nick wandte sich an Sewanee. »Dein erstes Mal in Venedig?«

Sie fing seinen Blick auf. »Na ja, Venice Beach kenne ich, falls das zählt.«

»Sie waren schon mal hier, Nick?«, fragte Stu.

»Nicht, seit ich ein junger Mann war. Wir haben ab und zu in der Lombardei Urlaub gemacht, und meine Tante hatte eine Schwäche für Vivaldi.«

»Oh«, hauchte Marilyn, und Sewanee sah zu, wie es passierte, sah zu, wie sich der Nick-Zauber über ihre Mutter legte. Verdammt noch mal. »Nick, Sie sollten uns morgen Abend beim Dinner Gesellschaft leisten. Stu, können wir die Reservierung für vier machen?«

»Mom!« Sewanees Stimme war allzu laut in dem stillen Garten. Sie korrigierte ihren Kurs. »Das ist sehr aufmerksam, aber Nick ist eben erst angekommen, und ich bin sicher, Stu …«

»Überlass das nur mir, Swanners.« Stu wandte sich an Nick. »Sie müssen mit, Kumpel, das ist kein Dinner, das ist eine Offenbarung. Wir waren dort, als das Schiff das letzte Mal durch Venedig gekommen ist, und …«

»Lass die beiden einfach blind hineinlaufen, Stu«, unterbrach ihn Marilyn, »so wie wir beim ersten Mal.«

»Du hast ja recht, du hast ja recht.« Stu nickte, konnte es sich aber nicht verkneifen, hinzuzufügen: »Ich sage nur so viel: wundervoller Küchenchef, achtundzwanzig. Michelin-Stern. Auf einer Insel gelegen. Und das ganze Lokal … in einem Marriott. Einem Marriott! Können Sie das glauben?« Er wandte sich an Marilyn. »Okay, ich bin fertig.«

Nick sah verlegen zu Sewanee. »Das ist sehr freundlich, wirklich, vielen Dank, aber ich bin mir nicht sicher …«

Marilyn tätschelte seine Hand. »Das Boot legt um sieben vom Markuspier ab. Wir treffen Sie dort.« Sie wandte sich zu ihrer Tochter um und küsste sie auf die Wange. »Das wird Spaß machen! Ciao!« Und dann eilten sie und Stu die Gasse hinunter.

Nick und Sewanee standen einen Moment schweigend da. Als sie schließlich den Mund aufmachte, um etwas zu sagen, reichte Nick ihr sein Handy. »Drück auf Aufnahme.«

»Was?«

»Richte es auf mich.« Er entfernte sich ein paar Schritte. »Nimmt es auf?«

Sewanee hatte keine Ahnung, was das sollte. Sie drückte auf die entsprechende Taste und sagte: »Äh, ja?«

Nick ließ sich auf die Knie sinken, und im nächsten Moment beugte er sich vornüber und streckte die Arme vor sich aus, in der Kindspose.

»Was zum Teufel soll das wer…?«

»Ich bin es nicht wert!«, schrie er die Pflastersteine an. »Erbarmen!«

»O mein Gott, Nick!«

Er begann vorwärts zu kriechen. »Ich werde jetzt deine Füße küssen!«

Sewanee machte einen Satz nach hinten. »Das wirst du mit Sicherheit nicht tun! Was ist denn los mit dir?«

»Es tut mir leid!« Er brüllte noch immer. »Nimmst du meine Entschuldigung an?!«

»Steh. Auf.«

Mit normal lauter Stimme erklärte er: »Ich kann nicht aufstehen, bevor du meine Entschuldigung annimmst.«

»Was?«

»Ich habe es Mark versprochen«, murmelte er in den Boden. »Er braucht einen Videobeweis.«

Sewanee musste unwillkürlich lachen. Sie drehte das Telefon herum und sagte in die Kamera: »Ich verzeihe ihm. Okay? Du Sadist.« Sie schaltete die Kamera aus. »Mark ist so ein Depp. Bitte, steh einfach auf.«

Nick hockte sich auf die Fersen, stand aber nicht auf. Er starrte zu ihr hoch. »Es tut mir leid. Ich hätte sehen müssen, wie aufgelöst du warst. Aber in dem Moment fand ich es einfach nur verdammt witzig, und jetzt sehe ich, dass es nicht witzig ist, überhaupt nicht witzig, du hattest recht …«

»Nein, du hattest recht«, entgegnete Sewanee schulterzuckend, »es ist verdammt witzig.«

Nick warf den Kopf zurück, schloss die Augen und stöhnte: »Oh, Gott sei Dank siehst du es auch so, ich bin aus dem Lachen gar nicht mehr rausgekommen.« Er fing ihren Blick wieder auf. »Trotzdem. Bitte, du musst verstehen, dass es nie meine Absicht war, dich in irgendeiner Weise …«

Sie hob eine Hand. »Können wir einfach … Das hier ist eine solch unnötig komplizierte Art, mich dazu zu bringen, die Serie fertigzustellen.«

Nicks Stimme war plötzlich angespannt, jeder scherzhafte Ton verflogen. »Scheiß auf die Serie. Ich bin nicht wegen der Serie hier. Du wirst sie fertigstellen oder auch nicht, das ist mir komplett egal.«

Sie würde die Serie fertigstellen. Sie war ein Profi, auch wenn sie Jason den gegenteiligen Eindruck vermittelt hatte. Sie hatte nur Zeit gebraucht. Aber die Tatsache, dass er nicht aus beruflichen Gründen gekommen war, stimmte sie etwas milder und zwang sie zu sagen: »Natürlich werde ich die Serie fertigstellen.«

»Dann mache ich mich mal wieder auf den Weg.« Aber er rührte sich nicht.

Sie stieß ein leises Lachen aus. »Was soll das denn jetzt werden? Und würdest du bitte aufstehen?«

Er stand auf und wischte sich die Knie ab. »Wir hatten nie ein richtiges Date.«

»Du bist für ein Date nach Italien geflogen?«

Er grinste. »Na ja, ich bin halt der nette Typ von nebenan.«

»Bist du das?«

Sein Grinsen schwand. »Nein, nicht wirklich. Früher war ich das. Und ich will es wieder sein.« Er schluckte. »Ich will mich nicht mehr vor Austern gruseln, deshalb bin ich in ein Flugzeug gestiegen.«

Seine Aufrichtigkeit sorgte dafür, dass Sewanee beschämt

den Blick senkte. »Mir tut es auch leid. Dass ich abgehauen bin. An dem Abend neulich, aber auch aus dem Land. Ich war nur … du weißt schon.« Sie hielt sich die Hand quer über den Mund.

»Ja, das war viel. Für uns alle vier.« Sein Versuch, die Stimmung aufzulockern, brachte sie zum Lächeln, und er erwiderte dieses Lächeln. »Dann bist du nicht wütend?« Er klang hoffnungsvoll.

Sie musste darüber nachdenken. Sie war vieles, aber wütend? »Nein. Nicht auf dich. Nicht mehr.«

Der italienische Vollmond hüllte ihn in sein Licht, als er sanft sagte: »Du bist so schön.«

»Nick …«

Er gab sich zerknirscht. »Entschuldige. Richtig, wir müssen zuerst reden. Ich werde mich dir später zu Füßen werfen.«

Sie hob wieder eine Hand. »Nein. Kein Zu-Füßen-Werfen bitte.« Sie schlang die Arme um sich. »Setzen wir uns in die Lobby, mir ist kalt.«

»Ich will dich nicht unter Druck setzen …«

»Verstehe, dann geh.« Es fühlte sich gut an, ihn ein bisschen zu ärgern und sich in Erinnerung zu rufen, dass sie, all die Irrungen und Wirrungen einmal beiseitegelassen, harmoniert hatten. Das war von Anfang an so gewesen, bei jedem Wortwechsel, jeder Begegnung.

Sie suchten sich einen Couchtisch in der leeren Lobby aus, und der gelangweilte Empfangsmanager war mehr als glücklich, sie mit einer Kanne Pfefferminztee und ein paar Biscotti zu versorgen. Nick entschuldigte sich, um zur Toilette zu gehen, und kam wieder, als der Tee gebracht wurde. Er sah aus, als hätte er sich Wasser ins Gesicht gespritzt und sich die Haare mit den Fingern gekämmt.

Sie goss ihnen beiden eine Tasse ein, und sie tranken

schweigend, während Sewanee den Moment genoss: den buttergelben Schimmer der Art-déco-Bodenlampen, den Streifen von Mondlicht auf den Kräuselwellen des Kanals direkt hinter dem Fenster, das gelegentliche Knarren eines Dielenbretts von einem Flur über ihnen. Schließlich fühlte sie sich innerlich und äußerlich warm genug, um zu fragen: »Also, worüber würdest du gern reden?«

Nick nahm einen Schluck von seinem Tee. »Über meine Tante.«

Das war nicht ganz, was sie erwartet hatte. Sie hatte gedacht, sie würden anfangen, ihre Beziehung zu exhumieren, die Wahrheit von der Fiktion trennen. Aber was war denn eigentlich prägender als die eigene Familie?

Nicks Mutter war mit einundzwanzig schwanger geworden und mit fünfundzwanzig an einer Überdosis gestorben. Er hatte keine Erinnerung an sie. Was, wie er wusste, trauriger klang, als es sich für ihn anfühlte. Er hatte nicht gewusst, wer sein Vater war, bis zu einem DNA-Test vor fünf Jahren, der ihn nach New Jersey zu einem Finanztypen mittleren Alters führte, der zwei Kinder auf dem College hatte und sich beim besten Willen nicht an Nicks Mutter erinnern konnte. Aber er war nett gewesen, voller Bedauern und hatte Nicks Geschichte hören wollen, und das war, was Nick ihm erzählt hatte:

Seine Tante, Deborah June Sullivan, war rund ein Jahrzehnt älter als seine Mutter gewesen. Sie war eine radikale Feministin (zumindest nach den Maßstäben von Prescott, Arizona, in der Mitte der Neunzigerjahre) und hatte in Irland an ihrem Uniabschluss gearbeitet. Sie hatte kein Kleinkind haben wollen und war bewusst ohne Mann und Kind geblieben. Aber Nick war der einzige Verwandte, den sie noch hatte, und June konnte sentimental sein, wenn sie nicht gerade rebellisch war.

Sie lebten zwölf Jahre zusammen in Dublin, aber als June sich von Tom trennte, dem Mann, der für Nick am ehesten so etwas wie ein Vater gewesen war, zogen sie zurück an den einen Ort, von dem sie sich geschworen hatte, sie würde nie wieder dahin zurückkehren: Prescott. Warum? Nick wusste es nicht. Nur dass June einfach kampflustig war.

Er erzählte von der Highschool in Arizona, den Sommern in Dublin, wo er in Toms Pub mit Musikern abhing, wie er und Jason in der zehnten Klasse beste Freunde wurden, und wie er wegen seines witzigen Akzents gehänselt wurde, und wie seine Tante Romance schrieb, und schließlich fasste er das alles zusammen, indem er sagte: »Du weißt schon, unterm Strich eine typische dysfunktionale Familie.«

Er erzählte Sewanee, dass seine Tante ganz allgemein Probleme mit Männern hatte, anwesende eingeschlossen. Er hatte nie das Gefühl, ihren Erwartungen gerecht werden zu können. Sie schrieb über Fantasiemänner und maß echte an ihnen. Er war in der Schule nicht motiviert, er achtete nicht auf sein Äußeres, er beantwortete ihre Fragen einsilbig, er spielte lieber Gitarre, anstatt Zeit mit ihr zu verbringen … Kurz, er war ein typischer Teenager. Aber in Junes Augen war er dabei, nur ein weiteres armseliges Exemplar von einem Mann zu werden.

Zum Studium ging er zurück nach Dublin, hielt aber nur ein Jahr durch. Er kehrte nach Hause zurück, ein College-Abbrecher, der Musik machen wollte. Ein einziges großes Nichts, auf der Suche nach etwas. In einem war er sich sicher: Er würde niemals einer dieser Männer werden, die June verherrlichte.

Der Nachtmanager, allein im Hotel, ohne etwas zu tun zu haben, brachte ihnen zwei kleine Gläser Grappa, einfach so, und Sewanee und Nick bedankten sich bei ihm. Während sie nippten, sagte Nick: »Glaubst du, dass Leute manchmal wissen, dass sie bald sterben werden, so ähnlich wie Elefanten?

Denn June hatte angefangen, an diesem Projekt zu arbeiten, basierend auf dem, was sie gern mit einem Typen gehabt hätte, den sie liebte, bevor sie nach Irland ging und Tom kennenlernte. Natürlich, in ihrer fiktiven Version starb Tom einen entsetzlichen Tod, und der Entschwundene war ein legendärer Liebhaber.«

Sewanee lächelte. »Natürlich.«

Nick erwiderte ihr Lächeln, aber es schwand rasch. »Sie hat letzten Oktober angerufen und gesagt, wir müssten reden. Natürlich bin ich hingefahren. Ihre Vorahnung oder Intuition oder ihr Elefantengespür oder was auch immer war goldrichtig. Sie versuchte, alles zwischen uns in Ordnung zu bringen. Die Kämpfe, die Vergangenheit, die Konflikte ... du weißt schon, wie Leute das oft tun, wenn der Tod an die Tür klopft. Dann erläuterte sie mir das *Casanova*-Projekt, an dem sie arbeitete, und nahm mir das Versprechen ab, es umzusetzen. Außerdem sollte ich ihr versprechen, dich dafür ins Boot zu holen. In dem Punkt war sie eisern. Es sollte entweder von uns beiden zusammen gemacht werden – oder gar nicht. Bis zuletzt musste alles nach ihrem Dickschädel gehen. Ehrlich gesagt habe ich sie dafür bewundert.« Er starrte in die Ferne. »Drei Wochen später war sie fertig mit Schreiben und auch fertig mit dem Leben.«

Sewanee zuckte zusammen. »Wann war das?«

»Kurz vor Thanksgiving.«

»Das heißt, in Las Vegas ...«

Er nickte. »Da steckte ich mittendrin in der Trauer.« Er starrte auf seine Schuhe. »Ich stecke noch immer drin.« Er rutschte auf seinem Platz nach unten, streckte die Beine aus und schlug die Knöchel übereinander, ließ die Teetasse auf seiner Brust ruhen. Er seufzte. »Und als ich mich in dieser Bar neben dich setzte, hatte ich eben sechs Stunden Bücher signiert.

Und ganz ehrlich? Damals war ich stinksauer auf sie. Stinksauer, weil sie zu lange damit gewartet hatte, zum Arzt zu gehen. Weil sie erst im Sterben liegen musste, um mir zu erzählen, was sie fühlte. Sie ließ mich mit all dem zurück, was wir hätten haben können, wenn nur ... Das war alles ein bisschen viel für mich.« Er verfiel in Schweigen.

Dann leerte er seinen Grappa und erhob sich. »Du siehst so erledigt aus, wie ich mich fühle. Ich werde jetzt gehen.«

Sewanee erhob sich ebenfalls. Als sie einen Blick auf die Uhr über der Rezeption warf, sah sie zu ihrer Verblüffung, dass es Viertel nach zwei war. »Ich bin ein bisschen gekränkt, dass du nicht versucht hast, die Nur-ein-Zimmer-Nummer abzuziehen. Du hättest auf Zeit spielen und dann sagen können: ›Oh, wow, sieh nur, wie spät es ist, wo in aller Welt soll ich heute Nacht nur mein müdes Haupt betten?‹«

»Ich habe mit dem Gedanken gespielt. Aber dann dachte ich, ich will mich nicht wiederholen und gebe stattdessen den perfekten Gentleman, der weiß, wann er einer Frau ihren Freiraum lassen muss.«

»Ah, diese alte Story.«

Nick betrachtete sie. Die Art, wie er sie ansah: Würde sie das je langweilig finden?

»Hast du morgen schon was vor?«

Sie schüttelte den Kopf. »Mom und Stu werden erst zum Dinner in die Stadt kommen, das heißt, bis dahin bin ich auf mich gestellt. Ich werde einfach herumschlendern, mutterseelenallein. Venedig erkunden, mutterseelenallein.« Sie grinste.

Nick grinste auch. »Wie wärs, wenn ich dich von deiner Einsamkeit erlöse und dich am Bahnhof erwarte? Zehn Uhr?«

Sewanee blinzelte. »Am Bahnhof? Fahren wir irgendwohin?«

»Kommt drauf an, ob es an dem Bahnhof Züge gibt.«

Sie waren beide müde genug, um darüber zu lachen.

»Wohin gehts?«, fragte sie.

Er zog eine Augenbraue hoch. »Vertraust du mir?«

Sie wusste nicht genau, weshalb, aber wenn er auch nur ein Bruchteil des Mannes war, mit dem sie korrespondiert hatte, ein Bruchteil des Mannes, mit dem sie eine wundervolle Nacht in Las Vegas verbracht hatte, dann war die Summe dieser Teile genug. Sie nickte. Er warf ihr ein Grinsen zu, hob seinen Rucksack auf und ließ sie in der Lobby zurück.

Kapitel 15

Dich kennenlernen

Einen Tisch mit zwei To-go-Kaffeebechern zwischen ihnen, hörte Sewanee, wie die Türen sich schlossen, und spürte, wie der Waggon unter ihr sanft anruckte. Sie saß doch tatsächlich in einem Zug, war im Begriff, durch die italienische Landschaft zu rollen, mit Nick, und wie zum Teufel war das passiert? Sie hatte schon immer durch Italien reisen wollen, und jetzt tat sie es. Allmählich begann sie zu ahnen, wie schwer sie es sich machte, wie sie dazu neigte, Hindernisse zu sehen anstatt Antworten. Warum machte sie immer alles so kompliziert?

Es war zu früh – sowohl am Tag als auch in ihrer eigenen Selbstbetrachtung –, um sich darüber das Hirn zu zermartern, also blickte sie auf die Industrievororte von Venedig hinaus und sagte: »Vor achtundvierzig Stunden war ich noch in L. A.«

»Und vor zweiundsiebzig Stunden haben wir uns im Garten einer Einrichtung für betreutes Wohnen in Burbank gestritten.«

Sewanee wandte sich zu ihm um. »Und vor drei Monaten waren wir in Las Vegas.«

»Ich träume noch immer von diesem Steak.«

»Dem Steak?«

»Es *war* Wagyu.« Er grinste. »Und dieser Wein.«

»Der Wein.«

»Der Wein.«

Als sie die Hitze in seinen Augen sah, ließ der Mut sie im

Stich, und sie sah wieder aus dem Fenster. »Wohin fahren wir eigentlich?«

»Das ist eine Überraschung. Magst du keine Überraschungen?«

»Doch, na klar. Solange ich weiß, worum's geht.«

»Wo bleibt denn dann der Spaß, hm?«

Sewanee schätzte ihn ab, wie er ihr dort gegenübersaß, in einem Zug in Italien. Sie hatte das Gefühl, so viel über ihn zu wissen, aber all das schien irgendwie rückwärts gerichtet. »Wenn es eine Weile dauern wird, unterhalte mich. Erzähl mir die Geschichte von Brock McNight.«

Nick ließ das Kinn auf die Brust sinken. »O Gott. Na schön.« Er atmete ein. »Nachdem sich die Band aufgelöst hatte und Jason aus dem Entzug zurück war, gingen wir wieder nach Prescott, um neu durchzustarten. Wir trafen alte Freunde, und eine Freundin erwähnte diesen Jungen, den wir alle auf der Highschool gekannt hatten, Brad. Sie sagte: Ihr werdet nicht glauben, was Brad jetzt macht. Und dann holte sie ihr Handy raus und zeigt uns eine …« Er dämpfte seine Stimme so sehr, dass er die Worte fast hauchte: »Porno-Website. Brad hatte einen eigenen Kanal. Sein Nickname war upandcoming69, und er hat …« Nick verlagerte seine Haltung, und Sewanee beäugte ihn, spürte schon jetzt, wie sie errötete. »Er wichst in die Kamera und … *buongiorno*!«, plärrte Nick dem Mann zu, der auf einmal aufgetaucht war, um ihre Tickets zu kontrollieren. Der Mann knurrte nur zur Antwort und ging weiter.

Sewanee verbiss sich ein Lachen. Nick beugte sich vor und flüsterte jetzt fast. »Er hat dreckig geredet mit so einer Urmenschstimme. Ich bin kein Experte, und Brad, der Hand an sich legt, ist eindeutig nicht mein, äh … Ding? Aber selbst ich konnte sehen, dass es heiß war.«

Sewanee war sich nicht sicher, ob ihr Grinsen hätte noch

breiter werden können, ob die Gesetze der Physik da mitgespielt hätten.

»Und weil ich eben der bin, der ich bin, habe ich ihn nachgemacht. Ich habe angefangen, mit dieser Stimme zu reden. Zum Beispiel wenn Jason mit seiner Ma telefonierte, habe ich mich genau neben ihn gestellt und gesagt: ›Gefällt es dir, Daddy hart zu sehen, ja? Gib Daddy diesen straffen kleinen Arsch.‹«

Sewanee hielt sich die Hand vor den Mund, aber es war zu spät, um das Lachen zu unterdrücken, das durch den Zug schallte.

Nick machte eine kreisende Handbewegung, und Sewanee bemerkte, wie sich eine leichte Röte auf seinen Wangen abzeichnete. »Du verstehst, was ich meine. Und dann, eines Tages, verlor ich eine Wette gegen Jason, und die Strafe war, dass ich den ganzen Tag mit der Brad-Stimme reden musste. Und ab da nötigte er mich jedes Mal, wenn ich eine Wette verlor – und wir großen Jungs wetten viel –, mit dieser Stimme zu reden. Eine Frau ansprechen. Nach dem Weg fragen. Take-away bestellen. Und es fing an zu klappen. Die Leute reagierten darauf. Und dann castete June für eines ihrer Bücher – das war, nachdem du aufgehört hattest, sie zu sprechen –, und ich dachte, na ja, das könnte ich auch. Nicht eines von ihren, natürlich, das wäre einfach nicht …«

»… richtig.«

»Aber ich habe einer ihrer Freundinnen eine Probe der Brad-Stimme geschickt …«

»Und der Rest ist Geschichte.«

»Ja. Und jetzt muss es *wirklich* Geschichte sein.«

»Das heißt, du willst aufhören? Was du in den E-Mails gesagt hast, war kein Quatsch?«

Nick stieß einen tiefen Seufzer aus. »Sewanee, ich werde es noch einmal sagen. Ich werde es so oft sagen, wie du willst, aber nichts in den E-Mails – oder den Textnachrichten – war gelogen. Das war ich. Das war echt. Alles davon. Jedes einzelne Wort.«

Sewanee glaubte ihm. Zumindest wollte sie es. Sie kam noch mal auf das Thema zurück. »Aber du hast da doch etwas richtig Gutes am Laufen. Du könntest vielleicht ein bisschen kürzertreten, um dich auf die Band zu konzentrieren, aber warum willst du ganz damit aufhören?«

»Weil das vierhundert Bücher und fünf auslaugende Jahre waren und weil …« Er kaute auf seiner Unterlippe. »Weil ich aus den Augen verloren habe, wer ich bin, wenn ich nicht so tue, als wäre ich dieser Idiot Brad.«

Bevor sie sich versahen, hielt der Zug in Padua, und Nick sprang auf und scheuchte Sewanee aus dem Zug. Und während sie noch »Padua? Warum ausgerechnet Padua?«, sagte, lotste Nick sie schon zu einem Bus. Sewanee zog fragend eine Augenbraue hoch, und Nick grinste zur Antwort, während sie einstiegen.

Nachdem sie sich auf zwei enge Sitze gezwängt hatten, wobei Nicks Knie gegen die Rückenlehne vor ihnen stießen, wandte er sich zu ihr um und sagte: »Also. L.A. Im Ernst?«

Sie richtete einen Finger auf ihn. »Da haben wir den New Yorker Snobismus! Ich wusste doch, dass es nur eine Frage der Zeit ist, bis der sich zeigt.«

»Es ist nur so …« Er wiegte den Kopf, diese unentschlossene, ineffektive Geste, die tatsächlich mehr sagte, als jedes Wort es könnte.

»Hey, das ist meine Heimatstadt, von der du *nicht* redest.«

»Echt jetzt?« Nick blickte verblüfft. »Ich dachte, du bist wegen der Schauspielerei dort.«

Sewanee schüttelte den Kopf. »Dort geboren und aufgewachsen. Aber ich bin in New York aufs College gegangen.«

»Wo genau?«

»Juilliard.«

Nick pfiff durch die Zähne. Dann sah er auf seinen Schoß. »Könntest du dir vorstellen zurückzugehen, nach New York?«

Vor nicht allzu langer Zeit hätte sie gesagt, nie im Leben. Allein schon das Wetter. Die Kosten. Ihre Freunde und Verwandten in L. A. Aber jetzt? »Alles ist möglich. Angesichts all dessen, was sich in den letzten Jahren verändert hat, *muss* ich nicht in L. A. sein. Außer für meine Großmutter.« Sie hielt einen Moment inne. Schluckte. Wartete. Sie stellte fest, dass sie in diesem Moment ihre Stimme nicht benutzen konnte.

Ihr Telefon hatte nicht ein einziges Mal geklingelt, seit sie in Italien angekommen war. Sewanee hatte sich gefragt: Dieses letzte Telefongespräch, das sie geführt hatten, als Blah davon geredet hatte, wie es sich anfühlte, den Bezug zur Wirklichkeit zu verlieren … hatte sie da so lange gesprochen, um sich zu verabschieden?

Als er ihre Verletzlichkeit sah, streckte Nick eine Hand aus und legte sie in ihrem Schoß auf ihre.

»Das ist, weshalb ich die Serie überhaupt mache, weißt du«, presste sie hervor. »Um ihre Pflege zu bezahlen.«

»Und ich dachte, du wolltest mich kennenlernen.« Sewanee kicherte dankbar, und Nick fragte: »Aber eins interessiert mich doch: Was würdest du mit dem Geld anfangen, wenn du nicht für deine Grandma sorgen müsstest?«

Darauf hatte Sewanee keine schnelle Antwort. Sie konnte nicht behaupten, nie darüber nachgedacht zu haben. Natürlich hatte sie. »Ich nehme an, ich würde meine Schulden zurückzahlen. Studium und Arztrechnungen. Ich werde bald anfangen müssen, über einen Umzug nachzudenken, das heißt, vielleicht eine Anzahlung für eine Wohnung an irgendeinem Ort, der erschwinglicher ist als ausgerechnet Hollywood?« Sie zeigte mit einer lässigen Geste auf ihre Augenklappe. »Vielleicht noch eine Operation.«

»Du brauchst noch eine Operation?«

»Nein.«

»Warum würdest du dich dann noch einer unterziehen?«

Sie verlagerte unbehaglich ihre Haltung. »Ich sage nicht, dass ich es tun würde, ich … ich meine, mein Gesicht wird niemals normal aussehen. Aber heutzutage kann man viel machen, also …« Sie gab sich alle Mühe, diesen letzten Teil möglichst beiläufig klingen zu lassen.

»Erschwert es dir deine Arbeit? Bei der Menge, die du lesen musst?«

Sie schüttelte den Kopf. »Nicht mehr. In der ersten Zeit war es anstrengend, ich musste mir angewöhnen, mit einem Auge zu lesen. Alles mit einem Auge zu tun. Das war anstrengend. Damals hab ich problemlos vierzehn, sechzehn Stunden geschlafen.«

»Das schaffe ich auch locker, und ich habe beide Augen.«

Sewanee stieß dankbar mit dem Kopf gegen seine Schulter, und er schlang den Arm um sie und ließ ihn leicht an ihrer Seite ruhen, drückte sie nur einmal behutsam, als er leise sagte: »Mir tut wirklich leid, was dir passiert ist.« Ein kurzes Schweigen trat ein. Er hob den Kopf. »Und ich habe über das nachgedacht, was ich an dem Abend neulich zu dir gesagt habe, darüber, weshalb ich dich in der Bar angesprochen habe, deine Freundin und so … Ich hatte keine Gelegenheit, alles zu sagen, was ich sagen wollte.«

Sewanee hob den Kopf, sah Nick genau in die Augen. »Wenn Adaku nicht bei mir gesessen hätte, wenn alles, was du in dieser Bar gesehen hättest, diese Frau gewesen wäre …« – Sewanee zeigte auf ihre Augenklappe – »… wärst du dann herüber …«

»Ja. Und das ist genau das hypothetische Szenario, das ich dir aufzeigen wollte. Die Antwort ist Ja. Ich wäre gekommen.«

»Ganz ehrlich?«

»Ja, absolut. Aber …«

»Aber.«

»Aber! Ich glaube, letztendlich spielt es gar keine Rolle, was ich sage, oder? Wirst du tief in dir je wirklich glauben, dass irgendetwas anderes als Mitleid mich zu dir geführt hat? Nichts, was ich sage, kann diese Narbe *für dich* verschwinden lassen. Ich kann dir sagen, dass ich sie nicht sehe, doch du wirst sie immer sehen. Ich kann dir sagen, dass du alles bist, was mich nachts wach hält, und alles, wovon ich tagsüber träume, und wie du dich damit fühlst, könnte einen Tag oder eine Woche oder eine Stunde andauern. Gefühle sind vergänglich. Sie bleiben, solange man an sie glaubt, und dann sind sie verschwunden und warten darauf, dass man irgendwann wieder an sie glaubt. Wenn sie dauerhaft wären, müssten wir ja nur ein einziges Mal ›Ich liebe dich‹ sagen, und es wäre für den Rest unseres Lebens erledigt.«

Sewanee starrte ihn an. »Hast du das einstudiert?«

Nick lächelte. »Es war ein langer Flug.« Er drückte ihre Hand.

Der Bus verlangsamte sein Tempo, und Nick beugte sich über sie, um aus dem Fenster zu sehen. Er stand auf, zog seine Hand zurück. Als sie hinaussah, bemerkte sie eine zweispurige Landstraße, von Küstenpinien gesäumt. Obwohl sie, soweit sie sagen konnte, nicht annähernd in der Nähe des Meeres waren. Nick zog sie hoch, und sie stiegen aus.

Die Luft war frisch und klar mit einem Hauch von Zitrusblüte, aber da waren keine Zitrusbäume. Da war ein offenes Feld. Ein Lagerhaus am anderen Ende. Ein Haus, toskanarot gestrichen. Ein Klotz aus rotem Backstein.

Sie gingen los. Er wandte sich ihr zu und betrachtete ihr Gesicht. »Was ist?«

»Ich glaube, ich bin ein bisschen schockiert, dass ich dich einfach … ansehen kann. Dass ich an dich denken kann und dich dann einfach … ansehen.«

Sewanee lächelte. »Wenn du mir lieber eine Nachricht schreiben willst, verstehe ich das.«

Nick lachte schallend auf. »Nicht wenn die Wirklichkeit so viel besser ist als alles, was ich mir im Kopf zurechtgelegt habe.«

»Ja, ja, schon klar.«

Er zuckte die Schultern. »Das ist die Wahrheit.«

Sie blieb stehen. Sie musste. »Nick. Ich habe gehört, was du im Bus gesagt hast, und ich verstehe es. Wirklich.« Er blieb ebenfalls stehen, aber dadurch fühlte es sich zu sehr nach einer *Diskussion* an, also ging sie wieder weiter. »Aber das ist nicht leicht für mich. Du hast *dieses* Ich kennengelernt, doch es gab früher einmal ein anderes Ich. Und nur fürs Protokoll, Männern und dem zu glauben, was sie sahen, wenn sie mich ansahen, fiel mir genauso schwer, wie es mir jetzt fällt, dir und dem zu glauben, was du siehst, wenn du mich ansiehst.«

»Soll uns das helfen?«

»Ich weiß nicht«, seufzte sie. »Ich will nach vorn blicken. Ich glaube nur nicht, dass wir realistischerweise vergessen können, wie diese ganze Sache angefangen hat.«

»Aber wie sie angefangen hat, ist nicht, wie sie geendet hat.«

»Aber sie hat geendet.«

Er lachte. »Du lieber Pete, was tun wir denn dann hier?«

Sie blieb wieder stehen. Er hatte recht. Sie streckte die Arme aus. »Wo ist *hier* denn überhaupt? Wo zur Hölle sind wir?«

Nick lächelte nur und griff nach ihrer Hand, und sie ließ es zu. Und so gingen sie irgendwo in Italien einen Weg entlang.

Als das Schweigen zu viel für sie wurde, sah sie zu ihm hinüber und stellte fest, dass er sie wieder betrachtete. »Was?!«

Er senkte den Blick. »Diesmal denke ich nur nach.«

Sie lächelte. »Worüber?«

»Ganz ehrlich?« Er sah auf. Dann zurück zu ihr. Auf ihren Haaransatz. Auf ihren Mund. Auf ihr Auge. Machte vielleicht eine Bestandsaufnahme. »Jetzt? In diesem Moment? Darüber, nach L. A. zu ziehen und dich zum Standesamt zu führen und alles andere später zu klären.«

»Nick«, hauchte sie.

Er schüttelte den Kopf, presste die Augen fest zusammen. »Entschuldige. Ich war noch nie diplomatisch.« Er holte tief Luft. »Ignorier mich einfach, ich bin im Jetlag.«

Aber was, wenn ich das auch will?, dachte sie. Es war eine verlockende Aussicht. Den Versuch aufzugeben, alles andere jetzt gleich zu klären. Sich zur Abwechslung auf jemand anders zu konzentrieren statt immer nur auf sich selbst. Einfach glücklich zu sein, so lange wie möglich. Zukunftsängste zu ignorieren.

Ihr wurde bewusst, dass sie zu lange geschwiegen hatte, als Nick nervös fragte: »Also, was denkst du?«

Sie sah wehmütig an einem Baum hoch. »Dass wir diese Serie fertigstellen sollten. Hier.«

Eine winzige Pause. »Was?«

Sie lächelte ihn an. »Wir sind zusammen, die Skripts sind bereit. Du wolltest die Sexszenen als Dialog machen. Warum nicht?«

Nick ließ ihre Hand los und sprang ein paar Schritte voraus, dann drehte er sich um, ging rückwärts vor ihr her. »Vor Ort aufgenommen, in Venedig, Italien!«

Sewanee kicherte. »Da hast du das Promo-Konzept gleich fertig!«

»Ich höre schon die Kassen klingeln!« Begeistert holte Nick sein Handy heraus. »Lass mich kurz Jason schreiben, ob er für heute noch ein Studio für uns finden kann.« Er tippte rasch, während Sewanee sich umsah. Schließlich blieb Nick stehen, und sie nahm an, dass er sich auf sein Handy konzentrieren musste, aber er sah sie erwartungsvoll an, eine Hand an das große offen stehende Eisentor gelegt. Das Schild daneben verkündete:

LUXARDO – MARASCHINO.

Sewanee blinzelte. »Wie … die Kirschen? Der Likör?«

Er lächelte. »Lust auf einen Last Word?«

Kapitel 16

Der Höhepunkt

Bis sie nach Venedig zurückkehrten, hatte Jason ein Studio gefunden und die Skripte per E-Mail dorthin geschickt. Sie würden eine Folge an diesem Nachmittag aufnehmen und die andere am nächsten Morgen, und dann würde die Serie unter Dach und Fach sein.

Sie fanden das Studio in einer stillen Seitenstraße im jüdischen Viertel, drückten auf die Klingel und stiegen in die oberste Etage hoch, wo sie von einem eher kleinen Rocker-Typ mit kinnlangen Haaren begrüßt wurden. Er stellte sich als Cosmo vor und bat sie mit einer Handbewegung in den Raum.

Er war gemütlich, eher für Musik als für Sprachaufnahmen ausgestattet, dahinter ein großer Kontrollraum mit Soundboard und Sofas und ein Liveraum mit Orientteppichen, Verstärkern, einem Schlagzeug und einem halben Dutzend Mikrofonen, im Raum verteilt. In gebrochenem Englisch erklärte Cosmo, dass er entsprechend Jasons Anweisungen zwei Mikrofone einander gegenüber aufgebaut und Paneele hinter ihnen aufgestellt hatte, um den Schall zu dämpfen.

Sewanee schälte sich aus ihrer Jacke und machte ein paar Aufwärmübungen. Trällern, Summen, Tonleitern, Lippenflattern. Sie bemerkte, dass Nick sie beobachtete. »Was denn?«

»Machst du das immer?«

»Nicht immer, aber ich hatte heute Morgen ein bisschen Milch in meinem Kaffee, und dann hatten wir die Likörverkostung, und in dieser Pasta im Zug war viel Käse …« Sie hatten Kohlenhydrate getankt, als würden sie sich auf einen Marathon vorbereiten und nicht nur versuchen, ein Magenknurren zu verhindern, während sie aufnahmen. Als sie seine verblüffte Miene sah, ergänzte sie: »Du nicht, nehme ich an?«

»Nein. Aber jetzt denke ich, dass ich es tun sollte.«

»Ja, vielleicht wärst du dann besser in Form«, sagte sie mit todernster Miene, und Nick kicherte. Sie strich sich die Haare aus dem Gesicht und band sie zu einem hohen Pferdeschwanz zusammen.

Nick krempelte die Ärmel hoch. »Okay, also, ich glaube, ich bin als Erster dran. Um uns das Setting in Erinnerung zu rufen: Es ist nach der Gondelfahrt ...«

»Ach ja, das heftige Petting ...«

»Und Alessandro hat sich ein klein wenig geöffnet, hat ihr von seinem Onkel erzählt, der Casanova-Linie, der Verantwortung ...«

»Und dann hat Claire gesagt, dass sie bereit ist. Endlich. Und sie waren auf dem Weg zurück zu seinem Palazzo.«

Nick nickte, stemmte die Hände in die Hüften. »Richtig.«

Sewanee ahmte ihn nach. »Richtig.«

Sie starrten sich an, und die Realität dessen, was sie gleich aufnehmen würden, schob sich zwischen sie. Jetzt, wo sie es in Gegenwart des anderen lesen würden, einander dabei zusehen würden, waren sie befangen, offensichtlich sie beide und nicht nur Sewanee.

»Also«, sagte Nick, »Alessandros Sichtweise.«

Cosmo führte Nick hinter eines der Mikrofone und begann, Höhe, Winkel, Abstand zum Notenständer und Nicks Abstand zum Mikrofon einzustellen.

Sewanee machte es sich an einem Ende des Schaltpults bequem. Ein Tablet lag bereit, und der Text der Folge war bereits aufgerufen. Sie scrollte sich durch.

Cosmo kam wieder herein, schloss die Doppeltüren zum Studio hinter sich. Sewanee mochte das luftschleusenartige Geräusch von Studiotüren, die sich schlossen. Es fühlte sich nach Geborgenheit an. Als ob sie, Sewanee, abgeschirmt wurde, beschützt vor den Gefahren der Außenwelt. Cosmo lächelte ihr freundlich zu, und sie lächelte entspannt zurück, während sie dachte: Du hast keine Ahnung, was du gleich hören wirst, oder? Er warf sich hinter das Pult, bewegte die Maus, erweckte seine Monitore zum Leben und wurde von einem kleinen italienischen Mann zu Captain Kirk, der das *Raumschiff Enterprise* steuerte. Er fing ihren Blick auf und zeigte auf einen großen roten Knopf auf dem Pult. Das Produzentenmikrofon. Er drückte darauf und sprach: »Signore, Sie können hören?«

»Das kann ich«, antwortete Nick. Seine Stimme dröhnte durch das ganze Studio, schoss zwischen Sewanees Rippen wie ein elektrischer Viehtreiber. Cosmo warf ihr einen entschuldigenden Blick zu und nahm ein paar Einstellungen vor. Kurz darauf wies er mit einem Nicken auf die Kopfhörer neben ihr, und sie setzte sie auf. *»Scusate«,* sagte er, »noch einmal.«

»Test, Test. Das hier ist nur ein Test, um meine Stimme zu testen. Das bin ich, ich teste den Test von mir …«

Das alberne Geplapper kam mit Brocks Stimme, und Cosmo riss den Kopf hoch, als erwartete er zu sehen, dass sich jemand anders vors Mikrofon geschlichen hatte. Sewanee verbiss sich ein Lachen, wandte sich wieder ihrem Tablet zu, scrollte weiter, plante, ging ihre Performance rasch durch.

Nach einer Weile sagte Cosmo: »*Bene*, ist gut.«

Sewanee drückte auf den Knopf, um mit Nick zu reden. »Also, fang an, und dann komme ich für den Dialog rein.«

Sie sah durch die Scheibe zu, wie Nick nickte, ohne den Blick von seinem Text zu heben. »Ja, Ma'am.«

Cosmo drückte auf ein paar Tasten und sagte: »Läuft«, wobei er das L entzückend trällerte.

Nick fing an.

Sewanee las mit, hörte zu, wie er die Szene aufbaute: Claire und Alessandro kehren zum Palazzo zurück, zwischen ihnen kribbelt es; er schenkt ihr ein Glas Wein ein, das sie erst ablehnt, dann hinunterstürzt; er spürt, dass auch er nervös ist, was nie passiert, das hier ist schließlich sein Job, was ist aus seiner Professionalität geworden, warum hat ihn diese Frau, anders als jede andere, so aus der Fassung gebracht?

Sie hob den Kopf von ihrem Tablet und beobachtete Nick durch die Scheibe.

Aufrecht stand er da, die Schultern steif, eine Hand an einen der Kopfhörer gelegt, als sei er im Begriff zu singen, nicht zu reden. Was logisch war, nahm sie an. Er spielte die Rolle, ohne den Kopf zu bewegen, damit der Abstand zum Mikrofon konstant blieb. Seine Brock-Stimme war hypnotisierend. Dieses gedämpfte Flüstern … Nebel, der über ein felsiges Flussbett zog, Whiskey, der über Eis gluckerte, Samt, der sich um Stahl legte … wie auch immer seine Fans seine Stimme beschrieben.

Aber das war nicht, was ihre Aufmerksamkeit fesselte. Sie beobachtete seine Augen, während er den Blick über das Tablet vor ihm bewegte.

Nichts.

Leer.

Es war der schlichte Akt, Informationen aufzunehmen und wieder auszusenden.

Er kam damit durch wegen *dieser Stimme*, aber sie konnte nicht umhin zu denken, wie viel besser es wäre, wenn mehr … Nick darin wäre. Wenn das Oberflächliche substanziell werden würde.

Zwanzig Minuten später trat er vom Mikrofon zurück. »Willst du jetzt reinkommen?«

Sewanee drückte auf den Knopf. »Okay.« Cosmo sprang auf, um die schalldichten Türen zu öffnen. Sie schnappte sich ihr Tablet und ging in den Raum, blieb vor dem Mikro gegenüber Nicks stehen. Während Cosmo um sie herumwuselte, versuchte sie, im Text zu bleiben. Dann ließ er sie beide allein und schloss die Doppeltüren wieder.

Sie las einen Absatz, während Cosmo am Pult seine Einstellungen vornahm und dann in ihre Kopfhörer sagte: »Ist gut.«

»Wunderbar, danke«, murmelte Sewanee.

»*Si*. Läuft.« Er trällerte wieder das L, und sie lächelte.

Sie sah auf, in der Hoffnung, Nicks Blick aufzufangen, bevor er begann, in der Hoffnung auf einen Moment der Verbindung. Aber er begann zu lesen.

»Wirst du nichts sagen?«

Sewanee las ihren Satz. *»Ich denke, wir haben genug geredet.«*

Nick fuhr fort: *»Die Anspannung in ihrer Stimme ließ mich innehalten. Ich kniete mich vor sie hin. Ich nahm ihre Finger, die nervös mit der Tagesdecke gespielt hatten, und hielt sie fest. ›Das hier ist sicher. Das hier sind wir.‹ Ich presste die Kiefer zusammen. ›Das hier ist mein Job‹, sagte ich, auch wenn ich mir nicht sicher war, wem ich es in Erinnerung rief, ihr oder mir selbst. ›Als du den Fragebogen mit deinen Vorlieben ausgefüllt hast, musstest du darüber nachdenken, was du wolltest. Jetzt will ich, dass du deine Wünsche offen aussprichst.‹ Sie schluckte, und ich sah zu, wie sich ihre elfenbeinfarbene Kehle bewegte. Ich verspürte ein irrationales Verlangen, sie zu beißen. Ich glitt mit einem Finger leicht über ihre Hand.«*

Sewanee sagte: *»›Ich will, dass du mich berührst‹, sagte sie schließlich.«*

Mit seiner eigenen Stimme warf Nick ein: »Augenblick, die Dialoganhänge muss ich sprechen.«

»Richtig, Entschuldigung«, sagte Sewanee. »Muss mich an das hier erst gewöhnen. Cosmo, können wir noch einmal genau vor meiner Zeile ›Ich will, dass du mich berührst‹ einsetzen?«

»*Si*, läuft.«

Sie hörten »Ich glitt mit einem Finger leicht über ihre Hand« in ihren Kopfhörern, und dann sagte Sewanee: *»Ich will, dass du mich berührst …«*

Und dann sagte Nick: *»… sagte sie schließlich. ›Wo?‹, fragte ich«*, und dann waren sie wieder auf Spur.

»Wo immer du willst.«

»Ich schnalzte mit der Zunge.« Nick hielt wieder inne. »Soll ich mit der Zunge schnalzen?«

Sewanee dachte darüber nach, froh, dass er sie mit einbezog. »Hast du es je gemacht, und es klang gut?«

»Nein! Nie! Das knallt nur ins Mikrofon.«

»Ja! Oder es klingt wie statisches Rauschen.«

»Ja, nicht wahr? So seltsam. Ich lasse es lieber bleiben.« Nachdem der Audio-Nerd-Moment vorbei war, gab Nick Cosmo ein Zeichen, nach »Ich schnalzte mit der Zunge« einzusetzen.

»*Si*, läuft.«

Auf sein Stichwort hin begann Nick: *»›Wo, willst du, dass ich anfange?‹, fragte ich. ›Hier?‹ Ich klopfte mit der Hand, die nicht bereits mit ihren Fingern beschäftigt war, auf ihr Knie. Sie schüttelte den Kopf.«*

»Vielleicht höher.«

»Ich nahm die Hand von ihrem Knie und legte sie an ihre Wange. Ich glitt mit den Fingern unter ihr Kinn und hob ihren Kopf sanft an, sodass wir einander genau in die Augen sahen. ›Hoch genug?‹, sagte ich mit einem anzüglichen Grinsen.«

Sewanee murmelte mit einem fast unmerklichen sinnlichen Kichern: »*Vielleicht tiefer.*«

»*Murmelte sie mit einem sinnlichen Kichern. Ich ließ ihr Kinn los und glitt mit den Fingerrücken an dieser Kehle hinunter, strich mit den Knöcheln über ihr Schlüsselbein. Tiefer. Ihr stockte der Atem. Ich drehte die Hand um und drückte ihr sanft die Luft …*«

»Ooh, wie abartig.«

»Hä?«

»Ihr die Luft abzudrücken.«

»Was?«

»Wer hätte gedacht, dass June French auf erotisches Ersticken stand?«

»Ich versteh kein Wort.«

Schließlich lachte Sewanee auf. »Luft! Du hast Luft gesagt!«

»Ich habe Brust gesagt, Sewanee, Brust.«

»Du hast Luft gesagt, Nick, Luft.«

»Habe ich nicht! Ich habe …«

Cosmo schaltete sich zu. »*Scusa*, aber Sie gesagt haben Luft. Nicht Brust. In Italien wir kennen den Unterschied.« Sein Lachen verstummte abrupt, als er den Knopf losließ.

Nick riss die Hände hoch. »Na ja, vielleicht sollten wir das ändern! Ich habe das Wort Brust sowieso noch nie leiden können. Es erinnert mich an Hühnchen.«

Sewanee lachte schallend auf, und Nick kicherte. Er versuchte, einen Schluck Wasser zu trinken, aber sie waren noch nicht fertig mit Lachen, und er prustete es beinahe aus, sodass Sewanee nur noch heftiger lachen musste und sich fühlte, als wären sie wieder in dem Casino im Venetian, wo sie sich gegenseitig auf die Stühle vor den Spielautomaten schubsten.

Cosmo meldete sich über das Produzentenmikrofon. »Ich denke, ich das vielleicht aufnehme, eh?«

»Nein, nein, entschuldigen Sie, Cosmo«, sagte sie. »Wir kriegen das schon hin.« Sie fing Nicks feuchten Blick auf, und sie lächelten sich an.

Er räusperte sich. Schniefte. Räusperte sich noch einmal. »Okay, Cosmo. Ich bin bereit.«

»Lllläuft.«

»Ich drehte meine Hand herum und drückte ihr sanft die Brust.« Sewanee sah, wie sein Kiefer zuckte, das einzige Anzeichen, dass er um ein Haar die Beherrschung verloren hätte. Aber er kämpfte sich tapfer weiter. *»So vollkommen. Vollkommenheit, an die nur das leise Stöhnen heranreichte, das ihr entfuhr. ›Da?‹, fragte ich.«*

»Ich will.«

»Keuchte sie.«

»Ich will ... dass du mich entkleidest. Nur meine Bluse. Und den BH. Ich will meinen Rock anhaben, wenn du mich das erste Mal nimmst.«

»Meine Erektion erfolgte prompt.«

Sewanees Lachen war so laut und so unmittelbar ins Mikrofon gekichert, dass Nick zurückzuckte, als wäre es irgendetwas Physisches, eine Biene oder ein Schuh oder eine Faust. Er war noch immer dabei, sich die Kopfhörer herunterzureißen, als sie »Entschuldige!« keuchte und sich den Mund zuhielt.

Nick funkelte sie gespielt wütend an. »Was bist du, zwölf? Das ist doch nur ein Wort! Erektion!«

Sie warf sich hysterisch auf den Boden.

»Oh, ich bitte dich«, stöhnte Nick.

»Signore«, ermahnte Cosmo sie.

»Entschuldigung, Cosmo, ich werde eine Minute brauchen. Ich habe es hier mit einem Kleinkind zu tun. Sie ...«

»*Si*, aber das Letzte, was Sie sagen, Ihre Erektion? Eh, *scusate*, aber ich glaube, ich da lese etwas anderes.«

Bevor Nick antworten konnte, hob Sewanee eine Hand und klopfte auf das Tablet auf ihrem Notenständer.

Nick sah hinunter auf seines. »Ah. ›Reaktion.‹«

Sewanee prustete wieder los.

Mit der Würde eines vornehmen Gentleman im Smoking, der sich vor einem Opernabend seine Fliege umbindet, setzte sich Nick die Kopfhörer wieder auf. In gespieltem Tadel musterte er, der gebieterische Herr über tausend Romance-Bücher, seine kichernde Co-Sprecherin. »Brauchen Sie eine Pause, Miss Chester?«

»Nein«, japste Sewanee.

»Sind Sie sicher?«

»Ja.«

»Sie klingen nicht sicher.«

»Gib mir nur eine …« Schwankend wie ein neugeborenes Fohlen stand sie vom Boden auf, streckte eine Hand nach dem Tisch zwischen ihnen aus und öffnete eine frische Wasserflasche. Trank. Atmete. Putzte sich die Nase. Trank noch mehr. Nahm ein Döschen Lippenbalsam aus ihrer Tasche und trug ihn auf. Räusperte sich. Atmete ein. Atmete aus.

Sie wagte es nicht, Nick anzusehen, während sie sich sammelte. Erst als sie sich sicher war, dass sie bereit war, warf sie einen Blick auf ihn. Er starrte sie an, eine Mischung aus Belustigung und Verwirrung im Gesicht. Sie nickte nur und sagte seelenruhig: »Ich bin so weit.«

»Gut.« Grinsend nahm Nick wieder seinen Platz hinter dem Mikrofon ein. Er zeigte auf Cosmo, und sie hörten dessen »llllläuft« und den Vorlauf, und dann begann Nick wieder: *»Meine Reaktion erfolgte prompt.«* Und Sewanee presste fest die Lippen zusammen. *»Ich konnte das alles vor mir sehen, und ich wollte es. Ich verzehrte mich danach. Und sie hatte gesagt: ›Wenn du mich das* erste *Mal nimmst.‹ Was andeutete …*

nun ja. Meine Finger wanderten zu den Knöpfen ihrer Bluse, und ich sagte: ›Nichts ist verlockender als eine Frau, die weiß, was sie will.‹«

Das war eine Passage, in der Brock McNight damit glänzen konnte, wie er ganz allein die Szene aufbaute. Das Entkleiden, die Verehrung, das innere Verlangen eines Helden. Sewanee ließ ihren Teil des Dialogs (»ja«, »da«, »genau das«) so unaufdringlich wie möglich zwischen seine Grübeleien über die Vollkommenheit ihres Körpers, ihre Lust, darüber, wie wild sie ihn machte, einfließen.

Er spielte gut. So gut, wie Alessandro spielte, nahm sie an. Es funktionierte für ihn hier, in diesen Passagen. Aber wenn der Text eine Verbindung, einen Kampf, eine Beziehung verlangte, erkannte sie seine Grenzen. Als sie an dieser Nebelwand von einer Stimme vorbeisah, war nichts dahinter. Wie die Gebäude an einem Filmset: eine schöne Fassade, aber in Wirklichkeit nichts als Holzbalken, die sie stützten. Hielt er absichtlich irgendetwas zurück?

Als seine Passage vorbei war, genau in dem Moment, in dem Alessandro in Claire eindrang und Sewanee im Begriff war, den Faden der Erzählung aufzunehmen, trank Nick einen Schluck Wasser und zeigte mit einem Finger auf das Tablet.

»Warum hat sie die Perspektive hier geändert? Es fing doch eben an, gut zu werden.«

Sewanee sah eine Gelegenheit und entschied, sie zu ergreifen, in der Hoffnung, ihn besser mit dem Text zu verbinden: »Weil June wusste, wie man ein Schema erstellt und entwickelt.«

»Inwiefern?«

»Sie wusste, dass die Perspektive hier der Person – der Figur – gehören sollte, die am meisten zu verlieren hat. Das Vorspiel wird aus seiner Perspektive erzählt, da er sie so unbedingt will und nicht weiß, ob er sie bekommt, und, was noch schlimmer ist, sie könnte ihn als Schwindler entlarven. Aber sobald er in sie eindringt, sobald er in ihr ist, hat er gewonnen. Der Rest wird aus ihrer Perspektive erzählt, weil das hier ihr Moment der Verwandlung ist. Von diesem Punkt an wird sie nie wieder dieselbe sein.«

Nick starrte sie an. »Oh.«

Sewanee wandte sich wieder ihrem Tablet zu. Holte Luft. Und begann. *»Ich war so ausgefüllt. Ich war so leer gewesen, so lange, schon bevor mein Ehemann starb, und jetzt?«*

Sie las fehlerfrei, erreichte diesen fast fugueartigen Bewusstseinszustand, der sich einstellte, wenn sie sich vollständig einbrachte. Diese Szene – diese Szenen – waren ganze Bücher in Miniatur: steigende Spannung, Klimax, Auflösung. Dementsprechend ließ sie ihre Stimme ansteigen, zum Höhepunkt kommen, abfallen.

Langsam führte sie das Nachspiel zu Ende.

»Er stützte sich über mir auf die Ellenbogen, um mich nicht zu erdrücken. Er küsste die Seite meines Halses, liebkoste mich ein letztes, langes Mal und zog sich aus mir zurück. Er stand auf und ging wie ein zum Leben erwachter David ins Bad, schloss die Tür. Für ein paar Minuten schwebte ich angenehm, wartete darauf, dass er wiederkam. Als ich hörte, wie die Tür des Badezimmers aufging, erwartete ich, dass er wieder zu mir ins Bett schlüpfen würde. Doch das tat er nicht. Seine Schritte hielten inne, und ich schlug die Augen auf. Er war vollständig angezogen. Sammelte unsere Weingläser ein. Ging zur Küche. Drehte den Wasserhahn auf. Ich stützte mich auf einen Ellenbogen.«

Nick murmelte: *»Es ist später, als ich dachte. Ich habe einen Termin.«*

»Ich sah auf die Rokoko-Uhr über dem Kaminsims. ›Es ist zehn‹, sagte ich.«

»Ich habe nicht auf die Zeit geachtet.«

»Du hast um zehn Uhr abends einen Termin?«

»Das ist die einzige Zeit, zu der sie konnte.«

»Sie? Ich sagte es laut: ›Sie?‹ Jetzt trocknete er die Gläser ab.«

»›Angehende Kundin.‹«

»›Du hast genau hier eine Kundin.‹«

»›Kundinnen bezahlen.‹«

»Wut flackerte in mir auf. ›Na schön. Wie viel verlangst du dafür, kein Arschloch zu sein?‹ Er stellte die Weingläser ab und trat auf das Bett zu. Baute sich darüber auf. Baute sich über mir auf.«

»›Glaub mir, das ist, was du jetzt brauchst: Abstand. Ich werde um Mitternacht zurück sein. Bis dahin kannst du gern bleiben.‹«

»Und mit diesen Worten machte er auf dem Absatz kehrt, nahm seine Jacke, wandte sich zur Tür und ging. Er ging. Ging wirklich. Ich konnte nicht einen Augenblick länger hierbleiben. Zitternd stand ich auf, zog mich an, versuchte mich zu konzentrieren, damit ich nichts zurückließ – lieber Gott, bitte lass mich nichts vergessen –, fuhr mir hastig mit den Fingern durchs Haar, nestelte an den Riemchen meiner Stilettos und taumelte zur Tür. Ich wandte mich ein letztes Mal um, warf einen Blick auf das Bett. Den Ort meiner Demütigung. Ich wusste, was ich zu tun hatte. Ich öffnete meine Handtasche und nahm mein Portemonnaie heraus. Siebenhundertfünfzig Euro. Ein Bruchteil dessen, was er sonst bekam, ein beleidigender Betrag. Und doch: alles, was ich besaß. Ich ging zurück zum Bett und warf das Geld genau in die Mitte, in die Vertiefung, die meine Schultern gegraben hatten und die noch immer warm war. Er würde niemals sagen können, dass er mir einen Gefallen getan hatte. Das hier war ein schlichtes Tausch-

geschäft. Service bezahlt, Service erbracht. Qualitätsprodukt, pünktliche Lieferung. Fünf Sterne. Ich schluckte meine Tränen hinunter und trat aus dem Palazzo.«

Sewanee starrte auf das Tablet vor sich, die Abwesenheit von mehr Text, mehr Geschichte. Die weiße Leere. Die Worte hallten noch immer in ihr nach, während sie allmählich zu sich selbst zurückfand. Sie war so überwältigt von dem Ort, an dem sie gewesen war, dass sie etwas Zeit brauchte, um in die Gegenwart zurückzufinden. Es war nicht so wie Sex, aber es war auch nicht völlig anders.

Nick stieß ein Lachen aus. »Er ist ein solcher Idiot. Oh, Entschuldigung, Cosmo, Cut.«

»*Si*, wir machen Cut.« Sie hörte, wie Cosmo mit der flachen Hand auf den Tisch schlug. »*Bellissima*. Bei dieser letzten Sache, Sie mich machen weinen. Wir reden weiter, ja?«

»Nein, die nächste Folge ist die letzte, die werden wir morgen aufnehmen.«

»Aber wie ich soll schlafen, eh?«

Nick kicherte und nahm seine Kopfhörer ab. »Wenn wir Cosmo geködert haben, können wir jeden ködern. Ich bin so froh, dass du das vorgeschlagen hast. Wie toll war das denn, eh?«

Sewanee hatte nicht das Bedürfnis, Nicks Seifenblase zu zerstechen, also erwiderte sie mit einem übertriebenen irischen Akzent: »Einfach super war das!«

Er wandte sich zur Tür. »Lass uns einen Kaffee trinken gehen. Ein bisschen frische Brust schnappen!«

Sie standen am Tresen einer Espressobar und warteten auf ihre Getränke, während Nick schwärmte, wie gut die Lesung gelaufen war. »Ich kann es gar nicht oft genug sagen: dein Vorschlag, dass wir hier zusammen aufnehmen? Brillant!«

Sewanee lächelte angespannt. »Danke.« Sie nahm ihre

kleine Tasse von der Frau hinter dem Tresen entgegen. Etwas war ihr auf dem Weg hierher in den Sinn gekommen, eine mögliche Erklärung für seine Distanziertheit. »Eins würde ich gern wissen: Angesichts der Tatsache, dass du nie die Bücher deiner Tante sprechen wolltest – war es dir unangenehm, die Sexszene zu lesen?«

»Erstaunlicherweise nicht.« Nick kippte seinen Espresso. »Vielleicht bin ich inzwischen einfach abgehärtet gegen Romance. So wie es, wenn man Leute gegen Bezahlung tötet, keine Rolle spielt, von wem der Auftrag kommt?«

Sewanee kicherte, gab einen Teelöffel Zucker in ihre Tasse und rührte langsam um. Sie wollte das hier gern vertiefen, aber sie wollte auch behutsam vorgehen. Andererseits *mussten* sie nicht darüber reden. Es war nur ein Job. Ein Job, den er ohnehin nicht länger machen wollte. Wer war sie, ihm zu sagen, dass er etwas ändern sollte, wenn er mit seiner Masche einen Riesenerfolg gehabt hatte?

Sie bemerkte, dass sie von dem Gedränge aus dem kleinen Laden geschoben wurden, also trank sie ihren Espresso aus, und sie schlenderten hinaus auf die Piazza und setzten sich auf ein paar Granitstufen zu Füßen eines Bronzegreifen.

Als sie nichts sagte, stieß er ihr Knie mit seinem an. »Einen Euro für deine Gedanken.«

»Ach nichts.«

Er studierte sie. »Du bist aber nicht unsicher wegen deiner Leistung, oder? Denn falls ich es nicht deutlich genug gesagt habe, tut es mir leid. Du bist bemerkenswert, wirklich.«

Sie konnte ihre Verblüffung kaum im Zaum halten. »Oh! Nein. Das ist so … aufmerksam von dir. Nein, ich versuche nur, etwas herauszufinden.«

Er streckte eine Hand aus, steckte ihr eine windzerzauste Haarsträhne hinters Ohr. »Was denn?«

»Ich habe mich nur gefragt …« Hör auf, ermahnte sie sich, hör auf, hör auf. »Weißt du, ach, egal.«

»Sewanee, komm schon. Wir können aufrichtig zueinander sein. Was immer es ist, wir werden damit umgehen. Sprich mit mir.«

»Okay. Ich … ich konnte nicht sagen, ob du dich wirklich auf das eingelassen hast, was wir heute gemacht haben.«

»Ich?« Nick lächelte irritiert. »Inwiefern eingelassen?«

Sewanee zuckte die Schultern. »Bei deiner Performance.«

Aus dem Lächeln wurde ein Grinsen, flackernd wie ein Neonlicht, das im Begriff ist, auszugehen. »So mache ich das eben.«

»Richtig, und es ist toll«, versicherte sie ihm und berührte seinen Schenkel. »Ich sage nur … Wenn du Brock bist? Dann wirkst du distanziert.«

Nick zog sein Knie unter ihrer Hand weg. Er begann umständlich, sein Jackett auszuziehen. »Distanziert?«

»Ja. Ich meine, hast du dich mir überhaupt verbunden gefühlt? Als wir zusammen gelesen haben?« Die Frage schien ihn zu verwirren, also versuchte sie es anders. »Warum wolltest du es als Dialog erzählen?«

Er nahm eine Schachtel Zigaretten aus dem Jackett, das jetzt auf den Stufen lag. »Jason hat vorgeschlagen, dass wir die letzten beiden Folgen als Dialogerzählung machen, weil die Hörer das mögen. Sie finden es so heißer.«

»Aber es ist nur heißer, wenn die beiden Leute sich wirklich aneinander abarbeiten. Was hat es denn für einen Sinn, es zusammen zu *lesen*, wenn es nicht klingt, wie wenn wir es *getan* haben?«

Nick schnaubte spöttisch. »Bist du jetzt unter die Regisseure gegangen? Ich dachte, es wäre cool, zusammen zu lesen, das ist alles. Warum machst du so einen Riesenwirbel darum?«

»Warum bist du herablassend?«

»Streiten wir uns etwa – warum streiten wir uns?« Das Grinsen war wieder da, aber es war gezwungen, und er blickte verwirrt. Er steckte sich seine Zigarette an.

»Wir streiten uns nicht, okay?« Sie berührte wieder seinen Schenkel. »Du musst nicht gleich in die Defensive gehen …«

»Ich gehe nicht in die Defensive«, sagte er, wobei er ihrer Hand wieder auswich, diesmal, indem er aufstand. »Ich weiß nur nicht, was du glaubst, das ich hätte anders machen sollen.« Er klang entnervt, während er den ersten Zug ausatmete.

»Bring mehr von dir selbst ein.«

Jetzt redete er langsam und betont, als würde er einem Kind etwas zum x-ten Mal erklären. »Ich will aber nicht mehr von mir einbringen. Ich will aussteigen.«

Bei seinem Ton stellten sich ihr die Nackenhaare auf. »Und ich glaube, wenn du mehr von dir selbst einbringen würdest, würdest du vielleicht nicht aussteigen wollen. Ich glaube …«

»Mehr von welchem Selbst?«

»Nick!«

Er warf den Kopf zurück. »Was denn?!«

»Sorry.« Sewanee lachte entnervt auf. »Mehr von Nick! Von dir selbst, deinem richtigen Selbst.« Sie hielt einen Moment inne. »Du hast eine Brandmauer zwischen Nick und Brock errichtet. Warum? Zusammen sind sie etwas ganz Besonderes.«

Er schüttelte den Kopf. »Es ist ein Entweder-oder. Du kannst nicht beide zusammen haben. Sie sind fundamental inkompatibel.«

Sie schüttelte den Kopf. »Du irrst dich.«

Er streckte die Hand aus, die die Zigarette hielt. »Widersprichst du etwa, nur um zu widersprechen? Ich bin mir ziemlich sicher, dass ich mehr über mich weiß als du.«

»Als du ›Gute Nacht, lieber Mond‹ gelesen hast. Das war Brocks Stimme, aber Nicks Herz.«

Das ließ ihn innehalten. Er starrte sie an. Dann sah er zu Boden, nahm einen langen Zug. »Swan«, hauchte er. »Das hier ist nicht ›Gute Nacht, lieber Mond‹.«

»Nein, aber du bist es.«

Er sah noch immer zu Boden. War sie zu ihm durchgedrungen?

Aber dann murmelte er: »Na schön. Du wünschst, ich wäre etwas, was ich nicht bin. Und ich glaube, nicht nur wenn ich lese, sondern im Leben.«

Sewanee warf den Kopf zurück. »Bist du …? Aus was für einem Universum sendest du denn jetzt?«

»Aus deinem, Süße.«

»Leg mir keine Worte in den Mund, das ist nicht, was ich …«

»Glaub mir, das ist genau das, was es ist.« Er nickte rasch, nachdem er sich, wenn auch nicht sie, überzeugt hatte. »*Du* willst beides. Du willst, dass ich, dass ich … äh … Brock McNight bin! Das ist, was du willst!« Er kickte triumphierend eine fremde Zigarettenkippe weg.

»Das ist, wer du schon jetzt *bist*, du, du … du Furzkopf!«

Nick lachte unwillkürlich. »Furzkopf?«

Sewanee fiel mit ein. »Das ist das Beste, was mir spontan eingefallen ist, *Brock McNight*!«

»Na ja, das ist das Beste, was *mir* eingefallen ist!«

Sie taten beide einen bewussten Atemzug. Nick schnippte Asche von seiner Zigarette, und Sewanee bemühte sich um einen sanfteren Ton. »Ich versuche nur zu sagen, wenn du arbeitest, bist du Brock, und privat bist du Nick. Aber ich verstehe nicht, warum einer für den anderen geopfert werden muss. Das bist alles du, Nick.«

Er zog noch einmal an seiner Zigarette. Er war die Gelassenheit in Person. Nahezu unbewegt. »Jaaaa«, sagte er schließlich, während er ausatmete. »Jetzt kapiere ich es.«

»Gut.«

»Hier geht es um dich, nicht um mich.«

»Was? Was redest du denn …? Das hier hat nichts mit mir zu tun.«

»Es hat nur mit dir zu tun. Du projizierst.«

»Ich projiziere?!«

Er versuchte ein beiläufiges Schulterzucken. »Du hast es doch selbst gesagt. Du versuchst, die Person, die du früher warst, mit der, die du heute bist, zu versöhnen.«

Ihr klappte der Mund auf. »Da liegst du völlig falsch. Dieses Gespräch hat angefangen, weil ich von der *Arbeit* geredet habe!«

»Erzähl mir doch keinen Quatsch. Ich glaube nicht, dass es um die Arbeit geht. Ich glaube, wir reden hier von etwas weitaus Wichtigerem als der Arbeit, und – was ganz Neues – ich pfeife sowieso auf die Arbeit.« Er kam näher, zeigte mit seiner Zigarette auf sie. »Das bist du! Das bist du, die Schauspielerin! Das bin nicht ich.«

Sie fuchtelte mit einer Hand durch den Rauch, und ihr Ton wurde schärfer. »Kannst du mir das bitte nicht ins Gesicht pusten? *Ich* pfeife nicht auf die Arbeit, also rauche ich nicht gern passiv, okay?«

Er wich prompt zurück. »Entschuldige.« Er murmelte einen Fluch, warf die Zigarette hin und trat sie aus. Er sagte, hauptsächlich zu sich selbst: »Ich werde bald wieder aufhören.«

Sewanee zeigte auf die Kippe. »Hast du da etwas fallen lassen?«

»Hä?«

Sie verdrehte ihr Auge, stand auf und hob die Kippe auf.

»Ich werde nie verstehen, warum manche Leute das hier nicht als Umweltverschmutzung ansehen.«

Er streckte eine Hand aus. »Gib her.«

»Nein.« Aber jetzt lief sie herum und überlegte, was sie damit machen sollte.

Er schnappte mit der Hand danach. »Im Ernst.«

»Ich erledige das.« Sewanee hielt nach einem Abfalleimer Ausschau.

Nick zückte seine Zigarettenschachtel, klappte sie auf. Schüttelte sie. »Gib her. *Ich* erledige das.«

»Ich suche nur einen …«

»Hier ist keiner. Gib schon her.«

Sie sah sich um. Er hatte recht.

Sie stapfte auf ihn zu und warf angewidert die Kippe in die Zigarettenschachtel.

Sie zogen sich voreinander zurück, an die gegenüberliegenden Enden der Stufen. Er lehnte sich gegen ein Steingeländer, und sie tat es ihm auf ihrer Seite gleich.

Ein Moment des Aufschubs.

Sewanee beobachtete Nick aus dem Augenwinkel, wartete ab, um zu sehen, ob er noch mehr zu sagen hatte. Denn sie hatte noch mehr zu sagen. Sie hatte noch etwas anderes, was sie unbedingt sagen wollte, aber als sie das letzte Mal zu sagen beschloss, was ihr durch den Kopf ging – vor gerade mal fünf Minuten –, hatte es nicht gut geendet. Sie wollte ihn nicht noch mehr verletzen. Sie wollte *sie beide* nicht verletzen. Aber dieser kleine Zwist hatte ihr etwas klargemacht, was sich bedeutsamer anfühlte als die Art, wie er begonnen hatte. Bedeutsamer als sie beide sogar.

In dem fürsorglichsten, friedfertigsten Ton, den sie zustande brachte, fragte sie: »Hast du je darüber nachgedacht, warum June darauf bestanden hat, dass du dieses Projekt sprichst?«

Er seufzte, vom Kampf ermattet. »Worauf willst du denn jetzt wieder hinaus?«

»Ich glaube nicht, dass sie dir einfach nur eine Möglichkeit gegeben hat, etwas Geld zu verdienen. Kann es sein, dass sie dir einen Wegweiser geben wollte?«

Jetzt sah er sie an.

»Du hast gesagt, diese Serie sei ein beschönigender Blick auf ihre eigene Geschichte. Und vielleicht stimmt das ja auch, so gut habe ich sie nicht gekannt. Aber sie hat sie *für dich* geschrieben. Hast du dich je gefragt, warum? Warum sie über einen *Sexgott* schreiben sollte, der sich für seinen Beruf aufopfert und letztendlich einen Weg findet, um Obsession und Leben auszusöhnen?«

Er zog die Zigarettenschachtel wieder hervor. Klappte sie auf, sah auf seine Uhr, klappte sie zu und steckte sie wieder ein. »Na schön.« Er löste sich von dem Steingeländer, und Sewanees erster Impuls war es, sich ebenfalls zu lösen, auf ihn zuzugehen. Sie richtete sich erwartungsvoll auf, aber er kam nicht auf sie zu. Er ging zu seinem Jackett, das auf den Stufen zwischen ihnen lag, und sagte, während er es anzog: »Ich könnte dasselbe zu dir sagen. Sie hat schließlich darauf bestanden, dass du die Heldin spielst. Die Frau, die über ihre Vergangenheit hinweg- und mit dem Leben zurechtkommen muss.«

Er wandte sich ab und begann, die Stufen hinunterzugehen.

»Geh nicht einfach weg, Nick.« Sie war beschämt davon, wie bedürftig sie klang.

Nick verdrehte die Augen und kam wieder auf sie zu. »Ich gehe nicht weg, Furzkopf.« Dann, etwas sanfter: »*Wir* gehen weg.« Er schaute sie an, und sie sah, obwohl er abgekämpft war, die Zärtlichkeit in seiner Miene. Einen Rest von Verletztheit und Frustration, aber hauptsächlich Zärtlichkeit. Er war eine Prellung, die noch immer empfindlich auf Berührung reagierte, aber allmählich verheilte. Wie erleichtert sie war!

Und in ihrer Erleichterung wurde ihr klar, was er eben über sie gesagt hatte.

Dieser ganze Streit hatte angefangen, weil sie ihn auf eine Spaltung in ihm hingewiesen hatte, und er rächte sich, indem er sie auf eine ähnliche Kluft in ihr selbst hinwies. Aber die Hitze, mit der sie sich jeweils verteidigten, wich aus der Auseinandersetzung, als sie – wie Henry vielleicht gesagt hätte – Textbelege anführten, um ihre Behauptungen zu stützen. Indem sie hervorhoben, wie June gearbeitet hatte, betrachteten sie jetzt jeweils sich selbst statt den anderen.

Sie grübelte noch immer darüber nach, als Nick sagte: »Wir sind mit deiner Mum und Stu zum Dinner verabredet, schon vergessen?«

Sie hatte es tatsächlich vergessen. Sie ging auf den Stufen auf ihn zu, holte ihr Handy aus ihrer Handtasche und sah auf die Uhrzeit. »Wir haben noch eine Dreiviertelstunde.«

Er schüttelte den Kopf. »Wir sollten uns besser auf den Weg machen.« Und so gingen sie nebeneinanderher über die Piazza, während er murmelte: »Wir sollten uns frisch machen. Und uns umziehen.«

Kapitel 17

Der Antrag

Eine Viertelstunde nachdem sie den Markuspier verlassen hatten, legten sie an der Insel an, gingen von Bord und weiter zu einem Nebengebäude auf der rechten Seite des weitläufigen Hotels. Stu führte ihre kleine Gruppe an wie ein Welpe, der vielleicht bereits bei Fuß gehen konnte, aber noch immer außerstande war zu gehorchen, wenn er aufgeregt war. »Ich habe Marilyn versprochen, diese Sache nicht zu vermasseln, indem ich euch irgendetwas darüber erzähle. Aber ich bitte euch, könnt ihr glauben, dass das hier ein Marriott ist? Okay, ich halte jetzt den Mund, hier kommt die Hostess.«

Wie von Stu heraufbeschworen, erschien eine elegante Frau im warmen Schimmer der Laternen. Sie rief sie heran, und Sewanee ließ Marilyn und Stu vorangehen und sich selbst mit Nick zurückfallen.

Sie waren wortlos zu ihren jeweiligen Hotels gegangen, um sich fertig zu machen, und als sie am Pier angekommen waren, warteten Stu und Marilyn bereits auf sie. Sie waren alle an Bord gegangen, und Stu hatte Nick am Bug in Beschlag genommen, um über Delfine zu reden, daher hatte sie ihn nicht fragen können, wie es ihm ging.

»Alles okay mit dir?«, flüsterte sie jetzt.

Er nickte, sagte aber: »Ich wünschte, wir hätten am Pier ein paar Minuten gehabt, um …«

»Ich auch. Aber können wir das alles für heute Abend beiseiteschieben und …«

»Natürlich.« Er schenkte ihr ein Grinsen. »Wir können uns später streiten.« Sewanee erwiderte sein Grinsen und spürte, wie sich ihre Schultern entspannten.

Stu rief neckend: »Kommt ihr zwei, oder müssen wir euch ein Zimmer besorgen?«

»Ich steige nur in Hiltons ab«, rief Nick zurück, und sie beschleunigten ihre Schritte und gesellten sich zu einem lachenden Stu an der offenen Tür eines terrakottafarbenen Backsteinbaus, der früher vielleicht eine Scheune gewesen war. Er hatte deckenhohe Fenster, mit schwarzen Eisenbeschlägen etwa alle zwei Meter. Sobald sie drinnen waren, lockte der sanfte Schimmer von Kerzen und Kronleuchtern sie nach rechts in den Speisesaal. Aber die Hostess führte sie stattdessen nach links zu einer eleganten Bar. »Ooh, einen Cocktail, ja, bitte«, murmelte Sewanee.

»Oh, Swanners«, schwärmte Stu, »du wirst gleich …«

»Stuuuu«, warnte Marilyn ihn.

Er machte die Reißverschlussgeste vor seinen Lippen, wandte sich aber an Nick und flüsterte aus dem Mundwinkel: »Warts nur ab.« Die Hostess bot ihnen ein Tablett mit vier rötlich braunen golfballgroßen Kugeln darauf an, jede in ihrer eigenen zarten Tasse gereicht. Sie forderte sie auf, sich die ganze Kugel in den Mund zu stecken und sich auf eine Überraschung gefasst zu machen. Sie stießen mit den Tassen an und taten, wie geheißen. Sewanee spürte, wie das harte Sheabutter-Äußere prompt aufbrach und ein Schwall süßsaurer, perfekt ausbalancierter Likör hervorplatzte und ihre Zunge umschmeichelte. Sie war völlig perplex. Der Geschmacksspritzer hatte ihren Kopf frei gemacht und all ihre Sinne zum Leben erweckt, als wäre sie in einen kalten See gesprungen.

»Na, was habe ich dir gesagt? Na ja, ich habs dir nicht gesagt, aber wann ist dir *das* je in deinem Mund passiert?« Stu hob eine Hand. »Beantworte das nicht.« Nick und Sewanee lachten, während Marilyn ihm auf den Arm schlug.

Die Hostess führte sie durch die Bar zu einer Tür hinaus und in den Garten hinter dem Restaurant. Während sie den gewundenen Weg hinunterschlenderten, wies sie sie auf spezielle Erzeugnisse hin, die sie im Laufe des Abends zu sich nehmen würden. Hier und da stand ein Baumstumpf, auf dem eine kleine Kostprobe von irgendetwas angeboten wurde. Eine Champignon-Blätterteigpastete. Eine karamellisierte Steckrübe, in ein einzelnes Rucolablatt gewickelt. Ein Aperitifglas mit Anislikör und einer Kirsche.

Bis die Hostess sie in das Restaurant führte und ihnen ihre Jacken abnahm, waren Sewanees Sinne gespannt wie eine Bogensehne. Ein leichter Geruch von Holzrauch und Knoblauch lag in der Luft, aber auch ein Hauch von irgendetwas Blumigem. Alles war wohldurchdacht.

Sie wurden an jemand anders übergeben und zu einem Glastisch an den Fenstern geführt. Die Decke, knapp zehn Meter über ihnen, war verspiegelt. Die Fenster gaben den Blick auf den Garten frei, den sie eben durchquert hatten. Hinter den spärlichen Landschaftslichtern war die venezianische Nacht ein schwarzes Nichts.

Stu forderte Sewanee und Nick auf, auf der Seite Platz zu nehmen, von der sie das ganze Restaurant überblicken konnten. Marilyn und Stu setzten sich ihnen gegenüber, und Stu konnte nicht aufhören zu lächeln, auch wenn sein Lächeln sich veränderte: von sanft zu schelmisch zu einem breiten Clownslächeln.

Noch drei Leute tauchten auf – einer, der eine Glasflasche mit Wasser brachte, ein Kellner, der bestätigte, dass sie das Verkostungsmenü bekommen würden, und ein Sommelier, der bestätigte, dass das Verkostungsmenü von einer Auswahl an Weinen begleitet werden würde. Stu sagte: »Absolute-mente!«

»*Fantastico.*« Der Sommelier lächelte höflich. Er zauberte eine Flasche hinter seinem Rücken hervor und sagte, sie sei nicht Teil des Menüs, er hätte sie aber bereits offen und wolle, dass sie den Wein kosteten. Er schenkte jedem von ihnen einen Spritzer ein und entfernte sich. Sie erhoben ihre Gläser, stießen an und nahmen einen Schluck.

»Und, was meint ihr?«, wollte Stu wissen, noch bevor sie ihre Gläser wieder abgesetzt hatten.

»Lecker«, schwärmte Marilyn.

»Wow«, sagten Sewanee und Nick, und dann murmelte Nick leise: »Er ist hart, er muss sich öffnen«, und Sewanees Wangen hatten sich noch nie so schnell erhitzt, und Stu sagte: »Entschuldigung, was?«, und Nick antwortete: »Genau richtig, muss sich nicht öffnen.«

»Oh! Bist du ein Weinkenner, Nick?«

»Ich diddele nur ein bisschen herum. Entschuldigung, daddele. Diddeln ist irisch.«

Sewanee biss sich auf die Lippe.

Stu schnippte mit den Fingern. »Ich habe doch gewusst, dass dieser Akzent irisch ist!« Was Sewanee dazu brachte, scherzhaft zu erzählen, dass dieser Akzent weitaus deutlicher hervortrat, wenn er Frauen in Bars anmachte, und dass ohnehin kein echter Dubliner diesen Akzent hätte. Was Nick dazu brachte, Sewanee ach so unschuldig zu fragen, aus welchem Teil von Texas sie gleich wieder sei, und dann – bevor es so weit kam, dass sie sich unter dem Tisch mit den Füßen traten – wechselten sie das Thema.

Nick erhob rasch sein Glas. »Ich kann euch gar nicht genug dafür danken, dass ich euch heute Abend Gesellschaft leisten darf.«

»Ich bin froh, dass du hier bist, Nick! Und so glücklich, dass du hier bist, Swanners! Was für ein Abend. Ein ganz besonderer Abend.«

Stus lebhafte Herzlichkeit sorgte dafür, dass Sewanee sich weiter entspannte, und sie konnte sehen, dass es Nick genauso ging. Eine unkomplizierte, genussfreudige Vaterfigur war für sie beide ein fremdes, aber willkommenes Konzept. Ihr Streit verblasste hinter ihren besseren Ichs, und Sewanee verspürte den Drang, unter dem Tisch seine Hand zu ergreifen. Aber sie tat es nicht.

Ein Schwarm von Kellnern präsentierte das Kunstwerk, das der erste Gang war, und der Sommelier schenkte Weißwein ein. Nick wollte eben zulangen, aber Stu schnalzte mit der Zunge. »Hey, immer schön langsam, Cowboy, alles kommt mit einer Erklärung.« Der Oberkellner holte zu einer ausführlichen Beschreibung dessen aus, was vor ihnen stand, gefolgt von dem Sommelier, der ihnen erklärte, warum er ausgerechnet diesen Wein ausgewählt hatte, »um das Gericht nicht nur zu ergänzen, sondern eine Beziehung zu ihm schaffen.« Sewanee dachte, wenn das Los Angeles wäre, dann wäre es anmaßend, gekünstelt, affektiert. Aber hier, in Venedig, auf einer Insel, passte es.

Sie nahmen einen kräftigen Bissen und spülten ihn mit einem Schluck Wein hinunter. Alle vier saßen einen Moment schweigend da, und zwar mit der Art Ehrfurcht, die im Allgemeinen einem Gebet vorbehalten ist – es war geradezu, als hätten sie bis zu diesem Augenblick noch nie etwas gegessen.

»Das ist … das ist …«, murmelte Nick, der Erste, der versuchte, Worte zu finden. »Was zum Henker *ist* das?«

Stu schlug auf den Tisch. »Und es ist ein gottverdammtes Marriott!«

Jeder nachfolgende Gang übertraf irgendwie den davor.

Nummer sieben wurde mit einem wunderschönen orangefarbenen Wein serviert. Bis zu diesem Abend hatte Sewanee nicht gewusst, dass diese Weinfarbe überhaupt existierte. Das Gespräch verschmolz mit dem Essen und Trinken, als hätte es die Mahlzeit zum Tanz aufgefordert.

Jetzt sprachen sie über das June-French-Projekt und Nicks Beziehung zu seiner Tante und wie es war, von einer Schriftstellerin großgezogen zu werden, was Marilyn zu der Frage brachte: »Wolltest du je selbst schreiben?«

»Nein. Na ja, ich nehme an, wenn man Songwriting dazuzählt, dann sicher.«

»Augenblick.« Stu wischte sich rasch mit der Serviette den Mund ab. »Du bist Songwriter?«

»Irgendwie.«

»Und heißt das, du bist Musiker?« Stu lächelte breit.

»Ich war in einer Band, in einem anderen Leben.«

Stu schlug sich auf die Brust. »Ich hatte früher eine Band.« Marilyn kicherte. »Was denn?«, rechtfertigte er sich. »Dann war es eben auf der Highschool und ein oder zwei Jahre auf dem College, aber es zählt trotzdem!«

Nick grinste. »Was spielst du?«

Stu wackelte mit allen zehn Fingern. »Keys. Du?«

»Ein bisschen Gitarre. Ein bisschen Gesang.«

»Und du hast deine eigenen Songs geschrieben? Das ist ja toll. So weit sind wir nie gekommen.«

Nick lächelte. »Ein paar der Songs. Mein bester Freund war der Leadsänger und hat viele der Songs geschrieben. Er ist das eigentliche Talent, ich … gebe mein Bestes.«

»Hattet ihr Erfolg?«, fragte Stu, während er sich den letzten Bissen Perfektion in den Mund steckte.

»Wir hatten einen Plattenvertrag. Einen Hit. Wir sind auf Tournee gegangen.«

»Oh, was hätte ich dafür gegeben, diesen Traum zu leben! Was ist passiert?«

»Na ja. Mein bester Freund hat diesen Traum schneller gelebt, als gut für ihn war. Er ist total abgestürzt.« Nick sah auf seinen Teller, und Sewanee konnte spüren, dass er sich für das Thema erwärmte, sie konnte fühlen, dass er diese Geschichte erzählen wollte. »Natürlich hatten wir unsere Leute, die gesagt haben, macht weiter so. Aber eines Abends habe ich mit angesehen, wie er um ein Haar gestorben wäre, und da war für mich Schluss. Ich habe ihn rechtzeitig ins Krankenhaus gebracht – pures Glück –, und sobald sie ihn entließen, habe ich ihn sofort in die Entzugsklinik gebracht. Er hat viele Brücken hinter sich abgebrochen, viele Verträge nicht eingehalten.«

»Ist er durchgekommen?«

»Ja.«

»Seid ihr noch immer befreundet? Spielt ihr noch immer zusammen?«, fragte Stu aufrichtig interessiert.

»Ja, um genau zu sein, ist er mir in die Hörbuchwelt gefolgt, wurde erst mein Korrektor, und dann hat June ihn sich als Produzenten geschnappt. Er hat diese magischen Ohren, weißt du? Perfekte Tonhöhe und so. Ein echter Technikfreak und ein absoluter Soundprofi, wenn es drauf ankommt.«

»Da hast du ja einen verdammt eindrucksvollen Freund. Habt ihr je wieder angefangen?«

»Ungefähr fünf Jahre nicht. Wir haben ein bisschen herumexperimentiert, als wir in derselben Stadt waren, uns gegenseitig unsere Arbeiten geschickt, aber wir waren nicht wirklich bei der Sache. Dann, Ende letzten Jahres, nachdem June gestorben war, fing er an, davon zu reden, dass er einen neuen Anlauf unternehmen wollte. Ich dachte, es könnte einen Versuch wert sein. Also haben wir uns einen Drummer gesucht, einen neuen Keyboarder.« Nick wies mit dem Kopf über den Tisch. »Wünschte, ich hätte das gewusst, Stu.«

»Pass auf, was du sagst, Nickster, sonst steht eines Tages vielleicht ein alter Sack bei euch vor der Tür.«

»Jederzeit gern.« Sie teilten einen Moment von Musikerkameradschaft, auch wenn streng genommen nur einer von ihnen Musiker war.

Der nächste Gang kam. Stu hob die Hände. »Frage: Ist irgendjemandem zufällig das *Brot* aufgefallen?«

Marilyn versuchte wieder, ihn zu bremsen. »Stuuuu.«

»Was denn? Wir sind bei Nummer acht, und niemand hat irgendetwas gesagt. Ich war wirklich geduldig.« Stu wandte sich wieder zu den jungen Leuten um. »Also, das Brot. Irgendwas?«

Sewanee meldete sich zu Wort. »Na ja, mir ist aufgefallen, dass sie das Brot im Laufe des Dinners ein paarmal gewechselt haben.«

»Ein paarmal? Jedes Mal! Jeder Gang kommt mit seinem eigenen Brot. Versteht ihr, was ich sage? Das ist wie mit dem Wein. Es begleitet den Gang! Und ich muss noch einmal sagen ...«

Und alle zusammen riefen: »Es ist ein Marriott!«

Als er fertig mit Lachen war, fuhr Stu fort: »Okay, zurück zur Band. Hattet ihr schon einen Namen?«

Nick nahm einen Bissen. »Wir haben einen vorläufigen Namen. Es ist eher ein Witz, ein Insiderding, eine Anspielung darauf, dass ich die letzten fünf Jahre Romance-Bücher gemacht habe.«

Sewanee zog eine Augenbraue hoch. »Wie lautet er?«

Nick zögerte einen Moment. »The Bodice Rippers.«

Sewanee lachte in ihre Serviette. »Warum nicht gleich Schlüpferstürmer?«

»Ooh!«, rief Marilyn. »Wie wärs damit? Wie wärs mit Notorious Rakes?«

»Berüchtigte Verführer? Nicht schlecht. Oder einfach nur The Rakes«, warf Sewanee ein.

Nick sah sie an. »The Rakes. Ja, das könnte klappen.«

»Was für Musik spielt ihr denn?«, erkundigte sich Marilyn.

»Americana, Roots. Aber ein bisschen Indie. Singer-Songwriter-Sachen. Irgendwie.« Er sah Sewanee an. »Gott, ich mache das hier richtig schlecht.«

Stu fragte: »Habt ihr irgendetwas, was wir uns anhören können?«

»Oh, nein. Wir fangen eben erst wieder an, da ist nichts so weit fertig, dass …«

»Ihr müsst anfangen, Zeug zu veröffentlichen.«

»Ich bin mir nicht einmal sicher, ob ich schon gut genug bin, um diese Art Musik zu machen. Aber wenn etwas dabei herauskommt, lasse ich es dir auf jeden Fall zukommen.«

»Was meinst du damit, nicht gut genug?« Stu wandte sich wieder seinem Teller zu.

»Das ist neu für uns. Für mich. Das ist ein Sound, der weitaus mehr von mir verlangt, als ich es gewohnt bin, und es … äh … birgt ein hohes Maß an Risiko, weißt du?«

»Und?«, fragte Stu, ausschließlich darauf konzentriert, die richtige Kombination von Geschmacksrichtungen auf seine Gabel zu schaufeln.

»Und … ich gehe eigentlich keine Risiken ein.«

Sewanee konnte spüren, dass Nick es vermied, sie anzusehen.

»Warum nicht?«

»Weil ich nicht allzu scharf darauf bin, wieder alles zu verlieren.«

»Und wie willst du das schaffen, Kumpel?«

»Kann nicht scheitern, wenn ich es nicht versuche«, sagte Nick ironisch.

Jetzt sah Stu lächelnd zu ihm hoch. »Das ist ein netter Trick.«

»Danke, das finde ich auch.« Er griff grinsend nach seinem Wein. »Du willst unbedingt mein Leben für mich in Ordnung bringen, habe ich recht?«

»Wer, ich? Absolut nicht. Ich habe genau hier genug um die Ohren.« Stu klopfte sich mit einem Knöchel an den Kopf. »Aber du hast tatsächlich etwas gesagt, was bei mir eine Saite zum Klingen gebracht hat – von Musiker zu Musiker!« Er lachte schallend auf. »Den Witz habe ich gar nicht kommen sehen!«

Nick fiel in sein Lachen mit ein. »Ich glaube, du siehst alles, Stu. Was ist das für eine Saite?«

Das Gespräch hatte die Atmosphäre eines freundschaftlichen Pingpongspiels angenommen, als hätte jeder der Männer nach ein paar Drinks einen Schläger in die Hand genommen und gesagt: Dann zeig mal, was du draufhast. Sewanee und Marilyn sahen gebannt zu, Zuschauer auf der Tribüne, die an jedem Schlag ihren Spaß hatten.

»Du bist auf dem völlig falschen Dampfer.«

Nick warf den Kopf zurück und lachte. »Ach ja?«

Stu kicherte. »Tut mir leid, der Überbringer schlechter Nachrichten zu sein, Kumpel.«

Nick streckte die Hand aus und wedelte damit. »Spucks schon aus.«

Stu fuhr sich mit der Zunge über die Zähne, ließ sich einen Moment Zeit. »Du hast völlig recht. Du würdest es bereuen, wenn du es versuchst und scheiterst. Aber ich habe eine Nachricht für dich: Wenn du es nicht versuchst, wenn du nicht alles gibst, was du hast, dann wirst du höllisch bereuen, nie zu wissen, ob du Erfolg gehabt *hättest.*«

Nick lächelte. »Gut gesagt, Mann. Hör zu, du hast recht, das muss ich dir lassen. Aber es ist immer noch beängstigend.«

»Na und? Dann ist es eben beängstigend, was ist denn schon dabei?« Nick schwieg. »Ich versuche nicht, dich in die Enge zu treiben, Nickster, ich …«

»Nein, Mann, ich weiß. Mir fällt nur keine gute Ausr…«

»Denn die Reue wird dich für den Rest deines Lebens verfolgen«, meldete sich Sewanee von den billigen Plätzen zu Wort. Sie hatte nicht vorgehabt, irgendetwas zu sagen, aber sobald sie die Antwort in sich spürte, war sie ihr schon über die Lippen geplatzt. Sie fing Marilyns Blick auf. Ihre Mutter lächelte sie traurig an. »Die Reue ist wie ein Geist, der in deinem Haus rumspukt und sich weigert, dein Haus zu verlassen.«

Stus Augen weiteten sich. »Warum muss sie es denn verlassen? Was denn, meinst du, du kannst dich durchs Leben schlagen, indem du Reue vermeidest? Scheitern vermeidest?« Er lachte. »Spoiler-Alarm: Leben ist Reue, Leben ist Scheitern. Aber wie bei diesem Geist lernst du, damit zu leben. Denn das Scheitern gibt dem Erfolg erst seine Bedeutung.«

Stu riss die Hände hoch, wies auf das ganze Restaurant. »Dieser Bursche hier, dieser achtundzwanzigjährige Meisterkoch mit einem Michelin-Stern – meinst du, jemand hat ihm den einfach angeheftet?« Er zeigte auf seinen jetzt leeren Teller. »Meinst du, er hat dieses Dingsda, dieses Schaumwolken-Teil, beim ersten Mal perfekt hingekriegt? Beim zehnten Mal? Das hier ist ein Teller voller Scheitern. Also, ich sage nicht, dass wir alle einen Michelin-Stern kriegen werden, wenn wir uns tapfer durchbeißen. Meistens klappen die Dinge nicht. Ich selbst bin weitaus öfter krachend gescheitert, als ich Erfolg hatte.«

»Aber du hattest Erfolg.«

»Manchmal.«

»Insgesamt«, widersprach Nick.

Stu schüttelte den Kopf. »Aber das Leben ist keine gerade Linie, Senator. Du stehst auf, du wirst niedergeschlagen, du stehst auf, du wirst k.o. geschlagen. Ich habe siebenundvierzig Jahre bei Nike abgeleistet, vom Schuhmacher zum Vizepräsidenten. Und ehrlich gesagt wurde ich ebenso oft fast gefeuert, wie ich befördert wurde.« Stu ließ sich einen Moment Zeit, um nachzudenken und einen Schluck zu trinken, bevor er sich zu Nick vorbeugte. »Ich werde hier den alten Sack spielen und dir ein paar unverblümte Ratschläge erteilen, um die du nicht gebeten hast: Geh das Risiko ein. Scheitere.« Stu wandte sich an Sewanee. »Und nimm die Reue mit auf die Reise.« Er hob einen Finger. »Als Passagier, nicht als Fahrer.« Er lehnte sich zurück. »Ich habe zu oft gesehen, wie Leute in die Midlife-Crisis geschlittert sind und sich gefragt haben, wo die Zeit geblieben ist und warum sie nichts daraus gemacht haben. Ihr zwei seid noch jung genug, um so was zu vermeiden. Die Welt ist eure Auster!«

»Oh, Nick hasst Austern«, warf Sewanee grinsend ein.

Nick verbiss sich ein Lachen und wandte sich an Stu: »Das heißt, es gibt Dinge, die du bereust?«

»Machst du Witze? Meine Rückbank ist voll mit Dingen, die ich bereue. Und der Kofferraum gleich mit! Ich habe meinen Job geliebt, aber ich habe ihn so sehr geliebt, dass mein richtiges Leben an mir vorbeigezogen ist. Hatte für den Großteil der Strecke keine Frau, die an meiner Seite saß.« Er fuhr mit einer Hand durch die Luft. »Hatte nie eine Marilyn, die mir am Tisch gegenübersaß. Hatte nie dieses entzückende Geschöpf, diese Schönheit, die ich hegen und pflegen und der ich beim Aufwachsen zusehen durfte und die mich jetzt anruft, nur um zu hören, wie es mir geht. Ich meine …« – er streckte eine Hand aus und kniff Marilyn ins Kinn – »… wie könnte ein alberner Job als Schuhmacher an etwas wie das hier heranreichen?« Er und Marilyn lächelten sich an, und er sagte grübelnd: »Heutzutage ist alles, was ich im Spiegel sehe, das hier.« Er zeigte auf seinen kahl werdenden Kopf, und Nick kicherte.

Er ließ Stus Worte auf sich wirken. »Wäre es nicht toll, wenn wir eine Vielzahl von Leben haben könnten? Es auf ein paar unterschiedliche Arten versuchen und uns dann die beste herauspicken?«

»Oh, Nicky.« Stu schenkte ihm ein väterliches Lächeln. »Alles, was ich weiß, ist ...« Er brach ab und sah an Nicks Schulter vorbei in den hinteren Teil des Restaurants. Er richtete sich auf, setzte sich kerzengerade hin. »Ah«, murmelte er. »Da kommt sie ja.«

Der Kellner stellte eine prächtige, glänzende Schokoladentorte in die Mitte des Tischs. Ein schnörkeliger weißer Schriftzug prangte darauf. Sewanee, die ihn verkehrt herum betrachtete, reckte den Hals. »Was steht denn da?« Sie sah zu dem Kellner, der seine Finger knetete und zum ersten Mal an diesem Abend nichts erklärte.

»Das Italienisch deiner Mutter ist mittlerweile richtig gut«, sagte Stu, und Sewanees Blick huschte zu Marilyn, die sich eine Hand vor den Mund hielt.

»Stu«, hauchte sie.

»Was steht denn da?« Schweigen. »Mom?«

»Sposami.« Marilyn bekam das Wort kaum heraus.

Sewanee war im Begriff, noch einmal *»Was?«* zu sagen, aber in diesem Moment rutschte Stu von seinem Platz, ließ sich auf ein Knie sinken, drehte sich zu Marilyn um und zog eine kleine Samtschatulle aus seiner Jacketttasche.

»Ach du heilige Scheiße!«, rief Sewanee, und das ganze Restaurant verfiel in gebanntes Schweigen. Sie schlug sich die Hand vor den Mund, spiegelte die Geste ihrer Mutter. Marilyn streckte eine Hand nach ihrer Tochter aus. Sewanee umklammerte die zitternde Hand ihrer Mutter und sah zu, wie sich deren Leben veränderte.

»Marilyn«, begann Stu, und dann wurde seine Stimme etwas sanfter: »Meine Liebe.« Und Sewanee hörte den Schluchzer, der ihr über die Lippen kam, noch bevor sie ihn spürte. »Du bist die Überraschung meines Lebens. Ich hätte mir nie vorgestellt, dass dieser alte Sneakersmacher mal ... Gott«, kicherte er und warf einen Blick auf Sewanee und Nick. »Das klingt ja, als ob ich lalle.« Sie alle lachten zwischen ihren aufsteigenden Tränen, und Stu wandte sich wieder an Marilyn. »Dass ich letztendlich haben könnte, was ich schon aufgegeben hatte. Jemand, der mich jeden Tag glücklicher macht, als ich am Tag davor war. Und ich will, dass dieser Jemand meine Ehefrau ist.« Er öffnete die Schatulle.

Marilyn starrte ihn an. Die Zeit verging. Schließlich nahm sie die Hand von ihrem Mund und legte beide Hände an die Hüften. »Abgesehen von einem Stück von dieser Torte, kann ich nicht sagen, dass ich je irgendetwas mehr gewollt hätte.« Sie lächelten beide unter Tränen. »Ja, ich würde sehr gern deine Ehefrau sein.«

Sie stand auf, half Stu hoch, und er steckte ihr sanft den Ring an den Finger. Dann küssten sie sich und hielten einander und küssten sich und hielten einander, während Nick johlte und Sewanee die Freudentränen wegwischte, die ihr über die Wange strömten. Das ganze Restaurant applaudierte, und Stus Hand fand den Weg zu Marilyns Hintern. Sie gab ihm einen verspielten Klaps, und alle lachten.

Ein silbernes Tablett mit vier Gläsern Champagner erschien neben dem Tisch. Stu erhob sein Glas, hielt einen Moment inne, räusperte sich. »Ich habe ein Leben lang gebraucht, um meinen Platz in dieser Welt zu finden, aber das war es wert, weil der Platz, den ich gefunden habe, an deiner Seite ist.«

Darauf tranken sie, und das ganze Restaurant jubelte wieder, und Gratulationen, Hochrufe und gute Wünsche in vielerlei Sprachen erklangen.

In der Schwingung des Raums gefangen, blickte Sewanee sich um und sah, wie das Servicepersonal an der Tür zur Küche beisammenstand und ihnen zusah, die Hände an die Brust gelegt, das Lächeln so breit wie der Canal Grande.

Auf der Fahrt zurück über die Lagune entschieden sich Sewanee und ihre Mom für die Wärme der kleinen Kajüte, und Nick und Stu trotzten der spätabendlichen Kühle und stellten sich neben dem Kapitän an den Bug. Während Marilyn ihr von ihrem nächsten Hafen erzählte, in dem sie anlegen würden, Bari, beobachtete Sewanee, wie Nick und Stu sich unterhielten. Als sie anlegten, sah sie, wie die beiden Männer sich umarmten, ein Anblick, der sich wie ein zusätzlicher Happen Dessert anfühlte.

Sie standen am Markuspier und winkten, während das Boot Stu und Marilyn zurück zu ihrem Kreuzfahrtschiff brachte.

Nick wandte sich im selben Moment zu Sewanee um, in dem sie sich zu ihm umwandte, einen erwartungsvollen Blick in ihrem Auge. Anfangs wusste sie nicht, was sie sagen sollte. Sie wollte sich für alles entschuldigen, was sie vorhin gesagt hatte. Sie wollte jeden einzelnen Geschmack des Abends noch einmal auskosten. Sie wollte weinen, weil ihre Mutter so glücklich war. Sie wollte sich bei Nick dafür bedanken, dass er an diesem Abend ein vollendeter Begleiter gewesen war. Sie wollte ihn küssen, Himmel, und wie sie ihn küssen wollte. Aber bevor sie irgendetwas davon in Angriff nehmen konnte, sagte Nick mit todernster Miene: »Na ja, Gott sei Dank ist das vorbei.«

Sie lachte schallend auf. »Unerträglich. Hast du je jemand Langweiligeres kennengelernt?«

»Ich war so kurz davor, ihn über die Bordwand zu stoßen.«

»O Gott, und dieses Essen? Es kam einfach immer mehr und mehr und mehr.«

»Und irgendeinen lahmen Antrag über sich ergehen zu lassen? Es war, als wären wir gar nicht da.«

»Wir sollten etwas tun, um zu feiern, dass es vorbei ist.«

»Amen.« Nick sah lächelnd zu ihr hinunter, und ihr Magen schlug einen Purzelbaum. »Was sollen wir tun?«

»Was willst du denn tun?«

»Wir könnten uns wieder streiten?«

Sie kicherte. »Ich verzichte.«

»Na ja, was dann?«

Sie hob neckisch eine Schulter. »Ich bin offen.«

Er spannte den Kiefer an. »Ich halte mich lieber zurück.«

»Es stimmt trotzdem.«

Nick kicherte leise, streckte eine Hand aus und blickte auf ihre Finger. Sie spürte, wie sie von ihm angezogen wurde, aber sie konnte sich nicht sicher sein, ob das nicht ausschließlich körperlich war. »Sewanee«, seufzte er und sah auf. »Ich will so unbedingt …« Sein Blick verdunkelte sich. »Du weißt genau, was ich will.«

Ein Kribbeln durchfuhr sie bei seinen Worten. »Weiß ich das?« Sie hoffte, dass der kokette Ton jede Unsicherheit überspielte, die vielleicht in der Frage lag. »Du hast nicht einen einzigen Annäherungsversuch unternommen.«

Er verhakte ihre Finger ineinander. »Wir waren ein bisschen beschäftigt, oder? Außerdem, was redest du denn – erst heute Morgen habe ich dir einen Antrag gemacht!«

Sewanee zog neckend eine Augenbraue hoch. »Du sagtest, dass du mich vielleicht zum Standesamt führen willst …

vielleicht! Und dann sagtest du, ich soll nicht auf dich hören, weil du im Jetlag bist.«

»Na schön, das hätte ich noch ein bisschen aufpolieren können. Aber zu meiner Verteidigung muss ich sagen, ich wusste nicht, dass Stu mir dermaßen die Show stehlen würde!« Sie lachten und drückten sich fester aneinander. »Du kannst ganz beruhigt sein«, murmelte er, »ich will eine Wiederholung von allem, was wir in Vegas hatten. Ich will dich gegen eine venezianische Wand drücken.«

»Ist das eine Drohung oder ein Versprechen?«

Nick holte einmal tief Luft. »Aber.«

»Nicht noch ein Aber«, stöhnte Sewanee.

Er drückte ihre Hand. »Aber! Nicht heute Abend. Heute Abend werde ich sicherstellen, dass du wohlbehalten zurück zu deinem Hotel kommst. Ich könnte vielleicht sogar so weit gehen, dich bettfertig zu machen ...«

»Ich bin schon jetzt bettfertig«, stieß sie heiser hervor.

»Gott, das hier würde sowieso schon hart sein, und du bist entschlossen, es noch härter zu machen.«

»Du meinst, deine *Reaktion*?«

»Sehr witzig.« Sie presste sich an ihn.

Nick drehte seinen Körper von ihr weg wie ein Kind, das versucht, sich aus einem Autositz zu befreien. »Aaaber«, keuchte er lachend. »Ich werde dich heute Abend allein lassen. Ich habe etwas zu erledigen.«

»Nein, das wirst du nicht, und ja, das hast du.«

»Doch, das werde ich, und nein, um dich geht es dabei nur am Rande.«

Sie maßen einander mit Blicken, ihre Augen funkelnd vor Herausforderung und Schalk und Verlangen. Ihr ging der Gedanke durch den Kopf, dass sie sich zum ersten Mal wirklich wohl mit ihm fühlte, obwohl ihr Körper ein Bündel von Gier und Sehnsucht war. Wie konnte es sein, dass er diese Wirkung auf sie hatte? Wie konnte er sie so verscheißern und gleichzeitig so vollkommen entspannen? Eine gefährliche Mischung, dachte sie.

»Na ja«, sagte sie von oben herab, »wir werden ja sehen, was passiert, wenn wir zu meinem Hotel kommen.«

»Das werden wir.«

Sewanee nahm Nicks Hand, und sie gingen los, und ihre Schritte auf dem hölzernen Pier hallten durch den mitternächtlichen Nebel.

Kapitel 18

Der Entschluss

Sewanee stand vor dem Eingang zu Cosmos Studio und zögerte.

So vieles ging ihr durch den Kopf.

Das Dinner und die Unterhaltung. Marilyns und Stus Verlobung. Ihr Gespräch mit ihrer Mom. Die Dinge, die sie an sich selbst ändern musste, wenn sie wollte, dass sich irgendetwas im Außen änderte. Aber all das war überschattet von der Art, wie der Abend mit Nick geendet hatte.

Wie hatte er sie nur den ganzen Weg zurück zu ihrer Pensione begleiten können, hoch zu ihrem Zimmer, wie hatte er zusehen können, wie sie sich auszog – vor allem angesichts der Art, *wie* sie sich ausgezogen hatte –, sie ins Bett stecken und dann ... *gehen* können? Auf jedem Schritt ihres Nachhausewegs hatte sie gedacht, dass es süß war, wie er dieses ganze Werden-wir-oder-werden-wir-nicht-Ding auf die Spitze trieb. Aber dann tat er es doch tatsächlich. Er ... *ging*! Auch danach noch war sie sich sicher gewesen, dass sie gleich ein Klopfen an der Tür hören würde. In ein paar Minuten. In fünf Minuten, zehn, zwanzig Minuten.

Er klopfte nicht.

Sie wusste, dass er sie wollte. So viel hatte er am Pier klargestellt. Und doch war da dieses nagende Gefühl in ihr, diese lauernde Unsicherheit.

Sie atmete in der frischen Morgenluft einmal tief durch und drückte auf die Klingel.

Sie wurde prompt hereingelassen, ging die Treppe hoch und sah Nicks stoppeliges Gesicht am oberen Treppenabsatz. »Morgen«, sagte er, es war kaum mehr als ein Flüstern. Er lächelte, Sewanee bemühte sich ebenfalls um ein Lächeln.

»Morgen. Du bist auch früh da.«

Sein Lächeln wurde breiter. »Komm durch«, flüsterte er. Er hielt sich einen Finger an die Lippen, während er zur Seite trat, um sie vorbeizulassen.

Sie betrat den Kontrollraum des Studios, wo sie Cosmo auf der Couch schlafend antraf. Das erklärte die Aufforderung, leise zu sein. Nick winkte sie in den kleinen Pausenraum, trat an einen winzigen Resopaltisch und nahm einen To-go-Kaffee und eine weiße Gebäcktüte in die Hand. »Als Erstes: Koffein und Kohlenhydrate.« Er hielt ihr beides hin.

Sie lächelte dankbar, nahm einen dringend benötigten Schluck Kaffee und einen Bissen von dem Brötchen und fragte mit gespielter Unschuld: »Und, wie war deine Nacht?«

»Gut.«

»Hast du erledigt, was du erledigen musstest?«

»Absolute-mente«, antwortete er in einer bemerkenswert treffenden Stu-Imitation.

»Sieht aus, als ob du nicht viel Schlaf bekommen hast. Wer war sie?« Sie nahm noch einen Bissen.

Nick kicherte. »Frag nicht.«

Cosmo kam in den Pausenraum geschlurft, in Leopardenmuster-Pantoffeln, die Haare zerzaust, die Augen zwei wässrige Schlitze, der Mund ein schiefes Lächeln, und murmelte *Buongiorno* und *Scusami* und irgendetwas, bei dem Sewanee nur das Wort *Caffè* heraushörte. Nick machte ihm Platz und sagte: »Lass dir ruhig Zeit, wir gehen schon mal ins Studio.«

»*Grazie mille.*« Er klang wie ein Ochsenfrosch mit Kehlkopfentzündung, aber er wandte sich um, erinnerte sich an etwas und fuhr fort: »Oh, Nick, ich dir sage, gestern Nacht … du mich überrascht. Du so gut.«

»Danke, Kumpel.«

Cosmo wandte sich zu der Kaffeemaschine um, Nick und Sewanee verließen den Pausenraum, und Sewanee murmelte: »Dann war es also ein Er?«

»Was?«

»Nick-oh«, hauchte sie an sein Ohr, »du so gut-oh.«

Nick stöhnte und ging hinüber zum Pult, nahm ein Paar Kopfhörer in die Hand. »Setz dich.«

Sie hob die Hand. »Ich verurteile dich nicht. Er *ist* hinreißend.«

Er nahm sie bei den Schultern und setzte sie auf den Stuhl. »Kopfhörer. Aufsetzen.«

Sie grinste. »Was höre ich mir an?«

»Hör dir so viel an, wie du ertragen kannst, und dann kannst du mich anschreien, mich schlagen, tun, was immer du mit mir tun willst.«

»Nichts als leere Versprechungen.« Sie setzte sich die Kopfhörer auf und verschränkte die Arme.

Nick entfernte sich und drückte auf einen Knopf auf dem Pult.

Brock McNights Stimme. Es war die Szene, die sie gestern aufgenommen hatten.

Sie machte den Mund auf, um ihm zu sagen, dass er die falsche Stelle hatte, aber dann hörte sie es.

Den Unterschied.

Das hier war nicht die gestrige Aufnahme. Die Worte waren die gleichen, aber die Vokalisation war neu. Voller Gefühl. Es war die Stimme, die sie gehört hatte, als er »Gute Nacht, lieber Mond« gelesen hatte.

Sie löste ihre verschränkten Arme, legte die Stirn auf den

Tisch und hörte einfach nur zu. Als es zur Sache ging, konnte sie nicht anders, als zu Nick hochzusehen. Er hatte sich in Cosmos Sessel zurückgelehnt, die Stiefel auf die Kante des niedrigen Couchtischs gestellt. Er hielt eine Gitarre im Schoß.

So hatte sie ihn noch nie gesehen. Dieses Bild von ihm war so stimmig! Während sie Brock davon reden hörte, was er mit seinen Händen machte, sah sie zu, wie Nicks Hände über den Hals der Gitarre glitten und gekonnt die Saiten zupften. Die Klänge drangen nicht durch ihre Kopfhörer. Er spielte leise, den Kopf in den Nacken gelegt, die Lippen fast unmerklich bewegend. Improvisierte er?

In ihrem Ohr brach seine Stimme vor Lust. Vor Emotion. Die Verletzlichkeit war aufwühlend. Erregend.

Als seine Passage vorbei war und ihre begann, nahm sie die Kopfhörer langsam ab.

Bei ihrer Bewegung hörte Nick auf zu spielen und schwenkte den Sessel leicht zu ihr herum. Sie war sich nicht sicher, was sie sagen sollte, aber sie kannte ihn schon jetzt gut genug, um zu wissen, dass er niemand war, der ein Schweigen lange andauern lassen würde. Es sei denn, es war mit Berührung verbunden.

»Okay«, murmelte er. »Na los, mach mich fertig.« Er stützte die Ellenbogen auf die Knie und reckte das Kinn, als würde er den Kopf auf einen Hackblock legen. Er schloss die Augen.

Sewanee drückte ihm einen Kuss auf die Wange, ließ ihre Lippen dort verweilen.

Nick schlug die Augen auf.

Sie neigte sich nur so weit zurück, dass sie einander ansehen konnten. Er lächelte. Sie lächelte. Dann, mit einer hauchzarten Berührung, führte sie ihre Lippen an seine. So verharrten sie, in der Schwebe, ohne den Blickkontakt abzubrechen. Es war kein Nehmen wie in Vegas; es war ein Geben. Ein Austausch.

Von Respekt, von Bewunderung. Das Geschenk, durch einen Kuss gesehen zu werden.

Schließlich lösten sie sich voneinander und lehnten sich auf ihren Plätzen zurück.

»Nick.« Sie lächelte und war gleichzeitig kurz davor zu weinen. »Das war unglaublich.«

Er nickte. »Und ich habe geliebt, es zu sprechen. Wer hätte das gedacht.« Er nahm ihre Hand. »Mir tut wahnsinnig leid, was ich gestern gesagt habe. Du *bist* Regisseurin, und zwar eine verdammt gute. Das heißt, ich muss mich bei euch beiden – dir und Stu – bedanken. Ich musste das von euch hören.«

»Wie lange hast du dafür gebraucht? Wie viele Aufnahmen?«

»Eine einzige.«

»Im Ernst?«

Er zuckte die Schultern. »Ich habe mir vorgestellt, dass du mir gegenüberstehst, und habe zu dir gesprochen.«

Sewanee grinste. »Das war Schauspiel.«

Er schüttelte den Kopf. »Es war echt.«

Ihr Grinsen wurde breiter. »Eben.«

Cosmo kam mit seinem Kaffee herein. »Er dir hat gezeigt, was er hat gestern Nacht gemacht?«

»Ja, das hat er.«

»Ist gut, nein?«

»Ist gut, ja.«

Cosmo strahlte. »Ich gehe und baue Raum auf.« Er zeigte mit einem Finger zwischen ihnen hin und her. »Ich euch werde vermissen, euch beide.« Er ging in den Liveraum und begann, die Mikrofone zu arrangieren.

Sewanee wandte sich wieder zu Nick um und fuhr sich mit einer Hand ans Herz. »Können wir ihn behalten?«

Nick kicherte. »Ich wünschte, das könnten wir.«

Sie wies zum Soundboard. »Er ist ein fantastischer Tontechniker.«

»Und du solltest ihn mal am Bass hören.« Als er Sewanees verwirrte Miene sah, fuhr Nick fort: »Wir haben ein bisschen gejammt.«

»Und das alles gestern Nacht noch? Es war Mitternacht, als du von mir weggegangen bist.«

Nick schnaubte spöttisch. »Das hier ist ein Musikstudio. Ich wusste, dass er da sein würde. Er hat zufällig mit Enzo und Mario und irgendeinem anderen …o geprobt. Erst habe ich ein bisschen mit ihnen abgehangen, und als sie gegen zwei Pause gemacht haben, habe ich ihn gefragt, ob er mich noch eine Aufnahme machen lassen würde.«

»Und dann bist du in dein Hotel gegangen?« Die Frage war rein rhetorisch.

»Na ja.« Nick rieb mit einer Hand über seinen stoppeligen Kiefer. »Der andere …o musste nach Hause, und sie brauchten einen Gitarristen, und da …«

»Lass mich raten.« Sewanee lächelte.

Nick lächelte ebenfalls. »Was soll ich sagen? So gegen vier sind die anderen Jungs gegangen, und Cos macht einen Vino auf, und dann fängt er an, mir von dieser amerikanischen Schauspielerin zu erzählen, für die er seit Jahren schwärmt.«

Sewanee lachte. »Und er sagt, *du* bist doch aus Amerika, kennst du sie zufällig?«

Nick lachte ebenfalls. »Ja, genau. Aber er wusste ihren Namen nicht, wusste nur die Serie, in der sie aufgetreten ist. Sehr beliebt hier, offenbar.«

»Was war das denn für eine Serie, vielleicht kenne ich die Frau ja?«

»Die Serie hieß *Get Chelsea*, und als wir sie nachgeschlagen haben …«

»Nick!« Sewanees Auge weitete sich. »Ich war in einer Staffel dabei.«

»Und als wir die Besetzung nachgeschlagen haben, rate mal, wer die Schauspielerin war?«

Sie blinzelte ihn an. Endlich fiel der Groschen. »Ich.«

»Das hat ihn gestern wahnsinnig gemacht«, kicherte Nick. »Er hat geschworen, er hätte dich erkannt. Aber er hat sich nicht getraut zu fragen.«

Sewanee äugte durch die Scheibe und fing Cosmos Blick auf. Er lächelte verlegen und winkte. Sie winkte zurück, während sie mit zusammengebissenen Zähnen sagte: »Das ist so peinlich.«

»Warum? Du warst toll.«

Ruckartig wandte sie sich wieder Nick zu. »Was?«

»Du warst der Hammer. Wir konnten sehen …«

»Ihr habt eine Folge geschaut?«

»Nein.« Sie atmete erleichtert aus. »Wir haben dein altes Demoband im Internet gefunden und uns das angesehen.«

Ihr Gesicht begann zu glühen. Ihre Kehle schnürte sich zu. »Sag mir, dass ihr das nicht getan habt.«

Nick zuckte die Schultern. »Okay, haben wir nicht.«

»Habt ihr nicht?«

Nick lachte. »Natürlich haben wir! Warum denn nicht?« Sein Lächeln wurde sanfter. Er zögerte einen Moment. »Warum solltest du nicht wollen, dass wir es uns ansehen?«

Die Antwort lag still zwischen ihnen. Um Worte verlegen, sah sie wieder zu Boden.

»Du warst brillant«, murmelte Nick. »Genau wie du in *Casanova* brillant bist. Du bist etwas Besonderes, Swan.«

»Nein«, sagte sie leise. »Nicht mehr.«

Nick streckte eine Hand aus und hob ihr Kinn sanft an. »Irgendwann wirst du aufhören müssen zu denken, dass du nicht mehr bist als die beschädigte Version von dir.«

Bevor Sewanee etwas erwidern konnte, kam Cosmo zurück in den Kontrollraum und sagte, ihre Mikrofone seien aufgebaut und sie könnten anfangen.

Nick stand auf.

Er streckte die Hand nach ihr aus.

»Bei dir habe ich meine Gelegenheit gestern Abend verpasst, aber wie wärs, wenn wir jetzt zumindest mal diese zwei ins Bett bringen?«

Sie verließen das Studio und traten ausgelassen hinaus in das helle Licht des Tages. Es hatte ein Auf-den-Knien-Rutschen gegeben, ein Liebesgeständnis, atemberaubenden Versöhnungssex und dann selbstverständlich einen Antrag und ein Happy End. Und dabei waren sie die ganze Zeit verbunden gewesen. Richtig verbunden.

Sie blieben auf dem Gehweg stehen, und Nick klatschte in die Hände. »Also! Zu dir oder zu mir?«

Sewanee tat, als würde sie darüber nachdenken, klimperte mit den Wimpern. »Ich bin mir nicht sicher, ob wir das tun sollten, Nick.«

Er grinste und nahm ihre Hand, dann ihr Handgelenk, dann ihren Unterarm, zog sie langsam an sich, als würde er ein Seil einholen. »Von mir aus auch gleich hier.«

Sewanee löste sich von ihm, trat einen Schritt zurück, stemmte die Hände in die Hüften. »Um Himmels willen! Nein, so ein Mädchen bin ich nicht.« Und dann tänzelte sie davon. Nick blieb keine andere Wahl, als ihr nachzulaufen.

Er zog misstrauisch die Augenbrauen hoch. »Warum nur habe ich das Gefühl, in einer Szene aus *Grease* zu sein?«

Sewanee kicherte verschämt. »Lassen Sie uns zur Feier des Tages erst mal was trinken gehen, Mister, und dann sehen, wohin uns das führt.«

»Sag mir, dass du Alkohol und nicht einen Milchshake meinst.«

»Aber klar doch, Dummkopf!«

Er schlich sich nah an sie heran, und seine Finger fanden den Weg zur Gesäßtasche ihrer Jeans. »Ist es seltsam, dass dieses ganze Retro-Ding mich so anmacht?«

Sie schlug seine Hand weg. »Benimm dich, Nicholas Sullivan.«

Nick stöhnte auf. »Ist das die Rache für gestern Abend, Sandra Dee?«

Sewanee blieb stehen, schnellte herum, ihr Auge unschuldig aufgerissen, und fuhr sich mit einer Hand an die Brust. »Wie kannst du so etwas sagen?« Ohne den Blickkontakt auch nur eine Sekunde zu lösen, glitt sie mit der Hand langsam nach unten, legte sie über ihre Brüste und streckte sie dann vor sich aus, damit er sie ergriff. Anmutig. Wie eine Lady. »Wollen wir?«

Als er eben im Begriff war, die Hand zu ergreifen, wandte Sewanee sich um und ging weiter.

»Oh und ob wir wollen«, murmelte Nick und trottete ihr hinterher.

Sie überquerten eine Piazza, angelockt von der offenen Tür einer Taverna auf der anderen Seite. Draußen waren Tische aufgestellt, ein paar Holzstühle lehnten zusammengeklappt daran. Sie setzten sich und warteten, dass der Kellner kam und ihre Bestellung aufnahm. Normalerweise hätte sich Sewanee hineingewagt, um jemanden auf sich aufmerksam zu machen, aber nicht heute, nicht jetzt. Jede zusätzliche Minute, die sie mit Nick spielen konnte, war kostbar. Außerdem war sie mehr als zufrieden damit, auf einem etwas klapprigen Stuhl zu sitzen, an einem etwas klapprigen Tisch, mit einem sehr soliden Nick. Einem soliden, wenn auch etwas frustrierten, etwas aus der Bahn geworfenen, etwas verstimmten Nick.

Noch bevor der Kellner ihren Tisch erreichte, hob Nick zwei Finger und rief ihm zu: »Prosecco, *grazie.*«

Der Kellner machte auf dem Absatz kehrt und ging wieder hinein.

Nick schwieg und sah auf die Piazza hinaus. Er trommelte mit den Fingern auf den Tisch zwischen ihnen.

»Worüber denkst du nach?«, fragte sie mit ihrer normalen Stimme.

»Was ich als Erstes mit dir machen will«, antwortete er, ohne zu zögern.

Würde seine ehrliche Direktheit sie je nicht überrumpeln? Es war wirklich entwaffnend sexy.

Sie sah auf seine Hand. Auf den Ring an seinem Mittelfinger. Sie streckte einen Arm aus und berührte ihn. »Hat der eine Geschichte?«

Er verhakte ihre Finger ineinander. »Das war Toms. Junes Ex-Partner. Sie hat sich geweigert, ihn zu heiraten. Und sie hat nicht an Ringe geglaubt. Aber er schon, deshalb hat er einen getragen.«

»Das ist ja süß.«

»Nein, kein bisschen. Es war ein Kampf. Alles zwischen ihnen war ein Kampf. Du willst mich nicht heiraten? Na schön! Ich werde trotzdem einen Ring tragen, wie gefällt dir *das*?« Nick kicherte. »Zwei Verrückte. Ich habe den Ring zwischen ihren Sachen gefunden, nachdem sie gestorben war. Ich hatte nicht gewusst, dass sie ihn mitgenommen hatte, als wir zurück in die Staaten gegangen sind.«

»Lebt dieser Tom noch?«

»Oh, ja. Und auf dem Nachhauseweg will ich einen Zwischenstopp in Dublin einlegen, sehen, wie es ihm geht.« Er sah ihr ins Auge. »Er hat ihren Tod nur schwer verkraftet. Obwohl es inzwischen zwanzig Jahre her sein muss, dass sie sich getrennt haben. Ich glaube, er dachte immer, sie würde irgendwann zu ihm zurückkommen.«

Der Kellner stellte ihnen zwei Gläser Prosecco hin, und Nick gab ihm zu viel Geld dafür, sagte, er solle den Rest behalten. Als er gegangen war, erhoben sie ihre Gläser.

»Auf …«, sagte Nick, ein Echo ihres Toasts in der Nacht in Las Vegas. Er wartete darauf, dass Sewanee ihn nachsprach, aber sie ließ sich einen Moment Zeit und sagte dann stattdessen:

»Auf June.«

»Natürlich«, murmelte er, »auf Junie.« Und dann: »Dafür, dass sie dich zu mir geführt hat.«

»Und dich zu mir.«

Sie tranken beide einen Schluck.

»Gestern Nacht habe ich entschieden, dass ich offiziell fertig bin«, sagte Nick, während er sein Glas abstellte. »*Casanova* wird Brocks letztes Projekt sein.«

»Wirklich?«

Nick fuhr mit einer Hand durch die Luft. »Ich bin bereit dafür. Und ich könnte zu keinem besseren Zeitpunkt aufhören.« Er lächelte. »Außerdem hat Sarah Westholme mich für jede andere Co-Sprecherin verdorben, und sie zieht sich wieder in die Nebel des Ruhestands zurück.«

Sewanee sah zu, wie die Perlen in ihrem Glas aufstiegen. »Ehrlich gesagt bin ich mir da nicht so sicher. Romance zu sprechen, hat mir gefallen.«

Nick legte seine Hand über den Rand ihres Glases. »Trink nicht noch mehr davon, ich glaube, sie haben da was reingetan.«

Sewanee kicherte und zuckte die Schultern. »Im Ernst.«

»Aber du hasst den Happy-End-Schwachsinn.«

»Ja, klar, ich hasse die Annahme, dass wir einfach nur die

Winkelzüge des Lebens überstehen müssen, und dann, *wums*, kriegen wir eine dicke Belohnung. Das ist doch lächerlich.«

»Allerdings.«

Sie sah auf die Piazza hinaus. »Ich vermute, mein Problem war, dass einem immer irgendetwas Unerreichbares versprochen wurde, nämlich dass diese Leute glücklich und zufrieden bis ans Ende ihrer Tage leben werden. Aber tatsächlich hat das Happy End seinen Ursprung in Märchen, und Märchen enden mit: Und sie lebten glücklich und zufrieden bis ans Ende ihrer Tage. Lebten. Nicht leben. Vergangenheitsform, nicht Gegenwart. Und das funktioniert für mich.«

Nicks Stirn furchte sich. Er beugte sich vor. »Entschuldige, der Wechsel der Zeitform ist der Grund, weshalb es für dich funktioniert?«

»Zugegeben, ich bin ein Wörter-Nerd, aber ja. Das Happy End verlangt, dass das Leben von heute an glücklich sein wird. Aber woher willst du das wissen? Pech kommt vor. Immer und immer wieder. Das ist, was Stu beim Dinner gesagt hat, dass das Leben nicht linear verläuft, dass dieses unglaubliche Gericht ein Teller voller gescheiterter vorheriger Versuche ist.« Sewanee nahm einen Schluck. »Ich glaube, man kann nicht wissen, ob man glücklich und zufrieden bis ans Ende seiner Tage gelebt hat, ehe nicht das Leben vorbei ist.« Sie stellte ihr Glas ab. »Vielleicht ist das der Grund, weshalb dein ganzes Leben vor deinen Augen vorbeizieht, wenn du stirbst. Damit du den Film von Anfang bis Ende sehen kannst und es dann weißt.«

Nick starrte sie an und klopfte sich an die Schläfe. »Sieht es dort drin immer so aus? Ist dein Nacken nicht steif davon, dass er den ganzen Tag dieses Riesenhirn schleppen muss?«

Sie schnaubte spöttisch. »Wie auch immer, es ist nicht lächerlich. Es ist kein Schwachsinn. Es ist möglich. Es ist nicht

Fantasie *oder* Realität. Ein Happy End wird von beiden zusammen im Laufe eines Lebens aufgebaut.«

Nick schwieg einen Moment. »Ja, ich habe genau dasselbe gedacht.« Sewanee lachte, aber er fuhr fort: »Nein, im Ernst, genau das haben Stu und ich auf der Bootsfahrt zurück zum Markuspier gesagt.«

»Nein.«

»Doch.«

»Worüber habt ihr geredet?«

»Emerson und Delfine.«

Sewanee kicherte.

»Nach einem spannenden Vortrag über die Migrationsmuster und Unregelmäßigkeiten im Paarungsverhalten des Streifendelfins brachte er dieses Emerson-Zitat: *Es geht nicht ums Ziel, es geht um die Reise.* Und er sagte, Emerson sei genauso auf dem falschen Dampfer gewesen, wie ich es bin. Dass es *doch* ums Ziel gehe. Denn erst wenn du angekommen bist, kannst du den Wert der Reise beurteilen. Aber dann sagte er …« – und an dieser Stelle verfiel Nick wieder in seine todernste Stu-Imitation – »vermutlich war das sowieso nicht Emerson, sondern irgendein Spruch auf einem Autoaufkleber, und niemand sollte Ratschläge von einem Autoaufkleber annehmen, *oder* einem ehemaligen Sneakersmacher, um genau zu sein, und ob mir zufällig aufgefallen sei, wie beim Dinner jeder Wein in einem anders geformten Glas gereicht wurde?«

Sewanee lachte und sagte mit der Stimme ihrer Mom: »Stuuuuu.«

Nick lachte ebenfalls. »Ich glaube, diese beiden wagen einen Versuch mit einem Happy End.« Er lehnte sich zurück, nahm noch einen Schluck und schätzte sie ab. »Also mehr Romance, was?«

Sewanee nahm ebenfalls einen Schluck. »Vielleicht nicht

unbedingt als Sprecherin. Vielleicht könnte ich Regie führen. Vielleicht den nächsten Brock McNight finden.«

Nick schaute betroffen.

Sie tätschelte seinen Unterarm. »Oh, keine Sorge. Du wirst immer meine erste Wahl sein.«

Er hielt ihre Hand fest, als sie sie zurückziehen wollte, führte er sie an seinen Mund. Glitt mit den Lippen von ihrem Handgelenk an der Seite hoch zu ihrem kleinen Finger. Küsste ihre Fingerspitze. Dann die Mitte ihrer Handfläche. Atmete ein. »Fertig damit, Spielchen zu spielen?«

Ihr Gesicht öffnete sich wie eine Blüte. »Ja.«

Sie erhob ihr Glas mit der anderen Hand. Er lehnte sich zurück und tat es ihr gleich. Sie sang leise: *»You're the One That I Want, You're the One That I Want.«*

Er grinste und erwiderte: *»Ooh-ooh-ooh.«*

Sie tranken ihren Prosecco aus, standen auf und verließen den Tisch Hand in Hand.

Als sie durch das jüdische Viertel und zurück ins Stadtzentrum schlenderten, lockten die fernen Klänge eines Cellos sie zu einer Piazza, in deren Mitte, einen Hut voller Münzen zu ihren Füßen, eine einsame Cellospielerin auf einem Hocker saß und etwas Beschwingtes spielte. Nachdem sie ihr einen Moment zugesehen hatten, nahm Nick Sewanee in seine Arme und begann mit ihr zu tanzen.

So gern sie zum Hotel zurückkehren wollte, fühlte sich dieses rhythmische Wiegen wie der Inbegriff von Intimität an, und sie schmolz dahin. »Können wir für immer so bleiben?«

Sie spürte sein Kichern an ihrer Brust. »Ja. Zumindest bis wir Hunger kriegen und in die wirkliche Welt zurückkehren müssen.«

Sie tanzten weiter. Sewanee wusste, dass hinter Nicks

Humor eine ernüchternde Wahrheit steckte. Sie wusste, was sie in einem Hotelzimmer von ihm erwarten konnte, aber mehr wusste sie nicht. In seinen Armen fühlte sie sich sicher genug, um zu fragen: »Was passiert dann?«

»Fragst du, was meine Absichten sind?« Sie hörte das Lächeln in seiner Stimme.

»Irgendwie schon. Ja.«

»Ganz einfach. Ich will mit dir zusammen sein.« Als sie nichts sagte, schob er sie von sich fort, wirbelte sie zu einer trägen Drehung hinaus. »Was willst du denn?« Er zog sie wieder an sich. »Und denk dran: Nichts ist verlockender als eine Frau, die weiß, was sie will.«

Sein Tonfall war leicht, ganz ungekünstelte Lässigkeit. Aber sie spürte auch einen fast unmerklichen Anflug von Unbehagen.

»Ich will wissen, ob das hier echt ist«, sagte sie.

»Willst du die Romance-Version oder die Unterhaltungsroman-Version?«

Sie sah zu ihm hoch. »Weder noch. Ich will die echte Version.«

Er wirbelte sie wieder hinaus und dachte nach. »Wir werden eine Zeit lang eine Fernbeziehung führen. Bis wir unser Leben so organisieren können, dass wir zusammen sein können.« Er zog sie wieder an sich.

»Wie soll das denn gehen?«

»Wie werden schon eine Lösung finden.«

»Aber wie?«

»Wir werden einfach.«

»Wie kannst du dir da so sicher sein?«

»Weil ich an uns glaube.« Er sah auf sie hinunter. »Du etwa nicht?«

»Doch, natürlich.« Sie schlüpfte unter seinem Arm hindurch, nutzte die Gelegenheit, um den Blickkontakt abzubrechen. »Aber bei uns beiden hängt gerade so viel in der Schwebe. Etwas könnte passieren, und dann was?«

»Etwas *wird* passieren, vieles vermutlich. Wir werden frustriert sein, wütend. Wir werden einander enttäuschen. Wir werden Dinge sagen, die wir nicht meinen, tief in uns aber doch ein klein wenig meinen.«

»Oder noch schlimmer.«

Er verlangsamte seine Schritte. »Was ist los?«

Sie zog seine Schulter zu sich heran, zwang ihn, sich wieder auf den Tanz einzulassen, obwohl sie den Blick noch immer abgewandt hatte. »Ich glaube, ich habe Angst.«

»Wovor?«

»Vor dir. Du bist … du bist wie irgendeine …«

»Ja?«

»Irgendeine supergeheime Sexwaffe, die jeden Moment losgehen könnte«, platzte sie heraus.

Nick lachte schallend auf. »Was?«

»Du bist wie der Jason Bourne der Romance. Du weißt Sachen, die kein Mann wissen sollte. Eine scharfe Waffe, die am helllichten Tag einfach frei herumläuft. Wie kann ich wissen, dass du deine Macht nicht für das Böse einsetzen wirst?«

»Das kannst du nicht«, antwortete Nick aufrichtig.

»Wie kann ich wissen, dass du mich immer wollen wirst?«

»Das kannst du nicht.« Wieder dieser aufrichtige Ton. Seine Weigerung, sie mit falschen Versprechen oder leeren Schmeicheleien zu umgarnen, entlockte ihr ein verwirrtes Kichern. »Ich meine es ernst. Wie kannst du wissen, dass du *mich* immer wollen wirst? Was, wenn ich hundert Pfund zunehme? Meine Haare verliere? Meinen Verstand. Was wenn, was wenn, was wenn?«

»Ich würde dich immer noch wollen«, antwortete sie ernst.

Sie hörten auf zu tanzen, blieben aber nah beieinander stehen. Er schüttelte den Kopf. »Das weißt du nicht.«

»Doch, das weiß ich.«

»Gefühle sind nicht konstant, sie sind vergänglich. Du kannst an sie glauben, aber du kannst sie nicht kennen. Woher willst du im Voraus wissen, wie etwas sich entwickeln wird? Das ist wie mit Raupe und Schmetterling.«

»Was?«

Nick schüttelte den Kopf. »Ach nichts. Ich denke nur laut vor mich hin.« Er hob eine Hand und strich ihr die Haare aus dem Gesicht. »Du hast mir eben erst erzählt, dass man ein Happy End nicht kennen kann, bevor es gelebt wurde, aber jetzt willst du eine Garantie dafür, es zu erreichen?«

»Keine Garantie, aber irgendeine Art Versicherung, dass ...«

»Ich kann dir versichern, dass ich dich nicht betrügen werde, denn dafür habe ich die Verantwortung. Ich kann mein Tun kontrollieren, doch ich kann nicht ... das Leben kontrollieren.« Nick begann wieder zu tanzen. »Warum gehst du automatisch vom Schlimmsten aus?«

Sein Ton war neutral. Er urteilte nicht, er wollte es einfach wissen. Sie seufzte. Ihr Unfall? Ihr Vater? Ihre Unsicherheit? Mögliche Gründe gab es mehr als genug. »Weil ... weil ... weil sich das mit uns für mich nicht echt anfühlt. Es fühlt sich an, als ob wir von einem Romance-Baum gefallen sind und auf dem Weg nach unten jeden einzelnen Textbaustein geschrammt haben.«

Er lachte. *»Eingeschneit.«*

»Nur eine Nacht.«

»Briefroman.«

»Verwechslung.«

»Dreiecksverhältnis.«

Sie kicherte. »Na ja, das aber nur kurz.«

»Ich nehme an, das heißt, dass wir jetzt bei der *zweiten Chance* angekommen sind, oder?« Sie gab keine Antwort. Er spreizte die Hand, umspannte mit den Fingern mehr von ihrer Taille. Die Hand, die ihre hielt, führte er an seine Brust. »Das hier ist dir nicht echt genug? Was brauchst du denn noch? Irgendeinen Deus ex Machina? Irgendeinen an den Haaren herbeigezogenen Streit wegen eines sinnlosen Missverständnisses, um dir vor Augen zu führen, was du hattest und um ein Haar verloren hättest?«

Sewanee schüttelte den Kopf. Das hier war kein June-French-Roman. Sie mussten nicht dramatisch auseinandergerissen werden, um anschließend wieder zusammenzufinden. Sie waren einfach nur zwei Leute, die ihr Bestes gaben, um dem anderen nicht auf die Zehen zu treten, während sie rauszukriegen versuchten, wie man tanzte.

Die Cellospielerin hatte den Song beendet. Sie lösten sich für einen Moment voneinander und klatschten Beifall. Sie begann wieder zu spielen.

Aber bevor sie weitertanzten, sagte Sewanee: »Ich will wissen, dass wir das hier nicht mit irgendeinem Liebesroman verwechseln.«

»Das tun wir nicht. Wir können unser eigenes Buch schreiben. Tag für Tag, Seite für Seite.«

Sie sah ein fast unmerkliches Flackern in seinen Augen. Er zweifelte daran, ob ihr das ebenfalls gelingen könnte – an etwas glauben, was man nicht *wissen* konnte. Sicher, sie konnte das Konzept eines Happy Ends im philosophischen, abstrakten Sinn akzeptieren, aber hier, im echten Leben, in einem intimen Moment eine Entscheidung treffen und dann mit den Konsequenzen leben … Er war sich nicht sicher, ob sie das konnte.

Und dann sah sie ihn plötzlich als Ganzes. Die unterschiedlichen Teile von ihm, die er ihr gezeigt hatte und die sie sorgfältig gesammelt hatte, aber nicht hatte zusammenfügen können: ein Kind, das aufwuchs, ohne je die Gewissheit zu haben, dass es gewollt war; ein Mann, der seinen Traum verloren hatte und lernte, wieder daran zu glauben. Sie sah Scheitern und Erfolg, Schwäche und Stärke und, mehr als alles andere, die Sehnsucht nach jemandem, der das alles liebte – der ihn liebte.

»Frag mich noch einmal, was ich will«, murmelte sie.

»Was willst du, Süße?«

»Ich will in keinem Buch mit dir sein. Ich will im richtigen Leben mit dir sein.«

»Egal, wie es endet?«

»Ja.«

»Egal ob glücklich oder nicht?«

Sie wunderte sich, wie leicht ihr die Antwort über die Lippen kam. »Ja.« Und dann: »Absolute-mente.«

Diesmal war ihr Kuss nicht keusch.

Sie hörte Beifall, ein paar anzügliche Rufe, und wurde in der Zeit zurück und in einen Schneesturm in Las Vegas versetzt. Nick, der sie gegen eine Wand drückte, eine Rotte johlender Jungs. Der Unterschied war, dass sie diesmal nichts zum Anlehnen hatte; sie waren aus Raum und Zeit gefallen und standen zugleich mitten auf einer kopfsteingepflasterten Piazza, und sie spürte, wie ihr der Kopf schwirrte und ihre Knie weich wurden. Sie klammerte sich an ihn, bis er murmelte: »Wir müssen gehen.«

»Bitte«, keuchte sie.

»Ich habe Grund zu der Befürchtung, dass irgendetwas das hier ruinieren wird.«

Sie lachte schallend auf. »Wir fordern das Schicksal heraus.«

Er umfasste ihre Taille. »Hast du das eben gespürt?!« Er fing ihren Blick auf. »Das war doch kein Erdbeben, oder?« Er kitzelte sie.

»Oh, nein!«, kreischte sie und löste sich von ihm.

Er hielt sie fest. »Ich werde dich retten!« Er stemmte sich unter ihre rechte Schulter, schwankte mit ihr voran. Sie lachten ausgelassen, stolperten über ihre Füße, benahmen sich absolut peinlich. »Alles könnte passieren! Jeden Moment …«

Ihr Telefon klingelte.

Sie erstarrten.

»Nein«, flüsterte Nick. Er ließ sie los, legte einen Finger an ihre Lippen. »Geh nicht ran.«

»Nick, ich muss. Es hat in den letzten drei Tagen nicht ein einziges Mal geklingelt, was, wenn …?«

»Nein, du hast recht, natürlich.« Er trat zurück, fuhr sich mit einer Hand übers Gesicht, holte zitternd Luft, während sie ihr Handy aus der Jackentasche fischte.

Eine unbekannte Nummer, aber eine L.-A.-Vorwahl. Ihr Herz stockte. Sie nahm ab. »Hallo?«

»Hi, ist da Sewanee Chester?«

»Ja?«

»Hi, hier ist Adaku Obis Manager, Manse Rollins, wie gehts Ihnen?«

»Äh. Gut.«

»Gut, gut, das freut mich zu hören. Also, hören Sie, wir haben ein Problem.«

Ein Problem? Ein Problem, bei dem ein Manager *sie* anrief? Wollten sie sie letztendlich doch für die Rolle? Bei dem Gedanken schlug ihr Magen einen Purzelbaum. Aber interessanterweise nicht vor Freude oder Aufregung, sondern vor irgendetwas, was Angst unangenehm nahekam.

Und dieses spontane Bauchgefühl machte ihr ihre Beziehung zum Schauspiel schlagartig klar: Sie wollte es nicht mehr.

»Was ist los?«, fragte sie.

»Na ja, Adaku ist im Krankenhaus.«

Kapitel 19

Die Versöhnung

Sewanee landete am Los Angeles International Airport und fuhr nach einem kurzen Zwischenstopp gleich weiter zum Krankenhaus, wo sie an drei verschiedenen Schaltern ihren Ausweis vorzeigte und schließlich in Adakus Zimmer vorgelassen wurde. Als sie zögernd eintrat, stockte ihr der Atem beim Anblick ihrer Freundin, die aufrecht im Bett saß und aus dem Fenster sah. Es war, als hätte sie eine tragische Rolle in irgendeiner Ärzteserie übernommen. Aber das Zimmer, der Geruch, die Monitore, das Mullpflaster über ihrer rechten Augenbraue, der Tropf an ihrer Hand machten das alles nur zu echt.

Sewanee war sich nicht sicher, was sie tun sollte. Schweigend auf sie zugehen? Sich räuspern? Sie schluckte, und mit einer Stimme, die so klang, als würde sie ihrer Freundin sanft eine Hand auf den Rücken legen, sagte sie: »Adaku?«

Langsam drehte Adaku den Kopf zur Tür. Sie blinzelte. »Swan. Was tust du denn hier?«

Sewanee hielt die kleine weiße Pappschachtel hoch. »Dachte mir, du willst vielleicht ein bisschen Fast Food von unserem Lieblingsladen.«

Adakus Lächeln war eher ein dünner Sonnenstrahl an einem bewölkten Tag. »Du wusstest schon immer, wie man einen großen Auftritt hinlegt.« Sewanee trat auf sie zu und überreichte ihr die Schachtel. »Wie hast du …?«

Sewanee wollte so unbedingt reden, dass sie antwortete, noch bevor die Frage vollständig ausgesprochen war. »Manse hat mich angerufen. Ich bin dein Notfallkontakt, erinnerst du dich? Ich wäre früher gekommen, aber ich war in Venedig.«

»Der Verkehr auf der Westseite ist fürchterlich«, sagte Adaku.

Sewanee kicherte. »Nicht Venice Beach. Ich war in Venedig, Italien.«

»Was? Was sagst du da – wie lange bin ich denn schon hier?«

Sewanee sah Adaku in die blutunterlaufenen, wässrigen Augen, und sie begriff, dass das hier schlimmer war, als man ihr gesagt hatte. Bei seinem ersten Anruf hatte Manse gesagt, sie wüssten nicht, was passiert ist, nur dass sie eingeliefert worden war. Sewanee hatte in aller Eile ihre Sachen gepackt und war zum Flughafen gerast, Nick im Schlepptau, der sein Bestes tat, um sie zu beruhigen. Er bot an mitzukommen, aber sie hielt es für besser, dass er bei seinem Plan blieb, Tom in Dublin zu besuchen. Bis sie bei ihrem Zwischenstopp ankam, hatte Manse eine Sprachnachricht hinterlassen: Adaku sei tatsächlich nur ein wenig dehydriert, und wenn Swan irgendetwas tun könnte, um sie so rasch wie möglich zum Set zurückzubringen, wäre er superdankbar.

Sie setzte sich auf die Bettkante. »Seit ungefähr achtzehn Stunden. Die Schwester sagt, du hast die meiste Zeit geschlafen.« Sie öffnete die Schachtel. »Double-Double, die Pommes extraknusprig.«

Adaku schob eine Hand unter den in Papier gewickelten Burger und hob ihn aus der Schachtel wie einen Oscar. Sie nahm einen Bissen, schloss die Augen und stöhnte auf. Sie schnappte sich ein paar Pommes und stopfte sie sich in den Mund. Sewanee genoss es ebenso sehr, ihr dabei zuzusehen, wie Adaku ihr Essen genoss. Sie ließ ihre Hand neben Adakus Hüfte ruhen, berührte sie bewusst nicht, obwohl sie nichts lieber tun wollte, als die Freundin in den Arm zu nehmen.

»Göttlich, Käse. Fett. Brot. Das ist so gut.« Zumindest glaubte Sewanee, dass Adaku das sagte. »Und die Art, wie sich der Burger im Mund mit den Pommes vermischt?!« Sie schluckte und schlug die Augen auf. »Danke.« Das Vergnügen, das eben noch ihr Gesicht erhellt hatte, erlosch. »Swan, ich weiß nicht, was ich sagen soll …«

Sewanee unterbrach sie. »Ich rede, du isst.«

Adaku lächelte matt, aber ironisch. »Du weißt, wie du mir den Mund stopfst.« Sie nahm noch einen großen Bissen.

Sewanee holte Luft. »Zuerst der einfache Teil. Es tut mir so leid, Ada. Und diese Worte beschreiben nicht einmal annähernd, wie schlecht ich mich wegen all der Dinge fühle, die ich gesagt habe. Ich war in einer fürchterlichen Verfassung, und das weitaus länger, als mir bewusst war. Und als diese Rolle daherkam … da war es, als würde jemand einer Ertrinkenden einen Rettungsring zuwerfen. Sie würde mich retten. *Uns* retten. Wir könnten wieder *wir* sein.«

»Ich wollte das so unbedingt.« Adaku schluckte. »Als ich damals diesen Propeller gesehen habe … Ich konnte nichts tun, um ihn aufzuhalten. Und mit dieser Sache, dachte ich, könnte ich endlich etwas tun. Die Uhr zurückdrehen und es ungeschehen machen«, flüsterte Adaku, und es brach Sewanee das Herz.

Sanft legte sie ihre Hand auf Adakus Schenkel. »Aber das ist nicht möglich. Und es ist meine Schuld, dass du dich schrecklich fühlst, weil du das Unmögliche nicht tun kannst.« Sewanee lächelte traurig. »Sosehr dein gnadenloser Optimismus mich auch in den Wahnsinn treibt, ich wollte ihn. Also habe ich so getan, als hätte ich diesen Optimismus auch. Aber das war nicht, was ich gebraucht habe.«

Adaku schob die Schachtel Sewanee hin. »Was du brauchst, sind ein paar von diesen Pommes.«

Sewanee steckte sich drei in den Mund und kaute. »Als Mom und ich uns getroffen habe, hat sie gesagt …«

»Wann hast du dich denn mit deiner Mom getroffen?«

»In Venedig. Deswegen war ich überhaupt dort. Wir haben geredet, und sie hat etwas gesagt, bei dem ich wünschte, du hättest dabei sein können. Sie hat gesagt, ihr hättet alle darauf gewartet, dass ich mit dem, was passiert ist, meinen Frieden mache, dass ich mich so akzeptiere, wie ich jetzt bin, damit *ihr* euern Frieden damit machen könnt. Aber ich habe die ganze Zeit darauf gewartet, dass ihr alle mir sagt, dass es okay ist, dass …« Ihre Kehle schnürte sich zu. »Dass *ich* okay bin. Und es war so unfair von mir, alle um mich herum damit zu belasten. Ich wollte, dass ihr mir einen Rettungsring zuwerft. Ich wollte mich nicht selbst retten, wollte nicht schwimmen lernen.«

Adaku kaute nachdenklich und schwieg.

»Und dann hat Nick gesagt …«

Adakus Augen weiteten sich. »Du redest mit Nick?«

»Ja, er war auch in Venedig.«

»Was?« Sie schluckte ihren Bissen hinunter. »Wann hast du diesen Gipfel einberufen, und warum war ich nicht eingeladen?«

»Er hat gesagt, ich muss aufhören zu denken, dass ich nicht mehr bin als die beschädigte Version von mir. Dass die Person, die ich war, die ist, die ich *bin.*« Sie sah auf die Bettdecke hinunter. »Und das hat mich auf den Gedanken gebracht: Wir alle werden immer wieder beschädigt, auf viele verschiedene Arten. Aber das heißt nicht, dass wir gebrochen sind. Verstehst du, was ich meine?«

Adaku wies mit einer matten Hand durchs Krankenhauszimmer, auf ihren Kittel, ihren angeschlagenen Kopf. »Kein bisschen.« Sie schob die jetzt leere Schachtel beiseite und hob die Arme, flehte Sewanee um eine Umarmung an. »Kannst du das alles in meinen Tropf und genau in meine Vene geben?«

Sie fielen sich in die Arme und hielten einander fest. Keine brauchte die andere, um von ihr gerettet zu werden, sie konnten beide schwimmen, aber sie stützten sich dennoch für einen Moment aufeinander.

Als sie sich voneinander lösten, zeigte Sewanee auf ihre Augenklappe und dann auf den Verband ihrer Freundin: »Wir sind Zwillinge!«

Adaku lachte schallend auf.

Sewanee zögerte einen Moment. »Also, was ist passiert?«

Adaku seufzte, senkte den Blick. »Es ist so peinlich. Als ich bei dir zu Hause losgefahren bin – da war ich von dem Trip nach London noch nicht hundertprozentig wieder da. Ich war erschöpft, mir war schlecht, ich hatte Muskelschmerzen, lief nur noch auf Adrenalin. Bin nach Georgia gekommen, und sie haben uns augenblicklich in den Wald gekarrt. Campen, jagen … Gemeinschaftsgefühl aufbauen.« Sie verdrehte die Augen. »Aber nach zwei Tagen schlug ein Sturm zu, und wir sind in die Zivilisation zurückgekehrt. Wo ich prompt eine E-Mail bekam. Die Angela-Davis-Leute wollten ein Meeting …«

»Nein.«

»Doch. Also habe ich einen Nachtflug zurück nach L.A. genommen. Denn es war vorbestimmt! Und ich kann damit umgehen. Ich kann mit allem umgehen. Kein Schlaf, kein Problem. Sieben Tage die Woche sechs Stunden trainieren, na klar. Jahre ohne einen einzigen Tag für mich selbst, immer her damit. Diese ganze Zeit habe ich mir den Arsch aufgerissen, und ich fühle mich immer noch, als ob wir in Washington Heights sind und ich ein einziges Vorsprechen in derselben Zeit habe, in der du zehn hast. Doppelt so hart arbeiten, um halb so weit zu kommen, stimmts? Dieser Scheiß hört einfach nie auf. Das heißt, natürlich werde ich mich umbringen, um es zu diesem Meeting zu schaffen. Mich umbringen, um dem Bild der starken schwarzen Frau zu entsprechen, die ihren Erfolg unter Beweis stellt, und …« Auf einmal schluchzte sie. Tränen strömten ihr aus den Augen, und sie wandte sich zum Fenster um. Sewanee umklammerte ihre Hand und streichelte durch die Bettdecke ihr Bein, schluckte ihre eigenen Tränen hinunter. »Ich habe es nicht zu dem Meeting geschafft«, flüsterte Adaku.

»Was ist passiert?«

»Eine Panikattacke, nehme ich an. Aber ich habe mich durchgekämpft, bin aus dem Flugzeug gestiegen und aus der Ankunftshalle ins Freie getreten, dann … *wums* … mitten auf dem Gehsteig.« Sie zeigte auf den Verband. »Knacks.«

Sewanee zuckte zusammen. »Gott, Ada.«

»Erschöpfung«, murmelte Adaku. »Was für ein Klischee.«

Sewanee nahm den Wasserbecher von dem Tisch neben dem Bett und reichte ihn Adaku. »Trink was.«

Adaku trank einen Schluck, gab Sewanee den Becher zurück. »Das hier ist eine beschissene Branche, Swan. Niemand sorgt sich um einen. Es geht nur um Geld, Macht, Privilegien. Wir haben es damals nicht kapiert, aber erinnerst du dich noch an unser großes Ziel? Eine Million machen, bevor wir fünfunddreißig sind? Auch uns ging es nicht um Kunst oder Talent oder darum, in dieser Welt jemand zu sein. Es ging darum, *etwas* zu sein. Eine Ware. Etwas, das eines Tages eine Million Dollar wert sein würde.« Sie schloss die Augen und legte den Kopf in den Nacken. »Du weißt nicht, wie glücklich du dich schätzen kannst. Das hier hört nie auf, hart zu sein. Jedes Mal wenn ich gewinne, wage ich nicht darüber nachzudenken, was dieser Sieg mich gekostet hat. Ich laufe einfach schon dem nächsten hinterher.« Sie schlug die Augen auf, zeigte mit einer unwirschen Geste aufs Bett. »Ich meine, was brauchen wir eigentlich noch, um verdammt noch mal endlich aufzuwachen?«

Sewanee drückte ihre Hand. »Ich weiß es nicht.«

»Ich weiß nicht einmal mehr, wofür ich das überhaupt mache. Einem System dienen, das mir nicht dient? Aufs Glück verzichten, um irgendwann vielleicht glücklich zu sein?« Sie schüttelte verwirrt den Kopf.

Sewanee war nicht darauf vorbereitet, ihr durch diese Sache so hindurchzuhelfen, wie sie es gern wollte. Im Moment konnte sie nicht mehr tun, als ihr Wasser zu reichen und ihre Hand zu halten und da zu sein, endlich für sie da zu sein. Als Adaku sich ein wenig beruhigt hatte, sagte Sewanee: »Meinst du, wir könnten einen Zwei-zum-Preis-von-einem-Deal bei einem Therapeuten kriegen?«

Adaku kicherte. »Du und ich, wir würden einen Groupon-Seelenklempner in den Ruin treiben. Wir brauchen das Premiumpaket.«

»Bereit, wenn du es bist.«

Adaku hob einen kleinen Finger. »Abgemacht.«

Sewanee verhakte ihren kleinen Finger mit Adakus, und dann holte Adaku tief Luft und schloss die Augen. »Wie wärs mit ein paar pikanten Nick-Details für deine Freundin?«

»Später. Du solltest jetzt schlafen.«

»Nein, bin fit.« Aber sie klang, als ob sie schon halb im Traumland war.

Sewanee stand auf. »Ich werde jetzt gehen und mich um ein paar Sachen kümmern. Ich komme bald wieder.«

»Kannst du …?« Sie war wirklich fast weggetreten.

Sewanee lächelte. »Was?«

»Mir einen Black and White bringen … Du weißt schon, den Milchshake … mit dem …«

Und dann war sie eingeschlafen.

Sewanee verließ das Krankenhaus, ging hinüber zu einem Sitzbereich im Freien, fischte ihr Handy aus ihrer Handtasche und rief BlahBlah an. Man hatte ihr gesagt, sie solle der Sache Zeit lassen, und das hatte sie getan. Es war doch sicher lange genug gewesen.

Anstelle der Stimme ihrer Großmutter hörte sie eine Bandansage. Das Handy war aus.

Prompt brach sie in Panik aus. Sie rief die Zentrale des Seasons an, fragte nach »Barbara Chester«, und die gestresste Empfangsangestellte bat sie, in der Leitung zu bleiben.

Das Nächste, was sie hörte, war: »Hallooo?«

Sewanee stieß einen erschöpften Seufzer aus und ließ sich auf eine Bank fallen. »BlahBlah. Hier ist Sewanee.«

»Wer?«

Damit hatte sie gerechnet. »Püppchen?«

Drei ganze Sekunden und dann: »Püppchen! Wie gehts meinem Lieblingsmädchen?«

Dieser Refrain hatte nie schöner geklungen. Der schönste Refrain in der Geschichte aller Refrains. »Es geht mir gut«, sagte sie zitternd, »aber wie geht es dir? Ist alles okay?«

»Ach du lieber Himmel, ja! Alle hier sind so nett. Dieser entzückende junge Mann liest mir vor.« Blah dämpfte ihre Stimme. »Ich glaube, er flirtet gern, wenn du mich fragst. Ich geb ihn dir mal.«

»Nein, BlahBlah, schon gut. Ich wollte nur …«

»Hi, Swan.«

Die unverwechselbare Stimme ihres Vaters. »Dad.« Prompt war sie wieder außer sich. »Was tust du denn dort? Was ist los? Geht es ihr gut?«

»Entspann dich, Sewanee. Die Welt dreht sich noch.«

»Dad, bitte sag mir, was los ist.«

»Ich helfe ihr, sich in ihrem neuen Zimmer einzugewöhnen.«

»Was?«

»Amanda hat angerufen«, sagte er jetzt ernster. »Es gab einen freien Platz, also habe ich sie auf die Demenzstation verlegen lassen.«

Sewanee klappte der Mund auf. »Oh. Wow. Okay. Und, wie ist es?«

»Es ist nett. Sehr nett. Sie ist sehr glücklich hier.« Eine Pause trat ein, bevor er hinzufügte: »Ich bin froh, dass du auf mich gehört hast.«

Sewanee wollte ihn gerade empört korrigieren, da kicherte er reumütig und versöhnlich. Sie beschloss, mitzuspielen. »Na ja, du weißt es eben am besten.«

»Manchmal.« Das war das Maximum, was Henry als Entschuldigung zustande bringen würde.

Sie zögerte einen Moment. »Liest du ihr wirklich vor?«

»Ich bin ein erbärmlicher Ersatz für den Profi in der Familie, aber das scheint sie nicht zu stören.«

»Was liest du?«

»Hemingway.«

»Versuchst du, sie zum Einschlafen zu bringen?«

»Sehr witzig.«

»Danke.«

Das Geplänkel ging ihnen aus. Sie konnte sich nicht erinnern, wann sie sich das letzte Mal während eines Schweigens mit ihrem Vater wohlgefühlt hatte. Sie wusste nichts Schlaues oder Sarkastisches zu sagen. Sie dachte nicht drei Schritte voraus. Stattdessen wiederholte sie das Wort, diesmal in einem anderen Ton. »Danke.«

Jetzt zögerte Henry einen Moment. »Du solltest dich nicht bei mir bedanken.«

»Da widerspreche ich dir.« Sewanee wählte ihre nächsten Worte vorsichtig. »Es ist so schwer, dir zuzuhören, weil du nicht zuhörst. Aber diesmal hast du es getan. Und du hast deine Meinung geändert. Also danke. Ich weiß das zu schätzen, Dad. Ich weiß es zu schätzen, dass du das tust.«

»Das ist nicht nötig, du musst nicht …« Aber dann wurde er still, und sein Atem stockte. Nach einem Moment war er wieder da. »Danke. Ich gebe dir deine Großmutter.«

Sewanee hörte ihn zu Blah sagen, ihre Enkelin sei am Telefon. Dann hörte sie Blah zu ihm sagen, sie hätte keine Enkelin. Dann sagte Henry: »Swan, Mom, Sewanee.«

Und Blah sagte: »Wer?«

Und Henry versuchte es noch einmal. »Püppchen?«

Sie wollte ihrem Dad eben schon sagen, er solle es sein lassen. Sie würde Blah ein andermal anrufen. Aber in dem Moment sagte eine Stimme am anderen Ende der Leitung: »Püppchen! Wie gehts meinem Lieblingsmädchen?«

Als das Gespräch zu Ende war, war Sewanee – und sie wunderte sich selbst darüber – zufrieden. Sie legte den Kopf in den Nacken und hielt ihr Gesicht in die Sonne. Während sie noch diese neue Situation genoss, klingelte ihr Telefon.

Sie sah auf die Nummer. Natürlich. Widerstrebend nahm sie ab. »Hallo?«

»Manse hier. Wie geht es ihr?«

»Sie ruht sich aus.«

»Ausgezeichnet! Also, hören Sie, ich habe versucht, ein Update von ihrem Arzt zu kriegen, aber zero. Und bei ihrem Handy schaltet sich immer nur die Mailbox ein.«

»Ich glaube nicht, dass sie Anrufe entgegennimmt, Manse.«

»Schon klar, absolut. Aber die Produktionsleute werden allmählich hibbelig. Irgendeine grobe Schätzung, wann sie zurück nach Georgia kommen kann, Süße?«

Sewanee nahm sich einen Moment Zeit, bevor sie antwortete. Sie dachte über sich selbst nach. Über ihre Leidenschaft fürs Schauspiel. Darüber, wie sie immer von den Realitäten der Branche ausgebremst worden war. Über die Unwägbarkeiten und Absagen und Enttäuschungen. Darüber, wie der Großteil ihres außerordentlichen Talents nicht in die eigentliche Arbeit floss, sondern in das Bemühen, so zu tun, als ob sie Leute wie Manse mochte. Über das, was Adaku gesagt hatte: wie glücklich Sewanee sich schätzen konnte.

»Süße, sind Sie noch dran?«

Sie hatte die Wut aus ihrer Stimme heraushalten wollen, aber jetzt entschied sie, dass sie das tatsächlich gar nicht wollte. Ihre Stimme war schließlich ihre Superkraft. »Erstens einmal heißt es Sewanee, nicht Süße. Ich weiß, ist leicht zu verwechseln. Und zweitens: Wissen Sie, warum das hier passiert ist?«

Eine kurze Pause trat ein. »Weil sie eine Gladiatorin ist! Sie ist eine ...«

»Sie. Sie und diese Gurkentruppe von Arschlöchern um Sie herum, die so tun, als würden sie sich Sorgen machen. Adaku wird Sie anrufen, wenn ...«

»Hey, ganz locker, okay? Nur weil Adaku ...«

»Unterbrechen Sie mich nicht, oder ich lege auf. Adaku wird Sie anrufen, wenn sie so weit ist. In der Zwischenzeit, wenn die Produktionsleute hibbelig sind, dann ist es eben so. Es ist nur ein Film. Es ist nicht wichtig. Adaku ist, was wichtig ist. Und wenn *Sie* hibbelig sind, dann schlage ich vor, Sie nehmen sich etwas Zeit, um darüber nachzudenken, wie Ihr Tun zu dieser Situation beigetragen hat. Beispiel: Sie sprechen ihren Namen immer A-da-ku aus. Es heißt aber A-Da-ku. Sie sind ihr Manager, diese ganzen anderen Leute nehmen sich an Ihnen ein Beispiel, und wenn nicht einmal Sie ...«

»Wow, stellen Sie es nicht so hin, als ob ich mich nicht kümmere, Sie kennen mich doch überhaupt nicht ...«

»Manse, Sie haben mich unterbrochen. Auf Wiederhören.«

Sie legte auf und fühlte sich wie eine Million Dollar vor Steuern und Provisionen. Sie stand auf, streckte sich und beschloss, für sich selbst auch so einen köstlichen Milchshake zu holen.

Gegen Mitternacht stolperte Sewanee zu ihrer Haustür herein, nachdem sie am Ende der Besuchszeit bei Adaku hinausgeworfen worden war, beim Seasons vorbeigefahren war, um ihren Wagen zu holen, den sie dort zurückgelassen hatte, und versucht hatte, sich in Marks Haus zu schleichen, um sich für den nächsten Morgen ein paar Snacks zu stibitzen – nur dass der Mann selbst ihr den Fluchtweg versperrte und sie so lange festhielt, bis sie ihm absolut alles erzählt hatte.

Sie schaltete das Licht ein und wurde von dem zerbrochenen Tea-for-one-Set begrüßt, das noch immer auf dem Küchentresen und dem Boden verstreut lag.

Ach ja.

Sie kehrte alle Scherben zusammen, dann duschte sie und fiel eben ins Bett, als ihr Handy klingelte. Ihre Erschöpfung wich prompt einem unbändigen Glücksgefühl, als sie den Namen auf dem Display sah.

»Nun sieh mich einer an, wie ich rangehe, sobald Brock McNight anruft.«

Sie hörte sein heiseres Kichern. »Wie weit wir doch inzwischen gekommen sind.«

»Guten … Morgen?«, fragte sie, außerstande, die Uhrzeit in seiner Zeitzone auszurechnen.

»Richtig. Und bei dir, guten Abend?« Er klang ebenso unsicher.

»Es ist dunkel, das heißt, vielleicht? Ich existiere im Moment außerhalb der Zeit. Ich habe … alles … transzendiert.«

Er lachte. »Wie läufts dort drüben?«

Sie brachte ihn rasch auf den aktuellen Stand, versprach, ihm am nächsten Morgen mehr zu erzählen, und seufzte. »Es tut mir so leid, dass wir nicht dazu gekommen sind, zu … du weißt schon.«

»Das wird dich lehren, Spielchen zu spielen, Sandy.«

»Lektion gelernt. Ich wollte nicht, dass unser Trip so endet.«

»Na ja, falls du *du-weißt-schon* willst – das sage ich nur so unpoetisch, weil du keine Euphemismen magst –, ich sehe mir im Moment Flüge nach L. A. in ein paar Wochen an.«

Sie legten einen Termin fest, und dass es den nun gab, machte Sewanee so glücklich, so kribbelig, dass sie sich nicht sicher war, wie sie bis dahin durchhalten sollte. »Wie läufts in Dublin? Wie gehts Tom?«, fragte sie.

»Gut. Besser. Und sein Pub läuft fantastisch. Die Jungs und ich haben gestern Abend gejammt.«

»Das ist ja toll.«

»Aber was ich noch erzählen wollte: Ich bin hier auf etwas gestoßen.«

»Okay …?« Ihr Ton wurde schlagartig vorsichtig.

Er kicherte. »Warum rechnest du eigentlich immer mit dem Schlimmsten?«

Sie schnaubte. »Hast du mich kennengelernt?«

Er kicherte wieder. »Also, das hier ist … na ja, du wirst selbst entscheiden, was es ist. Es gehört dir.«

»Noch mal verständlich bitte, okay?«

»Tom hatte einen Karton mit Junes alten Büchern – frühe, inzwischen vergriffene. Keine Ahnung, ob irgendwelche davon noch zu gebrauchen sind, aber ich habe mir gedacht … Du hast doch neulich gesagt, du würdest vielleicht gern wieder mehr Romance machen, und, na ja, von keinem dieser Bücher gibt es eine Hörbuchfassung.«

»Unglaublich!«

»Das heißt, der Karton gehört dir.«

»Oh, Nick, nein …«

»Tom hat hier einen Anwalt, ich werde etwas aufsetzen lassen, das dir die Urheberrechte einräumt.« Das Schweigen hielt allzu lange an. »Bist du noch dran?«

»Nick. Das ist … Das kannst du nicht machen.«

»Doch, das kann ich. Das mache ich.«

»Aber das ist zu viel. Das geistige Eigentum an einem ganzen Karton mit June-French-Büchern, das ist eine Goldgrube für dich. Ich kann nicht …«

»Du kannst, und du wirst. Ich will, dass du das tust. Bitte. Sie würde es wollen.«

Sewanee ließ sich aufs Bett fallen. Was sie damit alles tun könnte. Die Projekte, die sie verwirklichen könnte, die Leute, die sie beschäftigen könnte, die Möglichkeiten …

»Vielleicht eignen sie sich ja nur noch zum Feuermachen. Dem Klappentext zufolge geht es in einem davon um eine Videotheksangestellte und einen Pagerverkäufer. Aber du wirst sie lesen und selbst entscheiden. Mach damit, was du willst.«

Sie schluckte. »Nick?«

»Ja?«

»Ich bin glücklich. Genau jetzt. In diesem Moment. In diesem sehr echten Leben, das wir haben.«

Er seufzte. Sie hörte sein Lächeln. »Ich auch.«

Sie war so glücklich, dass sie nicht aufhören konnte zu lächeln. Noch eine halbe Stunde zuvor war sie erschöpft gewesen, und jetzt war sie aufgedreht. Sie wollte irgendetwas tun. Ein bisschen Musik auflegen und tanzen? Einen alten Film ansehen? Und dann fiel es ihr ein.

Sie wusste genau, was sie tun wollte. Sie hatte mit dem Gedanken gespielt, seit Nick es erwähnt hatte.

Sie ging ins Internet und fand ihr Demoband.

Allein schon das Vorschaubild mit ihrem alten Gesicht zu sehen … Könnte sie das wirklich tun?

Sie atmete durch und drückte auf Play. Sobald sie es ansah, konnte sie nicht mehr aufhören. Es war seltsam. Es war traurig. Es war schmerzhaft. Es war toll.

Sie hatte gedacht, das hier anzusehen, würde ihr das Gefühl geben, inzwischen so viel weniger zu sein, aber das Gegenteil war der Fall.

Sie war gut gewesen. Sie gehörte dorthin. Sie war fesselnd. Sie hatte gedacht, es würde sein, als ob sie jemand anders ansah. Aber so war es kein bisschen. Das da war unbestreitbar sie. Ein Teil von ihr, der nach Hause gekommen war. Der zu Hause willkommen geheißen wurde. Ein Teil von ihr, der von jetzt an mit ihr zusammenleben würde. Ein Teil, auf den sie stolz sein konnte.

Das Band war zu Ende, und das Gefühl, das noch immer andauerte, während alle anderen verblassten, war Zufriedenheit. Es war ungefähr so, wie sie sich vorhin gefühlt hatte, als sie die Tea-for-one-Scherben zusammengekehrt hatte: bedauernd, aber positiv.

Das Demotape zeigte eine Vergangenheit, die sie nicht wiederhaben wollte. Es war einfach ein Teil ihrer Geschichte, und sie war frei, um ihre Zukunft in Angriff zu nehmen. Aus vollem Herzen drückte Sewanee auf Play und sah es sich noch einmal an.

Sie liebte es.

Drei Tage später holte sie Adaku aus dem Krankenhaus ab, über einen Seitenausgang, von dessen Existenz die meisten Leute nichts wussten. Der »Promi-Ausgang«, knurrte Adaku. Sie hatten bis ein Uhr nachts gewartet, aber es hatte nichts geändert. Adaku saß auf dem Beifahrersitz und sah auf ihr Handy. »Mein Nachbar sagt, dass fünf oder sechs von denen vor meinem Haus kampieren.«

»Na ja«, seufzte Sewanee. »Fühlst du dich stark genug, um vierundsechzig Stufen zu bewältigen?«

»Ich dachte schon, du fragst nie.«

Also fuhren sie zu Sewanees Haus. Und sie verbrachten die nächsten paar Tage damit, zu lesen, Filme zu schauen und auf der Terrasse zu sitzen und zu reden, zu reden, zu reden. Schließlich rief Adaku Manse, der tatsächlich die Füße still gehalten hatte, an und sagte ihm, dass sie nicht nach Georgia zurückkehren würde. Und dann sagte sie ihm, dass sie keinen Bock mehr habe, sich für das Angela-Davis-Projekt ein Bein auszureißen, dass er aber gern seinen Job machen und ihr ein Angebot dafür besorgen könne, und ach ja, sie wolle auch einen Producer-Credit. Als sie auflegte, klatschten sie sich ab.

Am Abend bevor Adaku entschieden hatte, nach Hause zu fahren, ging Sewanee einkaufen und besorgte Sour Cream und Tacogewürz. Birdies Kreation schmeckte komisch köstlich.

Sie saßen draußen auf der Veranda und tunkten Karotten, Sellerie, Chips und alles, was sie sonst noch in Sewanees Küchenschränken fanden, in den Dip. Im Licht der untergehenden Sonne planten sie ihre nächsten Schritte. Adaku fragte Sewanee, was sie mit den June-French-Büchern anfangen würde, und Sewanee erzählte ihr von ein paar ersten Ideen, die sie hatte. »Weißt du, was Nick gesagt hat, nachdem wir zusammen in Venedig aufgenommen hatten? Er hat gesagt: ›Du *bist* Regisseurin.‹«

»Wirklich. Wer hätte das gedacht? *Ich* sage das ja erst seit einem Jahrzehnt.«

»Stimmt gar nicht«, widersprach Sewanee wie eine Drittklässlerin.

Adaku schoss prompt zurück. »Stimmt wohl!« Sie tauchte eine kleine Karotte in die Schale mit *Birdie's Delight* und biss ab. »Das letzte Mal habe ich es vor ein paar Wochen gesagt! Als wir dieses Tape von mir aufgenommen haben.«

»Neeeiiin!«

»Doooooch!« Sie wedelte mit einem Selleriestick vor Sewanees Nase herum. »Jetzt mal im Ernst: Können wir diesen Scheiß verkaufen? George Clooney hat seinen eigenen Tequila; ich könnte einen Adaku-Dip haben.«

»Hast du das Rezept noch?«

Sie lachten, und Sewanees Handy piepste. Die Art, wie sich ihr Mund zu einem breiten Lächeln verzog, als sie auf das Display sah, veranlasste Adaku zu sagen: »Lass mich raten.«

»Er hat die letzte Folge geschickt.«

»Los!« Adaku klatschte in die Hände. »Spiel sie ab, Spiel sie ab!«

»Du hast mir gar nichts zu befehlen.«

Der Blick, den Adaku ihr zuwarf, sorgte dafür, dass Sewanee lachend die Hände hob. Sie ging ins Haus, holte ihren Bluetooth-Lautsprecher und schloss ihr Handy an. Sie nahm wieder neben Adaku Platz, genau dort, wo sie vor drei Monaten zum ersten Mal Brocks Stimme gehört hatte.

»… Das war *Casanova, LLC*, Folge acht. Geschrieben von June French. Vorgetragen von Sarah Westholme und Brock McNight. Danke fürs Zuhören.«

Adaku sprang auf und applaudierte.

Sewanees Miene hellte sich auf. »Gefällts dir?«

»O mein *Gott*! Süße, das war … Was hast du mit ihm *gemacht*?! Schick mir das sofort, ich muss es mir noch mal anhören.« Sewanee lachte. »Zu Hause, allein, in meinem Be…«

»Und jetzt«, kam Brocks Stimme aus dem Lautsprecher,

»ein Song, geschrieben und vorgetragen von Nick Sullivan.« Adakus und Sewanees fröhliche Blicke trafen sich. »Er heißt *Swan Song.*«

Sewanee schnappte sich das Handy und drückte auf Pause. Verblüfft, alle Verspieltheit verschwunden, sah sie wieder zu Adaku hoch. »Du hast das auch gehört, oder?«

»Oh und ob ich das gehört habe.« Adaku verschränkte die Arme. »Wirst du jetzt auf Play drücken, oder muss ich es tun?«

Sewanee verharrte still. Sie hatte gewusst, dass Nick wieder schrieb, aber sie hatte nichts so früh erwartet. Und sie hatte vor allem nicht erwartet, der Song zu *sein.*

Als sie die erschrockene Miene ihrer Freundin sah, löste Adaku ihre verschränkten Arme und ging zu ihr hinüber. »Ich setze Wasser auf und mache uns noch einen Tee.« Sanft legte sie Sewanee eine Hand auf die Schulter. »Genieß es.« Sie ging ins Haus und schloss die Schiebetür fest hinter sich.

Sewanee lehnte sich zurück, holte tief Luft und blickte über das Geländer hinaus auf die letzten Lichtperlen, die vom Himmel gewaschen wurden. Sie drückte auf Play.

Eine einsame Gitarre: langsam, rhythmisch, einlullend. Wie das seidige Schweben einer Gondel. Eine mühelose Akkordfolge, meisterhaft gespielt.

Dann eine Stimme: kräftig, würzig wie Karamell, in Tempo und Tonalität ein sinnliches Wiegenlied. Der Text war poetisch und doch schlicht. Ein Volltreffer ins Herz.

Die Schlichtheit war trügerisch tief, als wäre Sewanee kühn in seichtes Wasser gestiegen und auf einmal ganz und gar darin versunken.

Während es sie weiterlockte, vermisste sie schon, was sie soeben gehört hatte. Es war noch lange nicht vorbei, aber sie musste jeden Funken ihrer Willenskraft zusammennehmen, um es nicht anzuhalten und noch einmal von vorn abzuspielen.

Es fühlte sich seelenvoll irisch und sehnsuchtsvoll amerikanisch an. Es fühlte sich wie Nick an.

Und seine Stimme. Was hatte er damit gemeint, dass er nur »ein bisschen« sang? Hilfe!

Dann änderte sich die Struktur des Songs. Etwas baute sich auf – eine treibende, kraftvolle Entschlossenheit, die einem ätherischen Höhepunkt entgegenstrebte.

Das Kribbeln begann an ihrer Kopfhaut. Es wanderte hinunter zu ihrem Kiefer, zu ihrer Kehle. Ein anderes Kribbeln begann in ihren Zehen und stieg zu ihren Hüften, ihrem Bauch hoch. Sie trafen sich tief in ihrer Brusthöhle, vermischten sich und vibrierten zusammen, während er die letzte Note des Songs sang, und seine Stimme fühlte sich für Sewanee wie ein Gebet an. Eine Opfergabe. Ein Versprechen.

Es fühlte sich wie etwas an, an das sie glauben könnte.

NACHSATZ

Schluss bedeutet nicht automatisch Happy End. Ich glaube nicht, dass ich Happy Ends schreibe … Ich versuche, ein Stück niemals damit enden zu lassen, dass sich zwei Leute in den Armen liegen – es sei denn, es ist ein Musical.

Neil Simon in *The Paris Review*

Natürlich sollte es ein Happy End geben. Ich bin diese Frage so leid. Wir reden hier von Romance! Das ist der Deal, den wir mit unseren Leserinnen abschließen. Alles andere wäre schlicht und ergreifend Misogynie. Niemand sagt Krimilesern, dass sie dumm und oberflächlich sind, weil sie am Ende des Buchs wissen wollen, wer der Mörder war. Verpisst euch.

June French in *Cosmopolitan*

EPILOG

Ein Fremder kommt in die Stadt

BlahBlah hätte die Trauerfeier gefallen. Sie war elegant und frech und einen Hauch theatralisch gewesen. Genau wie Blah.

Sie hatten Blahs Asche auf dem Hollywood-Forever-Friedhof beigesetzt, sechs Wochen nachdem sie gestorben war, und jetzt gab es einen Empfang im Garten des Seasons. Sewanee wusste, dass Blah so lange mit der Beisetzung hätte warten wollen, dass möglichst viele Leute teilnehmen konnten, ganz der gesellige Schmetterling, der sie war.

Und es hatte geklappt.

Marilyn und Stu waren vom Panamakanal hergeflogen und plauderten mit Dan, der bei der Feier natürlich den Barmann gab und den beiden eben zwei Martinis gebracht hatte; Mark stand drüben beim Büfett und erzählte Alice Dunlop alles über die Eigentumswohnung, die er in Costa Rica gefunden hatte; Adaku hatte das Angela-Davis-Projekt unter Dach und Fach gebracht und redete mit Mitzi – nun ja, hörte Mitzi zu –, die noch immer gut bei Kräften und kein bisschen leise war; und Henry saß auf der Bank, auf der Sewanee vor all den Monaten mit Nick gesessen hatte, und plauderte mit Amanda.

Irgendwann ließ Adaku Mitzi (nicht dass sie es groß bemerkte) allein, nahm sich einen Mallomar von der riesigen Platte und kam zu Sewanee geschlendert. Sie folgte dem Blick ihrer Freundin zu Amanda und Henry und flüsterte: »Macht dein Vater da gerade die Pflegerin seiner Mutter an?«

Sewanee gab ihr einen Klaps.

»Was denn, zumindest passt sie altersmäßig! Das wäre doch schon mal ein Fortschritt!«

Sewanee lachte und sah zu, wie Dan zurückkam, sein Tablett abstellte und wieder ging, um noch mehr Eis zu holen. Die beiden Frauen betrachteten still die Menge. Adaku hakte sich bei Sewanee unter und murmelte: »Das hätte ihr gefallen.«

Sewanee nickte sacht.

Es waren acht harte Monate gewesen, die letzten beiden davon entsetzlich. Aber es war auch die intensivste Zeit in Sewanees Leben gewesen; beruflich, privat, emotional. Sie konnte spüren, wie sich alles, einschließlich ihrer Trauer, zu einem neuen, beständigen Normalzustand fügte.

»Das mit Nick tut mir so leid«, murmelte Adaku.

Sewanee stieß einen traurigen Seufzer aus. »Bitte, erinnere mich nicht daran.«

»Ja, ich würde es nicht zur Sprache bringen, es ist ein wirklich wunder Punkt«, sagte eine sexy Stimme, und sie wandten sich um.

Er trug den Anzug, den er in Vegas getragen hatte, und sprach mit der Stimme, die ihn berühmt gemacht hatte. »Vielleicht hätte sein Flug keine Verspätung gehabt, wenn er nach Burbank geflogen wäre«, fuhr er fort, während er herumkam, um sich vor die Bar zu stellen, »was jemand ihm eindeutig zu sagen versucht hat.« Er strahlte zu ihr herunter. »Was für ein Furzkopf.«

Sie streckte die Hände über die Bar hinweg aus und umfasste sein Gesicht, führte es zu ihrem. Sie küsste ihn nur halb so innig, wie sie gern wollte, und schlang ihm unbeholfen die Arme um den Hals. Er legte die Lippen an ihr Ohr und sagte mit seiner normalen Stimme: »Es tut mir so leid. Wie geht es dir?«

Sie schluckte und lehnte sich zurück. Sie lächelte ihn an. »Jetzt besser.«

Bei all dem, was in ihrer beider Leben los gewesen war, hatten sie sich in den letzten paar Monaten nicht gesehen, auch wenn sie fast jeden Tag telefoniert hatten. In gewisser Weise hatte die Entfernung sie einander nähergebracht. Aber nun, wo er vor ihr stand, wollte sie nur noch die Tür zur restlichen Welt schließen und sich mit ihm verlieren. Doch zuerst: »Ich sehe, du hast ein Date mitgebracht.« Sie wandte ihre Aufmerksamkeit dem dunkelhaarigen Mann zu, der neben Nick stand. »Gibt es etwas, was du uns sagen willst?«

»Bist du nicht ein süßer kleiner Witzbold?«, erwiderte er, wieder mit der Brock-Stimme.

Sie lachte schallend los und sagte: »Das ist Jason, nehme ich an?«

Die beiden Grübchen, die sich auf seinen Wangen abzeichneten, entlockten Adaku ein leises Stöhnen. »Oh, wow.«

»Sewanee.« Er streckte beide Hände über die Bar hinweg nach ihr aus. »Schön, dich endlich kennenzulernen.«

Sie ergriff seine Hände und drückte sie. »Das wurde wirklich Zeit!« Das eine Mal, als sie nach New York geflogen war, hatten sie und Nick seine Wohnung nicht verlassen; und all die anderen Male hatten sie sich in L.A. getroffen, da Sewanee Blah, mit der es zunehmend bergab ging, nicht hatte allein lassen wollen; zu dem Zeitpunkt waren Blahs ursprüngliche Protestbekundungen längst vergessen gewesen, und Sewanee hatte das Ende, das *sie* sich mit ihrer Großmutter gewünscht hatte, haben können. »Es ist wahnsinnig nett von dir, dass du extra gekommen bist.« Sie ließ seine Hände los und wandte sich zu Adaku um, die bereits die Hand ausgestreckt hatte, ein einnehmendes Lächeln im Gesicht. »Das hier ist meine beste Freundin Adaku.«

»Beste Freunde sollten sich immer kennenlernen«, sagte Jason und nahm ihre Hand. »Freut mich.«

»Und mich erst«, sagte sie. Sie wandte sich an Nick, zog eine Augenbraue hoch. »Und hallo, Mr. McNight. Schön, dass Sie wieder bei uns sind.«

»Bitte.« Er legte eine Hand an seine Brust. »Mr. McNight ist mein Vater. Nenn mich Stiffy.« Er wandte sich an Jason und sagte mit seiner eigenen Stimme: »Okay, ich habs gesagt. Ab jetzt wetten wir nie wieder.«

Jason grinste von einem Ohr zum anderen. »Ich habe dir gesagt, du sollst nicht wetten.«

Nick wandte sich wieder zu den Frauen um. »Ich hab mal wieder verloren.«

Jason wandte sich an Adaku: »Außerdem haben wir uns Sewanees neuestes June-Projekt angehört, das, in dem du die Hauptrolle sprichst.« Er schüttelte ehrfürchtig den Kopf. »Es ist wundervoll. Du warst unglaublich.«

»Oooh«, säuselte Adaku. »Danke schön.« Sie stieß Sewanee mit der Hüfte an. »Das war alles ihre brillante Regie.«

Sewanee hatte noch keine Gelegenheit gehabt, Nick von dem Broadway-Produzenten zu erzählen, der sich an Adakus Management mit der Idee gewandt hatte, eine szenische Lesung mit Workshop zu dem Projekt auf die Beine zu stellen. Sie würde ihm die Neuigkeit später beibringen. Es gab so vieles, was sie ihm später beibringen wollte.

Adaku klatschte in die Hände. »Also, was kann ich euch beiden anbieten?« Sie sah auf die Bar hinunter. »Wir haben Rum-Punsch da und alle Martini-Zutaten der ganzen Stadt aufgekauft.« Nick bestellte einen Punsch, und Sewanee schenkte ihm einen Becher ein.

Jason beugte sich vor, um die Optionen zu begutachten. Adaku begutachtete ihn. »Der Punsch sieht toll aus, aber ich will nüchtern bleiben, daher …«

Sie klatschte wieder in die Hände. »Oooh, da habe ich

genau das Richtige für dich!« Sie beugte sich über einen Karton hinter der Bar. »Magst du Grapefruit? Ich habe angefangen, mir diesen Drink zu mixen, als ich für einen Job trainiert habe, den ich letztendlich doch nicht gemacht habe, aber der Drink ist geblieben! Es ist …«

So wie Jason an ihren Lippen hing, musste die Geschichte fesselnd sein, da war Sewanee sich sicher, aber sie war anderweitig beschäftigt. Sie starrte Nick an. Und er sie.

Sie schlüpfte hinter der Bar hervor, aber in dem Moment, in dem sie sich in Nicks ausgebreitete Arme fallen lassen wollte, stürzten Stu und Marilyn auf sie beide zu, schlugen Nick auf den Rücken und rissen ihn zu Umarmungen an sich. Sewanee, die ihre Gier kaum noch im Zaum halten konnte, wartete eine gefühlte Ewigkeit, während die beiden ihm von, wie es schien, jedem Hafen berichteten, den sie in den letzten acht Monaten angelaufen hatten. Dann sagte Stu: »Swanners hat uns deinen neuen Song geschickt! *June's Bloom*, richtig? Ich fand ihn umwerfend. Und hey, ich warte noch immer auf diesen Anruf, dass ich bei den Keys einspringen kann.«

»Jederzeit gern.« Ihr Lachen verebbte, und Nick fing Stus Blick auf und sagte aufrichtig: »Danke, Kumpel.«

Stu antwortete seinerseits: »Jederzeit gern, Nickster. Jederzeit gern.«

»Ich glaube, das ist mein Lieblingssong, Nick. Einfach wunderschön«, schwärmte Marilyn, die Hände ans Herz gelegt. »Wird er auf dem Album sein?«

Eine halbe Ewigkeit stand Sewanee neben Nick und sah zu, wie er sich unterhielt. Es war eine grausame Bestrafung. Nachdem Mark sich vorgestellt hatte und sie Nick mit ihrem Vater bekannt gemacht hatte und Mitzi herübergehumpelt war, um ihn wieder einmal zu fragen, ob er Single sei, schaffte Sewanee es endlich, ihn loszueisen. Sie zerrte ihn seitlich um das Gebäude, nahm seinen leeren Becher, stellte ihn auf dem Boden ab und stürzte sich auf ihn wie ein wildes Tier.

Nach einer Minute zärtlicher Küsse und sanft wandernder Hände warf er sie herum, lehnte sie mit dem Rücken gegen die Wand, und die Dinge zwischen ihnen nahmen, wie das so oft geschah, eine Wendung.

»Ich will rein«, hauchte sie.

»Aber wohin?«

Das war eine gute Frage. In den letzten drei Monaten, seit Doug Carrey Marks Haus gekauft hatte, hatte sie in Adakus Dreizimmerbungalow mit den dünnen Wänden gewohnt. Aber jetzt war Adaku von ihren Dreharbeiten zurück. Sewanee bereute ihre gemeinsame Entscheidung, Nick und Jason einzuladen, an diesem Wochenende bei ihnen zu wohnen. Die beiden hätten sich ein Hotel nehmen sollen.

»Austin?«, schlug sie im Scherz, wenn auch verzweifelt, vor.

Nick kicherte. »Das ist auch nicht besser.« Er und Jason hatten während der Arbeit an ihrem Album in dem winzigen Poolhaus ihres Produzenten gewohnt.

»Ich will Platz«, winselte sie an seinen Lippen. »Hey, ich habe eben erst etwas Weideland in Tennessee geerbt.«

»Vielleicht sollten wir dorthin ziehen.«

Sie lachte genau in seinen Mund. »Aber das hilft uns im Moment nicht weiter.«

»Stimmt. Konzentrieren wir uns auf das Problem an der Hand.«

Sie grinste. »Problem *an der Hand*. Sagt man das neuerdings so?«

Nick hob eine Hand zwischen ihnen, die mit dem Ring am Mittelfinger. »Ich sage das neuerdings so.« Dann, ohne den Blick von ihr abzuwenden, leckte er über den Rand des Rings.

Sewanees Auge weitete sich. »Nick! Nein!« Sie sah sich

panisch um. Sie befanden sich buchstäblich neben einem Müllcontainer, im Hinterhof eines Altersheims.

Er sagte kein Wort. Er hielt den Blick auf sie geheftet, zog den Ring von seinem Finger, streckte die Hand aus …

»Bist du übergeschnappt?!«

… und hob ihre linke Hand sanft an. Als die Hand zwischen ihnen schwebte, hielt er inne und steckte ihr seinen Ring an.

Sewanees Mund ging auf, aber es kam nichts heraus.

»Ich liebe dich«, sagte er. *»Sposami.«*

Ihr stand immer noch der Mund offen.

Schließlich fuhr er fort: »Das wäre jetzt dein Stichwort.«

Sewanee machte den Mund zu, schluckte. »Ich liebe dich auch. Ich würde dich sehr gern heiraten.«

Nick kannte das nächste Wort nur allzu gut. »Aber?«

»Aber. Machst du mir jetzt allen Ernstes einen Antrag?«

»Alle guten Romance-Bücher enden mit einem Antrag.«

»Aber auf Blahs *Trauerfeier*?«

»Weißt du eine bessere Art, deiner Grandma Ehre zu erweisen?«

»Ich … Du …« Sewanee kicherte, legte den Kopf an seine Brust, holte tief Luft. Sie sah auf, und ihr Kichern verwandelte sich in tiefe Freude. »Ja.«

Sie sah die Erleichterung in seinen Augen. »Ja?« Wie hatte er an ihrer Antwort zweifeln können?

Sewanee umfasste sein Gesicht und strahlte. »Ja.«

Sie küssten sich, und irgendwann später lehnte sich Nick zurück und blickte ernst. »Wie soll ich das nur Mitzi beibringen?«

»Ich glaube, du bist aus dem Schneider, ich habe vorhin gesehen, wie sie Jason angemacht hat.«

Sie küssten sich noch ein bisschen mehr, und dann lehnte sich Nick wieder zurück. »Hey. Weißt du, wohin wir gehen könnten?«

»Wohin?«

Sie sah die Antwort im Funkeln seiner Augen. Wie Neon und Schnee.

Las Vegas.

Sie verhakte ihre Finger mit seinen. »Ich kenne da eine tolle Bar.«

»Oder wir könnten uns die nächstbeste Kapelle suchen, da du offensichtlich ganz verrückt nach mir bist.«

Ihr Herz tauschte mit ihrem Magen den Platz. »Kapelle?«

Nick grinste. »Wir werden vielleicht ein paar Zeugen brauchen.«

In diesem Moment schallte Adakus unverwechselbares Lachen um das Gebäude und hallte von dem Müllcontainer wider, sodass sie beide losprusten mussten. »Ich glaube, wir wissen, wo wir die finden können.«

Nick zog sie an sich. Schwindelig vor Glück, strich er ihr die Haare nach hinten und starrte in ihr Gesicht hinunter, suchte nach irgendetwas, das nicht echt war. Er würde nichts finden. »Ziehen wir das wirklich durch?«

Die gleiche Frage hatte sie ihm vor einer gefühlten Ewigkeit in einer Textnachricht gestellt.

Sie antwortete genauso wie er damals. »Wir ziehen das wirklich durch.«

Sie küssten sich noch einmal und kehrten zurück zu der Menge, zu ihren Leuten, um ihnen die Neuigkeit mitzuteilen. Um zu sehen, wer die Party in einem anderen Bundesstaat weiterfeiern wollte.

Und übrigens, falls Sie sich fragen … Letztendlich lebten sie glücklich und zufrieden bis ans Ende ihrer Tage.

Sechs Jahre zuvor

Sieben Wochen waren vergangen, seit Nick nach Hause nach Prescott gekommen war.

Es fühlte sich seltsam an, zumal sie beide wieder in ihrem Haus wohnten, Jason, frisch aus der Entzugsklinik, sah aus wie eine Straßenkatze, der jemand eine Schleife umgebunden hatte. Die beiden wieder hierzuhaben, sorgte dafür, dass sie sie noch mehr vermisste als damals, als sie fort gewesen waren. Weil sie nämlich diese neuen Versionen von ihnen nicht kannte – diese Männer.

Sie setzte sich an ihren Schreibtisch, um die E-Mail zu verfassen, und erinnerte sich, wie sehr sie mit diesen beiden chaotischen, lärmenden, trotzigen Teenagern gekämpft hatte. Wie sie es – gar nicht würdevoll – ertragen hatte, immer und immer wieder die gleichen scheppernden Akkordfolgen aus der Garage zu hören. Wie sie ihr Bestes getan hatte, um das stundenlange Basketballspielen in der Auffahrt zu tolerieren, während sie zu schreiben versuchte. Ihr war nie bewusst gewesen, wie viel ihr das alles bedeutete, bis es nicht mehr da war. Bis Ruhe herrschte.

Sie wollte den Lärm wiederhaben. Sie wollte, dass beide Jungs diese unbändige Energie zurückgewannen, die sie jedes Mal mühsam unterdrückt hatten, wenn sie in die Küche gekommen war. Eine Energie, die endgültig verloren schien. Wie bei ihrem Bruder, als er aus Vietnam zurückkehrte und sich fortan lethargisch, mit verwundetem Stolz, durchs Haus schleppte. Bis er sie wieder verließ. Diesmal endgültig.

Manchmal ertappte sie sich dabei, wie sie Nick anstarrte und nach dem Teenager mit den gegelten Haaren suchte, der in Toms Pub hinter dem Tresen fröhlich Gläser abtrocknete. Nach dem kleinen Jungen, dessen Grinsen dem ihrer kleinen

Schwester so ähnlich war, dass sie manchmal den Blick abwenden musste. Aber diese Nicks waren verschwunden.

Mütterliche Fürsorge war nie ihr Ding gewesen. Ihr größtes persönliches Versagen war – wie Nick selbst einmal scharfsinnig und wütend gesagt hatte –, dass sie all ihre Emotionen in die Figuren ihrer Bücher steckte.

Jetzt wollte sie in Wahrheit eine zweite Chance. Einen kompletten Neuanfang. Dass die Sozialarbeiterin ihn wieder auf ihrer Türschwelle absetzte, ihn und seinen zerschlissenen Esel I-Aah.

Ein dummer Gedanke und doch einer, der sie zu einem aufgeweckten kleinen Jungen führte, der endlos »Warum?« fragte, und zu ihren verzweifelten Versuchen, ihm zu antworten, ihm beizubringen, worum es im Leben überhaupt ging. Warum sie jetzt seine Mutter war. Warum ihre Schwester gestorben war und warum sie die Entscheidungen getroffen hatte, die zu diesem für ihn schlimmstmöglichen Ergebnis geführt hatten. Warum das Leben so war und warum man einfach damit klarkommen musste. Warum es keine Neuanfänge gab. Warum wir so gern zurückkehren und die Dinge ändern würden, wenn wir könnten, es aber nicht können.

Wir können nicht eine Vielzahl von Leben leben und uns zum Schluss für das eine entscheiden, das wir wollen. Tut mir leid.

Die Antwort dieses Siebenjährigen darauf, während er ihr voller Ernst genau ins Gesicht starrte, war gewesen: »Dann sollte ich besser beim ersten Mal alles richtig machen.«

Sie hatte ihn auf eine aussichtslose Reise geschickt.

Und jetzt musste sie ihn nur ansehen.

Sie wusste, dass es keinen Weg zurück für eine zweite Chance gab, aber das Schlimmste war, es gab auch keinen Weg nach vorn. Nick hatte vor langer Zeit aufgehört zu fragen, warum; tatsächlich hatte er aufgehört, ihr überhaupt zuzuhören.

Also schrieb sie.
Denn Schreiben war das Einzige, was sie wirklich konnte.

An: Westholme, Sarah
Von: JF Admin
Datum: 23. April, 23:51 Uhr
Betreff: In Ermangelung einer griffigeren Betreffzeile: HILFE

Hallo meine Liebe,

ich hoffe, diese E-Mail erreicht dich bei guter Gesundheit. Verdammt, ich hoffe, diese E-Mail erreicht dich überhaupt. Es ist fast ein Jahr her, seit wir uns das letzte Mal geschrieben haben, seit du Sarah Westholme in den Ruhestand geschickt hast, und ich kann mich beim besten Willen nicht an deinen richtigen Namen erinnern. Vielleicht habe ich ihn nie gewusst? Das hier ist meine einzige Möglichkeit, dich zu kontaktieren, also hoffe ich, die Mail erreicht dich.

Ich werde sofort zur Sache kommen (inzwischen weißt du sicher, dass das meine Art ist): Ich habe eine Bitte, genauer gesagt eine eher peinliche Bitte.

Ich werde dich prompt beschwichtigen, das hier ist kein Auftrag. (Auch wenn du weißt, dass du nur ein Wort sagen musst, und ich werde dir so viel Arbeit geben, wie du willst.) Nein, ich fürchte, das hier ist eine persönliche Angelegenheit.

Ich habe einen Neffen. Mir wurde die Pflicht zugewiesen, ihn großzuziehen. Ich verwende das Wort »Pflicht«, da ich nie gut darin war, mich um irgendjemanden zu kümmern. Eine traurige Tatsache, mit der ich jetzt lebe.

Er ist ein guter Mann (was ich mir nicht als Verdienst anrechne). Das Leben hat ihm gern mal einen Tritt in die Eier verpasst, immer wieder und auch in letzter Zeit. Ich habe Männer gekannt, die das verdient haben. Er ist keiner von ihnen.

Du hast mir ganz am Anfang von deinen entsetzlichen Lebensumständen erzählt. Seine Rückkehr nach Hause hat die Erinnerung an deinen Unfall wieder in mir wachgerufen. Hast du den Weg zurück gefunden? Hast du Frieden damit geschlossen? Hast du es akzeptiert? Fühlst du dich wieder ganz? Ich hoffe es aufrichtig, und wenn ja, dann muss ich wissen, wie. Er muss erfahren, wie es geht.

Und jetzt kommt die peinliche Bitte: Darf ich dich mit ihm in Kontakt bringen? Ich denke, es würde helfen. Ihm auf jeden Fall. Dir vielleicht auch? Bitte versteh mich nicht falsch, ich versuche mich hier nicht als Kupplerin. Nenn es die Intuition einer Schriftstellerin. Verdammt, nenn es, wie immer du willst, verdreht beide die Augen über meine Einmischung, es ist mir egal, solange du Verbindung zu ihm aufnimmst.

Ganz abgesehen davon könnte er ein guter Hörbuchsprecher sein. Er hat sich eine Stimme angeeignet, die er manchmal zum Spaß benutzt und die, wenn er das Ganze je halbwegs ernstnehmen würde, richtig gut sein könnte. Aber das ist nicht der Grund, weshalb ich dir schreibe, vielleicht ist es ein Gesprächseinstieg für euch?

Ich werde mir das Auf-den-Knien-Rutschen für meine Bücher aufheben, aber ich bitte dich: Sprich mit ihm. Hör ihm zu. Ich bin mit beidem gescheitert, und hier sind wir nun.

Mir ist bewusst, dass du das hier vielleicht nie sehen wirst. Wenn ich nichts von dir höre, werde ich eine andere Möglichkeit finden.

Ciao,

June

DANKSAGUNG

Zuallererst danke ich denen, die meine Hörbuchprofession teilen. Den Geschichtenerzählern. Den Geschichtenbewahrern. Den verrückten Männern und den Feuerwehrfrauen. Ich habe kaum über dieses Buch gesprochen, während ich es geschrieben habe, aber einige von euch waren aus verschiedenen Gründen entscheidend für die Reise: Will Damron, Abby West, Andi Arndt, Erin Mallon, Amy Landon, Edoardo Ballerini, Sebastian York und Sarah Mollo-Christensen.

Bei meiner letzten Danksagung habe ich aus Gründen der Länge meine Lehrerinnen und Lehrer weggelassen. In dieser will ich sie aus Gründen der Richtigkeit erwähnen. Angefangen bei meinen fabelhaften Grundschullehrerinnen und Mrs. Dewey, die meine Liebe zum Lesen entfacht hat, bis hin zu Caryl Pine-Crasnick und Barbara »Buzzy« Gogny, meinen Studiolehrerinnen. Buzzela, du hast mich glauben lassen, dass ich schreiben könnte, und das von einer Frau, die selbst Schriftstellerin ist: Mann, das hat mir etwas bedeutet.

Auf dem College hat Mary Ellen Bertolini mich informiert, dass Englisch mein Hauptfach sein würde, was sehr hilfreich war, und mich dann als Tutorin ihre Jane-Austen-Kurse unterrichten lassen. Ich danke Paul Monod, der mir vorgeschlagen hat, mich für Oxford zu bewerben, und der englische Geschichte so unterhaltsam gestaltet hat, dass ich ihm den Acht-Uhr-Montagmorgenkurs nicht übel genommen habe. Meinen anderen Professoren, darunter, aber nicht ausschließlich: John Bertolini, Larry Yarborough, Teo Ruiz, Eric Jager (streng genommen nie mein Professor, aber es *fühlt* sich so an, als ob Sie es waren), Stephen Gill und Peter McCullough. Jeff Dunham, der mich in Physik für Poeten nicht hat durchrasseln lassen, als er es absolut hätte tun können; ich habe unsere Gespräche über Jane Austen sehr genossen.

Meinen Creative-Writing-Lehrerinnen und -lehrern im Laufe der Jahre, aber vor allem: Rob Cohen, Summer Block, Chris Noxon, Laura van den Berg, Antonio Ruiz-Camacho, Mona Simpson, Don Mitchell und meinen Kommilitoninnen und Kommilitonen in ihren Workshops, denn so funktionieren Workshops. Und aus diesen Workshops würde ich gern Bri Cavallaro hervorheben, der – eineinhalb Jahrzehnte später – nicht nur fantastische Bücher schreibt, die ich sprechen darf, sondern mir früh Ratschläge zu den praktischen Aspekten von Sewanees Behinderung gegeben hat. Schließlich und vor allem danke ich Barbara Ganley, die unermüdlich an einem College gelehrt hat, das sie nicht verdient hatte (da, ich habs gesagt), und an deren Weisheit, Ermutigung, Empfehlungen und Empfindsamkeiten ich – ohne Übertreibung – täglich denke. Sie haben mir beigebracht, wie man »wie ein Schriftsteller liest«, und das hat mir, mehr als alles andere, nicht nur eine, sondern zwei Karrieren verschafft.

Die Lehre endet nicht mit dem Studienabschluss. Ich lerne nach wie vor von anderen Autorinnen und Autoren, von denen, deren Bücher ich aufnehme, von Freunden, die ich dabei gefunden habe. Es sind zu viele, um sie alle hier zu nennen, aber ich möchte insbesondere erwähnen: Catherine McKenzie, Therese Walsh, Allison Winn Scotch, Emily Henry, Benjamin Percy, Philip Dean Walker, Amy Spalding, Kosoko Jackson, Thea Harrison und natürlich Linda Holmes, die – was für ein Zufall – in ihrem zweiten Roman ebenfalls über einen Nick und eine June geschrieben hat. Ein ganz besonderer Dank gilt den Autorinnen und Autoren, die für dieses spezielle Buch ihre

Zeit für eine frühe Lektüre geopfert haben: Allie Larkin, Malcolm Brooks, Andrea Dunlop, Robinne Lee und Taylor Jenkins Reid, Königin von wirklich allem.

Vielen Dank an Sarah MacLean und Jen Prokop für ihren tollen Podcast *Fated Mates*, der mir geholfen hat, bezüglich der Romance, die ich eine Weile nicht gesprochen hatte, auf den neuesten Stand zu kommen.

Ich danke meiner Agentin Abby Koons: Wir haben angefangen zusammenzuarbeiten, als ich noch nichts hatte, was ich dir zeigen konnte, und als ich schließlich etwas hatte, war das zu Beginn einer weltweiten Pandemie, und doch … hat alles geklappt. Manchmal weiß man es einfach, nehme ich an. Ich danke Alex Greene, deren redaktionelles Auge ebenso scharf ist wie ihr juristisches. Dem Rest des Teams von Park & Fine, aber insbesondere: Emily Sweet, Andrea Mai, Anna Petkovich und Kat Toolan. Und meinen Co-Agentinnen, vor allem Anoukh Foerg. Und auch den wunderbaren Leuten beim Penguin Verlag für ihr Vertrauen und ihre Unterstützung.

Ich danke dem HarperCollins/William Morrow/Avon-Team: Lisa Nicholas, Brittani DiMare, Robin Barletta, Julie Paulauski, Francie Crawford, Elsie Lyons und Nathan Burton. Insbesondere Liate Stehlik am Anfang und Erika Tsang am Ende … Und am allermeisten Elle Keck: Ich wollte dieses Buch nicht ohne dich machen. Deine DNA steckt in seinen Knochen, und ich bin so froh, dass wir es zusammen machen konnten.

In persönlicher Hinsicht:

Vor zehn Jahren waren Tim, Dana, Jeff, Pam und Laura alle für mich da, damit ich für meinen Großvater da sein konnte; und Marvin, Jolie und Chris waren für meinen Großvater da, wenn ich nicht konnte. Ich danke allen in seiner Einrichtung für betreutes Wohnen und dem Serenity-Hospiz, vor allem Melinda, die ein Gottesgeschenk war.

Ich danke Karen Gang dafür, dass sie meine Fragen zur Altenpflege beantwortet hat, nicht nur damals, als es meinen echten Großeltern zugutekam, sondern auch bei dieser fiktiven Großmutter. Und Elena Hecht dafür, dass sie eine solch wundervolle Mutter hatte.

Ich danke Laura Grafton, die meine Hörbuchreise in Gang gesetzt hat; ich hätte nie vorhersehen können, wohin sie führen würde. Und Ellen Steans dafür, dass sie ebenfalls eine solch wundervolle Mutter hatte.

Ich danke Andrea Kaufman, die mir die TOLLE Neuigkeit mitgeteilt hat, dass Merriam-Webster eine zweite Aussprache für Areola ins Lexikon aufgenommen hat.

Meiner Audm-Familie dafür, dass sie verstanden hat, dass ich gehen und dieses Buch schreiben musste. Dem Geist von Christian Brink: Ich habe dir gesagt, diese Geschichte sei eine *Cyrano*-Nacherzählung, denn zu dem Zeitpunkt war sie das. Es macht mich immer wieder aufs Neue wütend und bestürzt, dass du nicht hier bist, um mir bei Gin und Karaoke zu sagen, inwiefern die *Cyrano*-Version besser gewesen wäre.

Ich danke meiner richtigen Familie. Vor allem Mom und Ken für ihr Zen im Angesicht meines … was immer das Gegenteil von Zen ist. Mom, ich habe deine Umarmungen in diesen achtzehn Monaten, die eine Pandemie uns getrennt hat, so vermisst. Gramps: Es war mir eine Ehre, dich auf die andere Seite zu geleiten. Dad: Zehn Jahre später, und ich bin noch immer sauer, dass du nicht hier bist, um das alles zu sehen, und an diesem Punkt nehme ich an, dass ich es immer sein werde.

Ich danke meinen Freunden dafür, dass sie sich mit meinen Abwesenheiten abfinden. Vor allem Sarah dafür, dass du mir gestattet hast, für dieses Buch nicht nur deinen Namen (und, wie mir eben klar geworden ist, den deines Hundes!) zu stehlen, sondern auch deine Angewohnheit, Golf im Fernsehen als Hintergrundgeräusch laufen zu lassen. Ich wünschte nur, ich könnte Nick für dich echt machen.

Und ich danke meinem Nick: meinem Geof. Er ist der Grund, weshalb irgendetwas von alledem klappt. Ich danke dir dafür, dass du mir den Rücken freihältst, damit ich meine Ziele verfolgen kann. Dafür, dass du unser Leben so schön, so vollkommen machst. Wie du sagst, genug ist *immer* genug. Dafür, dass du mich in jeder Hinsicht fütterst: mit deiner Liebe und Unterstützung, mit deinem verrückten Talent und deiner Weisheit, mit deinem komischen Genie (auf und außerhalb der Seite) und buchstäblich mit deinem Kochen. Weißt du, wie gut du mir tust?